"六国饭店"系列之三

临城奇案

1923

孙　屹　著

团结出版社

· 北京 ·

© 团结出版社，2024 年

图书在版编目（ＣＰ）数据

临城奇案 / 孙屹著 . 一北京：团结出版社，2025.
3. — ISBN 978-7-5234-1503-0

Ⅰ . I247.5

中国国家版本馆 CIP 数据核字第 202486L4X3 号

责任编辑：张　茜
封面设计：阳洪燕

出　　版：团结出版社
　　　　　（北京市东城区东皇城根南街 84 号　邮编：100006）
电　　话：（010）65228880　65244790（出版社）
　　　　　（010）65238766　85113874　65133603（发行部）
　　　　　（010）65133603（邮购）
网　　址：http://www.tjpress.com
电子邮箱：zb65244790@vip.163.com
经　　销：全国新华书店
印　　装：三河市东方印刷有限公司
开　　本：145mm×210mm　32 开
印　　张：15　　　　　　　　　　字　数：257 千字
版　　次：2025 年 3 月　第 1 版　　印　次：2025 年 3 月　第 1 次印刷

书　　号：978-7-5234-1503-0
定　　价：59.00 元
　　　　　（版权所属，盗版必究）

人物小传

孙美瑶

孙美瑶

原抱犊崮少当家。自从他哥哥——"山东独立建国军"总司令孙美珠被北洋第六混成旅设伏杀死后，孙美瑶被姑姑孙桂枝拥立为新的抱犊崮五军十八寨的总司令。他与麾下众匪合谋，悍然发动了震惊中外的临城火车大劫案。此案，被称为"民国第一大案"。而一夜成名的孙美瑶，也做起了飞黄腾达、称霸淮海的春秋大梦。

王恩美

王恩美

　　故事人物原型来自两个人，他们是中国共产党早期领导人、山东卓越工人运动家——王尽美和邓恩铭。1923 年是中国大革命发轫的一年，第一次国共合作初步达成，工人运动风起云涌。劳工正成为中华大地上前所未有的先进革命力量。而小说中的王恩美刚刚游学苏联归国，正在深入基层，以开办工人俱乐部和扫盲夜校为手段，开展工人运动，为大革命的到来积极筹备。而突发的临城奇案成为摆在他面前的斗争难题。

潘云鹤

潘云鹤

　　故事人物原型为民国文学家、出版家邵洵美。他出身于清末江南贵族家庭，是上海华界最显赫的大地主及买办资本家庭的长房少爷。因附庸新文化潮流，赴京参加"新月诗会"的活动而遭遇临城奇案。他也被土匪绑架，但因为与匪首孙美瑶年龄相仿、气味相投，又精通外语，因而竟然被孙美瑶挟持成为"翻译"。而他与孙美瑶共同的"幼稚病"和浪漫主义，及其对西方伦理制度的盲目效法，将一场血腥的劫案，演变成了一场荒诞绝伦的悲喜闹剧。而这种荒诞，也许正是北洋时期中国的精神底色。

杜月笙

杜月笙

19 世纪 20 年代初正是杜月笙在上海崭露头角的时代。他不但是当时最大的黑社会组织——青帮的主要首领之一，亦是上海工商会董事、中国国际红十字会的理事，各类"工会组织"的后台老板。而他当时正在追求的未婚妻——名伶姚玉兰，正是潘云鹤母亲的干女儿。因而替大少爷小潘处理风花雪月的风流债，是他这个"妹夫"的日常操作。但这次临城火车大劫案，他亲临现场，似乎并不全是因为解救小潘而来——毕竟淮海也是青帮鸦片生意和漕运买卖的生命线。

蜜姬·哈恩

蜜姬·哈恩

出生于美国密苏里的犹太裔新闻女郎，也是闻名一时的冒险家。有花边新闻说她和她的姐姐都是上海工部局主席沙逊爵士的情妇。至少在她新闻事业起步时得到了沙逊的大力资助。但最终帮助她完成在中国的新闻采风和写作事业的是她的情人和工作搭档——邵洵美。作为旧时代的新闻工作者，他们携手为灾难深重的中国人民发声，特别是在后来的抗日战争中曾经作出卓越的贡献。

克里斯蒂安

克里斯蒂安

　　虚构人物，六国饭店的酒吧经理，是贯穿于《六国饭店》故事的老冒险家。此人出身于中国烟台的南非布尔人传教士家庭，青年时参加过反抗英国殖民者的布尔战争，也参加过八国联军的商团武装与义和团民作战。中年后成为"中国通"，为络绎不绝来中国考古、狩猎、旅游的团队提供一切有偿服务。一个冒险家总是会被卷入时代的旋涡之中，并自觉不自觉地在被卷入的旋涡中兴风作浪。这位老商团战士，既然被山东的火车绑匪光顾，就一定会用他的方式发起反击。

金氏祖孙三代

金氏祖孙三代

她们是六国饭店的掌柜的，也是"六国饭店"三部曲故事的线索人物，构成了窥视北洋时代从庙堂到市井的独特视角。

其中金姥姥彩云，人物原型是赵彩云，也就是历史上大大有名的"九天护国娘娘"——赛金花；六国饭店的老板金翠喜人物原型是清末政坛丑闻丁未大惨案的女主角——杨翠喜；而虚构人物金小玉则是金翠喜和北洋某大军阀的私生女儿。此次，祖孙三代到上海交际，回程中正遭遇了这次火车大劫案。而金姥姥的江湖地位和传说，使她们成为匪首姑姑——义和团余党孙桂枝的"贵客"，她们也不由自主地成为推动这场荒诞闹剧的一环。

各
国
俘
虏
们

各国俘虏们

临城火车大劫案被掳走的外国乘客一共有 39 名，其中大都是参加一场对华援助慈善活动的外国记者，其中美国记者《密勒氏评论报》的主编鲍威尔最为著名，他也在他的回忆录中详细记录了临城火车劫案的始末，为这一段历史留了必不可少的资料。而其他人物大都根据鲍威尔对此事件的回忆录虚构而来——希望能代表当时在中国的洋人群像——有意大利律师兼走私犯穆索、法国退役上校柏茹比、英国医生米尔丁……目的就是凑一个"六国营地"出来。另外，俘虏中身份最为显赫的小罗斯福夫妇不全是虚构人物，他们家族和民国时期名噪一时的"熊猫猎人"一案确实有些联系。他们来中国绑架熊猫，谁知自己却成为落网的猎物。

山东督军田中玉

兖州镇守使何锋钰

山东督军田中玉和兖州镇守使何锋钰

　　这二人都是北洋旧军阀的代表人物。在此事件中，二人都因为临城火车大劫案丢了官职。这期间既有直系皖系之争，又有地方武斗派和北洋文官之争，还有自己部队内部剪不断理还乱的各种裙带关系……当然最主要的还是各个军阀背后"洋大人"的意见之争……设身处地地想身处北洋政坛纸牌屋般的混乱、时事衰败与荒谬——这二位军阀——在这样一个荒唐事件中黯然退场，焉知是福是祸？

交通总长吴毓麟

淮海镇守使陈调元

交通总长吴毓麟

他代表了北洋政客——精明、世故、狡猾，必要时甚至无耻、无原则、无底线。他是此事件北洋政府派出的最高官员，主导了和平解决劫案的大方向。历史上吴总长政绩可圈可点。晚年他面对日寇、汉奸的百般胁迫，至死不肯妥协卖国，堪称大节无亏。

淮海镇守使陈调元

被称作"大傻子"的陈调元是当时一员福将，多次成功"招安"巨寇。说明他做人"傻"的一面，反而能得到土匪的坦诚相待。他最成功的招安案例是和"狗肉将军"张宗昌的结拜。此人用这股子"傻"劲儿，在军阀混战中反复无常，却从未吃过大亏，一路混到国民党陆军上将。

里见甫

里见甫

　　日本"鸦片皇帝"、间谍头子。临城火车劫案发生后，很多人立刻发现了一个怪事儿——车上没有日本人。因此，历来有人怀疑此案背后有日本人染指山东的阴险图谋。而在谈判中，抱犊崮匪帮一度坚持的"拥戴张敬尧主政鲁南"的条件更令人生疑——因为张敬尧"亲日"是众所周知的事情。本小说就按照这个思路展开，并虚构了"鸦片皇帝"里见甫在这场事件中的"幕后黑手"的首恶身份。

"瘸子六" 陶相礼

"瘸子六"陶相礼

半虚构人物，有些劫案记录中有此人名字。本故事中火车劫案发生在临枣，背后阴谋图划却生成于天津、上海租界的沙龙里。而把这一阴谋带回抱犊崮的联系人，就是抱犊崮匪帮的智囊——"瘸子六"陶相礼。这位半虚构的人物设定为张敬尧的老乡，他早年是这位张督办的马弁，湖南战败后，跟溃兵退回鲁南山区，并与当地豪强孙美珠合兵一处，成立"山东建国自治军"，图谋东山再起。而"瘸子六"，也成为拥立张敬尧夺取鲁南的主要代表。

郭琪才

王继湘

刘黑七

周天松

郭琪才

半虚构人物。直皖大战后，皖系溃兵如水银泻地般遍布淮泗地区。抱犊崮号称麾下有五路司令，其中四路都是以这些溃兵作为骨干，总参谋长郭琪才是这些溃兵的主心骨。郭琪才为人憨厚老实、身先士卒、不善争利，犹如药中甘草——颇能压服手下这些残兵败将。比如二路司令周天松和三路司令王继湘就以他马首是瞻。他也能和睦地方土豪，比如与总司令孙美珠，就能彼此合作无间。因为人品好、拳头硬，后来从蒙山加入"自治军"的悍匪刘黑七，对他也是颇为服气的。但这位人称"混世魔王"的悍匪刘黑七，可不是一个久居人下之人。

孙桂枝

孙桂枝

　　半虚构人物。历史上的孙桂枝是男性，是孙美珠兄弟的族叔，确是一个像"智多星"一样的主谋。孙美瑶被杀后，他逃亡江湖，杳无音讯了。本故事中抱犊崮孙家当家人其实是这位孙大姑。这是一位经历过巨野教案、义和团运动的老寡妇。她父兄和丈夫曾经是当地漕帮和会道门里的领袖，乱世中，家族里几代男性的牺牲换来她在淮海地区巨大的声望和鸦片生意。她的大侄子——"山东建国自治军总司令"孙美珠遇袭身亡后，她一手扶持少年孙美瑶成为抱犊崮的"总司令"——而她才是真正能调动鲁南绿林势力为孙美珠复仇的大豪强。而她的旧式战略，恐怕已经不能说服孙美瑶放弃他进步的野心了。

抱犊崮

抱犊崮

　　属沂蒙山脉一支，距枣庄市 20 公里，海拔约 600 米。山体雄奇险峻，峰顶平坦，有泉水，可以住人。相传山路难行，山顶成年牲畜亦难攀登，因此只有将幼年牛犊怀抱而上养大，才能在山顶平坦处以耕牛种田，故称抱犊崮。因其易守难攻，故而历史上每逢乱世，常有强人据守称雄——号称"鲁南第一峰"。1923 年的抱犊崮山下，是一望无际的罂粟花田。

目 录

引　子

（一）四月荒原

民国十二年，公元 1923 年，4 月 9 日，晴，过午时分，风暖宜人。津浦沿线，中国北方的荒原上开满了罂粟花。

一个失心疯的年轻女人，驱赶着一头牛犊，漫无目的地沿着荒原闲逛。她身后兀然凸起的远山，就是中国北方特有的地貌——崮。这里就叫作——抱犊崮，围绕着这座险峻的山势，周匝是盘桓连绵的一十八座连珠寨，围绕着微山湖，遥与西北边的水泊梁山、西南边的沛泽芒砀山，形成鼎足苏鲁豫皖四省边区同气连枝之势。远有运河之利，近有铁路之便，自古便是鱼龙混杂、沆瀣不清的地方——而每逢乱世就成了豪杰辈出、强梁纵横的不法乐土。

一声长鸣，津浦线上的深蓝色蒸汽火车从天边开了过去，带起暴旱的烟尘混合着早春的花屑卷向大地。大地无声，不远处的村落在电线杆的阴影底下逐渐清晰起来，无数农人像是刚刚清醒的亡灵，下意识地开始了一天的劳动，重复着刻画在基因里的——是日出而作日落而息的勤勉。

眼下这片土地上崭新繁衍的人形都像是三魂七魄不完整的作品。远自1860年以来，反复的兵戮耕犁过这片大地，或许是亡灵太多，因此都不得已就近轮回了，而仓促的轮回让他们重回蒙昧——人死为鬼，鬼死为聻，鬼之畏聻，犹人之畏鬼也①。而聻之后还有希夷，希夷之后，还有无形，无形终于天地……但天地，唯日升日落，并无所伤。

近自1920年起，中国北方五省大旱的遗祸持续到了1923年。1920年，在赤地千里的流火之月，北洋皖系段祺瑞于天不时、地不利、人不和的情况下悍然发动直皖大战。在双方胶着之际，奉系张作霖通电入关，背后夹击皖系，转眼之间——

---

① 《聊斋志异·章阿端》曾提及，"人死为鬼，鬼死为聻。鬼之畏聻，犹人之畏鬼也"。

皖系溃败，其主力几乎丧失殆尽，从此一蹶不振。

皖系大溃败，其残兵败将化整为零，水银泻地一般遁入淮泗一带的山林，各自割据一隅，为害一方。更有些聪明的溃军与当地豪强结盟，亦兵亦匪，皆自封队长、司令，涸鱼相濡，都等待着皖系东山再起的一天。这让直系军阀虽然号称统一了北方，其实却处于"王权不下县"的半身不遂状态。

那时的临枣县城放眼望去一片泥黄，房子是泥土坯房，房顶是黄芦席，似乎随时准备倒塌——融化到道路的车辙泥泞之中。而少有的几爿青色砖瓦房，自然就是当地的大户人家了。

戏台高搭，鞭炮齐鸣，临枣县城东北角人头攒动，数十名精壮的临枣铁路工人和中兴煤矿北大井的矿工如沐春风，敞着怀，拍着手，露出黧黑健壮的胸膛来。他们踩着灰黄相间的煤灰渣路，分列两厢，中央一队积极分子高举着一面"临枣机车修理厂工人俱乐部"的披红招牌，在一众工友的齐声喝彩声中，将其高挂在一处泥巴墙的院落之上。

这些工友簇拥居中的却是个二十来岁身穿学生装的读书人，他个子不高、身体瘦削、面色潮红，看起来文质彬彬的样子。最具标志性的是他的一对招风大耳朵直呼扇，成为他脸上最生动的表情。他用力拍了拍招牌，然后高举着双手让大家稍微安静一下，他高声宣布："临枣铁路的工友们！北大井的矿工弟兄们！今天咱们工人俱乐部就算成立了，自从二月咱们津浦铁路工友们支援京汉铁路大罢工——江苏的齐燮元①答应了我们铁路工人的三个条件：第一，不得无故开除工会组织的罢工工人；第二，工资增发一成，年底花红不得拖欠；第三，工人享有言论、集会、游行的自由。这之后，津浦南段沿线的工人俱乐部已经全都成立起来了。而咱们临城站，是津浦北线的第一站，咱们俱乐部，也是北段第一家，我们的诉求就是要告诉山东督军田中玉，同是津浦线的工人，就应该享有同样的权利！大家说对不对？"

"王先生说得对！"众工友齐声鼓掌赞同，又一阵鞭炮声响起，众人一同携手走进院落，只留下两名腰间鼓鼓囊囊的壮汉，斜倚在门口左右，似笑非笑地和不远处几个黑衣巡警对了一个眼色，对面和气地招招手，指一指戏台。这两个壮汉咧嘴一笑，朝里面大喊一声："戏唱起来啊！大点儿声！没吃饱怎么滴？老总们都听不见！"

里面答应了一声，戏班子格外卖力地唱起了《纺棉花》，引来一片喝彩声和荒腔走板的齐声合唱。

---

① 齐燮元：北洋直系军阀，江苏督军。是故事后面陈调元将军的军校同学，也是他当时的靠山。

　　而院子当中，另有一众人马围拢在一起，吆五喝六地正在斗鹌鹑。其中最欢脱的也是一名身穿黑色学生装的青年，但格外扎眼的是，他学生装外面，歪歪斜斜地横挎着两把盒子炮。这兵不像兵、匪不像匪，学生更不像学生的英俊青年仰天长笑——显然他豢养的鹌鹑正占了上风。这青年大喊一声："赢了！孙传芳赢了！"随即伸出一双戴着翡翠扳指的大手在对面输了的老工头儿肩膀上结实地拍了几下——嬉皮笑脸地比画着，向众人收取现洋赌资。他余光瞥见被称作王先生的青年被簇拥着进来，便随手把满手的洋钱塞给身后一个亲随少年，说笑道："美松！我说一物降一物吧？他们出卢永祥，咱们就得有齐燮元，他们出王永泉①呢，咱们就得出孙传芳！"说着自己小心翼翼地捧起冠军鹌鹑——孙传芳，满脸亲热地朝王恩美迎了上来。

　　孙美瑶笑道："恩美！我可又赢了一场！你那边完事儿没？今儿晚上，我请你吃天仙楼的嘼蹦活鲤鱼！"

　　王恩美颔首请众工友各自散去，他向英俊的青年抱拳感谢道："美瑶老弟，这次真的谢谢你！"

　　对面儿青年打个哈哈，一把搂住王恩美，低声说："你这秀才，这次还真得谢我，不是我孙美瑶在临城，你这秀才绝不

————————

① 王永泉是福建军阀，1923 年被孙传芳击败。

能把这什么工人俱乐部开到韩庄桥北①的。我可没想到，咱们省师一专的，一个状元，一个吊车尾，现如今都……嘿嘿，"他邪魅一笑，拃了拍盒子炮道："如今都造他娘的反了。"

"我这是工人运动，是革命，不是造反。"王恩美假意板着脸，憋着笑说。

孙美瑶无所谓地点头，也笑道："你这'大耳朵'秀才瞧不起我？老子如今也是'建国自治军'了……嗨……你那套我也搞不懂……不过我看咱自己人谁也别拿虚招子唬人，咱这儿什么地界？北边梁山，南边芒砀，有枪就是草头王。你不是也说嘛——'天地不仁以万物为刍狗'，'王侯将相宁有种乎？'我也是听了你的话，前年休学回家——我们家你是知道的——在峄城不敢说是半天云，但我哥他跺一脚，临枣都要抖三抖。我前年回家，跟着我哥劳军、救荒，没承想张敬尧却败了，来了个狗日的田中玉，新派来第六混成旅的一个王八蛋马士奇非说我们劳军是他娘的通匪。通匪就通匪！我哥一气之下，干脆扯旗造反。我们全家上下的爷们儿，只有我顶他——就因为我记得你说的——'王侯将相宁有种乎？'嘿！结果你猜咋样？自从我哥孙美珠这'自治军'的大旗一立起

---

① 韩庄桥北是津浦北段界桥，此桥以北开始归山东管辖。

来，远近各路码子全都聚了过来，在抱犊崮周边大小连珠十八寨，我哥做总司令，下面分别推选出五路联军，号称万人。这还只是临枣，那周边更不得了了，蒙山的刘黑七、蝎子山的'徐大鼻子'、包三孟二、'大面儿张三'、阎振三兄弟、郯城县的冯妈妈……苏皖鲁豫四省边区的捻子全都联动起来了，这些兄弟可能你都没听说过，威震豫西的总架梁'老洋人'你肯定知道吧？嘿嘿……看见没？"孙美瑶拍了拍腰间的盒子炮，得意地说："这把镜面儿盒子炮，就是他送给我们的。"

王恩美听得津津有味，点头拍了拍孙美瑶的肩膀，意味深长地说："可以啊兄弟，刘邦就是在芒砀山斩白蛇起义的，刘缤刘秀兄弟也就是在南阳因饥荒起事的，我看你们兄弟如今风生水起的，志向也不小啊！"

孙美瑶摆摆手，假意谦虚道："那不敢，那不敢……"随即转颜笑道："现在什么鬼世道？老实人就得冤死……造反怎么了？志向不敢说……就为了活着，还得不受别人作践地活着。男子汉大丈夫，不光自己个儿，还得让家里人、乡亲们也挺胸抬头地活着，秀才你说我说得对不对？"

王恩美赞许道："老弟你这几句话我可真是爱听！你这几句话比我说的什么主义啊，什么道理啊，都中肯！"

孙美瑶这下有些不好意思地摆摆手，笑道："哪里哪里，你秀才笑话我呢……不过，东北那个张作霖不也就是个马匪出身？现如今多么大的声势……'男儿何不带吴钩，收取关山五十州！'"

王恩美一听话锋又偏了，呵呵一笑，拉着孙美瑶到戏台远处坐下，语重心长地劝慰道："美瑶老弟，你和你哥都是洋学堂饱读了书的，毕竟和刘黑七、'老洋人'那些人不是一样的人。你们乘风扯旗，为咱们穷棒子、老百姓拉杆子我一百个赞成……但是，今日世界可不是昨日旧世界了——你的眼光得往外看，胸怀得装得下新时代，整天听个小曲儿、玩个女人、斗个鹌鹑……这可不像是做大事业的劲头啊！"

孙美瑶讥笑的表情一闪而过，正色点头，随手把手心儿里捂着的鹌鹑扔了出去，灿烂一笑，点头说："秀才你说得对，你是了解我的，虽说和你同学两年……可是你上学和我上学不一样，我基本上就是'熊瞎子学绣花——装装样子罢了'。我这些玩意儿……这也都是'近朱者赤近墨者黑'不是吗……丘八嘛，你不有些吃喝嫖赌抽的把戏，你也拢不住这些王八羔子……"他指点着带来帮王恩美撑场子的弟兄们笑着说："可你也别见怪，别以为我今天支场子斗鹌鹑、搭戏台子唱荤曲儿是为了我自己个儿高兴，也是高兴……可更重要的是让外面的'臭脚巡'感觉你们这帮人和他们也差不离。"

看着王恩美闻言若有所思，孙美瑶呵呵一笑，放低声音接茬儿道："现如今田中玉那狗日的捉你们比剿我们可还带劲呢……你们年初京汉铁路大罢工好大阵仗！他吴子玉（吴佩孚）痛下杀手算是给各地衙门打了样儿了——专杀你们工会的和大律师不是吗？如今都说俄国闹'赤匪'，全国上下现在杀得血葫芦似的……死了好几百万人，又说，咱们可不能学苏俄。我的'大耳朵'哥哥……可我怎么听说，秀才你还就是刚从俄国回来的啊？"

王恩美不置可否，似笑非笑地冲老同学一笑："怎么？怕了？"

孙美瑶拍拍自己的脑瓜子邪魅一笑："我他娘的是土匪，你个酸秀才！"说罢，亲热地揽住王恩美的肩膀笑道："我说'大耳朵'，你说的其实我听进去了。你说得对，我们队伍也确实提不起来……还真是鱼龙混杂的。我也头疼啊……"他指指点点着那些健硕、老实的工友们说："咱们哥俩其实互补……你看，你搞夜校，这些人听你的；我拉杆子，我的二流子们听我的——咱们要是能加起来，必能走出抱犊崓，独霸鲁南，那就真能叫得上'山东建国自治军'了。"

王恩美心中一动，狠狠看了孙美瑶一眼，认真思考起来。

孙美瑶咧开嘴，笑道："我虽是个草莽，但是我也知道，现如今北京、天津、上海的风气才是中国的大气运，我们占个山高皇帝远的野山头儿，充其量也就是自保，没准哪天就他娘的完蛋了。因此我哥一早就派人往济南、青岛、上海、天津去活动了。其实，我们队伍里什么人才也都有——边防军、安武军、定国军①出来的几个校官还有个留日回来的教导团教官呢；文的呢——有在报馆干过编辑的秘书，学过西医的军医……我们也出操，也拉练、演习。说白了，都是按照现代正规部队的规矩来的。不是跟你吹，换上军装，我们比北洋还北洋呢！"

见王恩美颔首微笑，孙美瑶也点头恳切地说："秀才，你说的那些大道理我虽然接不住，可是我哥哥学问、眼界比我可好多了，他是省师一专的高材生，原本是要回枣庄办小学的，是被逼上了梁山……我琢磨啊——你说得虽好，但是你手里没枪啊，你就是嘴里吐出一朵莲花来，那吴子玉还不是抬手一枪就把你送走了？常言道：'秀才遇见兵，有理也说不清。'但你要是也捏着枪杆子哩？他不听也得听！秀才你是有理没枪，我们是有枪，自己觉得也有理，但嘴笨不会说。不如你秀才跟我们一个锅伙混吧？'建国自治军'，牌子也够响亮吧？

---

① 三者都是皖系军阀不同时期使用的军队称谓，其中所谓边防军是段祺瑞筹备参加第一次世界大战而组建的"参战军"，有三个师编制，其装备精良，兵员素质高，是皖系军队的中坚力量。

要不？今儿晚上，你就跟我回营，咱们和我哥好好唠上一宿，看看我哥接不接得住你的主义？"

王恩美犹豫片刻，眼神落在戏台前调戏女戏子的一众匪兵身上，又看了看情绪几乎被带走了的工友们，瞬间下了头，端正了态度，他微笑道："美瑶老弟啊……我就是个秀才，家里情况也比较复杂，落草我还不敢啊。"

孙美瑶既不意外也不气馁，打个哈哈笑道："嗨……我是瞎说的。你这俱乐部不也撑起来了嘛，一时半会儿我看你也不会离开临枣吧？……而且你这俱乐部，没我们兄弟，也办不下去，那咱们兄弟一块儿的日子还长着呢……我要是有什么想不明白的事儿，会经常来向你求教的。"

王恩美恳切地点头致谢。

孙美瑶指着把门儿的两个手下和那个斗鹌鹑的老工头儿笑道："你这儿我也放了几个兄弟，地面儿上有事儿，他们会帮你摆平的；我要弄个机修厂，你也帮我费费心谋划谋划——你放心待在这儿，现如今临枣还没有人敢不给我们兄弟面子的。"

王恩美皱皱眉，却也无法可想，只得点头称谢，应承下来。

只见门口一阵骚动，一名身穿深色西装的中年人，带着几名亲随，亲手拎着两大盒子点心，小心地踩着皮鞋，大摇大摆地闯了进来。一众匪徒只是乜了一眼，就都回头看戏、赌博去了；而一众工友们却都紧张地站起身来，不由自主地退缩了半步。

这人扫了一眼就看见角落里的孙美瑶和王恩美，满脸堆笑着走到近前来，大声笑道："少当家……我也来凑个热闹啊。"

孙美瑶也一样满脸堆笑地拉着王恩美迎了上去，转头对王恩美介绍说："老同学，这位就是中兴矿业公司的孙襄理，也是峄城人，是我们老孙家数一数二的喝过洋墨水的人才！"

王恩美恍然微笑，客气地拱了拱手，双方算是认识了。

孙美瑶伸手替王恩美接过点心盒子，交给亲随孙美松下去分了，嘴上寒暄笑道："我还真没敢问过……您是咱们家……第？"

孙襄理略显尴尬地笑道："我是鲁城东孙家村的，族远，辈分小——叫我光祖就行。要真按那个论……恐怕我还得叫您一声小叔爷了……"

孙美瑶哈哈一笑道："那可别折杀我了……您现如今在中兴公司①高就，身份特别不同，咱们既然是亲戚，也别喊远了，干脆按岁数我叫您一声堂哥得了！"

---

① 山东中兴煤矿公司，是李鸿章担任直隶总督时，授意手下从民间集股以"官督商办"的形式创建的。公司主要资产为南北大井和临枣铁路，全盛时"年获巨万"，翘楚全国。本文虚拟主角小潘原型邵洵美是李鸿章的外孙女婿。故事设定他继承有此公司的股份。

"哎……都是自家人，叫啥不都一样？家里我行三……"
孙襄理应承了这个称谓，嘴上客套着。

"三哥！"孙美瑶鞠躬行礼。

"五弟！"孙襄理赶忙扶住，这两人就算认了宗亲。他正
眼打量了一番王恩美，点头道："这位贵客，既然是少当家的
同学，那也不是外人，今晚，天仙楼，我给兄弟的同学接风！"

王恩美刚想推辞，孙美瑶却已经应承下来，笑道："如此
甚好！我今儿晚上本来就是要去天仙楼的，那今天就请三哥
破费了啊！"

孙襄理连连点头堆笑，嘴上连说好，脸上堆着笑，手却指
着门口的牌子用商量的口吻说："王先生，我来呢，第一个是
给俱乐部开张贺喜，第二个却有些不好开口。和您商量啊……
是这样——咱们俱乐部不像一般买卖，你们在院子里呢，怎
么闹都行……可是这牌子，一旦挂在街面上，那就是挂在我
孙某人的脸上了。公司上头或是县里知道了，我脸上可就不好
看了。王先生可否也给在下一个薄面？咱们俱乐部在院子里
面我只当看不见，但外面可不兴挂牌子。"

王恩美勃然色变，但他对这样的斗争也算司空见惯了，于
是用眼神儿往身后一找，果然众工友纷纷放下手里的东西，就要
聚拢过来一起争辩。而孙襄理的手下也立刻警觉起来，紧紧护住

孙襄理的左右。双方局势立刻紧张起来，但他们毕竟还都要顾及孙美瑶的面子，于是王恩美和孙襄理不约而同地看向孙美瑶。

而这时的孙美瑶却似乎被抽走了魂儿，他瞪着眼睛凝神闭气听了一会儿。他忽然转头，嘴里发出几声呼哨——他手下几名土匪立刻警戒起来，有几个纷纷攀上土墙四下瞭望，一个瘦子则俯身趴在地面上，附耳倾听，俄而，那瘦子土匪眼中灵光一闪，他起身向东北方一指，手掌伸开比画了五匹马的手势。

孙美瑶听到来人数量不多，心情放平了许多，冲王恩美和孙襄理做了一个鬼脸儿，让他们少安毋躁。自己随手解开匣子枪的按扣，转头径直跑向院门，躲在门后，院子里干脆利索地响起几声老套筒上膛的脆响。孙襄理的手下见状惊慌不已地拉着老板不由分说向堂屋内躲进去，却和屋内想要逃出来的工友们挤在一处。戏台上的大戏也不唱了，戏子们来不及卸装，跌跌撞撞地各找隐蔽，那唱《纺棉花》的俏皮女戏子吓坏了，尖着嗓子叫唤了起来，和撞翻摔在地上的锣鼓唢呐乱成一堆……

孙美瑶感觉心里一阵烦躁，刚想叫骂几声，却见攀上树顶的少年亲随孙美松一声呼哨，高声叫道："五哥，是郭二爷！郭司令！"

孙美瑶神色转为凝重，收好了枪械，示意手下解除警戒。大门刚一打开，外头人喊马嘶，只听来人扯着嗓子带着哭腔喊道："美瑶！美瑶在里面吗？"

"二哥！出了什么事儿？"孙美瑶连忙迎出大门，只见一名全副武装、身穿灰色旧军服却全无军衔的精瘦汉子满脸是泪地撞进门来——正是抱犊崮"山东建国自治军"的总参谋长郭琪才。他一把抱住孙美瑶哭道："西集出事儿了……总司令在西集收鸦片遇到埋伏，被他们打死了……"

孙美瑶无能狂怒，张嘴而无声地咒骂着，狰狞的双眼扫过眼前所有人，忽然一把推开郭琪才，抢过一匹枣红马，翻身上马，大喝一声："走！跟我去西集！"

郭琪才大惊，追上去高喊："美瑶！去不得！大姑让你先回家！"孙美瑶却根本不听，早已狂奔而去，郭琪才"哎呀"一声，抢过另一匹马，追了过去。剩下的匪兵有马的也死命追了上去，没马的集结一处，也向北边西集方向跑去。

院子里顿时安静了，留下目瞪口呆的王恩美和孙襄理等一众人，王恩美担心老同学性命，跑到门口向北苶呆呆地张望。孙襄理则惊魂初定，眼珠一转，不屑地扫视了众工友一圈，带着手下匆忙地走了。

他手下急忙问道："襄理，那牌子还摘吗？"

孙襄理冷笑道："没听见吗？抱犊崮的大当家孙美珠死了……快回公司二十四小时戒备，临枣城一定要出大事儿了。"

他手下众人全都心中一凛，跟着孙襄理一溜烟儿远去了。

王恩美和众工友相对无言，俱乐部成立的喜悦一扫而空，随着一阵东风吹过，满地的鞭炮红屑混入了黄尘漫天。

戌时正，西集镇外。

夜幕降临，山坡上黑压压的西集镇中却无一盏灯火亮起。相对的对面山上、田垄上，无数火龙正蜿蜒扭动、由远及近、缓缓向西集镇镇前的一大片开阔的罂粟田迫近。而近在眼前的，一堆篝火当众点燃，背光的剪影中一匹枣红烈马上，一名双枪青年耀武扬威，大声咒骂，声称要踏平西集——这人正是抱犊崮少当家孙美瑶。

借着月色，枪管发出幽暗的蓝光。西集镇镇前的掩体中，鲁军第六混成旅骑兵营的士兵们冷笑着用枪瞄着对面儿不知死活的小伙子。少校营长马士奇从帽子内衬里摸出一根烟卷儿，放在鼻子底下使劲儿闻着，他并不点火——一来，他知道对面有的是百步穿杨的神枪手，二来他自己不能带头坏了规矩。本来他昨天接到的线报，说会有一捻子土匪来西集外私收鸦片，便带了一个连出来打伏击，没想到误打误撞，竟然当场击毙了如今鲁南四省边区名声最大的巨匪孙美珠。

他似乎已经看到自己肩膀上因此多一个金豆——变成中

校了。而如果今儿晚上他的计划成功——没准能直升上校——他认定孙美珠手下的五路司令、十八寨当家，甚至周边的土匪队伍，都会连夜向西集会码子。而他，早已向上峰作了汇报。不出意外的话，现在第六旅各部主力已经开始对西集方向展开合围，附近的友邻部队依照命令也会各自守住关隘，封死这些土匪们的退路。只等他这里一打响，整个鲁南都会立刻被点燃，为祸多年的鲁南匪患，或许就能毕其功于一役。

　　眼见着对面鸦片田里的火把队伍越聚越多，马士奇却喜上眉梢，他不禁扭头看了一眼身后不远处被仔细隐藏起来的两处阵地——那是两挺马克沁重机枪的交叉火力阵地，对面那些不知死活的土匪们，已经处在他重机枪的射程之内了。

　　他正幻想着随着一声信号弹升起，万枪齐发，马克沁卷着火舌，将面前这些土匪瞬间击溃的华丽场面。却感觉身后豁然一亮，他惊讶地转身一看，他严令灯火管制的西集，竟然灯火通明地亮了起来。

　　和马士奇一样震惊的还有孙美瑶，他也正得意地看到身后打着火把的队伍越来越多，却忽然发现——那些队伍根本不是抱犊崮"建国自治军"的旗号，而是来自左近各村、各镇的保安团、红枪会、一贯道……甚至有保甲商团的武装。这些人虽然都和哥哥交情匪浅，但要说会为他哥哥和官军火并，他却也不敢相信。但这些人，全都横眉立目地帮他站场子，也不像是装的。

正当两人都在狐疑不定，一声低沉的螺号从东边儿响起，两声军号从西集镇中吹响回应。只见浓雾中，一支惨白的队伍从东方夜色中缓慢走出，这支队伍全都披麻戴孝，高举聚魂幡，一面白旗招展，上面赫然写着"报仇雪恨"四个血红大字。队伍首领坐在一架滑竿上，是一位干瘪的小老太太，瘦小枯干，却满眼精光，她怀里抱着一方牌位，自己却也像是千年得道的白骨精。滑竿后面，左侧跟着的是以郭琪才为首的一众匪首，右侧则是临枣地区各村耆老和各镇商会的掌柜。

而对面儿，从西集也走出一支队伍，是全副武装的正规军队伍开道，他们和马士奇的独立营一样装束，显然也是鲁军第六旅的序列。一众马弁当先举着火把开路，让出居中的四位长者，领头的是军官——马士奇认得是田中玉督军府麾下直属的两大肥缺——临枣铁路警备大队的中校大队长田长垣和临近驻微山县漕运码头的老五师的中校宪兵队长；另两位身穿体面乡绅打扮的长衫大褂老者，其一不意外就是这西集镇的镇长，而另一位赫然是近邻滕县的一位大人物——漕帮的大字辈老爷子党金元。

马士奇顿时泄气，明白自己成了"年五更逮的兔子——

有没有你，人家都过年——成了多余的菜了"。但多年军旅生涯的他对这套早已烂熟，眼前来的都是督军府的红人儿，还都比自己官阶高，姓田的还是田中玉的远房侄子，他哪敢得罪？于是压下心头的邪火儿，戴正军帽，整了整军装，赶忙迎上去，满脸堆笑着敬礼。

对面儿的两个中校队长正经八百地还了军礼，田长垣笑道："马营长辛苦了，今日击毙匪首，兄弟你真是大功一件！你们营从晌午顶到现在，真是辛苦啦，可以稍息了……我们兄弟二人奉了咱何旅长的口谕特地赶来——会同西集着老们一起处理善后。"他把冒着臭气的嘴巴凑到马士奇耳边小声说："马营长，不好意思啊，对面儿是你的苦主儿，我们兄弟就不方便请你一同过去谈了，你过去，怕谈不下来，要是横生枝节的话……我们弟兄不好交差。"

马士奇怪眼一翻，他听说"口谕"两字就忍不住想发作，但又被两个中校身后那个大流氓党金元一对儿似笑非笑的眸子镇住了。他忍气吞声，索性立正称是。这倒让对面的中校有些意外他的恭顺，很满意地拍拍他的肩膀，笑道："马营长请稍息，一会儿这里完了事儿，一起去好好喝一杯，咱们给你庆功！"

"姑……！"这边儿孙美瑶策马迎了过去，翻身下马跪在滑竿前头，大声痛哭。老太太冷冷地看着孩子哭了半晌，终于沉声道："好了，要哭回家哭去，再哭就让别人看轻了你了。老五，过来扶我起来。"

孙美瑶闻言立刻抽噎着起身，弯腰扶起老太太，老太太却自己一撑起来，只是把怀里的牌位交给孙美瑶，交代说："仔细抱着你姑父，跟我来！"

孙美瑶立刻仔仔细细地接过牌位，弯腰垂首跟在颤巍巍的老太太身后，姑侄二人在上千双眼睛的注视下，向篝火前方走去。

"老嫂子！老嫂子！"漕帮老爷子党金元远远望见峄城孙家的主心骨儿——大姑孙桂枝的身影，立刻招呼一声，一路小跑着迎了过去。

双方临近篝火，却见大姑孙桂枝抬手在面前比画了一下，郭琪才立刻答应一声，抽出腰间马刀，在篝火前沿儿划出一道"分界"。

党金元刚跑到篝火堆前，眼见着"地界"尴尬地止住脚步，长叹一声道："老嫂子，您这是何意啊？"

"呦……我当是谁呀？原来是漕帮老头子啊。什么风把您给吹来了？"孙桂枝兀然地站在界线这边，木雕般满面皱纹的老脸上没有一丝表情，冷冷地奚落着对面的漕帮大佬，吩咐道："来人，把火把都点起来！让我看看清楚我二哥到底是谁！"

"您看您这话说的，美珠这孩子出了事儿，我哪能不来啊？"党金元苦着脸儿，扭头看见一同来的另外三人也跟着走近了，连忙示意他们退后，先别插嘴，眼下由他主谈。那三人乐得清静，一起默默地往后退了半步。

"呵……党二哥，论理您来，可是应该站在这头儿，而不是对面啊？"孙桂枝恶狠狠地骂道："庚子那年，义和团起平原，不到三月遍地传……那年，我丈夫带着你，和我弟弟一起扒铁道、一口气拔了 100 多里的电线杆……'巨野教案'①，为了救大家性命，是我男人出头替大家吃了剐刑。"孙桂枝抬手一指孙美瑶怀里抱的牌位冷笑道："我男人的命成就了你的名声，让你成了漕帮二哥、弟子数万的老爷子。美珠出生那年，是你和我弟弟结拜的生死弟兄，党金元！别忘了，美珠是你干儿，这孩子管你叫爹！"言至此，两个老人对着"轰"的一声忽然爆燃起来的篝火，隔着一道刀划的"地界"都痛哭起来。

---

① 1897 年，巨野大刀会起事杀洋人、烧教堂……最后以清政府妥协，屠杀肇事者、处分当地官员、道歉赔款了结。"巨野教案"与"大足教案""冠县教案"，堪称 19 世纪末揭开义和团运动序幕的三大教案。

　　孙桂枝骂道："你个缩头王八！美珠是我好侄子，可也是你好儿子！你儿子死了！你倒看看你的脚——现在站在哪头呢？"

　　党金元抹了一把老泪纵横的老脸，两手一抓，朝胸口一指，赌咒发誓道："老嫂子，天地良心啊！我可没忘了咱们的交情，要是我党金元对您有半点儿二心，三刀六洞，五雷轰顶啊！美珠这孩子出事儿，我听见就往西集赶呐……我不怕别的，老嫂子，我就怕两边儿一交火儿，咱们的孩子又吃了亏！"他说着，一把扯开胸口的衣襟，露出瘦骨嶙峋的胸脯子，冲孙美瑶喊："老五！你姑和你只要是信不过你二叔我，你现在就崩了我！"

　　孙桂枝冷哼一声，喝令一声："老五！"

　　孙美瑶立刻转身将姑父的牌位交给郭琪才，自己麻利地抽出盒子炮，对准了党金元，嘎巴一声——顶上了火。

　　党金元反而露出一丝"病大虫"似的狞笑，用下三白的眼睛瞟了一眼孙美瑶，然后直勾勾地盯着孙桂枝，阴恻恻地说："老嫂子，您扪心想想我党金元真正是向着谁的？这几年如果没有我撑着，抱犊崮能守到今天吗？今儿要不是我扛着泰山压顶——你家小五现在还能活着？没准现在西庄老营、十八寨，甚至抱犊崮都已经被攻破了你信吗？我实话跟您说白了……西集出事儿后，整个鲁南第六、第二十两个旅，老五师的乃至各个税警、稽查大队的人马全都围过来了。你们还以为唱的是《三岔口》群英会呢？这是《十面埋伏》！人家早就把你们一锅兜住了！"

孙桂枝闻言暗自点头，但脸上仍不动声色。孙美瑶手里的枪放低了半寸，忧心忡忡地看一眼守在篝火边上的郭琪才，当过兵的郭副司令点点头，承认了这话的可能性。

党金元苦笑道："老嫂子，咱们和人家火并，也不就是长枪短炮？有的兄弟还是大刀长矛呢。可人家手里现在是啥？俄国的水连珠、英国的马克沁、德国的手榴弹、日本的山炮……咱们撵捻子、会码子，还不得是快马加鸡毛信？可人家现如今是电台直通指挥所、铁皮车运兵。不说别的，就眼下咱们说话的工夫，我看第六混成旅就已经坐火车到了枣庄了，如果连夜用兵，天不亮就能攻到抱犊崮。而你们，还在这儿围着西集呢。"

孙美瑶倒吸一口凉气，举着枪，咬着后槽牙嘴硬道："我才不怕！有周三哥、王四哥守着山寨呢。天亮？你看看我天亮前能不能打下西集给我大哥报仇！"

党金元闻言忽然纵声大笑，宛如夜枭的狂笑声震夜幕，官、匪、民三方近万人无不惊心动魄。党金元高挑大拇指，冲着孙桂枝笑道："哎！老嫂子！老五这孩子不错！有咱大哥当年的气概，有他在，我看抱犊崮的基业未来还能大展宏图！"但他笑容转瞬即逝，喟叹道："老嫂子，美珠今儿出事儿纯属意外……咱们好汉不吃眼前亏啊……老五这根苗子不错，咱们可得把青山留住，这样才不怕没柴烧啊。"

他看孙桂枝和孙美瑶的气势都在动摇，便乘势凑前一步，蹚过了界线，手却往他们身后一指，低声道："老嫂子、老五，你们看看这些人，不错，他们是得了消息来帮你们讨说法的。可是，他们可没有一个是跟你们来扯旗造反的啊！老五你信不信，你这边儿只要手指头一动，打响一枪，他们全都会找辙开溜。弄不好还会给你们打黑枪呢。他们今天敢来就是因为抱犊崮是不是匪还两说……孙美珠和我一样，既是匪首，也是乡绅，如果你们觉得杀的是匪首，必得报仇——那今夜，抱犊崮除非打赢了，一举灭了西集的官军……可以后你们就是土匪，早晚得被剿灭。可如果你们认了是他们误伤了乡绅，那后面就都好谈了。老嫂子、老五，你们还真准备在抱犊崮当上大王吗？咱们一直不是说得好好的——割据一方，保境安民——等待招安吗？"

孙美瑶耳听孙桂枝鼻孔里长长透出一口气来……便感觉姑姑要妥协，于是他心里一横，仍举着枪怒道："姑……不行，不能认！我大哥不能白死了啊！"

党金元哼一声，转颜劝慰孙桂枝："老嫂子，你可千万别犯糊涂。"

孙桂枝梗着脖子骂道："我早就糊涂了一辈子了！你听好了，让我们认了误杀也行……但我们有三个条件。"闻听这话一出口，孙美瑶立刻像泄了气的皮球一样，收了枪，蹲在了地上哭了起来。

党金元心里叫声好，赶忙接话说："嫂子您说吧……"

"第一，把美珠的尸首还我们，不得枭首传示。"

党金元满口答应道："这是自然……不但如此，我还得让第六旅给咱们大办丧事，给予一定抚恤。"

"第二，枪毙凶手马士奇！"孙桂枝厉声喊道。

党金元头摇得像拨浪鼓一样道："这……这条，想都不要想……您先把第三条说完。"

孙桂枝眯了眯眼睛，沉吟道："撤去峨口、西庄、崖头三处设卡围困抱犊崮的驻军。"

党金元笑道："那也容易，但是——抱犊崮得接受招安。"

孙桂枝点头道："当然可以招安，但我们不接受改编。"

党金元眼中闪过一丝凶光，哂笑一声，敛颜沉声道："老嫂子，美珠今天出的意外，还不是因为看上了西集的鸦片厂子？因此跨界到西集来收鸦片了？我知道临枣方圆百里的生鸦片都归你们抱犊崮垄断收货……也因此，这些年美珠的队伍越扩越大不是吗？"

　　孙桂枝就像抱窝的老母鸡瞪着黄鼠狼一样警惕起来，厉声道："二哥，咱们不是早就有言在前？临枣地区、西集以南、津浦线以东的生意，你不插手吗？"

　　党金元一嘬牙花子，不满道："又误会我不是？老嫂子。我实话说吧，不是我惦记，是鲁军上面的人惦记着呢。这事儿不明摆着——咱们鲁南的鸦片生意是民国六年张督办①在的时候干起来的，他老人家是皖系，段总长②的人；那如今呢？皖系早败了，咱们鲁南现如今是直系田督军③的天下。而美珠这孩子还照旧把生鸦片收上来往青岛、上海送……津浦线不让他运，他居然起飞智，联络淮海的刘黑七走海路走私……我早就劝过他，他不听啊，就听他手下那几个皖系逃兵的话。所以才有今日之祸。我也把话说开了……以后第六旅的马营长就常驻西集了，我看皖系是不行了，现如今，只有接受第六旅招安一条明路。接受改编以后，我担保老五还是做司令，怎么也弄个少校营长干干。不过，咱们鲁南的鸦片，以后就大大方

---

① 皖系军阀张敬尧。
② 皖系军阀段芝贵，曾任陆军总长，直皖大战皖系联军的总司令，其人一生能交际、巴结，以善用美人计攀龙附凤而彪炳史册。本故事中，此人是六国饭店真正的老板，金翠喜的后台男人，金小玉的疑似生父。故事发生时，段芝贵正因为直皖大战惨败而受到通缉，蛰居在天津租界当"寓公"，暗地里积极参与皖系复兴，意图帮助段祺瑞重掌大权。
③ 直系军阀田中玉，故事发生时主政山东。

方走运河、走津浦线，发济南、发天津。"

孙桂枝眼里忽然吧嗒吧嗒落下眼泪来，弄得党金元和孙美瑶全都措手不及地没了主意。孙桂枝哭道："二哥，我们美珠不是不知道眼下鲁南是直系的天下，可是一来我们老孙家的种全是直肠子，既然他爹跟着"辫帅""靳帅"①做事情，骨子里就认了皖系，再者后来皖系溃败，美珠这孩子本来可以不管不问，可他就是本着一腔江湖侠气，毅然带着这些溃兵在抱犊崮落了草，也因此才与第六旅马士奇他们结仇交恶。其实这里面哪里有什么个人恩怨？可国家大事，政治派系又怎么会是我们草民能弄得懂的？他有时候也会跟我商量几句，也想过下山接受招安。可是二哥，一来，我们抱犊崮五路司令，三个都是皖系出来的，直皖大战，他们都杀得不见天日，千仇万恨，岂能放得下？二来，我们鲁南自来与淮海、豫西两个强援同气连枝，一个刘黑七，一个'老洋人'，现如今那都是还拿着皖系卢大帅的给养的。如今世道，二哥，您真能说清楚咱们鲁南明天是谁的天下吗？现在可好了，第六旅的马士奇在西集杀了我侄儿美珠，这在抱犊崮就是不共戴天之仇，您现在让我接受直系招安？那抱犊崮，还能是老孙家的抱犊崮吗？我孙

---

① "辫帅"指张勋；"靳帅"指靳云鹏。两人都是皖系军阀，靳云鹏是段祺瑞手下"四大金刚"之一。

桂枝，还能端着架子，直面手下五军十八寨的上万弟兄吗？"

党金元把脑袋一摇，不以为然地说："老嫂子，关爷爷都能在咱们南边儿土山上和张文远约过三誓。咱们如今也一样啊——降汉不降曹嘛。不然明天天一亮，大兵一到，玉石俱焚，咱不能还没过五关，就先走了麦城吧？我说白了，底线是只要您答应鸦片生意以后收上来统一卖给鲁军。其他条件，我都能想办法。否则，我也把话放这儿，抱愧崮，守不住。"党金元指点着身边万亩罂粟田，冷笑道："鲁南这片鸦片田，田督军是志在必得的，老嫂子，民不和官斗、胳膊拗不过大腿，美珠这孩子不就是眼前的教训吗？"

孙桂枝嘿然无言，当即点头苦笑道："二哥，你话也说透了，我也听懂了。不过，这是件大事儿，我没法替我手下弟兄们做主，我要回去和他们商量商量。"

党金元并不意外地点点头，笑道："那是自然。"

孙桂枝咬牙道："那请先把侄子的尸首还给我们吧！"

党金元连忙颔首，朝两名中校队长比画了一个手势，那两人摘下白手套半空中一晃。只听西集镇里一阵整齐的脚步声响起，一队官军踩着正步，将一抬担架恭恭敬敬地抬了出来，一直放到篝火达上，敬礼转身离开。孙桂枝和孙美瑶立刻扑上去痛哭起来，跟随他们来的匪兵和民团们，也凑趣地扯着脖子干号——完成了中式特有的丧礼……

"山东建国自治军"的参谋长郭琪才擦了擦脸上的泪水，举手对手下喝令："预备——放！"

"嘭！"致哀的排枪响彻午夜云霄，并接连一十八响，夜罩下的罂粟田上，漆黑的花瓣漫天狂舞，向着未知的迷雾飞散而去。

远处，一声汽笛响起，忙碌的津浦线，不舍昼夜，亦如斯夫……

（二）祭春之季

　　民国十二年，公元 1923 年，4 月 9 日。阴历癸亥年，丙辰月，壬子日，宜祈福祭祀、请期合婚。过午时分，天气晴好，柳絮如烟，草长莺飞，琼花满天。

　　在上海法国租界的毗邻——是霞桥潘家的聚居区。矗立在租界街口的先是两栋西式别墅，大的一栋原本是上海道为了方便与洋人会晤而建设的一座道藩公署，对面则是潘家祖父辈为了在公署工作便利，而就近兴建的四栋联排的私宅。而这四栋私宅后面，潘氏族众、幕府客卿、远近姻亲纷纷各自谋了块地皮建自家房子。这些房子分别请了南洋、东洋和江苏本乡的建筑师联袂合作，既要在样式上与西洋租界的气派相和谐，又能在功能上满足中式家族的规矩及气度的内敛。这就形成了上海的新殖民主义建筑风格，之后随风而来的聚居者们快速蔓延开来——时至今日，这里早已成为寸土寸金、建筑鳞次栉比、宝马香车遍地，万丈红尘的"上流"华人聚集区。而街区深处有深绿色的一处中式花园将喧嚣隔开——花园后面是潘家老

太太率领一众女眷生活的内府。内府东侧则是家族的公共区
域，居中的位置原本是要建一座家庙的，后来考虑祠堂仍要在
余姚老家护住"耕读传家"的根基不动，这里便起了一座藏书
楼。一楼中堂放置了祖辈父辈的正装肖像——四季灯火长明，
日夜香烟不绝。堂内晦暗的灯光投映在藻井两侧是书法家张
佩纶工工整整题写的两块金漆大匾："东陵衍派""皇极传经"，
两侧对联写的是"如玉如金诗文蕴藉""有家有室瓜瓞绵绵"；
而在中堂，挂着的却是风流倜傥的两个行书大字"盈虚"，题
款摘录曰："量无穷，时无止，分无常，终始无故……察乎盈
虚，故得而不喜，失而不忧——某年某月某日，于松江秋水
参海盈虚楼。"笔力遒劲，俊迈洒脱，正是香帅张之洞的大
手笔。

现在正对着祖辈肖像下面，一名身着长衫的隽秀青年端
端正正地跪在一个烧干净了的大火盆前面。他留着自来卷儿的
西式分头，广额长脸儿，龙眉鹤眼，悬鼻若胆，嘴角初蓄黄
须。不和谐的是，他清秀的面庞上，赫然有几处乌青和红肿，
显然是被人狠狠地揍过一顿，而他似乎已经用胭脂水粉，给
自己尽量地遮盖了一下。眼下他垂目观鼻、鼻悬缄口、口闭
扪心，一双长手爪交叉护在丹田，做出一副行运周天的练气

模样。在他背后，盈虚楼门口和暖的阳光下头，一张太师椅上，不大端正地坐着一位穿着同款长衫，但外头罩了一层雕绣夹袄的老族叔。老族叔用力打了一个哈欠，把手中血红色的、陈年包浆的玉竹戒尺随手撂在太师椅上，撩起袖口，对着阳光仔仔细细地擦了擦自己手腕上簇新的万国表，得意地哼了一声……放下手，才又想起看表原是为了看看时间的，不得已又抬手看准了时辰，却又忍不住哈口气，再用袖口擦了擦表盘。

这时，"咪啊呜"一声，一只大白波斯狮子猫从几盆大团的绣球花下面钻了出来，也夸张地在阳光底下伸了个懒腰，用一双蓝、黄不同颜色的猫眼儿审视起中年男子。那男子认得这猫，便抬头往花园转廊的出口望去，果然，一个忽闪着大眼睛、裹在藕荷色锦绣旗袍里的靓丽小姐，率领着两名青衣侍女，噔噔噔地迈着猫步走了出来。

中年男子眼角乜到侍女手里拎着的大食盒，立刻坏笑地举起戒尺比画道："'咪啊呜'！侬头皮翘哩，不听侬爹爹的话，来给哥哥送饭呀？小心侬爹爹也请侬吃竹笋炒肉。"

被称作"咪啊呜"的大小姐哼一声，站在男子面前，娇憨地发话："六叔公，你个老头子可算了吧，拿了鸡毛还真的当令箭了。可是老太太派我来的。"

六叔公"哦"了一声，笑道："侬爹爹可是当着大家伙下的死命令，要好好饿侬大哥一日，伊点名叫我看着渠，侬个小娘皮可不要坏了家法，回头侬爹爹又要寻我的不是哩。"

"咪啊呜"哼一声，笑道："老太太已经教训过我爹地啦——我爹地说，教训儿子是我的本分，老祖宗就说'巧了呀——让孙子吃饭也是我的本分'，我爹就没话了、闷特了，只好磕了头，气哼哼地说去上班了。哼，我看他是又去公署搓麻将去了。"

六叔公打个哈哈，听说族长堂弟已经去打牌了，自己不免也手痒起来，搓搓手，露出一副屁股长毛坐不住的猢狲样子来，嘿嘿一笑道："哦，这样说起来，还是老太太说得对。我也觉得屁大的事情，何必搞得家宅不宁？什么时代了，还动不动家法家法的……既然这样说……"他起身舒展一下，又用力地撸起袖子，看看手表，笑道："老太太叫侬来接班，那我就下班了，侬爹爹要问，我可是交给侬了哦……"说罢，朝"咪啊呜"小姐做了鬼脸，将戒尺挂回墙上，转身、挥手，扬长而去，估计也是赶奔宝局去了。

"咪啊呜"吩咐让侍女在天井里背阴的石桌凳上去打开食盒，自己则抱起波斯猫，撇着嘴走到哥哥身后——这罚跪的人一定听到了她和六叔公的对话，也一定知道六叔公已经走了，却仍是木雕一样地跪着——装蒜。她促狭地一笑，大眼睛忽闪一下，计上心头，悄咪咪地俯身过去，捻起猫尾巴去扫哥哥的鼻子。

哥哥也如愿以偿地等到妹妹的古灵精怪，忍着笑，竖起还在捻诀的手拨开毛茸茸的猫尾巴，做出一副老气横秋的样子说："你别捣蛋，我刚在冥想哩……"

"哈，装什么野狐禅，六叔公都走了，爹地也'上班'去了，你还装个什么鬼？快来吃饭，我特意叫厨子给你做了黄松糕、油爆虾、腌笃鲜……"

哥哥听到油爆虾时眼睛就睁开了，听到腌笃鲜笑容就展开了，他扭头满意地朝妹妹作揖笑道："'咪啊呜'最乖了！大哥一定谢你。"

"咪啊呜"一把拽起哥哥，哥哥一边儿哎哟叫着"慢一点"，一手揉着跪得酸痛的腿，一手揉着打肿了的屁股，扶着妹妹缓缓挪到天井，小心翼翼地坐下。他从侍女手里接过一碗腌笃鲜，就啜了一大口，放下，又接过粳米饭，就着咸鱼肉饼吃了一大口，露出灿烂的笑容。他感谢地看向妹妹，妹妹这下却板起脸来，仔细看看哥哥脸上的伤痕，冷哼了一声，低头逗着猫，不再给哥哥好脸儿了。哥哥于是故意地哎哟一声，揉了揉屁股，想引起妹妹的同情，谁知妹妹只是鼻子里冒出一股冷气，仍是理也不理他。哥哥见讨了个没趣，便用食物堵住了嘴，闷声吃起饭来。

"咪啊呜"等哥哥讪讪地又吃了一会儿，才没头没尾地嘟囔出一句话："阿姐来了哈，刚刚见过了老太太、太太们，现在在我屋里坐了半晌了……你吃完饭，想好了，怎样过去和她解释。"

闻言犹如霹雳，哥哥不由得像犯了错的孩子一样嘟个嘴，愁眉苦脸地撂下了饭碗，一脸惭愧。他盯着大白猫被妹妹揉搓得翻身摆烂的样子，烦恼地撂下碗，起身踱起步来。"咪啊呜"被哥哥身影晃得头晕，学着大人"恨铁不成钢"的样子摇摇头。忽然她又想起了什么，"哎"一声叫哥哥停下，从口袋里掏出一封信说："哥，还有你一封信，好像是北京寄过来的。"

哥哥闻言，一下就停了脚步，满脸惊喜，一把抢过来信，喜形于色且得意地笑道："'咪啊呜'！这是槱森①的信哎！"

"咪啊呜"疑惑地看着哥哥。哥哥一边儿仔细地撕开信封，一边儿强调道："槱森嘛！徐槱森——海宁徐志摩嘛！"

_____

① 徐志摩，槱森是他的字，他与小说主人公潘云鹤人物原型邵洵美关系极好，又因为模样、气质类似，因此以兄弟相称。历史中二人是在1925年左右欧洲游学考察期间认识的，但本小说硬要给主人公安排一段奇遇记，便提前了两人的友谊。

　　"呀！给我看！给我看！""咪啊呜"把爱猫"咪啊呜"一下子扔到地上，像小猫见了逗猫棒一样扑过来，伸手就来抢信。

　　哥哥笑着将信封塞给妹妹，一边儿展信详读，一边儿笑道："你急啥嘛，我看了就给你看的呀……"

　　"咪啊呜"立刻乖巧地坐下，等着哥哥分享信中的"神圣的文坛消息"。

　　哥哥眉飞色舞地引述着来信的内容："云鹤吾弟……'咪啊呜'，櫵森叫我弟弟耶！……手书已拜读……櫵森说……他完全同意我对歌德的解读……他说……'所有堆砌的装饰和典故都是旧世界腐朽的赘疣'，都应该摒弃掉，就如同在死掉的土壤里应该长出新的花来！旧的就得彻底死掉……因此，他不要我写旧体诗，一定要写白话诗！……他说，他立志要做继承拜伦式的文学英雄，那我就应当做雪莱浪漫的继承……他现在北京做京剧的改良，已经把《武家坡》改成莎士比亚式的新剧，一经六国饭店的试演，大受观众欢迎。他说会请国剧社赴沪演出的朋友把剧本拷贝和首演的剧照带来上海给我——说请我雅正……'咪啊呜'！'咪啊呜'！他组织了一个俱乐部，起了诗社叫'新月社'——他请我加入上海新月社的活动！'咪啊呜'……听到没，櫵森邀我入社了！我是他诗社的成员了！"

"咪啊呜"听得一脸崇拜，面色潮红，已经几乎缺氧，只剩下不住地点头，替她的哥哥感到由衷的幸福。

哥哥潘云鹤忽然沉吟起来，点头反复仔细参详起来信的内容道："樯森说——我提出的关于艾略特《荒原》的问题，他一时也无法回答，此诗格局之大，用典之雅，怀疑之甚，风气之新……定然是划时代的里程碑作品。而要读懂、真正理解这首诗，不能不深入了解西方的历史和哲学，并结合欧战后的先锋思潮才行，而要有这样的胸怀眼界和知识……不能仅仅是'拾人牙慧'的'知道了'，而是要去学习和体验——且一定要亲自赴欧战后复苏的欧洲学习、生活、体会才行，'咪啊呜'，樯森建议我将《荒原》当作开启先锋诗歌大门的钥匙，不要在国内浪费青春，要尽早去欧洲求学。那里的'荒原'上的鲜花在召唤我们！"

他伸手从侍女手里接过茶盏，像喝酒一样喝了一大口，把信交给"咪啊呜"，用半个屁股坐回石凳上沉静下来。忽然下定决心似的起身，走回藏书阁对着祖先重新跪了下去，甚至磕了三个头。"咪啊呜"疑惑地看看信，又看看哥哥，小心地凑过去问他："哥……你这是做什么呀？"

潘云鹤故作高深莫测地摆摆手，沉声道："我还在受罚，还需要好好冥想一下。你且先回去吧……"

"咪啊呜"气得翻翻白眼，嘬着嘴嗔道："喂！阿姐巴巴地等着要见你哩！你敢不去见伊？"

潘云鹤微笑道："'咪啊呜'，'咪啊呜'……不要吵。我和你讲，你到我屋里厢去，写字台上，歌德的诗集底下压着一张外国唱片，你拿去给你阿姐听听看，就说我叫她听的。她听了，就明白我了。"

"唱片？她要是不明白咋弄？生气了咋弄？"

"她自然明白……相信我，她自然明白的。"

"我真的受不了你们！整日打哑谜！她生气我可不管……你也真是……躲得了和尚，还躲得了庙？""咪啊呜"轻轻戳了一下哥哥后脑瓜，跺脚转身而去。潘云鹤闭目如老僧入定，听妹妹离开了，嘴里轻声念起经来，而"经文"赫然是："庙外有只猫，庙里有只猫。庙外额猫想咬庙里额猫，庙里额猫想咬庙外额猫……"那只波斯猫歪着头，看了一会儿呆若木鸡的潘云鹤，觉得无聊，转身到太阳底下盘成一团儿，也运行起它的周天来。

"凤仪？凤仪……你果然躲在这里！老太太说你来了，我阿妈牌都不让我打，怕侬闷得慌，让我找你玩……结果找来找去……'咪啊呜'也不知哪去了……"闻声而至——是一位十八九岁,身穿贴身定制的旗袍、烫着新式头发、满身珠翠的少妇闯进门来,挥手让侍女们都远远退下,自己却笑眯眯地凑了过来。

被称作凤仪的女孩正歪在罗汉床上翻看《绣像红楼梦》,一听这泼辣货闯进来寻她,不由得烦恼异常,便一下将书盖在脸上,自欺欺人地做起了"隐身道士"。

那少妇却笑吟吟、大剌剌地一屁股坐在凤仪大小姐身边儿,冷不丁一把扯下书,一眼看见大小姐哭成桃花一样的美目,不禁促狭且同情地叫喊起来:"哎哟哟,我的心肝呦,哭了呀……伤心了呀?"

李凤仪[①]羞惭地用双手死死护住眼睛,用力翻身蜷缩过去,想要拒绝这少妇"对面拿贼"般的关怀。

那少妇轻叹一口气,拿起《绣像红楼梦》,随手一翻,用昆腔念白抑扬顿挫地诵读起来:"抛珠滚玉只偷潸,镇日无心镇日闲,枕上袖边难拂拭,任他点点……与斑斑……"

李凤仪听她念得好听,但却明明在打趣自己,更是蜷缩

[①] 李凤仪人物原型是邵洵美的爱妻盛佩玉,是晚清洋务能臣、实业大亨盛宣怀的孙女。她与邵洵美是表姐弟关系,青梅竹马,相互欣赏,彼此守护,是乱世沉浮中难得的、能善始善终的神仙眷属。

紧身子，背身冲着盛装的少妇，用小脚跟报复性地去蹭踹少妇的后腰。那少妇哎哟一声，笑得更厉害，又找后面一段大声念白："姐姐也自保重些儿，就是哭出两缸眼泪来，也医不好棒疮……"

凤仪气不过，翻身起来就要夺少妇手里的《绣像红楼梦》，那少妇并不和她抢夺，随她夺了去，却趁机揽住女孩儿的腰，笑道："姐姐，我来了，你也不理我？"

李凤仪哎呀一声，娇嗔道："我都心烦死了，玉兰①你还就知道气我，都看我好欺负，都气我！"说罢，眼眶一浅，珠子大的泪，扑簌簌地滚落衣襟。李凤仪越想越委屈，索性一把抓过少妇抱住，哭出声来。那少妇赶忙忍着笑，抱住闺密，一手轻抚着她的后背，一手从怀里摸出鲛绡帕子，塞到凤仪手里。

凤仪抓住帕子敷在脸上，哽咽道："玉兰，你说，我可该怎么办呀……"

姚玉兰长舒一口气，又轻柔怜惜地拍了拍闺蜜，感到她心跳缓和些了，才把她放开。她对门外留神的侍女比画了一

---

① 姚玉兰：京剧名家筱兰英的长女。姚玉兰小时候曾是邵洵美母亲随身的侍女，后来邵洵美的母亲将其认作义女。姚玉兰13岁登台，一时红遍江南。她当红时嫁给了杜月笙。他们夫妻历经沉浮，携手终老。因此，故事中的小潘算是杜月笙的大舅哥。

下"热手巾敷脸"的手势，看侍女疾趋而去，这才长叹一声笑道："哎呀呀，我的好姐姐，亏你还大我一点儿，没事儿的呀。你是大门不出二门不迈的大小姐，少见多怪的。你可不知道现在外面那些魑魅魍魉的手段可多了去了……这次没什么大事儿，不过是中了一次仙人跳……就怪那些贼子们手段也忒歹毒了些！"

李凤仪知道姚玉兰虽然年纪比自己略小，却是跑过五六年南北水陆码头的老江湖客了，这次潘云鹤出事儿，别人只是瞎着急，她（和她男人）却是救下潘云鹤的恩人。也因此只有她才能把是非曲直辨扯清楚了。于是李凤仪死死抓住姚玉兰的手，恳请道："好妹妹，你好好跟我说说，到底怎么回事？什么是仙人跳？怎么就还出了人命了呢？"

姚玉兰来了精神，说书先生一般用手里檀香木折扇一指，满身是戏地说道："吓！姐姐，咱们整日里满口'联档模子、联档模子'地叫，可你知不知道什么是联档模子啦？哼……这次，云鹤哥哥就是遇到联档模子了喔！姐姐你是熟读了《红楼梦》的，还记得里面害人精马道婆说过'王公贵族的孩子都有促狭鬼跟着'。这道理在江湖上还就是这样，你知道设仙人局的骗子，是自古有之——北方叫作'蜂麻燕雀'，说白了就是拆白党、诈骗犯，一个团伙的诈骗犯……"

姚玉兰轻轻抽脱被闺密因为紧张而攥疼了的手，煞有介事地伸开手掌数着说："这个团伙有多少人？你看着啊……头一对儿是一对父女，老头子是团伙里带头的，演这个女孩的父亲，又老又弱，还有肺痨；再一个就是这个女孩子，当然了，模样好，也是柔柔弱弱的，但要有一副好嗓子，也作科学了几年戏，唱念身段也都是可圈可点的……嗯……对的呀，没有这样一个千娇百媚的'林妹妹'，怎么能让云鹤哥哥这样的人掉进他们的圈套里面？第三个是个'刚度'①，一个乡下被裹挟来的穷秀才，一会儿再给你讲他的用处；第四个就是'对头'，凶神恶煞的，这个当然是扮黑脸的；第五个是'白纸扇'，出主意的，出了事情来扮'红脸'的，却是最能挖坑害人的……"数完这五个主角，她将手一翻，将手背倒着又开始数配角，依次数道："此外还有几个合伙的坏人……带人入局的'引子'；帮着撑场面、起哄架秧子的'桩子'；放哨望风的'招子'；协助逃跑的'轮子'；当然还有几个身强力壮、专门打人的'棍子'……"说完，姚玉兰微微一笑将拳头一握，叹息道："你看这样至少十几个人，要想做这样一个仙人大局，前后少说要准备半年多哩。"

---

① 上海俗话，表示傻子、笨蛋的意思。

凤仪听得目瞪口呆，浑然忘了是自家的祸事，只当听书一般将信将疑地问："妹妹你说他们半年前就盯上小潘了吗？"

姚玉兰肯定地点头："至少半年，说不好一年呢。所以我家里老杜[1]跟阿妈说了，云鹤以后不去圣约翰中学了正好……你想想，上海滩那么多戏院、书场、堂子他都不去，为何偏偏会和他那几个狗肉同学去了那么偏僻的堂子听戏？所以说……这个带路的'引子'弄不好就是他的同学呢……我们分析小潘太招摇，小小年纪，开汽车、戴名表、打茶围、捧戏子……哎，一早就被人家盯上的了呀。"

凤仪皱着眉头叹口气："哎，圣约翰都算是好学校了，里面也大都是世家子弟，你说得那些事儿吧——里面同学……不是说个个都是这样风流胡闹的吗？"

"嗨，对呀，那些骗子手可不就是盯着他们这些出头的椽子？"姚玉兰点头叹道，"这些魑魅魍魉真是可怕，你往下听，他们的手段处处都是奔着咱们云鹤哥的软肋来的。姐姐你知道的，咱们家的孩子们，听戏从来都是只去大戏院、大世界、天蟾……哼，我天天都在大世界共舞台守着，脖子都望

---

[1] 指杜月笙，他看了姚玉兰的演出后大为倾倒，不但将其捧红，而且苦追数年，执意要纳姚玉兰为妾。姚玉兰与他约法三章后，成为杜月笙的第四房姨太太。姚玉兰成名大约是在19世纪20年代初，结婚是在1928年。为了剧情需要，这里将他们的婚姻提前了。

断了，也等不到我云鹤哥来捧我的场……可这回他偏偏听他的同学的话，要去虹口边上那么远僻的角落去白相，说有个什么新开的堂子，新下海的孩儿，人好，戏也好……哼……这不，云鹤哥最不能驳别人面子，这不就乖乖入了别人的毂里了。"

李凤仪立刻瞪起眼睛，恨声道："莫不是北四川路那一带？传说全是日本人开的土耳其浴室、酒吧间、红丸馆……的那些地方？"

"哈……你都知道的啊，那些地方咱们家孩子从来是不许去的，可你知道，这些男孩子们，你越是禁止，他就越是好奇……咱们云鹤哥不但敢去，而且堂而皇之地开着咱们老爷子的福特车去的，吓！几条街的人都知道咱家潘大少爷在虹口白相哩！所以咱们老头子打他也不错，骂得也不错……他这样的，出事是早晚的事……别人是树欲静而风不止，他可是'头上装蒲扇——要出大风头'哩！那些坏人见他来了，精明得很哩，知道他不喜欢热闹、污糟，就真是弄了一个清清爽爽的茶室，养着几个干干净净的女孩子，又有几个斯斯文文的学生在里面喝茶、听戏。哼……别说是云鹤哥着了道，换了是我，也愿意多坐一会儿的。"

凤仪白了一眼姚玉兰，咬牙嗔道："你不用替他打掩护，你就将实情经过一一细细说来好了。"

姚玉兰抿嘴一笑，抚着闺密的后背替她宽心道："姐姐别急嘛……"

李凤仪气急道："我怎么不急？你这人最坏，我都急成这样了……你还在那里慢悠悠地说书！明明就是看我的洋相！作弄我！"说着眼圈又红了。

姚玉兰苦笑一声，赶忙作揖道歉："哎呀好姐姐，我哪敢作弄你？你知道我的，云鹤哥要是真出了事儿，我还不第一个蹿出去拼命？你看我现在这么慢悠悠和你说话……可不就是没出什么大事嘛。"

李凤仪闻言点头，心里略安定，仍是嗔道："还说没有大事？都见了报，说是死了人的。"

姚玉兰攥住李凤仪的小凉手，点头笑道："好嘛好嘛……我不兜圈子了，姐姐你看过《虎囊弹》①的吧，开头就是一样的故事，云鹤哥就是鲁智深咯，听戏自然看到一个可怜巴巴的女孩子——戏唱得好，眼睛也好看……他爹爹是弦师……定然又是个欠了很多钱还有肺痨的老儿，一步三喘，满面潮红，就是加倍的可怜咯。"

———

① 昆曲传统剧目，讲述的是鲁提辖拳打镇关西的故事，前半段讲鲁智深仗义救人，后半段讲金老儿舍命报恩和鲁智深醉打山门。

"这两个唱戏的就是骗子？"李凤仪疑惑地问。

"两个？何止！那一窝子都是骗子，这个局就是为云鹤哥布下的陷阱。那女孩儿自然每次都对云鹤哥眉目传情，那老儿每次也有意无意地露出自己家的可怜兮兮。这时，刚刚说的'黑脸'和'红脸'上场了，'黑脸'扮演恶人，和云鹤哥争缠头，比豪气——这倒没什么，每个戏院真真假假都是这样的。然后那个'红脸'就扮演东主，每次都向着云鹤哥，帮他拿到头筹，气得那个恶人每次都拂袖而去。这下好……云鹤哥自然玩得上了头，别的场子都不去了，哼，姐姐你可别轻饶了他……听老杜说，云鹤哥他不到一个月就往那里扔了几千块！钻石手表都送了一块呢！哼！他都从来不给我送一个花篮的！"

"瞎说……你以为给你写文章的记者都是谁花钱请来的？"李凤仪轻轻在闺密手背上"啪"地拍了一下，笑道："你还非得我们几个会齐上几路亲戚朋友，到大世界给你当台叫好、撒洋钱那样的武捧不成？小潘早就说了，那样去捧你，可太丢人了……"

姚玉兰嬉笑着黏过去撒娇道："我不管，文捧武捧我都要……"

李凤仪佯作啐她一口，笑道："呸……武捧叫你野男人捧去！我还不知道吗？现如今大世界，只要沾了你名字的戏，全都一票难求，哪儿还轮得到我们捧你？我们票都买不到。"

姚玉兰笑道："那还不都是假的……老杜左兜换右兜，就买我高兴罢了……我唱了大半年《坐宫》，台下天天满堂彩，喊得我都不知道真的假的了……"正待好好发发牢骚，却想起正事儿，赶忙兜回头笑道："扯远了，扯远了。咱们接着说云鹤哥的历险记……你以为，那些骗子就是为了骗云鹤哥那一点儿缠头？当然不是，这都是铺垫。那天，刚刚说了那个'刚度'呆子就上场了。呵，好一场苦情大戏呦——那日，台上那小姑娘唱到一半儿，唱黑脸的恶人就带着那个'刚度'秀才来了，说这秀才是小姑娘的丈夫，欠了赌债外加老翁的医药费，如今将小姑娘作价八千块，卖给这恶人了……现在就要交割清楚。那小姑娘和他病老爹当然不认，现场吵作一团。云鹤哥自然于心不忍，见小姑娘哭得可怜，老头子几乎就要死呲了，居然就要出头替那'刚度'秀才偿还赌债……这下可好，那恶人坐地起价，非要一万块不可！"

"呀！这下惨了……玉兰妹妹你可能不知道，小潘这呆子有个怪，他对钱的数目感觉怪得很的，你平时让他花几块钱买个玩意儿，他觉得浪费，好像很吝啬一个人……可要是变成花成千上万的钱，那可是就成了钱祖宗，眼都不眨一下，正是当成了粪土一样！"

"可不是说……要不说那些骗子手都是下了功夫琢磨你的，什么叫作'不怕贼偷就怕贼惦记'……被他们惦记上，你每个心思没有不被他们算计进去的。我猜咱们云鹤哥大约觉得一万块也不是什么大数目……他咬咬牙，不用动关中的钞票，自己也挤得出……好歹也是救了人家两条性命。总之，他竟然就应承了下来。哼……谁知道，姐姐啊，我们都觉得这坏人到这地步，也就算顶了天了对不啦？"

"答应给钱还不行吗？"李凤仪愕然道。

"当然不够，你知道他们养一个女孩要十几年，布一个局少说一年多，都是准备啃一票就吃一辈子的……第二天在交银子的时候，那个不知怎么被他们拐来的'刚度'傻秀才就登场了，拉住咱们云鹤哥就开始胡搅蛮缠，又说云鹤哥霸占他的老婆，又说他老婆和云鹤哥已经不清不楚，早有奸情吧……又说要去报馆、要去报官讨个公道……拉扯中，云鹤哥急于脱身，就推了那蠢人一下，谁知……这一下，那人翻身跌倒，竟然就跌死了！"

李凤仪悚然道："好端端的一个人，怎会一推就死了？"

"姐姐莫慌嘛，听我慢慢和你说……我听老杜分析说，这人必定平时就是大烟鬼，这团伙每天就用'红丸'或'白面儿'控制他。这天给的大约掺了乌头或是鹤顶红，因此，他倒不是跌死的，而是被他们自己毒死的。可惜我们始终搞不到尸体，也就死无对证了。可他这一死，云鹤哥当时就蒙住了，陪他来的同学一下就都逃散了，全是那些骗子手的'桩子''棍子''引子'们围了上来，那女戏子和她爹自然'报天屈'地号哭起来，扮起苦主，那扮'黑脸'的恶人就说要绑了云鹤哥去见官，那扮红脸的班主就说不要声张，潘家少爷是体面人，不如私了为好。"

李凤仪愕然道："私了？自然又是要钞票了？"

"可不是……姐姐你最明白的了。咱们云鹤哥渐渐也冷静下来，见扮'黑脸'的恶人除了咋咋呼呼，也不敢把他怎样，便问'红脸'想怎么办？'红脸'就说……人命关天、体面要紧什么的巴拉巴拉……最后，里里外外下来，张口就要一百万大洋，而且要小潘哥写成赌债，分别写成有零有整、不同时间的十几个借据分别画押……"

李凤仪怒道："这些人算盘打得真是……"

"这还不算……他们怕在城里出事，就立刻要车钥匙，要带着云鹤哥到浦东那边去谈。云鹤哥还是聪明，心想他们越怕什么，越不能顺着他们，先是咔吧一下把车钥匙在石桌缝里扭断了，然后就'徐庶进曹营，一声不吭'了，他知道只要他的福特车停在外面，只要一夜不回家，老太太一定会闹起来，最迟中午就会有人找过来的。"

"可是，那帮贼人岂不要动粗？"李凤仪心立刻被揪了起来。

"那是自然……一看云鹤哥不合作，那几个'棍子'立刻上来拳打脚踢……你别看云鹤哥平日里秀秀气气，这时却是一声不吭，只是低头冷笑……这反倒把对方的'黑脸''红脸'都唬住了，他们自然也知道咱们少爷千金之躯，万一下手重了，那就是把天捅了一个窟窿……他们投鼠忌器——原本以为圈了一只肥羊，想这世家纨绔，吓一吓，吃一顿打，立刻就软了，赚个'快票'。谁知云鹤哥完全不按他们的路子走，竟然是块软硬不吃的'滚刀肉'。"

"那要如何是好呢？"李凤仪问道。

姚玉兰抿嘴一笑道："嗨……你还替这些贼操心？他们一肚子坏水儿，一看吓不住，用强也不行，心想这事儿大约私了盖不住，索性就要把事情弄大……于是就出了一个下流主意。姐姐你可别生气，云鹤哥……哎……他们就假意骗云鹤哥天明去打官司。骗云鹤哥喝了一杯茶去休息，结果他们在茶里下了药，云鹤哥便一头睡倒。被他们弄到郊外……不但在赌债借据上按了手模，还拍了和那姑娘一起的裸照。就是要坐实他欠债的事实以及和那姑娘确有关系，然后才去打官司……嗯，你后来听到那些风言风语，便是如此来的发端。"

李凤仪听得满面赤红，又气又怒，激动得眼泪直流。姚玉兰赶忙抚慰道："哎呀，你看又哭了。我不说给你听吧，你日后听到风言风语，一定多心，或者怀疑云鹤哥哥……我说与你听吧，你看你又哭成这样。现在世道太乱，谁能想到这些贼心肠如此之坏呢……"

"苍蝇不叮无缝的蛋！谁叫他……哼……我……回去，我就叫我爹和他们家退婚！"

"啊呀呀，我的好姐姐，你可别这样说！云鹤哥本是一片好心，最多不过是爱听戏，你骂他是臭蛋，可是连妹妹我也骂进去了……现在上海、全中国，哪还有不听戏的人？连外国人，现在都爱听咱们的京剧了呢。难不成都是苍蝇？臭蛋？不过是他好奇心重，又没什么江湖见识，着了坏人的道儿而已……你为这事儿私底下骂他可以，他爹也替你打了他、罚了他了……你再闹，不但几大家子都不安宁，再闹到外面去，那他们诬陷云鹤哥的丑事，本来是假的，你一闹，岂不成了真的？那霞桥这几大家子人的脸面都被踩下去了，而且别的不说……我和老杜这几天，可也就白费了心了。"

"怎么又扯上你和你家老杜了？"李凤仪拉住闺密的手，忐忑地问。

"哈……这事儿，不是我跟姐姐你邀功，没有我家老杜，这事儿岂能善罢甘休？如果真的打上官司，现在就是满城风雨，全国吃瓜、看笑话，最高兴的就是律师和报馆，还有市政府和工部局里面那些与咱们做对头的那些人。这些贼就是吃准了咱们高门大户不肯与他们在泥坑里打滚儿。好在云鹤哥机智，他吉人自有天相哩，那几个促狭鬼祸害不了他的……果然，一看他没有回家，老太太就闹起来——说要报官，可是太太多么聪明，立刻把我唤来，吩咐我家老杜先去找，我家老杜的本领你知道的呀……虹口区他最熟悉的呀，当天就弄清楚了情况，第三天人就放回来了啊。"

李凤仪舒了一口气，感激地捏捏闺密的手，叹息道："多亏玉兰妹妹了，回头我要专门请你们下馆子。"

姚玉兰摆摆手笑道："嗨，我是这样和我家老杜说的……如果我云鹤哥哥在梨园行里被人'仙人跳'了，我姚玉兰以后也不要在大世界唱戏了；如果我姚玉兰的哥哥在大上海被人坑了，你杜月笙以后也不要再在上海滩闯名头了。老杜做事情还是靠谱的呀，他听我这样说，拔腿就跑出去了……我听说上海滩差点儿被他翻过来，那边也有背景的呀，最后是江北的'仁社'张仁奎老头子亲自跑了一趟，对面这才服软，愿意谈判。可惜还是晚了些，对面为了讨价还价，已经把消息和几张照片给了几个小报记者……所以，外面已经有一些风言风语的了。"

"哎，小潘人没事儿就好。"李凤仪嘟着嘴道。

"就是说嘛。我知道你们家最不开心的就是圣约翰中学开除云鹤哥的事儿，这事儿也是没办法挽回了。是有些丢面子，不过，我看不去也好，我和老杜分析——这次云鹤哥这么容易就被'引子'带进'仙人局'里面，说不定带他去玩的同学就是联档码子里面的角色呢。上海好学校多的是，况且，云鹤哥也该读大学了……"

"所以，最后还是花钱私了了？"李凤仪问道。

姚玉兰叹口气答道："是啊，老杜他们的事儿往往如此，越闹得大，越打不起来，但就是得花钱呗。我家老杜是托了他师傅的面子才搬得动张仁奎的，而张仁奎定下的调子就是三不见——'不许见官，不许见报，不许见血'。双方先答应了，他才肯出面说和。"

李凤仪念个"阿弥陀佛"点头道："这老爷子做得对，倒是有慈悲心肠。"

姚玉兰苦笑一下，只是说："是啊……最后结果就是，念及那秀才人的确死了，那姑娘的确成了寡妇，因此，劝咱们还是花钱抚慰苦主为上，又说这是三保全：保全颜面，保全义气，保全悲悯……最后又谈了一上午，说定以十万大洋外加十条大黄鱼成交……"

李凤仪"嘿"然一叹，咬咬牙，摇头道："这可恶的贼！那么咱家老爷又怎么说？"

"老爷子自然气得要死，但也没法子，只好凑钱先救了云鹤哥出来……我家老杜说，这口气早晚是要出的。"

李凤仪点点头，低声问："那些把柄呢？"

"今早都交给老爷了，他和云鹤哥一起在盈虚楼前面的天井里，一把火都烧干净了。"姚玉兰道："你放心吧……那几个小报的记者也都打点了，证据都收回来了，消息不会再发了。再有敢多嘴的，我就揭了他们的皮去……"

李凤仪缓缓点点头，皱眉长叹，悯然道："玉兰妹妹，你说这可怎么好？你看咱们家这些……这些男人，怎么一个赛一个的，竟然都是败家子儿呢？"

"哈哈……姐姐骂得好……"窗外一声嬉笑，"咪啊呜"用一张黑胶唱片当扇子，扇着跑红了的小脸儿，进屋冷笑道："我听六叔公讲过，这个钱呢，本是青蚨所化，这青蚨最是轻浮，它本性就是躁动之物，在你口袋里多了，就要铮铮发声，就要跃跃欲试，就要鼓弄着你把它花出去才肯罢休。所以我爹地每晚打牌回来，不都是一边儿喝汤，一边儿嘟囔什么——'风打鸡蛋壳，财去人安乐'的嘛！"

"'咪啊呜',云鹤哥呢?"姚玉兰见李凤仪没看到潘云鹤跟进来,那一副欲言又止,又担心又松了口气的样子,连忙抢着问出来。

"咪啊呜"叹口气,跟姚玉兰做个鬼脸,一边儿忙活着支起电唱机,一边儿嘴上发着牢骚:"玉兰姐呀,他们两个是木石前盟的冤家,他们闹一场龃龉,咱们两个'鲁仲连'都不够用的……哎……你是外面操心,我是里头废腿……从早上到现在,里里外外都跑了多少趟了。好容易得了老太太的钧令……把六叔公糊弄走了,嘿,还要打哑谜……"说着,她已经把唱片放入唱机,将包装封套递给李凤仪,笑道:"姐姐,我哥让我把这张唱片给你听。"

姚玉兰在边上心急道:"他自己人呢?"

"咪啊呜"笑道:"我劝他来负荆请罪的,怎么罚他我都想好了……哼……他倒好,还是那副死样怪气的清高样,现在反客为主,还给咱们出题呢……说是听了这唱片,姐姐就能知道他的心意了。"

李凤仪疑惑地看着唱片封套,呢哝念着:"Le Sacre du printemps, Igor Fyodorovich Stravinsky[①]……春天的仪式?

---

① 芭蕾舞剧《春之祭》,作者是斯特拉文斯基。这是一部先锋艺术与古典艺术切割的里程碑式的作品。首次演出时就引发了很大的骚动和争议。

作者大约是个俄国人？"

三个美女，六目相对，彼此一片茫然化作对旋转着的黑胶唱片的期待……这时，略过沙沙的白噪音，一阵婴儿苏醒般的巴松管压过了窗外柳絮横飞的燕语莺声——悠扬的音色让三个姑娘相视而笑——然而，很快，夹杂进来的各色管乐让她们困惑了，继而——高音小号和带入的弦乐仿佛煞风景的一阵春雨，让她们猝不及防，但这仅仅是一个开始——打击乐藏在弦乐底下轰然发起暴击，管乐也全都变得诙谐促狭（甚至有些下流）起来，圆号却还像老好人一样抚慰着听众，让你不至于马上羞臊地离席——然而晚了，后面扑面而来的"不和谐"像是一群多动症的孩子追着一只猫冲进了姐姐的闺房，然后把一切精美的刺花雕绣弄得纷纷扬扬……甚至还抢走了姐姐的洋娃娃。

当大提琴再次单独出现的时候，姚玉兰才透出一口气来，她试探着问道："'咪啊呜'……这是什么呀？这是云鹤哥让咱们听的？怎么都不在调上啊？这是故意荒腔走板的吗？"

"咪啊呜"连忙摆手，打趣地看着她的凤仪姐姐笑道："我不知道哎，我哥哥说，凤仪姐一定能听懂的……"她又被一阵大鼓敲得心神不宁，于是皱眉道："我会不会拿错了？姐姐……要不要换一张听？我这里有《波兰舞曲》①……也是俄国人写的……"

"这真的不在一个拍子上啊……"姚玉兰彻底打消了习惯性地在腿上打拍子的尝试，苦笑道："这弦子师傅，怕不是喝了酒了？"

"别吵嘛……"李凤仪娇嗔地制止两个闺密的吐槽，做个噤声的手势说："别闹，听，好像是下雨了……你们听，是不是刮风的感觉？"

"咪啊呜"和姚玉兰满眼鄙视地互望一眼，确认后，"咪啊呜"摇头晃脑道："姐姐真是听风就是雨了……我真是佩服我哥哥，我看他就是脸上挂不住，又不肯低头认错，来一招'金蝉脱壳'！"

姚玉兰拍手笑道："解得妙！'咪啊呜'最懂了！还记得吧……小时候，云鹤哥打烂了花盆，他是不肯老老实实认下花盆的事哩，他一定要找一件更严重的事情遮盖这件事……自己把脑壳撞个乌青！结果当然没人理会花盆了……他那个小心思哦！家里全都团团转！给他找跌打药……"

---

① 《叶甫盖尼·奥涅金》的片段，是俄国作曲大师柴可夫斯基所谱曲的三幕歌剧。创作于1878年。作品充满了柴氏特有的澎湃的热情，展现了对青春和爱情教科书式的赞美。

"哎呀！你们两个！还让不让我听了？"李凤仪嗔怒地发作起来。

两个妹妹立刻哑火，相互偷望一眼，抿着嘴拉着手向外逃跑。"咪啊呜"笑道："姐姐你慢慢听哈……我和玉兰姐再去盈虚楼看看我哥哥去……有玉兰姐在，我们这次一定把我哥抓来给你拜堂！"

"是过堂！什么拜堂！哈哈哈……"玉兰拉着"咪啊呜"就往外逃，气得李凤仪抓起一个靠枕朝她们背影狠狠扔了出去。

李凤仪心里的阴霾却真的被这一盘唱片的谜题和两个妹妹的插科打诨驱散了，她叹口气拉过绣墩，坐在唱机面前，重新把唱针归位——双手托住脑袋，要静下心来从头再听一遍。

这次仍是巴松管顺利的开局，不一会儿就陷入了柳絮横飞般的混乱和不自洽……她自怨自艾地起身，在房间里踱行半圈，又把唱片封套拿起来看着，这一下拿反了，是背面，却赫然看见上面是云鹤清隽的笔迹题写着一句李商隐的辞行小诗："为报行人休折尽，半留相送半迎归。"

李凤仪脑壳瞬间冷静下来，她恍然地瞪了一眼旋转的黑胶唱片，又恨又爱地将唱片封套扔在地上，跑到门口喊道："'咪啊呜'！'咪啊呜'！快去追你哥哥！"

就在同时，"咪啊呜"和姚玉兰在盈虚楼天井中，对着空空地上写的十六个大字"陆机入洛，终军弃繻，秋水参海，不论盈虚"……两姐妹也跟着大喊起来："来人！来人！我哥哥他又离家出走了！"

青天白日，浪静风平的公海上，一艘名叫"金鹿号"的客轮行驶在苍茫天海之间。三个身穿青衫的汉子将十余个扭动着的麻袋丢在一处。一位身穿西装的南洋商人给他们分发了香烟，笑着问道："都在这儿了？"

那些青衣汉子点头，为保险又数了一遍，这才笑道："都在这儿了。"

西装客一伸手，那些汉子将一个深棕色皮箱交给西装客，领头的汉子凑过来谄媚地笑道："钱也都追回来了，也都在这儿了。"

"嗯，你们干得不错！我记住你们了。"那西装客接过来点点头，貌似关切地问道："都……没见血吧？"

"没……您吩咐过的，那能错吗？"大汉拍胸脯回答道。

"那就好。"西装客满意了。他朝大海做个手势——三个大汉得了命令，开始一个个把麻袋往海里丢。

领头的汉子和兄弟对视一眼，又凑过去嬉皮笑脸地对西装客说："那……那个女孩儿，怪可惜的……您看到吕宋还得好几天呢，不如……"说着，他将一块精美的钻石坤表塞在西装客手里。

那西装客冷了脸，对着阳光看看手表，又凌厉地看了那汉子一眼。那汉子立刻噤声，转身亲自将最小的一个麻袋扛起来丢进大海。这回西装客满意了，点头笑道："兄弟，这女人不吉利，你自己想想，为她生出了多大事端呐？吓不吓人啊？……不就是女人吗？等船到了马尼拉，我请客……马尼拉！啥颜色的都有！随你挑！"说罢，他一抬手，将手表也扔进汪洋大海。

那三个大汉立刻点头称是，一起哈哈大笑起来，麻利地将剩下的麻袋尽数清空了。

就在不远处，几个洋人船员懒洋洋地晒着太阳、抽着香烟。他们冷漠地看着这一切，就像阳光下每天熟视无睹的日常。

冰冷、深色的蓝水中——十几个麻袋显然坠了重物，都快速地向海底沉降——一块美丽的钻石坤表越过这些扭动的麻袋沉了下去，在幽蓝中，一闪，就不见了。

（三）万国花园

民国十二年，公元 1923 年，5 月 4 日，礼拜五。农历癸亥年，丙辰月，丁丑日，宜：开业、入宅、开工、动土、开张、破土、开市；忌：出行、搬家。上海外滩授时信号台的"子午时辰球"缓缓攀升到一半高，这是中午 11 点 45 分了，它摇晃一下，略一下沉，便继续慢慢向桅杆顶部 12 点的位置爬去，等到了 12 点，就该往下走了。

像是回应授时球的报时，远航的汽轮一声长鸣，扯开的视野中放眼出去是将近两百艘不同吨位的远航客船。它们在外滩一字排开，又有无数汽艇和驳船将络绎不绝的客人们载上载下。衣衫不整的苦力们整齐而沉默地将货物像蚂蚁搬家一样运上江滩，而喧闹的则是一大群追逐着黄包车乞讨的儿童乞丐，嘴里对着衣冠楚楚的洋大人们念着滑稽且毫无意义的歌谣："没有爸，没有妈，没有威士忌苏打！没有爸，没有妈，没有威士忌苏打……"

一艘天蓝色的高级驳船停在私人码头上，两辆咯噔作响的行李车打头阵，冲出一大群满身亮片、不时地要紧一下自己吊袜带的 flapper girls。她们在几名正装礼服穿着的东方"拿摩温"①的引领下，莺莺燕燕地"惊起一滩鸥鹭"来。在这些金发女郎的身后，慢吞吞地跟着一位自己拎着小皮箱的犹太女孩儿。她同样留着 BOB 蘑菇头，身穿羽毛般轻盈、随意的直筒裙，但钟形帽底下露出的却是自来卷儿的一头红发，和更迷人的一双猫一样调皮的眼睛。她放慢步子的原因是她手指吝啬地夹着一根香烟屁股，她要小心地把它抽完才行。然后她一眼就看见了不远处受时球的位置，她下意识地想对一下手表，却只看见自己玉润纤秀，但却空空如也的手腕。

她自嘲地笑着把烟头儿扔下栈道，看到那一大群 flapper girls 正逐一登上黄包车——拽响的铜铃铛在外滩上空响成一片，和各国语言的笑闹声夹杂在一起向码头外裹挟而去。她有些茫然地跟着走到栈道尽头，一辆黄包车立刻赶过来，一个光着脑袋、满身黝黑、英俊健壮的黄包车夫张开满口焦黄的牙齿，对她露出一个热情的微笑，他指一指前面飞驰而去的女孩儿们，问道："大观园？"

这女孩儿没听懂，但觉得这小伙子很面善，便回了一个

---

① 领班，是英语 NUMBER ONE 的音译。

困惑且好奇的微笑。

那车夫便着急地大声问道："爱俪园？"

女孩儿被逗笑了，摇摇头。

那车夫有些失望，仍不死心地，用粗粝的洋泾浜口音喊道："Hardoon Garden？"

这下女孩惊喜地点点头，笑道："Yes！ Hardoon Garden！"

那车夫憨憨地咧嘴一笑，再不废话，一把抢过小皮箱往车行李架上一搁，将女孩儿"扶"上车。往手心吐一口唾沫，横握车把，大吼一声，就朝同伴们的车队追了过去。女孩儿被这小伙子野兽般的吼叫吓了一跳，尖叫一声，抓紧了胸前的护身符娃娃。但她立刻被车夫迸发的速度和激情感染了，踩着脚踏板为他加起油来。

这时，路边一辆黑色福特车边儿上，一位身穿猎装、孔武健壮的白人中年绅士听到女孩儿的一声惊叫，赶忙从《字林西报》上有关上海商会支持学生抵制日货、提倡中日"经济绝交"的新闻上收回注意力，往黄包车上扫了一眼。他立刻着急地追出几步，挥舞着报纸大声喊道："蜜姬！蜜姬·哈恩！我是克里斯蒂安！我才是来接你的！"他的喊叫奏效了，那名叫蜜姬·哈恩的红发女孩儿闻声回头，看到一个身手矫健的老头儿正朝她使劲儿挥手，她却觉得更加有趣了，没有叫停车夫，而是朝他挥动了一下手里的印第安"卡其那"①娃娃，示意他追上来。克里斯蒂安摇头苦笑一下，把报纸用力甩进汽车后座，利索地上车，追了上来。

仿佛在逆水涌流的珊瑚礁水道中追逐猎物的鲛鲨，克里斯蒂安的黑色福特车无法轻易地在杂乱无序的街道上追上那一大群灵活的七彩鹦鹉鱼。迎面而来的"蜜糖马车"②、缓慢蠕动的"美孚公司"油罐车、满载刻薄妇女的苦力独轮车③、税警大队押运的鸦片卡车……都不断地阻挡他前进的通道，而他只能朝对方报以戏谑的微笑——这些人都在这条街道上顽强生存着——他们每一个人，都有让这个自诩勇武的冒险家不敢去招惹的理由。

蜜姬高举着"卡其那"娃娃，嘴里叫喊着让"卡其那"娃娃赐予她"种马"一般的车夫更澎湃的激情和速度，她已经完全沉浸在这场香艳、狂野同时充满远东殖民地风味的竞

---

① 印第安"卡其那"娃娃（Kachina），通常是长者亲手制作送给孩童的礼物。象征着对大自然的力量的崇拜，相信万物有灵，与动物等高贵生灵为友，并可从中取得灵力。

② 19世纪20年代初，上海市区污水处理仍靠所谓的"蜜糖马车"，将居民的排泄物运输到郊外集中处理。

③ 19世纪20年代，上海小汽车还不多，市民中的权贵富豪仍普遍使用马车，中产阶级搭电车或者黄包车，而相对穷苦的平民则会搭乘中国特有的独轮车出行。一辆独轮车上面往往会攀坐多达六名乘客，蔚为壮观。

赛中——在每个街口红头阿三和安南巡警意味深长的敬礼下，街道上所有行人车辆都默契地为这些 flapper girls 的人力车闪开一条通道——抽雪茄的大亨朝她们喷出浓烟、戴单边眼镜的买办朝她们丰美的胸部致敬、卖花姑娘高举着手里的花篮、旗袍开衩到高胯的东方贵妇们不屑地乜着她们，更不用说那些朝她们飞吻的登徒子们，以及锲而不舍、像鲫鱼一样吸附在周边的小叫花子们，他们亢奋地高喊着"行行好啊……"已经从乞讨的哀求，完全变成另一种沉浸的欢呼。

在冲上世界闻名的昂贵的铁藜木铺设的路段[①]后，蜜姬不断吼叫着的车夫已经开始闯入领跑的第一阵营——然后他正准备冒险强行超过无轨电车。这天才的小伙子让蜜姬想起非洲草原上，骄傲地追逐着狮子的马赛人[②]，他拥有同样的爆发力和耐力，却没有令人窒息的狐臭味。这东方人身上冒出的汗水酸臭味混合着路边大户人家花园里冒出来的熬制鸦片的异味，也混合着陌生街道上的神秘香料气味，似乎暗示着她注定要开启一场疯狂的旅行——远东，我来了！在与无轨电车错肩而过

----

① 19 世纪 20 年代初，地产大亨哈同用昂贵的铁藜木铺设了上海外滩南京路路段，将当时上海作为远东第一商业都市的"奢靡、繁荣和现代主义"的传说形象彻底固化下来。
② 生活在中部非洲草原上，以骄傲、高挑和矫健著称的游牧民族。他们的成人礼是猎杀一头狮子。

的一刹那，她一眼看到电车头等座上有一名超然世外的青年看客——身着一袭白色长衫的东方青年有着山羊般的长脸和胡子、眼睛有羚羊般的纯真和萨蒂尔黑羊般的神秘和危险，而她，被他东方人罕有的、潘神般挺直的鼻梁吸引了宿命般的一秒。

就在这一秒——工部局的报时球升到了顶点，这个男人也被蜜姬吸引并感染……而就在这一秒，所有人低头对时的一秒，蜜姬的车夫发出最后的怒吼，载着失声呆住的蜜姬，一口气冲到第一，并一路甩开大步，向几百米外的终点——Hardoon Garden 奔去。

在一片欢呼和掌声中，蜜姬被她天才的车夫拉着第一个冲上了红毯——也同时冲入一片燃镁闪光灯和远东神秘的爆竹组成的声光幻境之中，几个干瘪的卖花姑娘瞪着饥饿的大眼睛，举着新鲜白兰花串成的花环，示意要给蜜姬戴上。蜜姬愉快地接受了好意，然后她立刻接过更多的花环戴在青年车夫的脖子上——这一举动引发了更丰富的惊讶声、喝彩声和掌声。而也因此，更多的卖花女和小叫花子围了上来。正在蜜姬开始感觉惶恐的时候，那些追上来的 flapper girls 开始围着一位发福的混血中年贵妇人，在后面抱怨起来："她是谁？她不是我们舞蹈团的人……她怎么有资格赢？"

那贵妇人一边儿和颜悦色地安慰着这些不服气的姑娘们，

一边儿有趣地打量着紧紧抱着小皮箱和巫毒娃娃的冠军——陷入被车夫、卖花女和小叫花子们一起逼债的冠军。那贵妇人看到有小赤佬开始壮着胆子抓蜜姬的裙子的时候，转头朝后面大喊一声："亲爱的！请你过来一下！"

　　一位年逾古稀、身材同样富态的犹太富商分开几名记者，凑过来，顺着妻子的手势看过去，立刻明白了蜜姬的窘境。他立刻吆喝一声，给周边的"拿摩温"们一个眼色，两边身穿黑色礼服的东方侍从立刻会意，从怀里拿出钞票，分散给围住蜜姬要赏钱的车夫、卖花姑娘和叫花子们。这些底层的苦难者嘴里立刻爆发出欢呼："哈同先生万岁！丽莎夫人万岁！菩萨保佑！万寿无疆！……"

　　哈同太太挽着丈夫的手走到一脸尴尬苦笑的蜜姬面前笑道："你好冠军！我是丽莎，欢迎您来到我家——哈同花园，这就是我的丈夫——哈同——上海的哈同。"

　　蜜姬大方地伸手握住对方的手，活泼地招呼道："哦！太好了！那我没来错地方……我叫艾米丽·哈恩，大伙儿都叫我蜜姬。是沙逊先生让我来找您的。"

　　"啊……Shalom！① 我的孩子，欢迎你。我知道你，你

----

① 犹太人之间的日常问候。沙逊爵士、哈同和蜜姬同为犹太人。

是海伦的妹妹，你是来自密苏里的美女冒险家，你经常上报纸，你肩膀上有个猩猩……还是……"哈同先生立刻恍然用犹太语和她打了招呼，夫妻两个先后亲切地亲吻了女孩儿的脸颊。

"嗯，对，那是我。不过，那不是猩猩……那是只僧帽猴，哦……或者您看到的也有可能是我的儿子，嗯，您二位知道——我收养了一个俾格米人①孤儿。嗯……"

"呀，对不起……蜜姬……我们没有……不知道……"哈同夫妇尴尬得面面相觑，连忙解释道。

"哦……没事儿……他们俩个头差不多……确实容易弄混。哈哈哈……别在意，我是在开玩笑的。他们个头儿确实差不多，而且他们现在确实在非洲作伴儿呢。我知道你们二位也收养了很多亚洲孩子，所以我才会开这样的玩笑。"

三人哈哈大笑起来，丽莎太太几乎笑出了眼泪，她放开丈夫粗大的手，过来挽住蜜姬笑道："亲爱的……这姑娘笑死我了。"

哈同先生点头道："嗯……孩子们儿，他们总是快乐的源泉不是吗？"

---

① 中部非洲人种，他们通常身材不高、天真活泼、开朗诙谐、乐于分享。

丽莎夫人笑道："亲爱的，你别安排她住酒店去，就住在咱们大观园里吧，我可太喜欢这孩子了。"

哈同愉快地点头同意，然后问询似的看向蜜姬，蜜姬无所谓地点头笑道："我无所谓……沙逊先生和我说，你现在比他还有钱，所以你家肯定棒极了！"

"哈哈哈哈……勋爵这么说我的？嗯……咱们都为勋爵工作，所以不是外人。"哈同腼腆地一笑，沉吟问道："嗯，你刚从非洲过来，看来'非洲方案'①不顺利吧？"

"哎……一言难尽，我其实觉得很好啊……我喜欢非洲。不过，我也喜欢这里，我原以为远东会很无聊，结果刚下船……就……"蜜姬正想再聊聊她勇夺今天红木马路拉力赛冠军的壮举，却看见一辆有些情绪的福特轿车急刹在路边。那个魁梧的猎装男士带着玩世不恭的微笑嘭一声关上车门小跑过来，做了个夸张的手势自我介绍道："艾米丽·哈恩！我是克里斯蒂安，沙逊爵士请我来接待你，哦……看样子，你们已经认识了？"

"哈哈哈……克里斯蒂安，原来你说的神秘客人就是

---

① 19世纪20年代初，沙逊爵士是当时"犹太复国运动"的主将之一，当时犹太人曾经有非洲、远东等方案，最后还是选择了"耶路撒冷"复国方案，也就是今天的以色列。

她，你晚了，她被我们捷足先登了！"丽莎夫人英语夹杂着汉语成语，揶揄着空跑一趟的克里斯蒂安，她挽着女孩走到魁梧的男子面前，笑着介绍道："这下让我来给你们介绍吧……两位冒险家，蜜姬——密苏里女孩儿，她已经征服我了。这是克里斯蒂安，是个好'小伙子'——什么时候我丈夫死掉了，我就会立刻嫁给他……他是我们万国商团的英雄，庚子年大家的救星，快马神枪——万国商团永远的名誉队长。"

哈同先生听得哈哈大笑，拉着克里斯蒂安和两位女士就往大门里面走，嘴里说着："今天巧了，也许是都看了黄历，好多朋友都赶在今天过来。而且今天是红十字会和奥兰多财团'中国之友'资助的黄河救灾大坝项目的动工仪式，因此特别热闹。我特意请了人来助兴，一会儿你看看有没有你喜欢的节目？怎么样，咱们先去喝一杯、叙叙旧？"哈同嘴上说喝酒聊天儿，手上却比画了一个搓麻将的手势。

丽莎太太笑道："你们男人喝酒去吧，我带蜜姬逛一逛园子。"

克里斯蒂安赶忙拦住，将女孩儿手里的小皮箱接过来帮她拿着，笑道："先等等，我还是先和蜜姬把正事儿谈好吧……用不了一会儿，我们就过来找你们。"

丽莎太太听着不远处传来活泼的音乐声，看一眼手表，笑道："好，现在大约是舞蹈表演。一会儿会是霞桥潘家大少爷导演，北方国剧社下来排演的新式京剧《红鬃烈马》，我们两个先去打一圈花呼哨儿，你们要早点儿过来，要等你们才开戏哦。"

"好，我们先去听风亭喝杯茶，一会儿直接到天演界①去。"克里斯蒂安微笑作答，却看见双手解放了的蜜姬欢呼一声，跑到一大堆红色的炮仗余屑中，找出一段儿没点着的尾巴，朝主人们举起来笑着炫耀。

风过满地茶蘼，两人在一座科林斯风格柱式的中式凉亭坐下，园子的白衣的侍从立刻奉上准备好的英式茶盘。

"请用茶，这一路够你受的吧？"克里斯蒂安一边儿松开猎装的纽扣，让自己在初夏的微风中放松下来，一边儿殷勤地帮蜜姬倒满一杯浓茶。

"谢谢。"蜜姬比画了一个受够了的手势。她接过茶，轻巧地用鎏金的茶匙将方糖搅拌进去，小鼻子抽动着，捕捉着茶香，她问道："中国茶吗？"

---

① 听风亭、天演界以及下文的文海界等都是哈同花园的地名。

"不，这是大吉岭的……中国人的茶你会有机会慢慢适应的。"

"哦？"蜜姬略显失望地抿了一口熟悉的味道，茶很好，让她惬意地长舒一口气。她矜持地放下杯子，四下环视一圈这座汇集了东西方建筑风格的园林，好奇地问道："这里很不错嘛……是不是，东方的皇宫就这样？"

"那可不一样，比这个庄严多了。完全不能比……嗯，我想我很快就有机会带你去看看他们皇帝住的地方。"

"哦？我听说他们的'小皇帝'还住在皇宫里？"

"是的，这是中国人出人意料的文明的地方，毕竟，很多中国人仍然尊敬他们的'皇帝'。"

"嗯，中国人留下了皇帝，俄国人枪毙了沙皇，可是结果也没什么不同，内战、饥荒、逃亡……没完没了。嗯？你能带我进皇宫吗？你一定能对不对？哦……你这老头儿进去过对不对？"蜜姬忽然灵机一动，连珠炮一样兴奋起来："求你了，你一定带我进皇宫，我要做第一个采访末代皇帝的女记者！"

"哈哈哈哈……别急嘛，孩子。说起来，我还真是进过皇宫。嗯，那是二十多年前了，我保护东交民巷，和皇室支持的'乱民'作战，直到彻底打败了他们。啊……那可真是难忘的五十五天啊，是新世纪的第一年，值得纪念的一年。"克里斯蒂安回忆着青年时的冒险岁月，得意扬扬地仰起雄健的身躯，摸出烟斗，一边往里面填烟丝，一边儿接着吹牛说："说起来我也是在他们龙椅上坐过的人。"

"哈……那你可不会是他们欢迎的客人。"

"恰恰相反，我的孩子，我后来是第一批得到允许，可以进皇宫给他们拍照的外国人。"

蜜姬羡慕地张大了嘴，讨好地抛了一个媚眼过去，笑着说："太好了，老头儿！看来我的中国之行的幸运星就是你了。"

"包在我身上吧。"克里斯蒂安毫不掩饰自己的骄傲，长长吐出一口烟气，笑道："其实，咱们的雇主小罗斯福夫妇在和中国的白银交易中赚了大钱呢，我猜这些钱足够替我们铺好道路……中国最要紧的地方不是皇宫，而是两个地方：北方在天津，在六国饭店那是中国政治家的沙龙；而南方，就在这里——万国花园，中国有钱人们的沙龙。你看……"克里斯蒂安大熊一样一把拉起身材娇小的蜜姬，用熊掌一样的大巴掌向四处指点着："看那边海棠艇是仿照夏宫颐和园做的石舫，是南方怀旧的前清遗老们最爱聚会的地方，因此这里也被称为小颐和园，也是日本人最喜欢聚会的地方，你看今天那边被他们包场了……呃，好像是鸦片贩子里见甫在那边儿请客呢，呵！客人是中国有名的大军阀——好像是声名狼藉的张敬尧……"克里斯蒂安眼光和张敬尧身边手下一个挂着降龙木手杖、目光凶狠的瘸子眼神一对，感觉脊背一凉，赶忙冷笑着转过头笑道："我看我们最好别招惹这些混蛋……看那边……那边儿引泉桥后面的飞流界，前面一大块草皮一般是举办仪式盛会或冷餐会的地方，你看今天人还没散干净，刚才是红十字会举办的黄河大坝动工仪式，很多记者和美国使馆的朋友都是坐火车从北京赶过来的，现在他们正在收拾草坪，哈同先生吃完饭喜欢和工部局的几个老家伙们在那一起打门球。别的客人们估计都去天演界那边看戏去了，我们一会儿也要过去那边；那边一座高楼……涵虚楼，是东亚最厉害的藏书楼，现在是一座大学了——仓圣明智大学，是远东最丰富的东方学术中心，中国最有名的学者康有为、罗振玉、王国维都在这里教书——我经常受邀陪这些学者到西部去进行挖掘和调查，这差不多是我今年主要的工作了……"

"去西部，考古学？"蜜姬猫一样的眼睛立刻瞪圆了起来。

"嗯……你一定听说过敦煌，中国最荒蛮，也是埋藏最多秘密和宝藏的地方，你一定会喜欢那里的。不过很可惜……

沙逊勋爵这次给我们安排的任务不是西部而是西南……是要陪他的朋友小罗斯福先生去找一个传说中的动物……除了黄金白银，他还是一个动物学爱好者。"说着克里斯蒂安拍拍女孩儿的肩膀请她回到亭子，从石桌底下取出一个大皮箱，咔吧一声打开，从里面取出一张黑白相间的动物皮毛——熊猫皮，揶揄地交给蜜姬。

果不出意外地，蜜姬小女孩一样欢呼着把柔软而神秘的皮毛拥在怀里，像小猫一样蹭着，笑道："天神啊……这太可爱了！"

"对它尊敬一点儿，宝贝儿！这可是《山海经》里面神圣的动物。它可能叫作貘白豹或者貔貅什么的，据说极其凶猛，是上古战争中与华夏的祖先之王黄帝作战的对手——蚩尤大帝的坐骑。《山海经》里面说它是以铜铁为食的猛兽。"克里斯蒂安夸张地吐出一口白烟，熏得蜜姬挥手扇着，克里斯蒂安为自己的冒犯兴高采烈地哈哈大笑起来。

蜜姬厌恶地扇开烟气，亲昵用力地又蹭了蹭皮毛，然后展开看了看，怀疑地说："这东西很凶猛？吃铁什么的指定不是真的吧？"

克里斯蒂安收起笑容，一本正经地从皮箱里摊开一张地图和几张照片，缓缓地说："这东西大概率不光是一个传说，有人拍到过它，这皮毛也像是真的。总之，小罗斯福少爷和他的老婆迷上了这个动物，因此要组织一个探险队去抓它——最好要活的。沙逊勋爵推荐了我和你，我熟悉中国，而你，亲爱的，在非洲的丛林里很有名。而我们要去的地方，也是丛林——世界上最危险的丛林之一。"

"哦……这东西可真可爱……"蜜姬抓起一张照片，兴奋地看起来。

克里斯蒂安很满意自己搭档的干劲儿，但着重用手敲了敲桌上的照片，指着一男一女两个人说："这是小罗斯福先生和他的夫人，你很可能也知道他们的大名，他们常去非洲。"

"嗯……当然。"蜜姬亲了一口熊猫皮，同情地抚摸着这死掉了不知多久的灵兽，有些不屑地揶揄道："他们喜欢用各种珍稀动物的脑袋装饰他们的壁炉……所以，我们是要为这位少爷准备一场非洲式的武装狩猎咯？"

"对，孩子，只不过有一点儿不一样，中国的大西南没有吉普车。我们得靠我们的腿和后背把装备运上去……你体力应该没问题吧？"

"嗯哼，老沙逊说我是密苏里的驴子，我个头儿不大，但耐力还行。但我不喜欢背东西……"

"哈哈哈……那还不至于。我会是领队，我都会安排好的，你得适应骑驴或是骡子……请你来主要是保护好小罗斯福先生的太太——你说得对极了，就是一场非洲式的武装狩猎。"

"哦……我知道，就算是女王身边儿的随身侍女……那女人怎么样？会不会很……嗯，优雅？"

"他们今晚到上海，明早和我们一起出发，我们先到天津和装备会合，然后从北京获取签证和特许状，开一个发布会后，计划六月初，探险队从北京出发。"

"发布会？《密勒氏评论报》的鲍威尔主编会不会参加？我得巴结一下他，他可能会是我以后的老板。"

"嗯，当然，沙逊勋爵特别嘱咐过这一点，实际上，你说的鲍威尔……他也是'中国之友'①的成员，喏，就在那边……"克里斯蒂安长身站起，指着远处草皮上几个测量门球球门的绅士们说："他就在那，那个穿白西装的就是他，他身边那个是他的意大利朋友，是现在炙手可热的军火掮客，你知道吗？除了日本鸦片和俄国妓女，现在中国最摩登的生意就是意大利军火了。放心吧，我安排了，他明早和我们一个车

---

① "中国之友"的原型是邵洵美在随笔集《中国的敌人》（1935年《声色画报》）中记录的由一群外国旅华的高级知识分子成立的一个组织。他们对中国的传统文化有深入了解，并且极力推崇，他们认为中国应该全面保留传统，从而成为一个文明古典的标本。

厢，你有的是时间巴结他。"

"老头儿，你还真是靠得住！"蜜姬乐呵呵地起身，望向她未来老板的方向，却看见更远处的草皮上，一伙奇装异服的东方人正受到哈同夫妇的热烈欢迎，而白西装的鲍威尔也正在赶过去。蜜姬疑惑地问："那是些什么人？"

克里斯蒂安呵呵一笑，轻巧地扯过被女孩儿围在身上当披肩的熊猫皮潦草地塞回皮箱，并催促着说："我们也过去，这是我的老板来了。"

"你的老板？"蜜姬瞪着眼睛问道。

"嗯，确切说是我中国老板的女人，也就是老板娘——六国饭店的老板娘，是中国北方最神秘的沙龙的主人。老板娘的情人是段将军，也是一个游戏在权力中心的大军阀。我们也就是借助了他在中国的权势获得了各个军阀的特许，才能穿越犬牙交错的'内战区'——基督将军、穆斯林军阀、黑喇嘛、蒙古强盗、突厥领主、色胆包天的地主、鸦片成瘾的黑帮……等着瞧吧，那将是一场千层饼式的大冒险。"克里斯蒂安一边儿介绍着鱼龙混杂的人物关系，一边儿带着蜜姬赶过去。

"化装舞会！？"被军阀、土匪、鸦片、熊猫等千层饼一样纷杂的消息弄得脑子过载，蜜姬眼前却出现了超越真实一般的千层饼一样的滑稽场面——一大群各种肤色、穿着类似童军制服的小孩子手里举着鲜花、彩带以及红十字会和"中国之友"的小旗子开路，身后是一大群神头鬼脸的社会名流：有头顶黑色礼帽，身着正式礼服的外交官员；一身戎装，满身勋章的各国武官；有头戴菲斯帽的中东客商；有锡克族的南亚次大陆人；满身绫罗绸缎、脑满肠肥的官员和买办；穿插其中百花齐放般盛开的flapper girls，她们每人手里一个大花篮，不断送给每个来宾一朵鲜花和一枚"中国之友"组织的徽章，这圆形徽章中间是一个大大的汉字"友"，四周则是西方各国旗帜围绕的装饰……最抢眼的却是另一群身穿中国戏服的人，有些人明显是画了戏妆，而有些，蜜姬却怀疑就是他们日常的模样——他们有些男人头上还留着大清朝的辫子，女人是东方布娃娃似的旗袍，可无论男女都是满身珠翠。而在这两群人物中间，负责将西洋味和中国味勾兑开的，正是忙得不可开交的哈同夫妇和他们不同种族的养子、养女们。哈同夫妇体贴地让养子们全都西式打扮，而养女们全都中式打扮。

　　克里斯蒂安带着蜜姬，像是热黄油刀切开黄油般顺滑而亲切地分开寒暄热烈的人群，直抵交际圈的核心——哈同夫人亲切地挽着一个中国小老太太迎了过来。而老太太身后排场不小，不但跟着一名干干净净的老太监做侍从，还有一个捧着大托盘的胖丫头。而与老太太同样精致打扮的是个满面春风的少妇，她手里却紧紧攥着一个刚才发育的少女，这一身学生装的少女，嘟着嘴，满脸"你们高兴就好"的逆来顺受——这表情让蜜姬心里偷笑——不禁想起她自己刚刚流逝而去的少女时代。

"哈！你们可来了，再不来，就要找人去捉你们去了。"哈同太太热情地接过蜜姬的手，把她带到核心位置。

克里斯蒂安则亲切地挽过那位华贵的中国少妇，向她们介绍道："蜜姬·哈恩，美国来的记者，她和我一样，是永远的旅行者和冒险家。"

这介绍让对面三个女人惊讶地发出赞叹，不由得上下仔细打量起蜜姬来，特别是那个少女，眼睛一转，露出羡慕的兴致来。她趁机摆脱了妈妈的束缚，凑到克里斯蒂安身边，一副马上就要开始八卦的样子。而克里斯蒂安则开始向蜜姬介绍这充满东方风韵的祖孙三代："喏——这位就是我老板——天津六国饭店的金翠喜女士。"

"嘿……我可不敢当你的老板呀！"金翠喜仿佛立刻要在蜜姬心里建立好感一样，挥着手，并投来了加倍友善的微笑，可惜由于她早已将微笑值拉满，因此这好意的阈值难以凸显了。

"蜜姬，这位你可必须要认识一下，也许你会为她写一部小说——这位是我老板娘的娘，你听说过中国的赛金花吗？"

"啊，沙逊先生说您是一位了不起的女人。"蜜姬迎上赛金花送来的一个贴面礼，响亮地回应了老妇人在她脸颊的亲吻。

金彩云眼睛透彻地释放出对青春的羡慕和对往昔的追忆，她和哈同夫人默契地相视一笑，像是看到彼此青春时的翻版，老妇人像巫觋般握了握犹太女孩儿的手，笑道："这孩子……你是冒险家吗？她一定会有一条非同一般的精彩而漫长的道路，你说呢，丽莎？"

哈同夫人颔首笑道："她和我们不一样，时代在变化，铺天盖地的潮流已在他们身上了，是不是，克里斯蒂安？"

"别问我，我也是老头子了。"克里斯蒂安嘴里敷衍着夫人们的寒暄，手从口袋里掏出一款新式的小型相机，塞给等待礼物的少女，少女兴高采烈地接过来，惊喜道："给我的吗？"

"才不是，只能借给你玩一会儿。"

几乎同时，金彩云从手上撸下一枚观音戒指，不由分说地给蜜姬戴上，然后用景泰蓝的兰花长指甲，指着戒指上"出入平安"四个中国字，教蜜姬诵读起来。蜜姬乖巧地收下厚礼，炫耀地给哈同太太和克里斯蒂安看，大家一起敦促蜜姬要尽快学会中文才行。咔嚓一声，少女金小玉越过众人，给不远处天演界预热起来的舞台，照了一张相。

戏台边，杜月笙和潘云鹤谨慎地扫了一眼相机方向，看到不是记者，而是一个半大不大的小姑娘在玩，便放下心来继续交涉。

杜月笙拿出一张银票和若干现洋，一并推给小潘，笑道："这钱令尊不肯收回去，让我放进红十字会里。我虽然缺钱，但这钱我也是不能收的，不然我成了什么人了。玉兰说——正好，说你反正是不肯回家了——便请示了老太太，说这钱也是因你而起，便交给你花好了，留学也好，做买卖也好，吃喝嫖赌也好……都随你。老太太说了，潘家的孩子，学不会花钱就学不会做人——这笔钱，是老太太命你拿着的，还说了——既然执意要走，这些钱花不完，就不准回家。"

小潘苦笑一声，手指在银票上敲了敲，嗫嚅片刻，想问，又忍住不问，心念一动，收下大洋，点头道："多谢杜大哥，我再客气就见外了，这现洋我收下，正好我要去一趟北京，要用钱的。可这银票数目太大了，我也没地方用，还请你帮我收着吧。你手下的兄弟，也不能白做事情……"

杜月笙看这个小子仍是一团孩子气，不禁有些无奈，捻出烟卷来，递给小潘一支，又帮他点上，笑道："玉兰没说错，潘家的孩子，就白眉赤眼地在江湖上走一遭，也挨不着饿，吃不到亏。我老杜别的地方不行，在杨浦也能这样……可我能花银子的地方，还是喜欢花银子，因为，有时候靠面子活着，也分不清是自己的面子，还是别人的面子。因此小事情，我都是花银子的，还要多花银子的，他们因此都叫我刚度哩……"

小潘被说得脸一红，闷头抽烟。

杜月笙接着笑道："若是势利眼、拆白党……你何苦拆穿他们？不体面嘛……但反过来，有些架子一旦倒了，排场也就做不起来，好比县令出行，没了卤部，很多事情也就做不成。当然，你不要，我也还有办法……玉兰说，这钱你若是执意不要也可以，我们就给凤仪送去。她收了也一样……而她的钱，你却是肯收的……我老杜还真是没有体面啊。"说罢，杜月笙自嘲地磔磔笑起来，作势就要把银票收起来。

小潘哈哈一笑，按住杜月笙的手，点头道："杜大哥，我明白了。谢谢你，这些钱我收下了。"

杜月笙见他一点就透，笑着喷出一口烟气，赞许道："剑在匣中待时飞。少爷这一去，天高地阔，定当一鸣惊人。"

小潘不好意思地摇摇头，笑道："上海后面的事儿，还请……"

杜月笙摆摆手，大马金刀地拍胸脯说："都搞定了，剩下几个小报的记者，不足为虑。你放心北上……嗯，正好，明天我们红十字会有回北京的头等列车包厢，送那些美国人和天津六国饭店来的朋友回去，你刚好同路北上，找你的朋友去吧。"说罢，又掏出一张加盖了繁复印章的"八大股"和"三鑫公司"的名片塞过去，叮嘱道："万一遇到什么事情，你拿这张名片……道儿上无论什么人，看了这个，一般都会给几分面子的。"

小潘眼中闪过一丝狡黠，赶忙收下。抬眼却看到杜月笙似笑非笑的狼眼，心中一凛，沉声道："谢谢，我以后再不招摇了，希望用不上这东西吧。"

杜月笙点头道："可说呢。"

这时，姚玉兰在戏台底下朝他们呼喊一声，招呼他们过去。只见哈同夫妇为首，一班贵客都已经前排就位了。

姚玉兰拉着她小潘哥向大家又是一顿介绍："这是我们今天的大导演，北方国剧社排演的英文版《红鬃烈马》就是由我云鹤哥做的增修，他还重新排练了《武家坡》和《大登殿》。"

"玉兰啊，你自家哥哥做导演，怎么不让你演薛平贵啊？"金翠喜笑吟吟地打趣她。

姚玉兰夸张地诉苦道："姐姐你不知道……我哥嫌弃我土，又不懂英文，不让我演。"

小潘笑道："你就是不懂英文嘛……"咔嚓一声，相机又是一响，小潘侧目，看到又是那个小姑娘端着相机像是给舞台或是自己拍了一张照。金翠喜嗔道："小玉，别瞎拍，过来，认识一下大导演嘛。"

小玉白了妈妈一眼，躲在克里斯蒂安身后，低头摆弄起相机来。小潘和金翠喜相视一笑，缓解下尴尬，金翠喜便一伸手把蜜姬抓了过来介绍道："这位是潘云鹤先生……今天演出的大导演，这位是蜜姬·哈恩小姐，美国来的大记者，准备去四川冒险……要去抓什么食铁兽！"

四目相对，蜜姬立刻认出了对面这个清秀俊朗，留着萨蒂尔胡子的东方青年。而这个青年似乎也认出了她，因为他分明说道："呀……这位小姐，我见过的！"

　　鼓乐声起，大幕拉开，一场好戏，在一片掌声中即将登场。

第一幕

劫车登山

第一节：乙丑时凶

民国十二年，公元 1923 年，5 月 6 日凌晨，立夏日，乙丑时凶，冲马煞南，宜祈福祭祀，忌出行赴任。津浦线上，一列全世界最先进的全钢蓝皮列车在夜幕中，由南向北，匀速越过韩庄大桥。

吐出一声叹息。仿佛被贪婪的天狗一口咬过的下弦残月穿云而出，大地报以罂粟花邪淫狂笑的丰收，静谧的荒原上传来大地摇晃的声音，那是火车来了——1923 年的津浦线上，幽蓝色的列车，带着一溜儿灯火和满车的狂欢，冲破古老大地的酣梦，碾轧过被它征服的黄夜。

夜晚的火车窗上，一张脸在明亮的车窗上印了一下，像是在向外张望荒原上的光景，转眼就不见了。

火车头等的软卧，各个软包的门都已经关闭了，走廊上小潘少爷拗着姿势站着，顺着开了一条缝的车窗，缓缓地把烟气吐出车外。他瞪着熬惯了夜，烁烁放光的眼睛，俯身逗着面前仰面坐在卡座上的半大姑娘金小玉开心。

小潘吐净了嘴里烟气，小心地捏着烟卷，不让烟气或烟灰唐突了金小姐。他用缓慢低沉的声音微笑着说："《红鬃烈马》就一定是中国戏吗？我看咱们千万不要有中外之成见——昨天仓圣明智大学里面有位王国维先生，我很佩服他讲学说过的一段话：'如今学无中西之分，学无古今之分，亦无有用无用之分。'中国的，未必就是落后的；西方的，也不见得就文明……"

"潘大哥，那难道也没有先进和愚昧了吗？"

"No…No…No…"潘云鹤眼神一亮，像小孩儿逮住了猫尾巴一样得意地笑道："愚昧和先进自然是有的，但不是说中国就愚昧，西方就先进，反过来也是不对的，而是西方有西方之愚昧，中国有中国之先进，而且，愚昧与先进，不但此一时也彼一时也，又在不断转化……所谓世界之大也不过一寰宇，时间之长，不过一刹那……此前数百年,地球上之人类,全都好似'盲人摸象'……先摸到的，便有天时地利，不免先发展起来，便欺负还盲着眼的民族，而如今风气已开，气象万千，特别是欧陆一战，世界各个民族全部参战，可谓'造化一炉'了，因此，愚昧共有，进步共享，以后百年，再不是谁的愚昧，而是共有之愚昧，看谁最能上进而强；同理，所谓进步，亦是共有的进步。"

金小玉满脸崇拜，却听得云里雾里，只是盯着他的大鼻子走神。

潘云鹤见她走神，想了一下，接着说："我举个例子说——我们上海有句话叫作'欺洋人'，说的就是在当今世界最好的生意就是'各国交通的你中有我，彼此交流'……不单单上海哦，不单单中国，崇洋媚外，洋人岂又不是崇媚东方呢？你看看这一火车的洋大人，再看看这火车上的中国人——外交家、慈善家、记者、买办、古董商、军阀、政治家……哪里分古今中西？莫不都是吃'互通有无——欺洋人'的饭的。我们每个人都在日日夜夜把自己祖宗留下的送给洋人，洋人也把他们世代传承的送给我们，就拿上海来说，不就是靠吃'欺洋人'的饭，变成远东第一大城市的？可是，东京、纽约、巴黎、伦敦……哪个不是一个道理的吗？我听说……你家的六国饭店，一听这名字——不也正是这个大潮流的小旋涡吗？"

金小玉先是若有所悟地点点头，但听到自家六国饭店的名字，就咬着嘴唇皱眉，觉得不对，却也不知道如何反驳，她憋红了脸，试探着问道："潘大哥，融合中西就一定好吗？"

"哈哈哈……对，那当然不尽然，我跟你说，你看同样是'欺洋人'也分高下，往小了说——卢芹斋①的古董店就发了大财，李

① 卢芹斋：民国时期的文物贩子。他原本是国民党"四大元老"之一张静江的雇员，后受命在法国设立"巴黎红楼"，将难以计数的中国文物贩卖到西方，其中不乏"昭陵六骏"等国宝文物。

石曾^①的豆腐工厂却倒了大霉；往大了说——长毛贼'欺洋人'差点亡了天下，如今北洋衮衮诸公'欺洋人'就搞得有声有色嘛……"

金小玉听他将长毛贼和北洋军阀同类而论，顿感新鲜畅快，捂着嘴哈哈笑了起来。这笑声鼓励了小潘，却也引来附近包厢内一些辗转反侧和清嗓子的声音，让金小玉和她潘大哥一起做个鬼脸，彼此示意压低声音。

潘云鹤忍不住继续吹牛："你看……《唐璜》是对南欧洲的捎卖，《黑奴吁天录》是对美利坚的捎卖，《蝴蝶夫人》是对日本的捎卖……因此我们做英语版《红鬃烈马》也正是大时代的潮流。早晚，中西的陌生就消弭了，梅老板和莎翁都成了一样的了，那不是很好吗？"

金小玉对这段话点头不已，仰慕道："潘大哥真是中西贯通，您一定是留洋回来的吧？"

潘云鹤顿时有些尴尬，小心地将烟蒂送出窗外，然后老实又狡猾地回应道："那还没有……其实我也并没大你几岁，我也刚从中学出来，此番去北京找徐樨森，正是要向他请教留学事宜。"

"徐……樨森……徐志摩吗？那位写新诗的？写《再别康桥》

---

① 李石曾：晚清名臣李鸿藻之子，国民党"四大元老"之一、教育家、故宫博物院创立人之一。他因为少年时就出使法国，因此是中法现代外交和文化交流的奠基人，他曾经在法国建立了一家豆腐工厂，原想支持中国留法学生勤工俭学。结果工厂在一战中破产了，导致不少留法学生一度处境悲惨。

的吧？"金小玉欣喜地瞪圆了眼睛——显然她在学堂里，耳朵里已然灌满了那个名字。然后她恍然大悟地问："啊！我说为什么看你眼熟……你长得和徐志摩简直一个模样！你们不会是兄弟吧？"

"No…No…No…只是模样相似、志趣相投而已，不过，你确实不是第一个这样说的，樗森也确实称我是'寻觅已久'的弟弟。"潘云鹤忍不住放下矜持，颇有几分得意地炫耀起来了。

金小玉赶忙问道："那你也是诗人吗？"

"呃，我还不够格吧，正在努力学习，不过这次北上，我正是应邀去参加他们创办的'新月诗社'。"

金小玉羡慕地噘起嘴，扭着手指唉声叹气道："真好，我也想去。"

潘云鹤莞尔道："这不值什么……回头，我就请'新月诗社'的成员到你们六国饭店办诗会好了，你到时候，不就都认识了吗？不过，认识我们也没什么意思……又不是为了打麻将，你也可以学习写诗嘛。"

"我才不打麻将！"金小玉不屑地撇撇嘴，好奇地问："你们怎么写诗的？你看我能学会吗？"

潘云鹤轻松地挥挥手，笑道："简单，新诗有何难？和学写古诗一样啊，也是先把名家的诗歌读几百首在肚子里，时常吟诵，这样一搅和……你有灵气的，自然就会了。所谓……熟读唐诗三百首……"

"不会作诗也会吟……"金小玉吃吃笑着摇头晃脑地接话，她虽嫌弃潘云鹤老套，但仍恳切地问："潘大哥，那您都读什么诗呢？给我说说……"

"西洋诗你自然是拜伦、雪莱入门，荷马也是一定要看的，但丁、歌德你女孩子家恐怕觉得无趣，今人嘛……庞德、艾略特嘛，你如今还小，以后再说吧，对……有一个诗人，我自己很是喜欢，他的诗也可以用来入门的——波特莱尔的《恶之花》——'*Les fleurs du mal*！'"潘云鹤用黄油般流畅的法语给炫耀完美地画了一个句号。

金小玉频频地点头，又摇头问道："我不知道这个人，法国人吗？很厉害的吗？"

"嗯，法国人，不是老派的，是现代派的。"潘云鹤深吸一口窗外罂粟田飘进车内的空气，略一沉吟，伸出手指打着节拍朗诵道："若穹庐般压抑在大地，厌且倦且折磨的厥土，若挟仰若止观这穹庐，正压榨而喷涌而黏稠已黛青色的黎明……这是 *Mélancolie à Paris*……"

金小玉激动地鼓起掌来，却听软包里面她妈妈金翠喜不满地干涉道："小玉！几点了，进来睡觉吧！"

"Sorry！"潘云鹤赶忙道歉，给小玉做一个鬼脸，让她回去，自己也一缩、一退，就回了隔壁自己的包间。

金小玉嘟着嘴，回到包间里，却见金翠喜和金姥姥都睁着大眼睛没睡意。见她进来，也都心照不宣地笑笑，并无责怪，只有嗔着。金翠喜伸手就要抓她到自己铺位上挤着睡下，金小玉却翻身逃开，扭股糖一般凑到对面姥姥身边，撒娇道："我要和姥姥睡。"

姥姥开心地抱着金小玉摩挲着，笑道："好，和姥姥睡，反正这火车上，姥姥我也睡不踏实，要说这坐车……哪怕是这火车，可也比坐船差远了。"

金翠喜瞪了孩子一眼，笑道："火车还是快嘛。更好，我这边就舒服了。"说罢，她躺下舒展地叹口气道："哎，我也不喜欢火车，我家老段倒霉就倒霉这火车上了！①"

金小玉哼一声，一头扎进姥姥怀里蹭着，像小猫一样假装睡了。姥姥笑着摇摇头，叹口气，扯过毯子给她盖上，像拍小孩子一样拍着小玉的后背，像是想起无限往事，用吴语呢喃吟诵道："思往事，渡江干，青蛾低映越山看。共眠一舸听秋雨，小簟轻衾各自寒。②"

车厢中人声渐渐沉静，却在车轮声中，显现出连续的打字机敲字儿的轻响……

同时。头等餐车内仍然是不眠不休的灯火通明，背靠车窗的

---

① 直皖大战，段芝贵担任皖系前敌总指挥，当时他就将指挥部设在火车上，一边打麻将，一边指挥。却遭遇直系迎头痛击，全军溃败，几乎被擒。一时传为笑柄。
② 清初诗人朱彝尊的一首小词，描写的是旅途中他与小姨子同船过渡，彼此思念却因为禁忌难以启齿的缠绵爱意。

克里斯蒂安撂下啤酒杯，抓过一张邻座无人的椅子，把穿长筒靴子，有旧伤的腿架上椅子去，轻轻捶打着旧伤。他按住面前的麻将，忽然大笑道："打住！老子胡了！"

在一阵大笑和咒骂声中，克里斯蒂安亮出牌，熟练地数番、算钱，从对面《密勒氏评论报》主编鲍威尔和协和医院的一名医生、美国使馆的低级武官手里收了银子，一边儿哗啦哗啦地洗牌，一边儿忙中偷闲地划着了洋火儿，点着自己的烟斗。嘴上笑着说："真不错，在徐州站那些讨厌的小日本儿都下车了，车厢这可宽绰多了，那些家伙可真是让人讨厌。"

鲍威尔点头同意，也拿出他的烟斗把弄着，他笑道："那些家伙胃口越来越大了，幸好《九国公约》①给他们戴上了嚼子，不然会不断吞咬这个世界的。"

呼啦一声，车窗被一个东欧大汉扯开——他的老板，一个胖乎乎的意大利律师朝自己的罗马尼亚保镖满意地点点头——新鲜的初夏夜风，将麻将桌那边劣质烟斗冒出的粗鲁烟气，吹向车外夜空。这意大利律师从面前桥牌桌上的炭盆中捻起高级的古巴雪茄，咧嘴笑道："鲍威尔先生，您说得对极了——看看这窗外吧——

---

① 1921年底，美国、英国、日本、法国、意大利、荷兰、比利时、葡萄牙、中国九国在华盛顿召开的国际会议中，将一战凡尔赛会议后悬而未决的一些问题进行了协商。主导会议的英美联合压制了日本的野心，特别是日本对华利益诉求和发展海军的计划。

中国的鸦片田丰收了，如果不是《九国公约》的约束，这里大概已经是日本人的垦殖园了。"

克里斯蒂安谨慎地打量了一眼这个桥牌桌上的意大利人——穆索，这个脑满肠肥的老家伙是为上海工部局服务的律师，而他却借职务之便，大肆垄断鸦片和军火贸易——这几年，意大利全然不顾对华武器禁运的国际条约，已经成为中国军阀眼下最大的武器供货商。而穆索身后健硕的罗马尼亚保镖总对他投来挑衅的目光，让克里斯蒂安很不自在。

麻将桌上的美国使馆武官平克少尉瞟一眼窗外，笑道："外面都是鸦片田吗？那可真是一大笔财富。像是很不错的田地嘛。知道吗，在我老家，我一个人，驾驶拖拉机，就能收完这一整片地……当然，那是麦子。罂粟可不行，不能上机器，需要很多人力，需要耐心……对，有点像我们南方佬采棉花吧。"

"是的先生，鸦片是在中国万灵的魔咒。"穆索从自己手里的扑克牌上收回目光，笑道："种鸦片太适合中国了，气候合适，人口众多。他们的男人可以去打仗，数量众多的老头儿、女人和孩子也能完成鸦片的收获。完美！"

"呵，Les fleurs du mal！……男人买你的军火，女人和孩子给你种鸦片，还真是完美，更完美的是——他们个个还都是大烟鬼。"与穆索同桌打桥牌的一名法国退役上校柏茹比用不知道是揶揄还是嫉妒的口吻评述着。

"我有什么办法？这就是这个世界的吊诡之处……就像我有严重的糖尿病，可是就是戒不掉吃糖和喝酒；他们中国人当然也知道抽大烟有害，可就是忍不住；那些军阀也都明明知道，打内战会毁灭他们的民族，可事到临头还不是打得头破血流？"穆索毫不在乎法国人的揶揄，他拿起面前的法国朗姆酒，冲法国人敬了一杯酒，继而谨慎地回了一张牌，对法国上校笑道："要是每个人都讲逻辑，理性地活着——世界和生命多么无趣——还不如打桥牌。"

坐在法国人上手的是克里斯蒂安的新东家——美国冒险家小罗斯福，他按下手里的一手烂牌，扫视着对手冷笑道："别光想着有趣的部分，别忘了，我们自己也刚刚打完一场大战，还没有几年。"

"可不是嘛……"说话的是在协和医院工作的英国医生艾伦·米尔丁，他透过单边眼镜，揶揄地盯着小罗斯福笑道："死了几千万欧洲的老东西，现在好了，谈判桌搬到华盛顿了，金子也搬到华尔街了……"

"至少皇帝还在伦敦嘛，哈哈哈哈……没搬去加拿大。"克里斯蒂安打出一张九万，忍不住插了一句话，逗得整个车厢都笑了起来。

"呵，你这个讨厌的布尔人啊……"艾伦医生笑着摇头。

"我可不光是布尔人啊，我也是山东人，我出生在烟台。这里……"他指着窗外的齐鲁大地，笑道："这里也是我的故乡。"

"啊……这就解释了，你对鸦片也没什么抵抗力。"小罗斯福以为自己抓到了克里斯蒂安的软肋，带着老板的口气责备他。

克里斯蒂安厚着老脸点头道："可不是嘛……正是如此。可是，你们知道吗各位，在我小时候，火车还没修到这里的时候——这里种的还都是小麦，人们抽的还都是孟买的鸦片呢。"

"哦，那真是该死的火车，该死的鸦片，该死的朗姆酒……嗯，还有这手该死的牌……"穆索狠狠地啜了一口酒，念经似的自言自语着。

"哈哈哈，穆索先生，淡定……这桥牌就是适合我们这些老头子，'就算你不老，它也能很快把你变老……'[①]法国上校一贯揶揄他的意大利朋友，得意地翘了翘他的银色胡子。

"咣当"一声，门被大力打开了。蜜姬抱着一架崭新的大陆牌便携打字机冲了进来，这姑娘里面穿着真丝睡袍，外面潦草地罩了一件披风，曼妙的身躯和浓重的香水味一时间袭满初夏的车厢——惹得那美国使馆的小武官响亮地吹了一声口哨。

蜜姬毫不怯场地回报了一个白眼儿，越过人群向小罗斯福先生报以感谢的微笑，她拍拍簇新的打字机笑道："谢谢你们，我太喜欢这个礼物了……我可是一直想要一部旅行能带的打字机啊。"

小罗斯福满意地颔首笑道："哈恩小姐，您能喜欢可太好了，这都是我太太的主意，她猜你一定喜欢，因为她自己也是一个文学爱好者。"

---

① 关于桥牌的著名谚语。

蜜姬把打字机在日本人离开后腾空的桌子上放稳，对一众目不转睛盯着她的男士们笑道："它虽然小巧，毕竟声音还是挺大的，这个时间在车厢里打字还是会吵到别人，但是我和罗斯福太太还是忍不住把这两天初到中国的经历趁热乎写下来……我想我不会打扰各位先生们吧？"

"当然不会……亲爱的，我们可欢迎你呢！"鲍威尔起身，向酒吧要来一瓶冰镇啤酒放在蜜姬手边儿。蜜姬却给他一个要烟的手势，鲍威尔只有烟斗，克里斯蒂安不客气地从正要起身的美国武官小伙儿手里抢过烟卷儿盒子，扔给蜜姬。

鲍威尔戴上老花镜，凑近过去看稿子，念道："沉香街道上的赛车总冠军——蜜姬和小罗斯福夫人，啊……你们开始用联名了啊。"

"对，毕竟这部打字机和我的费用都是我老板出的嘛。"蜜姬毫不在乎地笑道，她注意到小罗斯福先生在众人目光下有些尴尬，调侃道："没关系吧？反正我在非洲的时候，那些关于我——所谓'猎手名媛'报道里，那些犀牛和大象，也不都是我猎杀的嘛，我只是凑过去拍张照片儿而已。新闻女郎就是这样的，不是吗，鲍威尔先生？"

"对，我亲爱的，没什么不对。'永恒的女性，引导我们前进！'，新闻也是如此。"鲍威尔主编帮女孩儿点着了香烟，带着微醺的腔调吟诵着《浮士德》。

克里斯蒂安冲小罗斯福先生挤挤眼睛，打趣道："听听，听听，犀牛和大象……这孩子的本事可不止敲敲字儿呢，也许你应该再送她一把'芝加哥打字机'①那会更感惊喜……"

"不……我才不喜欢 M1921，我喜欢雷明顿 1867。"蜜姬的目光已经落在打字机上，手里噼里啪啦地响了起来，嘴里却仍有一搭无一搭地聊着。

"啊，雷明顿，好提议，我们应该把它加到装备清单里去。"克里斯蒂安朝老板笑着提议。

小罗斯福先生专心看着扑克，不置可否地点头，他才不关心这些琐事。

"雷明顿 1867？天啊，你这孩子还真是喜欢老古董呢！那你应该试一试我们意大利的卡尔卡诺步枪②，相信我，你肯定会喜欢的。"意大利军火贩子穆索色眯眯地盯着蜜姬，完全忘了出牌。

"轰！"的一声巨响。

所有人眼前闪起一道蓝光，火车像是撞到一座南墙，桌上的

---

① 美国汤姆逊冲锋枪 M1921 的外号，因为芝加哥黑帮喜欢使用而著称，大量生产于 1919—1942 年。后面说的 M1921 是前期大量生产的型号。而美制雷明顿 1867 是一种老式后填装的单发步枪，曾大量装备军队，后被先进的半自动步枪所替代，但这种枪具有装弹快、精准、稳定性高等优点，被广泛用于民间狩猎。

② 意大利卡尔卡诺步枪虽然名气不大，但工艺出众，准确度极好，是意大利军队在"一战"和"二战"中的主要制式步枪。美国总统肯尼迪就是被拉尔卡诺步枪极远距离刺杀的。

水晶杯盏、骰子、牙牌、洋钱一下子飞溅得老高——在水晶酒杯悬空反射出那道蓝光的一瞬间，列车的照明灯闪了闪，熄灭了——随着惊呼声响起，所有人或跌或伏在地，又或是被悬飞的什么东西砸得七荤八素。又胖又老的穆索就受伤了——被他山一样的保镖压在他身上，本想是保护他——却因此差点儿折断了他的左手。克里斯蒂安被碎酒瓶扎得满身是血，他下意识地护住了蜷缩在桌下的蜜姬，而他的老板小罗斯福位置不错，倾倒的桥牌桌压住了他的大腿，但身后吧台厚厚的真皮软包救了他的脑袋。

小罗斯福不等车头方向刺耳的金属拗断声停下，就勉强站起来朝门口的蜜姬大声喊："去！去看看我妻子！"

蜜姬应声，像猫一样弹起来，转身就要向软卧冲去——"啪"一颗子弹在黑暗中撞碎在她面前——她二话不说就又趴倒在地。

克里斯蒂安冲到那扇打开的窗口，迎面而来的是夏夜平原上忽然腾起的无数火把："是土匪！都卧倒！"——他扭头厉声喊道。枪声随即无秩序地响起，他慌忙蹲下，一阵枪弹像冰雹一样落在钢铁车身上，一些东西被打得粉碎。他瞪着眼朝车内众人大喊："找掩护！"

其实不用他解释，所有人这时已经明白了自己遭遇了什么——车外人马已然喧腾起来，到处都是"冲啊！""杀呀！"的吼叫声。所有人拼命伏低，蜜姬直接滚到一个角落蜷缩着躲了起来。

克里斯蒂安眼睛逐渐适应了黑暗，他看见平克少尉、罗马尼亚保镖和鲍威尔先后从身上摸出手枪来，而那个面色有些苍白的大陆报记者，居然不知从哪里抽出一面红十字会的小旗子。克里斯蒂安苦笑着摇摇头，钻到他老板身边，帮他把沉重的桌子挪开——还好，这结实的小老头儿的腿没断。他拖着小罗斯福先生贴到角落里，伸头在黑暗中从窗边儿向外窥视。他默默观察了一下，在他老板耳边低声说："左边有个空隙……我能带着您溜出去。"

小罗斯福不满地大声说："我妻子还在后面车厢里，而且你应该问问大家行不行……"

克里斯蒂安无奈地摊开手，只好问大家："谁想跟我溜出去？待在这儿死路一条！"

麻将桌上的人纷纷点头同意，桥牌桌的老人们却全都面如死灰，特别是受伤的穆索，没好气儿地说："我……我的手似乎断了……"

克里斯蒂安骂道："你的脚又没断？"

罗马尼亚保镖熟练地收拾枪械——他有两支短枪，他自负地说："都是些乌合之众……这车身是全钢的，门也很结实，中国铁路边儿上都有驻军的，我们只要坚持一刻钟就行！最多半个小时……"说着，蔑视地瞅了一眼克里斯蒂安。

克里斯蒂安本身也毫无把握带这么多人溜走，他侧耳倾听——枪声已经零碎起来，而喝骂声开始从车内传来——但他心里更是一沉——这些王八蛋已经登上火车了。

在混乱中，大家手足无措，瞪着眼，绝望地度过了极为嘈杂和煎熬的五分钟——锁死的门把手被拧了几下。克里斯蒂安给鲍威尔主编和平克上尉送去了一个千万别冒失的眼神,这时——"咣当!"车门被大铁锤锤开,几名土匪举着火把冲了进来。

"嘭!"罗马尼亚保镖开火了,血花飞溅,一个火把倒了下去。

"嘭!"罗马尼亚保镖脑袋开了花,他尽职地守卫了不到两秒钟。

血雾下的众人全都愕然伏低。少顷,一阵拐杖敲击地面的声音让人心里发紧,趴在地上的绅士们只能看着那拐棍的包铜头和一只枪口冒烟的盒子炮。这些绅士全都趴低身子,高高举起双手——在克里斯蒂安的带领下,他和鲍威尔、平克上尉,先后慢慢举起手枪,交给闯进来的这个瘸子的手下。这瘸子看着缴获的几把华丽的小手枪,用手里还在冒烟的盒子炮扒拉了一下,发出轻蔑且会心的笑声。这时,克里斯蒂安勉强抬眼,正对上对方一双凶狠的三角眼——他认得这双眼——正是昨天同在爱俪园做客的、日本鸦片商人的客人、大军阀张敬尧的那个瘸子手下。

克里斯蒂安忽然醒悟——他又看了一眼日本客人留下的空座位——难怪这帮日本人在徐州站全他妈的下车了!

"山东自治万岁!专杀马士奇!报仇雪恨!"几名身穿黑衣,头扎白孝的土匪用白油漆在列车车厢上涂满自己的口号。手持快枪的前锋土匪们已然将数百名乘客尽数赶下车,按照车票三等驱赶成三堆儿蹲坐成十人一圈儿地分别看押；人都下来后，第二梯队的土匪得令一拥而上，开始掠夺车上的财货，蚁群一样的土匪不但很快将乘客的行李尽数搬空，连火车一等卧铺的毛毯、床垫儿、餐车的桌椅都拆了个干净，甚至将照明的灯泡都拆了下来，叮叮当当地用布兜子兜了出来。第三梯队的土匪（更像是一群农夫搬运工）立刻行动起来，将狼犺的大物件儿纷纷搬上骡马车、太平车，只要装满就摸着黑，一溜烟儿走了。就像蚂蚁吃蝉一样高效有序。

"全都给我抬头站好！拿好你们的车票，举在头顶，记住！这就是你们的凭证，没有车票的后果自负！"土匪队长举着火把，厉声呵斥，验明车票后，将俘虏分拨儿看押。

而列车员、乘警和列车长被捆了手，押解到一匹高头大马之前。马上一名年轻的土匪头子，正是哥哥横死后，刚刚接任抱犊崮大当家的孙美瑶。这少年匪首看也不看身穿铁路制服的一众俘虏，笑吟吟地越过他们头顶，朝后面缓步而来的瘸子拱手笑道："六叔，这趟可是辛苦您了，首功一件！"

"瘸子六"得意地将三角眼一扬，拱手笑道："老五！恭喜你当了寨主啊！我没什么辛苦，坐几趟火车而已，上头托大寨主英魂在天上庇佑，下边儿有你大姑的神算妙计、运筹帷幄，没费什么力气……这些玩意儿怎么处置？"他冲着俘虏们努努嘴儿。说着走到马前，掏出刚才缴获的三把精致的小手枪，笑道："刚得着的，洋人的好玩意儿，老五你留着玩吧。"

孙美瑶眼珠子瞪得溜儿圆，喜形于色地先把常见的两把美式柯尔特左轮儿还给"瘸子六"，挑出一把原属于鲍威尔的花口勃朗宁朝手下众匪徒炫耀着笑道："看！这撸子还怪秀气的！像是娘们儿用的。"

一众匪徒发出会心的狂笑，却见孙美瑶在笑声中用花口撸子点了点俘房中的列车长和乘警警长，让他们上前。他带着几分顽童的兴奋问道："你们带头的？贵姓啊？"

"司令大人，在下孙颐生，是这趟列车的列车长，请别伤人。千佛万佛，您开佛，我们站班，一切都听您指式夹磨。"列车长不住拱手行礼，满面堆着苦笑用常见的黑话答话。

孙美瑶听了对方名姓，十分开心，和气地点点头笑道："孙车长，嗯，好说好说……"又指指乘警警长，让他说话。

"司令大人，在下马福东，是乘警警长，您圣明，我们可都闭了火儿，请您高抬贵手，我们吃这碗饭也不容易，穿山过海的，全靠朋友开路搭桥，东风西风都比不上您大旗的威风，有道是打红不打黑，威风不过界……"

"嘿！嘿！嘿！你这儿跟我叽叽叽地说什么呢？"孙美瑶忽然发怒道："你说你姓啥？"

"姓马，马福东。"

"姓马的还福东？老子送你归西！"孙美瑶狞笑往火车方向一指，道："跑！朝前跑！"

马福东心胆俱裂，扭头就跑。孙美瑶举起新得的花口撸子，啪的一枪，精准地掀了马福东的脑壳儿，尸体一歪正摔在"专杀马士奇"的标语底下。孙美瑶掂掂手枪，喜道："别说，还挺趁手！"

看到土匪当众行凶，俘虏们全都悚然战栗，孙美瑶满意地扫视一圈俘虏们，笑道："都听着！明人不做暗事，我们是'山东建国自治军'，我乃自治军五路联军总司令孙美瑶。我军本为保境安民，并非土匪。但只因那田中玉倒行逆施，横征暴敛，欺压良善！那马士奇又无故杀我大哥孙美珠，因此我等今天特地下山，做下这泼天大案——只为请诸位随我们上山，帮我们给全天下人做个公证！驱逐田中玉！枪毙马士奇！还我抱犊崮一个公道！"

"山东自治——驱逐田中玉！报仇雪恨——枪毙马士奇！"在众土匪的齐声鼓噪声中，孙美瑶催动骏马，在数百肉票儿面前耀武扬威地跑了几个来回，最后仍是停在魂飞魄散的车长孙颐生面前，用枪挑起孙车长帽子，自己歪戴在头上，笑道："我说——咱本家儿兄，你跑得够快吗？"

"我……我跑不动啊……"孙车长吓得苦着脸，腿肚子都转筋了。

孙美瑶却嘻嘻一笑，用手枪朝南边儿指了一个方向，笑道："东南十五里……你知道的——沙沟镇——就是狗日的第六混成旅驻防兵站，我们在这儿大闹一场，我估摸着他们已经集结出动了。既然咱们是本家儿，我留你一命，再送你一件功劳！"说罢，他从怀中摸出一件儿血衣，上面密密麻麻写满血书。他将手里血衣迎风展开，大声喊道："这是我哥孙美珠的血衣，我哥无辜被害，千古奇冤，因此，抱犊崮'建国自治军'五路联军数万兄弟誓师报仇，并有枣庄、峄城、西集各界乡绅商贾数百人联名的申冤请愿血书。本家兄弟，我这就交给你了，你车上的贵客我先请走上抱犊崮。我们'建国自治军'有几个条件，请你转达政府——第一，免除苛捐杂税，驱逐田中玉；第二，为孙美珠申冤，枪毙祸害鲁南百姓的马士奇、何锋钰；第三，开放商道，取缔税卡，临城、枣庄、峄县免除三年特别厘金；第四，第六旅撤出临枣，由'山东建国自治军'接防；第五，地方自治，设立鲁南特别行政地区，由地方士绅公推行政专员。答应我们这五个条件，我们抱犊崮立刻释放人质，接受改编，拥护政府。如果不答应……"孙美瑶振臂一呼，群匪激昂，高喊："报仇雪恨！血战到底！"

孙车长听明白了对方诉求，心中稍稍缓了一口气，伸双手接过血衣，恭敬地拜了拜，不住点头应承道："明白，明白，这血衣我一定带到，一定亲手交给何旅长。"

"嗯！你告诉何锋钰！匹夫一怒，血溅五步！他第六旅不给俺们活路，咱光棍儿索性把天捅破了，谁也不要活了！我孙美瑶豁出去了，就在抱犊崮等他们！你要是交不到，小心你全家的小命儿！"

说罢，又是朝天啪啪两枪，孙车长却像是听到了发令枪一样，扭头朝着东南方慌不择路地跑了出去。

孙美瑶狞笑着目送列车长跑远了，"瘸子六"的一个手下紧了紧裤腰带，远远地撵了上去。这时"瘸子六"得空凑近过来，抓着孙美瑶的马缰绳，面色凝重地递过去一张名片。孙美瑶接过来，借着火把的亮儿眯着眼看了半天，脸一黑，疑惑道："三鑫公司？八大股？这是真的吗？"

"瘸子六"苦笑道："八成假不了，那小子不肯下车，还护下了三个女的，是祖孙三代，却好像更厉害，郭老二现在车上亲自给她们站岗呢。"

孙美瑶嘴上"嚯？"了一声，看了一眼"瘸子六"，又把眼睛扫了一眼分成三堆儿的俘虏们，露出一丝冷笑，扬手招呼过来一个队长，问道："这老些人？这是多少啊？"

那队长立刻回答道："乘务和机组加起来二十几人，乘警六人，中国乘客大都在二三等车厢，有两百人上下，外国鬼子差不多三十来个……全车拢共三百人上下。"

孙美瑶沉吟不语，"瘸子六"便探头儿献策道："老五，人多了不好带，也走得慢，三等货没什么油水的，还他娘的费口粮。给狗日的追兵送个礼物呗？让他们也能交差。"

孙美瑶正中下怀地朝"瘸子六"点头，伸出拇指赞叹道："好！难怪我哥最倚重六爷您了。"随即转头对队长小声儿命令道："你让人把三等车的乘客都搜捡干净，一会儿半路上就陆续放了，记住——分拨儿放人，这样可以不断分散追兵的精力。特别是妇孺，可以适当放点儿血再放，别出人命就行，给第六旅的追兵添点儿麻烦。二等乘客以上的肉票儿全都押走，特别是洋鬼子，一个不许放走。"

那队长点头得令，正要转身离开，孙美瑶嘱咐一声："给我客客气气的，要像摆弄古董罐子一样，弄破一层皮儿，老子要你的狗命！"

正在这时，东南侧天空炸开一颗信号弹，孙美瑶看一眼怀表，咧嘴笑道："六爷，得麻利点儿了，沙沟镇狗日的出动了！"说罢，孙美瑶翻身下马，将马鞭扔给马弁，拍着"瘸子六"的肩膀道："走，一起上车会会是哪路神仙？"

一小节蜡烛，将软包内映射得烛影摇红，潘云鹤半个屁股沾着床铺，挡在半掩的包厢门口，金氏三位女眷缩躲在内侧，四人全都惴惴不安地等着土匪的裁决。

"姥姥，姥姥……别的乘客都被抓下车了，他们在翻他们的东西。"金小玉大着胆子从窗帘缝隙往外窥探，被他妈妈金翠喜一把抓回来，指指门外站岗的土匪，做出一个噤声的手势。

金姥姥则仍是摩挲着金小玉，宽和地笑道："是福不是祸，是祸躲不过，既然遭遇了孙飞虎，就只能盼着白马将了。是不是，潘少爷？"

潘云鹤对老妇人欠欠身，也有些忐忑地道："也不知道我那张名片管不管用。"

"运河两岸，南北码头，要是不认识潘少爷递过去的这张名片，我看他们回去就把旗子砍了吧……"金翠喜讨好地朝小潘递去一脸媚笑，啧啧赞叹道："三鑫公司在江湖可是金字招牌，这回幸亏有上海霞桥潘家大少爷同行，否则，我们三个妇道人家，还不知道要吃什么亏呢。此番若是能顺利脱险，我们六国饭店上下必当结草衔环，没齿不忘的。"

潘云鹤连连摆手，自嘲道："不敢不敢，您言重了，在下不过是一个不争气的败家子弟罢了，最近更是霉运连连，出门也没有看看黄历，这霉头简直是变本加厉了，不是在下连累各位就已经阿弥陀佛啦……"

"哈哈哈……潘少爷很风趣嘛。"金姥姥笑着说，她像是被提醒了起来，翻身命金小玉去皮箱里找出一本儿黄历来。借着微弱的烛光看了，金姥姥嘿然冷笑道："果然是吧……忌出行赴任……"

这话倒是引发了小潘的兴趣，伸手去要过来黄历，凑着蜡烛，细细阅读起来。

"姥姥……他们就是土匪吗？真的就是土匪吗？"金小玉忍不住，仍是揭开窗帘一角，偷偷地看着。

"山东三多，鸦片多、土匪多、门道儿多……说起来，其实是一回事。"金姥姥仍是从容地调侃着。

"什么是门道儿多？"金小玉问道。

"就是门派多，会道门多，什么庙都有，什么功夫都练，什么菩萨都拜……庚子年那回，可不就是从这里闹起来的嘛。"金姥姥似乎累了，双目慢慢合上，嘴里哼唱起小调儿来："非是邪，非白莲，念咒语，法真言，升黄表，敬香烟。请下各洞诸神仙，仙出洞，神下山，附着人体把拳传。兵法艺，都学全，安平鬼子不费难，拆铁道，拔线杆。紧急毁坏大轮船，大法国，心胆寒，英美俄德尽消然……"

潘云鹤眼睛看着包厢外匆匆杂乱的匪兵影子，耳朵里却是请神兵似的巫曲，明明自己坐在体现人类最先进科技的火车上，却掉进了最野蛮荒芜的厄运。他长叹一声，看着黄历上似是而非的谶语，忽然灵机一动，掏出钢笔，扯下几张黄历纸，笔走龙蛇，在老巫婆的神调伴奏中，将之写成"灵签"。

金小玉一扭头，好奇地看到潘云鹤写完"灵签"，一一折叠起来，放在自己的鸭舌帽里，摇晃几下，煞有介事地抓起阄来。金小玉忍俊不禁，笑道："潘大哥，你在干什么？算命吗？"

"对呀……本地不是菩萨多吗？我就问问运势嘛……"小潘呵呵笑着，把刚抓出来的纸团又扔了回去，冲着金小玉可爱的圆眼睛问道："你要不要先试试？"

"好！"金小玉笑靥如花，立刻扭着身子伸手过去抽了一张。

"啊！潘少爷还有这个本事？真是诸葛亮、刘伯温转世啊！"金翠喜笑道："灵不灵？我也抽一个。"说罢，也伸手拿了一张。

潘云鹤讪笑道："心诚则灵，不灵就再抽便是。"

被吵醒的金姥姥像逮猫一样稳住怀里的金小玉，笑道："那老身也抽一张吧。"

"呀！不好！"金小玉早已打开纸团，看了一眼，便扔了回去。

潘云鹤展开纸团念道："倪瓒遭遇张九七，宁死不俗，上下，凶。"他随手将纸团叠好，无所谓笑道："假的啦，不必当真。"然后又接过金姥姥的纸条念道："苏武北海酬李陵，苦中做歌，下中，险却顺。"

金姥姥呵呵一笑道："能顺就蛮好的。"

金翠喜自己展开纸条念道："百里奚赎五羊皮，破财免灾，中上，遇难成祥。"

"哦，金老板抽到的却是上签。我们就以您抽到的这张签为准行事即可……"潘云鹤点头微笑。

金翠喜却十分不情愿道："破财免灾，破财免灾还是上签？嘿！"

闻言，众人莫不莞尔，却听这时车厢外匪兵一个立正，一名头领从卡座上起身迎接道："司令！"

话音未落，车厢门被哗啦一声拽开，众人原以为匪首是李逵似的彪形大汉，谁知却是一名身穿黑色学生装、头戴列车长帽子、身上横三竖四挎着几把快枪的英俊小伙子。那小伙子先往车厢里瞟了一眼，这才回头冲一直守在门口的郭琪才点头笑道："谢了二哥，包厢太小，您和六爷先在外面等会儿，别惊扰了贵客们。"

说罢，他喊了声"失礼"，就大刺刺地钻进包间儿，大马金刀地往潘云鹤对面一坐，向他拱了拱手，死盯着对方双眼，却见对方并无一般百姓被掳后的惊慌失措——见过世面——他心中便有了几分底，又见此人文质彬彬，穿着相貌俱不似常人，竟能让人无端生出亲近之意。于是故意将左手按在驳壳枪上，右手幼虎探爪一般，在潘云鹤面前的鸭舌帽里抓出一个纸团，展开仔细念道："莺莺被困普救寺，因祸得福，下上，吉。"他环视一圈四个人，弯眼笑道："这是抽签呢吧？有意思……来，都给我看看是啥……"众人报以讪笑，将展开过的纸条递了过去，孙美瑶看得眉开眼笑，不住点头。

金小玉小猫一样躲在金姥姥身后，金姥姥则像是有了兴致，仔细地端详起这个青年土匪来。只听孙美瑶最后拿起金翠喜抓到的纸团又念道"百里奚赎五羊皮，破财免灾"的时候，潘云鹤坐不住了，起身打了一躬，双手从怀里掏出一张银票，微笑道："这位大王您好，在下潘云鹤。刚才的名片您一定收到了。我们几个都是平民，误入宝境，只要人身安全。想必大王军费不足，因此我们情愿奉献，请大王笑纳。"

孙美瑶将"灵签"缓缓叠好，看看银票，又看看潘云鹤。银票数目惊人，让他不能不动容，但更让他惊讶的是，这小子将如此巨款轻描淡写地就拿出来了。孙美瑶略一思忖，老实不客气地将银票接过，揣在怀里。然后站起身来，整理了一下学生装，面对着比他略矮半头的潘云鹤，正色道："军费自然是缺乏的，但我等并非土匪，我们乃是'山东自治建国军'，在下就是五路联军总司令孙美瑶。"说罢，他掏出三鑫公司的名片，冷笑一声摔还给小潘。同时，他甩给一身军装、笔杆条直地站在车厢外一边儿的郭琪才一个眼色，郭琪才立刻朗声重复了他们这次劫车的理由和诉求，总之就仍是要请这几位上山。

金翠喜见潘云鹤吃了瘪，看看面色如常的金姥姥还有面色如土的金小玉，大声喊道："不行，我们不上山，你……"她指着郭琪才撒泼道："哎，你刚才不是说你出身武安军吗？我们当家的和你们倪大帅那可是一个头磕在地上的兄弟，你们不能祸害自己人吧？"

孙美瑶哈哈一笑，冲金翠喜敬了一个礼，嬉皮笑脸地说："您就是六国饭店的金老板吧，在下罪该万死，让您受惊了！您放心，您和您家人的财产和人身安全我们必定会照应周全。但是，我们也不能把您留在车上，否则，反而会给北京、天津的各位老帅们添麻烦的，因此，必须得请您几位和我们上山打个花呼哨……"

金姥姥哼一声冷笑，道："既然是误会了，既然是一家人，那要是我们就是不肯上山呢？"

孙美瑶打个哈哈，笑道："一家人自然是一家人，不过这次我们老孙家不幸，我哥死得太冤、太惨，您也看见了，我此番带着几万兄弟破釜沉舟，做下如此大案，脑袋那是别在裤腰带上了。如果一战成功，从此不但我们鲁南要翻过一个身来，就是全国的局势都会不同，这也是上峰的意思，这是大事儿，还请金老板，列位，多多担待。"他话音未落，"瘸子六"闪出半个身子，用一双狼眼往包厢内一扫，吓得众人打了一个冷战。

金姥姥却不慌不忙地管潘云鹤要了一根烟卷儿，悠悠点上，笑道："鲁南，孙家……哦，我老婆子想起来了——你小子姓孙，孙大姑孙桂枝是你什么人啊？"

孙美瑶一凛，老实答道："正是在下姑姑，她老人家正在抱犊崮等候各位贵客。"

金姥姥吐出一口烟气，笑道："那好，你叫她来亲自请我，我就上山。"

孙美瑶愕然，"瘸子六"想起了什么，趴在孙美瑶耳边耳语了几句。孙美瑶闻言大惊，竟然立刻双膝跪倒，磕了三个响头，嬉皮笑脸地大声叫道："小的们本想劫持几个鬼子，没想却得见了真神，九天护国娘娘在上，请受小的一拜。您是咱家的活菩萨，咱家庚子年退回来的叔叔伯伯们，在家都还供着您的生祠呐。"

在众人目瞪口呆中，金姥姥和蔼地笑道："那我们几个是不是可以走了？"

孙美瑶咧嘴笑道："那不行……我大姑要是知道我放走了真神，我腿得断成三节儿……您老心疼我，我必定请您上山，由您主持大事儿，我们山东方就又有救了不是？"

"嗨！"金姥姥闻言哭笑不得，哑口无言。

这时，匪兵队长带着两名喽啰赶上车厢，气急败坏地汇报："司令，那几个老外不服管，拿出一面什么旗子，嚷嚷着什么日……什么的公约，俺们搞不懂，凶他们也不灵……再闹下去，要出事儿。"

"什么乱七八糟的……慢慢说！"孙美瑶这才起身，厉声呵斥。

潘云鹤听他们说不清，便缓缓插嘴道："那是红十字会的旗子，说的是《日内瓦公约》。"

孙美瑶斜眼儿瞅了一眼潘云鹤，忽然抓过他的鸭舌帽，将他帽子里的纸团一股脑全都倒进自己刚抢来的列车长帽子里，晃了晃问："潘兄大才，应该是懂外文的吧？"见对方点了头，他喜不自胜地点头，然后冲四人举起帽子，笑道："既然是自家人，我们不要伤了和气，咱们干脆愿赌服输！这里面是潘兄做的签儿，咱们抽签儿决胜负，谁抽到的签好，咱们听谁的，好不好？"

四人面面相觑，觉得匪夷所思，却更怕这土匪原形毕露用强。最后金姥姥无奈点头道："好吧，小潘少爷，你就跟这位孙司令赌一把，赢了咱们就留下，输了就客随主便吧。"

潘云鹤苦笑点头，请孙美瑶先抓，孙美瑶却变魔术似的从脑后抓出一枚骰子，笑道："点儿大的先抓！"

小潘掷骰子后，孙美瑶抓起骰子，伸到金小玉面前说："吹口仙气儿！"

金小玉怒而转头，孙美瑶哈哈一笑，随手掷出，点数却小。

小潘于是伸手便摸出一张纸条，皱眉朗声念道："孔丘颜回见盗跖，顺生逆死，中中，无咎。"

孙美瑶也伸手掏出一张纸条，随手将剩下的纸条全都扣进纸篓儿，他缓缓展开纸条，朗声念道："宋江被擒清风山，有惊有喜，上上，逢凶化吉！各位，我运气好，赢了，各位请吧……我还是劝各位快走，一会儿官军就会杀过来，这儿就是枪弹纷飞的战场……子弹不长眼，还是先找个安全的地方吧，你们看呢？"

金姥姥长叹一声，拉着小玉，对金翠喜和潘云鹤道："走吧，船到桥头自然直吧。"

"请三位贵客下车！安排马车，跟拉东西的车队走，走大路，先去枣庄、白庄，最后到峨口和我们会合。六爷，您腿上有伤，也别跟我们在山里浪了，烦您亲自押车带他们过去吧。"孙美瑶麻利地吩咐手下，等"瘸子六"送走金氏三位女眷，孙美瑶却一伸手，拦住了潘云鹤，笑道："潘老弟稍等，我有句话问问你。"

潘云鹤忍住忐忑，故作轻松地笑道："大王请问……"

"你可以叫我孙美瑶，也可以叫我老五，大王我可当不起。"说着，孙美瑶仍然在车厢内坐下，伸手也请潘云鹤落座。

潘云鹤讷讷地还是挨边儿坐了，笑道："孙司令请问吧。"

孙美瑶点头道："看得出潘老弟是位君子，又懂外语，正好。兄弟我这次九死一生，把天捅了个窟窿……"他指指外面道："这些洋鬼子，必然不好相与，而我也并不全是图财，更不能害命，否则鲁南几百万生灵百姓，可能会因为我的鲁莽遭殃。"

潘云鹤心头一震，把轻视的心收了收，点头道："那你们胆子确实太大了些……"

孙美瑶邪魅一笑，点头道："野狗打架，逼急了，只能咬对方的命根子，我们都是草芥一般的野狗，但古话说得好——小民从来不可轻！我虽然是乡下野人，却也知道，现如今，这些洋鬼子，可不就是北京那些大人物的卵蛋子？我他娘的抓着他们的卵蛋，他们才肯听我说一句话。"

小潘失笑，掏出烟卷儿叼上，也扔给孙美瑶一根，点头道："道理确实如此。"

"因此，在下想有一事相求潘公子。"孙美瑶接过烟卷儿，在手里顿着，并不点着，只是似笑非笑地盯着年纪相仿的对方。

"不敢，潘某小命儿都在阁下手里捏着呢，有事儿你可直言。"潘云鹤吐出一口烟气，苦笑道。

"我也说了，我们是被田中玉麾下第六旅逼得走投无路了，又因为我大哥惨死，迫不得已出此下策。但现在事情已经做出来了，就要争取最好的结果。不瞒兄弟说，我们本来都是本分商贾和农民，莫名其妙地被划成匪类的，这几年稀里糊涂还就真的变成了土匪。这次更是百口莫辩——那我索性大闹一场，也是为了最后招安的，因此，不能……至少是要少流血，才好善后。否则，我孙美瑶贱命一条死不足惜，但如果连累鲁南数百万百姓一起受苦，我老孙家可都是万死莫赎了。因此，请潘兄看在鲁南百姓的份儿上，帮帮在下，您懂洋文，见过大世面，如能居中调解，缓和矛盾，没准能让这场泼天大祸，消弭于无形。我们若能顺利招安，日后自然是保境安民。而诸位中外贵客，也得以保全生命，岂不是对双方都有好处吗？"

潘云鹤略一沉吟，慨然道："想来司令也不会放我自由，而我也确实不会眼看着你的手下和那些洋人因为误会而无端流血。我可以帮你做翻译，但我有三个条件。"

孙美瑶颔首道："潘公子请讲……"

"第一，我只是被迫帮你翻译，身份与其他俘虏并无不同，并不会参与你的任何事务；第二，无论贵方与政府谈判顺利与否，不得加害俘虏性命；第三，你须得遵守刚才他们说的《日内瓦公约》。"

"呃，这什么《日内瓦公约》到底是什么东西？"孙美瑶英俊的脸上露出一副无赖的笑容。

"哦，这第一，自然就是不伤害俘虏的生命安全，包括不得杀害、拷问、虐待；第二，要保证俘虏得到治疗——我看外面乘客已经有人受伤，应当得到及时医治；第三，要保证俘虏基本的生活需求和卫生条件，以及相应标准的人权。"潘云鹤冷笑道，"孙司令，这是全世界国家都认可的守则，如果你也同意，那我就不当你是土匪，而是军人，那么我们就有合作的基础。"

"嘭"西南方又有一颗信号弹升起……孙美瑶看到车窗外面不断有"斥候"赶来提示时间，他果断笑道："这里距离下邳屯土山不远，我们也来个屯土山约三誓，你说得大体可行，回头你写下来，我和你一起盟誓，谁要是违约，他日定然死于乱枪之下。"

潘云鹤便也点头答应下来，孙美瑶喊来郭琪才，让他带着潘云鹤速去将外国肉票儿安抚妥帖后驱赶上路。等到潘云鹤走出车厢，他狡黠地一笑，从手缝里捻出又一张纸片儿，他借着烛火念道："王衍被俘拜石勒，空谈无益，下下，大凶！"

他嘿然冷笑，借着烛火将纸片点着了，给自己点上香烟，长长吐出一口烟气，把脚一踩，起身走到列车门口对外大喊道："出发！中午前赶到横山口！"

众土匪嘶吼着答应下来，一众俘虏怯怯地看一眼两边黑洞洞的枪口，无奈地向东走去。

忽然，"嘭"一名匪徒手里的煤油马灯粉碎，火油四溅，这匪徒"轰"地一下子烧成一个火球——惨叫翻滚不已。众匪徒一阵大乱，救火的救火，弹压的弹压，半晌方才稳定了秩序，继续向前。

路边一大片浓密的黄荆丛里，趁乱溜出的克里斯蒂安拉着蜜姬·哈恩藏身在其中，两人大气儿也不敢出。待匪徒队伍走远，他们彼此一望，都露出了孩子气的微笑。

第二节：丁卯、戊辰

民国十二年，公元 1923 年，5 月 6 日清晨，立夏日，礼拜天。"彭祖百忌"歌谣云："己不破券，二比并亡；卯不穿井，水泉不香。"[①]

丁卯时，大吉。

事发地正东三十余华里，临城通往枣庄的官道中央，鞭如霹雳，车如滚雷，烟尘滚滚。

当先一辆颠簸的黑骡子大车上，拉着一车劫来的行李，顺着大路疾行。而尾随在这辆大车后面的，是数十辆各色大车，大车后面还有数十辆嘎吱嘎吱的太平车。车上行李堆里，金翠喜擅自翻开一个别家女人的皮箱，找出一些普通女人的衣服，先给女儿套上。金小玉依在金姥姥怀里，手里不知道为啥还紧紧抓着那本撕破了的黄历，眼望着荒野出神。她难得的乖巧听话，任凭金翠喜手忙脚乱地把她打扮成乡下村妮儿的样子。金翠喜收拾完女儿，

---

① "彭祖百忌"为旧黄历上的民谚，当日为己卯日，己不破券，券是契约的意思，古人将写好的契约一分为二，履约时需对起来，如使用虎符的道理。意思是这天不适合谈定契约。后面同样是说这日子不适合凿井。

也开始给自己化装，但无论怎么收拾都不像个村妇，胡乱挽起的抓髻上面裹上一方粗布艳红头巾，但烫卷儿了的头发顽皮地在额头弹着，反而显得年轻俏皮起来。看得金姥姥不由地莞尔起来，笑道："你这样扮上挺俊啊，可以上台演寒窑的王宝钏了。"

金翠喜白了一眼金姥姥，一脸戒备地瞟一眼在前头骑在一匹大青骡子上，押着车队赶路的"瘸子六"。金翠喜摸出一面小圆镜子，对自己一照，果然掩不住的风情，索性往后靠在火车软卧拆下来的床垫上，无赖地笑道："百里奚赎五羊皮，破财免灾，上吉，也不知道那洋学生说的准不准？"

金姥姥嘿然不语，金小玉冷脸道："他说的要是准，就不会被抓走啦！哼，还说我抓的是下签……切……就会吹牛！"

金翠喜心情复杂地看一眼女儿，眼看东边鱼肚泛白，视野逐渐开阔起来，她探着头往前一看，惊得缩回身抱住金姥姥和小玉，低声说："坏了，前面有卡子……"

"瘸子六"像是听见车内妇道人家的嘀咕，笑着往这边儿瞟了一眼，挥手叫停了车队，一脸轻松地驱赶大青骡走到挡住大路的鹿砦前头，吆喝一声，从里面走出四五名歪七扭八的矿业警察，领头的光着脑袋，腰间挂着一把家伙；后面的戴着圆帽，只是佩戴着警棍。这些警察一看是"瘸子六"，眉开眼笑地敬了个歪礼，连忙去搬开鹿砦。领头的凑过去嬉皮笑脸地打招呼："六爷早！"然后故意往"瘸子六"身后一瞟，一看这车队的阵势，赞叹道："呦，风挺顺的啊……您可发大财了！"

"嗨，说哪儿去了……这是帮大姑搬个家，近来山下闹得厉害，搬点儿东西回抱犊崮。"说着，从怀里摸出一磅鸦片膏，扔给那矿警道："你们也辛苦啦，接着……这不比咱们土产，是我上海弄来的'大公班'①，给兄弟们尝尝高级货！"

这矿警探手接住约有一磅重，印满洋码子的油纸包儿，贪婪地放在鼻子底下闻了一下，满心欢喜，连忙谄笑道："嘿，打了半宿的马吊了，今儿早上还真就差这一口了！六爷发财！您慢走，您一路发财！"说着招呼手下手忙脚乱地搬开鹿砦，欢送大车队滚滚而去。当他看到车上拉的东西逐渐离谱，甚至有印着铁路标志的一车床垫儿后，渐渐目瞪口呆地骂了一声："俺滴娘个乖乖哩！这是出大事儿了啊……"

金翠喜大着胆子又探出头来，一眼看见过了卡子，就是满眼骇然的支离破碎——这里的大地哪里还是她认识的样子？像是被整个翻了过来，黑压压的煤堆到处都是，机井架子上面的洋电灯忽闪闪地眨着眼，沉闷的发电机不时闷吼转动着，地下似乎仍有工人在没日没夜地向地心深处掘进。她从未见过矿区，不禁大受震撼。一转头，却正和"瘸子六"的眼神儿对上了。"瘸子六"双腿微微用力，催着大青骡子跟在大车边儿上，敬个道礼笑道："夫

---

① "大公班"是印度鸦片的品牌，当时印度出产的鸦片最为高级，云南的次之，其他各地的都叫杂土。

人请了，卑职还没跟您介绍——在下陶相礼，霍邱人，原在七师吃粮的，早年跟着张大帅（张敬尧）在鲁南剿匪，后来随四帅在湖南办过几年矿业。可恨后来败给了赵恒惕，四帅不幸阵亡，在下也丢了这半条腿。后来卑职养好伤，带着剩下的兄弟们辗转回到鲁南，现在是'山东自治军'第四路军司令，暂驻抱犊崮，跟我们孙总司令吃饭。"

"哦，原来是陶将军，既然是张师长的部下，那就不是外人了。你们张大帅和我家老段，那可都是在小站一个马勺里吃饭的兄弟。"金翠喜闻言大喜，不免趁机拉起关系来。

金姥姥却乜了女儿一眼，插话赞叹道："陶将军身负重伤，仍能守着定国军的大旗不倒，真是忠义千秋！能带着弟兄们千里北归，在这北邙山起义，堪比当年古城会的关二爷、张三爷啊。"

这话"瘸子六"听得满心欢喜，眉开眼笑，连连摇手称谢不敢。金翠喜赶忙顺杆儿爬上来笑道："正是，正是，原来都是安国军的自家兄弟啊。"

谁知"瘸子六"讪笑着指着自己笑道："夫人贵人多忘事啊，其实去年我奉命去塘沽押货，顺路拜谒张大帅，正是在您的六国饭店，说起来跟您也有过一面之缘。"

金翠喜连忙赔笑道歉道："呀，那是我眼拙，没认出将军。"

"瘸子六"连忙摇手，眯着三角眼阴阳怪气地道："哪里哪里，您是贵人，那次您和卑职隔着好几张桌子呢——这一张桌子，那可不只是隔着一层天地啊……"

金翠喜咯咯笑道："嗨……那算啥。陶将军这次如果能过五关、走单骑送你嫂子我们娘几个回天津，我这回啊，保证你坐在上座。"

"瘸子六"眼珠一转，哈哈大笑道："夫人您放一百个心，卑职一定保证您几位的安全。不过，此番事件，还真不是我等草寇向大家借点钱米，不瞒您说，此番动作不亚于单刀赴会、大闹天宫，如果顺利，我们要把山东的天都翻过来的！眼下若是放您走，反而显得咱们皖系是'此地无银三百两'的心虚了。因此请您几位委屈几天，等到大事办成，咱们皖系夺了山东自治，那时候——济南、青岛、徐州……还不都是您的六国饭店，事成，就连段总长也能扬眉吐气的！"

金氏三位女眷听得暗自心惊，正待深问，却听矿上一阵钟声——此时旭日东升，霞光万道，黑麻麻的蛰伏休息的矿工们从泥草棚户中钻了出来，像蚂蚁一样汇入上工的洪流。整个矿区已经是一派觉醒的喧嚣。"瘸子六"朝着大车队吆喝一声，催促大家加快。他伸手一指前面正东黑压压一片，高耸大烟筒的电机厂——一块大牌子指向"东兴煤矿公司电机厂"——朗声笑道："时过丁卯，死门闭，惊门开，福神正东！我们快走，别误了吉时！——驾！"

金姥姥疑惑道："怪呀，咱们一路向东走大路。可剩下那些人要是走小路兜过来不是面朝东北方向吗？那可是死门方向啊……"

金小玉被大车颠簸得脑瓜子疼，皱眉疑惑道："姥姥你说的啥？"

金姥姥笑道："都是黄历，老黄历……宝儿累了吧？来，姥姥抱着你眯一会儿吧。"

同时，临城铁路案发现场。

一队骑兵风驰电掣而来，在不远处的河边安营扎寨。营长马士奇带着三名马弁飞骑冲到事发地。他策马冲到出轨的蓝皮火车前，看着满地的狼藉和满车上涂鸦的口号——枪毙马士奇，惊怒且万念俱灰。他跳下战马，摘下帽子胡噜了一下满头的大汗，恶狠狠地大骂一声："嘿！日你个先人了！俺那天咋没把个龟儿子给毙了！还真作出妖来了！"

这时，沙沟镇驻军的一名麻秆儿上尉连长跑过来敬个礼，看看车厢上的涂鸦标语，又看看马士奇，皮笑肉不笑地汇报道："马营长！响马贼是丑时作的案，撬开了那边儿的一节儿铁轨，造成列车出轨。匪徒们进行了抢劫，将财物席卷一空，把乘客也全部劫走了。卑职接到临城站报警后，立刻前来救援，一路抓获放信号的眼线二人。赶到现场时，响马贼已经退了，浮财和肉票儿分两路走的，财物运上了大车，走大路，直奔枣庄去了；肉票儿走小路，向东南走西白楼方向去了。卑职手下人少，只派了'斥候'两路都要紧跟着，十里一报。"

马士奇瞪着大红眼珠子问道："人，人伤亡怎样？"

"人都被带走了，死了两个人，伤者都被带走了。死了头等车的一个洋人，名字还没查实；还有一名乘警，姓马，就是本车警长。经过我们努力，已经陆续搜寻救回 8 名洋人，几十名中国人，包括列车长孙颐生。"说着，这名麻秆儿连长让手下将列车长孙颐生领了过来，他怯生生地将孙美瑶的血衣递了过去，嘴上絮叨道："马营长您好，那个司令说——这件血衣，一定要在下亲手交给何锋钰何旅长。"

"拿来！"马士奇不耐烦地一伸手，横了孙颐生一眼，怒道："司令司令……你家的司令？"

孙颐生却下意识地往后一缩，仍是怯怯地说："马营长，那……他们说，事关重大，一定亲手交给何旅长，交不到，小的全家性命不保……"

"放屁！拿来……"马士奇骂道，正待上手去夺，却见那麻秆儿上尉横过来打圆场道："马营长，就别难为孙车长了吧，既然说要亲手交给旅长，何必呢……再说，这上面的话，都是土匪的胡说八道，看了也是生气，我劝马营长您还是不看为好。"

马士奇惊怒不已，捋了捋思路，压着火儿笑问："兄弟你这是什么意思？"

那麻秆儿指了指火车，苦笑道："车劫了，人都劫走了，二百多人，有四十人都是头等厢的重要外宾，马营长，这是把天给捅了个窟窿了，我是芝麻点儿的前程，我看您也千万别充大个儿的，顶不住的。不用想——就现在，别说咱们何旅长，就是济南和徐州的督军，没准都在赶来临城的半道上了。我觉得吧，咱们守护住现场，别轻举妄动。"

马士奇想他说得也不错，点头道："那按老弟你的意思呢？"

麻秆儿上尉笑道："我已得了铁路警备大队田大队长的军令，要我带着孙车长和解救下来的人质，立刻赶去枣庄向他汇报。我的人，都跟着响马贼两路撵下去了，您是追啊，还是在此留守啊，随您的便。"

"滚你熊蛋！"马士奇大怒，压低声音厉色道："你小子是巡防军，不是路警，你听哪门子田大队长的口令？"

"哦，马营长，卑职忘了给您禀报了——在下田金标，姓田的田。"说罢，朝马士奇龇牙一笑，僭越地拍拍孙车长的肩膀，竟然就带着列车长扭头走了。

马士奇三尸暴跳，却后背生寒，一把按住身后不服气要去闹事儿的马弁，对着马弁咬着后槽牙说："别闹，没听他说吗，他姓田……田中玉、田长垣的田……"

那马弁登时灭了火儿，垂头丧气地甩手牵马去了。马士奇挠挠大光头，咬牙换上一副笑脸，追上去道："田老弟，田老弟……

你等一等，你刚才说你的人都撺上去了，他们人少，别再遭了响马贼的黑手，老哥我这就带人过去支援！你赶紧带着孙车长和解救的肉票儿去枣庄吧。"

田金标闻言转身笑道："那可就辛苦老哥您了。"

马士奇挠着大脑袋哈哈一笑道："嗨，谁他娘的让俺姓马呢……就是跑腿的命。"

田金标笑道："老哥哪里话来，这回事儿大了，咱们都得稳住啊……您要小心，我那边儿追过去的人，都会听您调遣的。"说罢抱了抱拳，转身就要走。

马士奇连忙"嗳"了一声拦阻，麻秆儿田金标登时会意，四下一瞄，大声喊来一个更小一号的麻秆儿，吩咐道："王顺儿！你跟马营长去撺响马贼，跟弟兄们说，马营长的话就是俺的话。马营长，这是王顺儿，我的司号员，我的弟兄没有不认识他的。"

马士奇赶忙点头称谢，目送田金标头也不回地带人走了，他才狠声暗暗骂道："当老子是个死人了嘛！娘娘个熊的……姓马？我看我姓王八，这次他奶奶的黑锅是背定了！"说罢，他将军帽狠狠扣在大光头上，吩咐一个心腹盯住现场，正好把马让出来给王顺儿，然后喝令出发。

王顺儿策马上来请示道："马营长，响马贼一路大车队走了官道正东，一路向南去了，我们去撺哪一路？"

马士奇呵呵一笑，骂骂咧咧地飞身上马，朗声道："狗日哩奔郭庄干甚？总是要回抱犊崮的，咱不攮他们腔瓜子，派'斥候'跟去！骑兵随俺走，他们必过横山口！想枪毙老子？老子得让你们知道马王爷长三只眼！"说罢，他从马背上抽出两面小令字旗，分别交给另外两名马弁，分别喝令道："你奔南边儿，调韩庄的兄弟向北；你回去张范，截住西集过来的兄弟，转向南，一定要在未时之前抵达横山口完成夹击，把龟儿子都堵在山肚子里。我带骑兵队先赶上田连长的弟兄们，想办法拖慢他们。走！"

说罢，四人厉声催马，向三个方向疾驰而去。

戊辰时，仍是临城通往枣庄的官道大路一侧的罂粟花田中。

克里斯蒂安和蜜姬·哈恩两人各自套上了一身儿列车员制服、裹着一张毛毯追寻着匪徒大车经过的方向前行。克里斯蒂安不时扭头关照一下这个外表像是 flapper girl 的女孩儿，却看到这孩子经历了五个多小时的紧张逃亡后，仍然是一副精力充沛的样子。他不禁夸赞道："蜜姬，你还真是又机灵，又结实啊。"

"我可不是娇生惯养的城里孩子，不过，我宁肯听到别的赞美。结实？哈哈哈哈……亏你想得出。"蜜姬眼珠贼溜溜地一边走，一边四下张望着，就像一只草原上机警的胡狼。

"我原想是带小罗斯福先生溜出来的，没想到反而是你跟着跑出来了。这下好了，我估计现在这两口子正在一块儿痛骂咱们两个不靠谱——把老板丢下，自己开溜大吉了。"克里斯蒂安呵呵地笑着说。

"我看到你做手脚，就给他们递眼色了，结果这两口子胖墩墩的像是被堵住的兔子，就知道缩着……我以为他们会跟着跑的。不过，我想我们也不是就这么跑了吧？现在我们去大使馆吗？还是中国也有什么骑警什么的？"

克里斯蒂安示意歇一会儿，两人一屁股坐在花田里，克里斯蒂安在毛毯上放上几块小石子比画当作地图解释道："领事馆很远，最近的在徐州——嗯，我们在这儿，领事馆在这儿。别想什么中国的警察和军队了，我可太知道他们了，一点儿都不要指望。所以，我们要先赶到枣庄，那里有一家矿业公司，有电报、电话。还有我的一个朋友，他可以联系山东登州的美国人——嗯，在这儿。据我所知，美国亚细亚舰队的'普雷贝尔'号[①]驱逐舰应该就在烟台——我可以带着美国海军陆战队过来，他们肯定有把握把咱们老板救出来。而这些美国人要是知道是小罗斯福夫妇出事儿了，他们会答应出兵的。"

"呃，那得是咱们老板命够硬，能活到陆战队来的那天。"蜜

---

① 美国亚细亚舰队的前身组建于 1840 年前后，是太平洋舰队东印度支队。此中队就是日本黑船事件的主角，并参与了美西战争。该舰队在马尼拉海战中大获全胜，使美国夺得了菲律宾和关岛。此后，亚细亚舰队还干预了日俄海战，也是八国联军的主要参与者。烟台港是亚细亚舰队的夏季停泊海港，1923 年临城火车劫案事发后，该舰队曾经沿长江向上游巡航，宣示武力。"普雷贝尔"号驱逐舰 1901 年下水，其命名是为了纪念第一次巴巴里战争时期的海军准将爱德华·普雷贝尔。

姬吐口气，眉头紧皱，要是她雇主老板就这样死掉了，她的冒险家生涯可能就到头儿了。

"放心吧……"克里斯蒂安轻抚身边的鸦片花，有些忧伤，又有些得意地说："自从他们的土地上种上鸦片，这片土地上的人就不再是杀人不眨眼的'捻子'和'义和团'了。要是那些人，咱们早就剐碎了，或者被烧死了——不，现在这些人，已经学乖了很多了——鸦片使人温和，不是吗？我看现在他们不过是一群生意人。"

"罂粟花？鸦片！那又为什么？哦……对了，你说这里就是你的故乡是吧？你就生在这儿？"

"就是刚才说的登州。离这儿不算太远，500 公里——烟台，是我们荷兰传教士最早登陆中国北方的地方。说来话长了，你知道福尔摩斯吗？"克里斯蒂安掏出烟斗，自顾自地点上，狡黠地问蜜姬。

"福尔摩斯？当然知道——我也是红发会的嘛。"蜜姬指了指自己火热的红发，笑道："他也来中国了？我只听说他去过西藏隐修。"

"哈哈哈哈哈，不是那个夏洛克……"克里斯蒂安喜欢这个会聊天的话搭子，笑道："是 James Landrun Holmes，我们都管他叫花雅各，是弗吉尼亚南浸会的牧师，他差不多是第一批来中国布道的清教徒。他在日记里说，山东有肥美的田野和一望无际的麦田，以及田地上蚂蚁一样哀苦饥饿的人民，这些人没有一个是友好的，在当地官员的禁令下，他们租不到住房，买不到马，只能乘坐矮小的骡子。他第一次在山东漫无目的地走了三个礼拜，发放了上千册《神天圣书》①，到处都是充满扭曲、邋遢、营养不良的东方面孔。真是讽刺，这里到处都是丰收的田地，却没有一个能吃饱的人。"

"你的父母就是跟这个福尔摩斯过来的？就像他的华生大夫？"

"不，我父母能够到来是因为他的惨死。大约 1862 年，南方造反的中国伪基督徒——太平军向北袭击了登州。花雅各以为同样是基督徒可以劝他们少一些没必要的杀戮。结果，代表被围困者出去谈判的花雅各遭到了当众羞辱和极其残暴的虐杀（杀死花雅各的其实是配合太平军北伐的捻军）。但由于他是为当地人的性命而白白死掉的——大概是因为良心愧疚，当地官员对传教士的态度发生了松动，更多的传教士，特别是新教牧师有机会来到这片土地，我的父母就是其中之一。我家是白种阿非利加人，就是南非纳米比亚人，在脱离英国殖民者的大迁徙中，因为是清教徒，因此遭到排挤，干脆跑到了弗吉尼亚。后来接受南浸会派遣，在登州的文会馆工作。我就出生在登州。据说就是我出生的那段

---

①　于 1823 年在马六甲刊印的中文版《新旧约全书》。

时间开始，这里的农民开始放弃耕作麦子，转而生产更加有利可图的鸦片。"

"可是，你明明说他们原本就都是吃不饱的人，这东西更不能当饭吃吧？"蜜姬眼巴巴地看着对面大叔独自吞云吐雾，但还是婉拒了大叔递过来的邀遇的烟斗。她顺手摘下一枝美丽的罂粟花，别在耳朵上，学着艾丝美拉达热舞的做派。

克里斯蒂安点头道："吃不饱的似乎永远也吃不饱……知道吗，这里有一句民谚——穷半年，富半年，单等六月割洋烟，十亩田，八亩烟，留下二亩杂谷田。反正粮食是永远不够的，还不如种上大烟，可以换银子。他们官员也乐意这样，毕竟，银子比麦子有用多了，也更容易贪污。"说着，他长长吐出一口烟，将烟斗在鞋底上使劲儿磕了磕，塞回口袋。扶着伤腿站起身，顺手将蜜姬也拉了起来，他轻轻揽着女孩儿，面对清晨太阳底下的万亩花田，吟唱起来："竹枪一支，打得妻离子散，未闻枪声震地；铜灯半盏，烧尽田地房廊，不见烟火冲天。"

他一边儿给蜜姬解释着这首民谣的意思，一边儿确认了大车队伍前进的方向，加快步伐向前赶去。他接着说："报应很快就来了，在我大约十岁的时候，发生了一次大饥荒，据说，饿死掉了一千万人。当时登州的传教士们好几个精神都崩溃了，我父母也是，因此带着我逃回了南非。在南非的老家，我度过了一段无忧无虑的日子——放牛、种玉米和甘蔗，学习各种语言，打猎……

结果就是该死的英国人要吞并我们的国家和钻石矿，因此爆发了布尔战争 ①，我参加了第一次布尔战争后，听说当时中国形势很好，就独自回来威海寻找机会。那可真是一段黄金岁月，我觉得和现在的中国差不多，现在也不错——到处都是机会，工作好找，报酬诱人，直到他们引以为傲的海军在威海被日本人的舰队歼灭了。海军没了，连我的好日子也到头了。"

"那可真都是老黄历了……大叔。"蜜姬亲昵地轻轻拍拍老头的肩膀，希望化解自己有些走神儿的尴尬。

克里斯蒂安却得到了鼓励，沉浸在回忆的叙述里："那时候这片土地上的人比现在这些土匪更直接，他们恨洋人，我猜他们大概是觉得引进鸦片能给他们带来财富，购买洋枪、洋炮能带来光荣和胜利，结果却是无穷无尽的耻辱和死亡……但当时他们直接得多，他们直接屠杀、放火，他们退回到古老的巫术里面去寻求庇护，以为能靠符水刀枪不入。而和这样的人战斗就简单多了，乱民如此，正规军也差不多，他们似乎从来学不会认真作战，而

---

① 1881 年，英国意图吞并富庶的独立殖民国家德瓦士兰共和国，双方爆发了人类第一次现代化游击战争——第一次布尔战争，德瓦士兰战胜了英国，但在协议中，承认了英国皇家治权，以此作为妥协。但二十年后，在约翰内斯堡又发现了大金矿，因此，第二次布尔战争又爆发了。这次战争的激烈度有所增加，英国殖民军仍然对布尔人的游击战术束手无策，为了遏制布尔人的游击战术，英国人开始发动臭名昭著的碉堡战、焦土战和集中营战，大量烧毁布尔人的农场，并将数十万人关进集中营，导致数万人惨死在里面。最终，双方在极其疲惫的困境中达成妥协。布尔战争被认为是旧殖民主义的丧钟，也是大英殖民帝国土崩瓦解的开始。

像是一场粉墨登场的滑稽戏，最傻的被骗到前面挡子弹，而更多是精明的坏蛋，他们一哄而散，却一再卷土重来……大约是又骗来了一群傻子炮灰。我就是那时候在商团里成名的，他们叫我'快马神枪'，其实对我来说这太简单了，你知道吗，在南非，我们布尔人和英国人的战损比是 1∶100，而死一百个义和团也杀不死一个我们商团的人，因此，北京事变，简直就是一场儿戏。而我们就真的把这些中国人教训了，他们的太后认输了，从此对我们言听计从。"

蜜姬笑道："哦，你成为英雄那时我才出生，那时候我家在圣路易斯的杂货铺生意还不错呢……知道吗，我还是吃奶妈的奶长大的，因此，我有奶妈才有的红头发。"她忽然毫不客气地埋怨道："你这老头儿，还 1∶100！你要是真的这么厉害，你刚才就应该把那些土匪都干掉！现在可好，咱们的老板都被抓走了！"

克里斯蒂安哈哈一笑，道："别逗了，你以为我会怎样？像你们西部牛仔一样和他们对射？决斗？别逗了，那可不是好办法，你没发现？那些土匪枪法可真不赖！"

蜜姬撇嘴道："那你会什么？吹牛？"

"吹牛也是其中之一。"克里斯蒂安不介意小女孩儿的小脾气，指着脑袋笑道："主要靠这个——意识，还有战术。"

蜜姬哼一声，鄙视道："还不是你们南非人打猎的那一套——埋伏，伏击，打冷枪。切！跟你说我最佩服的猎手是马赛人，他们能直面狮子，并用眼神就把它们逼退。"

"马赛人哈……嗯，他们是不错，他们是出了名的能跑，那我的孩子，你的腿怎样？能跑起来吗？"克里斯蒂安停住脚步，揉着伤腿问。

蜜姬也停下来同情地看着老头说："肯定比你强，我年轻，还有两条好腿……知道吗，要是有辆自行车，我现在都回到上海了，我从小骑车就可快了。"

克里斯蒂安笑笑，做一个噤声的手势，弯着腰拉着蜜姬蹲下，指着前面大路上说："那你骑骡子的本事咋样？"

蜜姬顺着方向一瞄，果然看到百米远处大路边，一辆大车轮子脱了榫，歪在路边儿，三名土匪已经把车上拉的浮财卸了下来，正试图将车垫高，把车轮拆下来修复。而拉车的两匹黑骡子，也被解下套，在树荫下啃着杂草。

"三个人，至少一个有枪，不过是长枪，老古董了。"克里斯蒂安低声道："车暂时修不好，要不要把他们解决了……有骡子的话，我们在中午弥撒结束前，就能赶到我朋友的教堂。"

"啊，你朋友是牧师啊，新教？"

"对，中兴公司煤矿上的。"

"还有多远？"

"还有十五公里吧……所以，有骡子能快很多。"

"今天有弥撒？啊，是礼拜天。"

"所以？"

"我是犹太人，今天是安息日。大叔，你厉害，你上吧，有骡子是能快很多。"

"呃……我需要你帮我一下……你不是跑得挺快吗？"克里斯蒂安环视一下地形，做了一个似是而非的手势，但他觉得蜜姬听懂了。因为这丫头朝他翻个白眼儿，然后开始思考。

"走！你这老头子，可别玩砸了！"蜜姬拍了拍克里斯蒂安的伤腿，挺身而起，就顺着大路大摇大摆地迎了上去，而克里斯蒂安一猫腰，转身钻进了罂粟田。

"一进二三堂，床铺四五张，烟灯七八盏，八九十条枪（鸦片烟枪）。"三个土匪嘴里哼唱着小调儿，闷头修着大车，虽然大车坏了，但显然还沉浸在打劫得手的欢快中。

蜜姬一声怯生生的呼救让三个土匪吃了一惊，一回头却是一个西洋女人沿着大路边儿打着趔趄走来，挥着手向他们求救。

三人愕然对视，笑道："嘿！这是少当家的那边儿没盯住跑出来的吧？拿住她，又是大功一件。"

见她只是一个吓坏了的女人，岁数最大的土匪便让他们下手留些分寸，就依然低头修车。剩下两个匪兵将步枪藏在身后，迎了上去。蜜姬见对方上钩，便停了脚步，像是精疲力竭一般俯身喘息，嘴里朝着他们胡乱说着什么。

两个匪兵也听不懂，张开双臂，堆起笑脸儿，让蜜姬放松。谁知相差十几步的时候，这女孩忽然指着匪徒身后背的步枪一声尖叫，像是这才发现他们是土匪一样——她转头就往罂粟田里跑去，却也不跑远，就是捉迷藏一样兜起了圈子。两个匪徒猝不及防，情急之下一前一后，开始围堵蜜姬。

这时的克里斯蒂安早已从后面摸过去，趁着蜜姬尖叫的时候，一石头干掉了闷头儿修车的老匪徒，然后看清形势，仍是摸了过去，先把后面的土匪按倒扭断了脖子。这时的蜜姬也不疯叫疯跑了，停下来捂着岔气儿的肚子喘息，剩下的匪兵这才发现情况不对，刚想顺过步枪，早已被克里斯蒂安一石头丢中脑壳儿，鲜血溅满了罂粟花田。

蜜姬一脚踢翻了匪徒尸体，捡起步枪检查。却听克里斯蒂安制止道："那破烂儿只会惹麻烦，扔了吧。"

蜜姬用力拽开枪栓，皱眉道："有总比没有好吧？唬唬人也行。"

克里斯蒂安摇头道："你有枪，别人会打你黑枪的。前面可能就有路卡了。"

蜜姬哼一声，将步枪丢在尸体一边儿，跟着克里斯蒂安去牵骡子。

忽然，她一眼看见大车上的浮财堆里，赫然放着她的打字机，她欢呼一声，跑过去拎在手里，挑衅地迎着克里斯蒂安戏谑的目光道："怎么？这个也不行？"

克里斯蒂安哑然失笑道："没问题，这个你背着吧，骡子背着你，你背着它，没毛病。"

蜜姬想了想，叹口气，遗憾地将打字机扔回车上。

同时，事发地南侧山路上，土匪们押着俘虏们在路边休息。土匪们两三一组，每组控制着五六个人。这些土匪全都喜气洋洋，满载而归，全身上下都塞满了"战利品"——准备充分的带着褡裢，没做准备的就把细软塞满口袋，还有的就地取材，用枕头套子做口袋，或者被单儿打成一个包袱，最可笑的是一个土匪不知哪里缴获了一个大号女人胸罩儿，他不知道是做什么用的，喜气洋洋地倒系在肚子上，把两个大的夸张的兜子里装满了从火车急救箱里偷出来的各类药瓶……还有几个土匪躺在软卧拆下来的床垫儿上打盹儿，甚至发出了惬意的鼾声。

而肉票儿们被每两人一组胳膊绑在一起，全都面若土色、唉声叹气。这些早被席卷一空的乘客们又摸黑儿赶了十几里山路，早已精疲力竭、饥肠辘辘，而且有的洋人肉票儿只穿着睡衣，更是在晨风中瑟瑟发抖。更缺德的是，为了怕这些洋肉票儿逃跑，土匪不让他们穿鞋，因此大部分洋人俘虏双脚早已鲜血淋淋，而他们的皮鞋，像巨大的奖章，挂在土匪们的脖子上。

匪首孙美瑶的少年亲随，背着一杆奥地利斯太尔 1888 式马枪走过来，笑呵呵地和坐在石头上的潘云鹤敬了一个礼，笑道："小潘先生，在下副官孙美松，我哥让我过来陪你说说话。"

潘云鹤一夜没睡，却气得完全没有睡意。他庆幸自己作为华人肉票儿，还能穿着皮鞋，又受到特殊优待，没被绑一个搭子。他瞥一眼这流里流气的少年，心里暗骂一声"小赤佬"，嘴上却只能苦笑道："你们司令呢？我要和他说话，你们这样不让人穿鞋怎么行？再走几里路，就全都倒下了，这样走不快的。"

那小赤佬哈哈哈大笑起来，一副惊讶地重新打量一番潘云鹤，笑道："小潘先生你可是少见多怪了，我们司令这回已经大发善心了，不穿鞋算什么？还没让你们'走四方''熬鹰'和'击鼓传花'呢……走不动？我们有'龙椅'想不想坐？"

"什么是'走四方''击鼓传花'……？"潘云鹤愕然问道。

"你们这不都歇着呢吗？告诉你吧，咱们拉疙瘩（绑票）照例不会让肉票儿休息的，咱们累了，本该把你们眼睛蒙了，用绳子拴成一串儿，围着咱们转圈儿走，我们歇着看笑话，谁走不利索，就是一鞭子……这就叫'走四方'，也叫'鬼推磨'。'熬鹰'和'击鼓传花'差不多，就是肉票儿实在走不动了，就围成一圈坐下，但每人数五下，或者给你一个拨浪鼓，每人摇五下，到下一个人继续，谁要是打盹儿，鼓声一停，就是一顿胖揍！反正不能让肉票儿消停，明白吗？"

潘云鹤倒吸一口凉气，问道："那坐'龙椅'是什么？"

"你要是实在走不动了，要死狗，那爷们儿们就抬着你走呗……有滑竿儿，不过椅子上，全是半寸长的钉子，你要坐得下去，爷们儿就抬得走……"小赤佬咧嘴一笑，露出两排黄板儿牙，他阴恻恻地道："这都不算啥……你要是逃跑，那就得'人犁田''土布袋''划拉鲤鱼'……'人犁田'就是两腿绑在竹竿上，咱们拿竹竿推着你往前走，你手一松，就是一个狗啃泥，不出十步，满口牙就算废了……能走出五十步的，就是顶天儿的豪杰了；'土布袋'就是拿装满土的袋子压着你，你是有出气儿，没进气儿，活受罪，一炷香，人就噶了；'划拉鲤鱼'就是从你后脊领子开刀，铜钱儿大的肉片儿一片儿一片儿往下剐，任你什么样的铁公鸡，咱们也能榨出油水来的。怎么样，小潘先生，你说，咱们司令这回，是不是对你们大发慈悲了呢？"

潘云鹤怒道："你们这样，反正大家脚都伤了，走也走不动，官军就撵过来了，看你们如何应对！"

孙美松呵呵冷笑，低声笑道："嘘……你往那边儿看……"他手指一里外山顶方向，指清楚了山上人影，才接着说："看见没，寅时末这些狗腿子就撵上来了，就在后面不紧不慢地跟着呢。"

潘云鹤起身，眯着眼看了半晌，才确认对面山顶确实有人影幢幢，不禁恨得咬牙切齿，心中更是冰冷一片。

这时，匪兵总司令孙美瑶却笑吟吟地押着二十几个肉票儿赶了过来，笑道："潘老弟，辛苦啦，看见追兵了？看也白看，这些是沙沟镇的驻屯兵，他们不敢过来的。敢动手的是马士奇那个王八蛋……"

潘云鹤皱眉道："这样算什么？"

孙美瑶哂笑道："你以为官兵捉贼就是一照面儿二话不说刀兵相向？别傻了，哪儿有那么多二杆子？先得谈，谈妥了就过去了，谈不妥再动手。都是为了一口饭，拼什么命啊。"

潘云鹤点头道："这就是所谓官匪一家，养寇自重吧？"

"对呀，虽说是刀口上舔血，可也是门儿生意……我实话跟你说吧，我为啥不连夜赶回抱犊崮？第一，自从转过年来，第六旅就把上山的峪口大路给拦住了，驻了整整两个连、两挺马克沁，不是我想回就能回的；第二，那狗日的马士奇应该已经得了消息，他一定会堵住我的去路，我今天不把他搞定，咱们都得死在这儿——那狗日的是此次唯一的麻烦，这二杆子是真敢玩命的。所以，不瞒你，我为你们性命着想，不想跟他们打稀里糊涂的遭遇战。所以带着你们在山里转悠，就是等他一起在彼此有利的地方遇上，彼此方便。然后，只要熬过今天，消息就传开了，省里，甚至北京的大官儿就会下来指挥，那时候，才真正可以谈一谈。谈妥了，你们不就解脱了？"

潘云鹤嘀咕道："明天？"

"明天！最迟后天，上面儿人一到……看着那些洋大人的份儿上，一定会屈尊和我这个小小的自治军司令谈谈的。"孙美瑶冷哼一声道:"而且,不用到明天,只等消息传开,河南的'老洋人'会立刻出兵砀山,直杀徐州;蒙山的刘黑七挥师南下临沂;我们抱犊崮周匝的'包三孟二''大面儿张三'……十八寨各位司令全都各自杀奔县城……整个鲁南、豫西、淮北,全会乱成一锅粥!小潘老弟,别小瞧俺,这回可不是劫个火车,绑几个肉票儿,这回是——'石人一出天下反'的大戏!"

潘云鹤暗自心惊,却也有些安心和兴奋——事儿越大,自己反而越安全了。他点头道:"孙司令好大一盘棋啊,在下佩服之至。您既然答应我要按照国际公约行事,为什么还不给洋人们穿鞋呢?"

"老弟说笑话吧?难道你没看过《水浒传》吗?哪个牢城营不得先打 500 杀威棒啊?不穿鞋算什么?你看这个……"说罢,他一挥手,手下把二十几个老人和妇女押了过来,这些人衣着朴素,大约都是三等车厢的乘客。孙美瑶扭头朝潘云鹤诡异一笑,然后冲着这些人点点头,问道:"刚才谁说瞅机会跑来着?"

两名匪兵挥起手中枣木疙瘩,赶出三个人来,齐刷刷给孙美瑶跪下,大喊饶命。

孙美瑶却不理会,任他们苦苦哀求,让所有人皱眉不语。孙美瑶却忽然想起一件事儿似的,对潘云鹤道:"小潘老弟,你看这么多洋人,可否请你帮我给他们做个洋人的名册,每人,姓什名谁?哪里来的?做什么的?愿意付多少酬金……"

潘云鹤厌恶地扭头。

孙美瑶冲手下点点头，手下匪徒，不由分说，挥起枣木棍，啪的几声脆响，竟当众将这三人的腿骨敲断了，惨叫在山谷中腾起，鸟雀震惊，生灵悚然。孙美瑶又一挥手，匪徒将三人拖远，扔在路边儿。

孙美瑶手指一勾，三名妇女被推到面前，又笑道："潘老弟，名册的事儿……"

潘云鹤怒道："你真是岂有此理！"

孙美瑶笑道："你们帮我求求这位潘少爷！"

顿时，三名妇女跪倒在地，哀求声一片。潘云鹤赶忙摆手，愤怒道："好，好，好，我帮你弄那个名册就是……这真是岂有此理！"

孙美瑶哈哈一笑，挥手道："既然潘少爷求情，都来谢谢潘少爷！"

说罢，竟然又是一阵棍棒，将这些妇女打得鬼哭狼嚎。

潘云鹤蒙了，不可理喻地望向孙美瑶。孙美瑶已经起身，冲潘云鹤一笑，将一个插着钢笔的笔记本扔给他做名册记录，转身号令匪兵，押解着肉票儿们上路了。

潘云鹤狠狠地将笔记本摔在地上，孙美松凑过来，捡起笔记本塞给潘云鹤笑道："潘少爷别怄气，你就是不懂规矩，我跟你说，这几个，别看挨了顿打，就放啦……这是送给对面山头儿那些狗腿子的'谢礼'……这样，我们也少几个负担，他们也有功劳，双方不撕破脸，不就能谈了吗？"

潘云鹤恍然，恨道："所以打伤他们，也是为了拖住追兵咯？"

孙美松笑道："你看，我们真是在发慈悲……我跟你说，绑票的，绑了女子，如果不在当天就放……一旦过了夜，这女子，回家也没好日子过了。就挨顿打算什么呀！她们得好好感谢我们呢！"

潘云鹤无可奈何地长叹一声，打开手里的笔记本一看，竟是有人用过的一个精美的天鹅绒面小日记本，有一小半已经密密麻麻地用英语写满了日记。他不及细看，只见封面内页上用花体写着："只因在劫难逃，万物更显美好。你永远不会比此刻更美，我们也永远不会重回此地。——荷马《伊利亚特》"

签名赫然是："Mickey Hahn（蜜姬·哈恩），1922 年于肯尼亚内罗毕……"

第三节：一天之内

　　民国十二年，公元 1923 年，5 月 6 日上午，立夏日，距离
2023 年 5 月 6 日，立夏日，整整一百年。自 1922 年《九国公约》
签订后，东亚的动荡，进入一个蓄力期。孙中山开始接受苏俄帮
助，重组国民党，并发表《国民党宣言》，对"三民主义"进行
了全新阐述。宣言称："近世以来，革命思潮，磅礴于欧，渐渍于
美，波荡于东亚……前代革命虽起于民众，及其成功，则取独夫
而代之，不复与民众为伍。今日革命则立于民众之地位，而为之
向导，所关切者民众之利害，所发抒者民众之情感……"宣言发
布后，孙中山夺回广州，开始第一次国共合作，并获得 200 万金
卢布援助，开始筹建军校，酝酿北伐。而此时的中原大地，仍是
说不完的灾难深重，看不尽的暮气沉沉。

　　己巳时末。

　　土坯墙的门口儿一地烟头儿，"大耳朵"先生王恩美和老工
头一夜没睡，一直守在临枣工人俱乐部的门口。直到前面烟尘陡
起，满载浮财的大车队浩浩荡荡而来，王恩美和老工头对视一眼，

皱了皱眉，还是一左一右，推开了工人俱乐部的大门。

"瘸子六"催动大青骡子，率先冲到门口，和老工头儿打了招呼，狂笑道："哈哈哈哈……风顺得手啦！吃他娘！喝他娘！闯王来了不纳粮！"然后，目光炯炯，盯住王恩美。

"啊，这就是夜校的王先生，总司令的同班同学。"老工头儿连忙介绍。

"瘸子六"连忙下马，跟王恩美拱了拱手，笑道："哦，失敬！失敬！早听司令说过，他同学是大秀才，大才！王先生是吧？久仰了！"说罢，冲拘谨还礼的王恩美点点头，然后招呼一声，喝道："都里面去！院子当间儿！都卸下来！卸完就走！"

王恩美看着一车车从火车上卸下来的浮财，愕然道："你们这是……？"

"津浦线！钢皮车！爷们儿夜里给他娘的劫了！""瘸子六"抽出他的降龙木手杖，当作指挥棒喝令着手下。

王恩美目瞪口呆，缓了缓，吞口口水才道："这都是赃物？"

"瘸子六"哼一声笑道："赃物？对，怎么……怕啦？秀才，别怕，没看咱爷们儿就没打算躲事儿吗？这临枣峄城，从今儿个起，就要调过个来了。总司令说了，咱们抱犊崮自治军的根儿就在临枣，咱们劫了生辰纲，临枣就要人人吃肉，人人喝酒！司令说了，东西全撂在你这儿，你别耽误，趁着第六旅的王八蛋们还没反应过来，全都给老百姓发下去……他就嘱咐一句——铁道上的兄弟这次出力最大，得得头份儿。其他的，全凭王先生处置。我们司令说了，王先生做事儿最公平透亮！"

王恩美扭头看老工头儿已经让匪兵和俱乐部的工友们交接起来，卸车、分拣、归堆儿，那是清晰熟络，双方人员也是兄弟叔伯相称，香烟互递，嘴上都是"我给弟妹留了一匹上好的洋花布""洋酒记得给三叔""烟别都分光了，留几包给保安队送去"……王恩美心中暗自盘算，打定主意——自己不能稀里糊涂当了白日鼠白胜——帮他们销赃，却先顶了锅。但他心知也拦不住，只能强笑道："这位老总辛苦了，东西我自有办法发下去，但我得见见你们司令。"

"瘸子六"不在意地摆摆手，伸出一个手指头："一天！一天之内！明天就不定咋样！总之东西必须全散下去……我们司令嘛，今天你是见不着了，等明天，或是我们回了抱犊崮，你自然会得到消息，那时候你上山来就行。"

王恩美颔首："没问题，东西好说。"

"散干净点儿……我看不用到后晌儿，这枣庄就会热闹起来了。你把东西散得越干净，越少麻烦。明白吗？""瘸子六"不放心地嘱咐了两句，随即拱手作别，翻身又上了大青骡子，对院子里招呼一声道："卸完货，大车各回各处，你们几个跟我走！"说罢，他带着几个有枪的弟兄，押着一辆装满细软的大车向北而去。王恩美一眼看见车上有三个女人，相互依偎着在车上打盹儿。

她们显然是累极了，只有最小的那个女孩儿，身子缩着，明亮的眼睛却好奇地往他这边儿不住张望。

"嘡……嘡……嘡！"一阵钟声响起，王恩美扭头朝东南方望去，那是矿上的教堂，在召集信徒进行礼拜了。

同时，事发地正东，通往横山坳的山路上。

年迈体衰、身躯肥胖且受了伤的意大利律师穆索被蒙了眼睛，和同样精疲力竭的法国退役上校绑在一组，两人喘着粗气，步履蹒跚地往前挪着。在他们身前身后，是鱼贯前行的俘虏队伍。这些肉票儿情况都不大好，全都累得没心思想逃，特别是洋肉票儿们，因为不许穿鞋，所以双脚都是血迹斑斑，苦不堪言。不知是谁想出了办法，男人们解下皮带和领带，裹在脚上，多少能减轻些痛苦。而女人们没有这样的装备，只能用昂贵的丝巾或者别的什么衣服代替，效果就更差了。

终于，达成一致的穆索和法国上校同时走到路边儿，一屁股坐下，死也不走了。一名匪兵见状，立刻大骂一声，哗啦一声拉开枪栓，将枪口对着两个老人。

穆索一把扯下眼前的黑布，直对着枪口有气无力，却坚决答道："你枪毙我们吧，我们走不动了，我们就死在这儿好了。"

匪兵与他们语言不通，更只是虚张声势而已，不由有些慌了，伸着脖子开始喊他的队长。众肉票儿见状，有样学样儿地纷纷就地坐了下来。有些心思活络的，就也扯下蒙眼的黑布，四下张望起来。那些胆子大些的，也跟着喊几嗓子发泄。

"都起来！继续走！"孙美松分开人群过来，将身后背的马枪顺到手里，露出一副凶神恶煞的嘴脸，却恰恰因为他半大小子不牢靠的嚣张，更加显得吓人。因此大都俘虏都低了头，不肯和他对视，只有已经被折磨得超过极限的穆索，一副豁出去的样子，死死盯着对面这个孩子。孙美松立刻发现了肇事带头者，嘿然冷笑，熟练地拉栓上膛，直对着穆索老头儿油光锃亮的半秃脑门儿，喝令道："小爷的话你听见没？起来！接着走！"

穆索用意大利话骂了一句针对中国人恶毒的脏话，然后正襟危坐，平静地用中国话喊道："开枪吧！小赤佬！"

这话引发了大部分西洋肉票儿们的共鸣，临时营地一下子沸腾了，有的叫好儿，有的跟着用家乡话咒骂起来，更多人则趁机提出"归还鞋子，提供药品、水、食物……"等比较实际的诉求。

孙美松见自己的恫吓没起作用，这是少年土匪最受不了的挫折，他被吵得心烦，猛然将枪口朝天，"砰"的一枪，登时四下安静下来。然后，奥地利斯太尔1888马枪的弱点显现出来，孙美松不得不用没完全发育的胳膊费力地将弹壳退出来……这笨拙外加羸弱的表现使他刚刚树立的威严荡然无存。

穆索更是丝毫不掩饰自己的蔑视，他挑衅地哂笑，用英语大声羞辱道："要帮忙吗？孩子……你应该试试我们意大利的步枪，你人不大，家伙却是个老古董了，真让人害臊。"

这话引发了一众西洋人的嬉笑，却让听不懂外国话的孙美松清晰地收获了伤害，因此，这孩子杀心顿起，嘴角露出一丝狞笑，重新抬起枪来，穆索仍是一副坦然赴死的决绝，但法国上校和一边儿坐着起哄的鲍威尔等人却已经看出不好，不免出言相劝。七嘴八舌的外国话没起到什么作用，孙美松心一横，正要射击，却听背后一个人用不紧不慢，但是不容置疑的声音劝道："孙大副官，我劝你一句，别杀他，他是你哥重要的'客人'，你把他杀了，会坏了你哥的大事。"

孙美松瞳孔陡然一紧，回头看正是潘云鹤，问道："这'老王八'是谁？"

"哈！"潘云鹤将手中的笔记本一合，笑道："不是有句俗话说——有钱的'王八'大三辈儿嘛？这'王八'可不就是了。这是上海工部局的董事，意大利国来的大买卖人，卖军火和鸦片烟的，杀了他，你们的货，再也进不到上海了。"

孙美松嗤笑一声，像是不理，端枪就射，穆索闭眼咬牙等死，却听"砰"的一声，子弹擦着穆索的头皮儿飞了过去，飞向了对面山坡儿。孙美松狞笑道："哎？这还是一个值钱货！小爷也舍不得让你这么痛快。你等着！"

穆索睁眼一看自己没事儿，顿时又涨了几分豪气，摆起洋大人的架子破口大骂，在他的带头下，众洋人纷纷闹起来，有的已经设法开始挣脱绑着的绳索。孙美松反手一枪托，将穆索打得头破血流。穆索眼前一黑，倒在地上，抱着脑袋号叫起来。

众土匪有些慌张，纷纷喊道："小心！秧子要蹦！要炸了营了！"于是，又有几个土匪朝天鸣枪示威，一时间，枪声响成一片。

但局势已经有些压不住，有几个洋人在平克上尉的帮助下已经挣脱了束缚，准备一哄而散的时候，忽然对面山坡儿上，一直尾随的官军向这边没头没脑地射击起来，没准头儿的子弹嗖嗖地从他们头顶飞过，俘虏中个别受过训练的洋人还好，剩下的平民却只会就地卧倒，闭着眼睛尖叫……结果，本来已经形成的炸营，却被官军帮了倒忙。

土匪们也开始找掩体，朝对面茫然地对射。这时，一声马嘶，孙美瑶快马赶过来，喝令全部停火。然后，示意土匪不用紧张，看好肉票儿才更重要。然后狠狠瞪了一眼孙美松，将马缰绳交给他，让他将马拉到暗处。孙美瑶朝前找了一块最显眼处的巨石，留神分辨了对面枪声和落点后，他嘿然一笑，扭头又看了看肉票儿和土匪们，正和潘云鹤对了一个眼儿，他淘气地指指自己，叫潘云鹤看着——只见孙美瑶摘下列车长的帽子，猴子般跃上巨石，朝对面挥舞起帽子来。在众人愕然中，"嗖嗖"几响，对面儿的子弹在他脚下的巨石上撞得粉碎。他却从容地大喝一声，然后居然荒腔走板地唱起吕剧《梨花狱》：

"一腔怒气冲霄汉！可叹我蒙冤受屈伸张难，大丈夫报国具肝胆，死不皱眉心不颤！恨只恨百战沙场头未断，这腔血却在京畿祭刑坛。"

对面听到熟悉的调门枪声也逐渐停息下来，沉默了俄而，对面居然有人叫了一声："好！哥哥威风！再来一个？"

孙美瑶呵呵一笑，又挥挥手，呼哨一声，转身潇洒地跳下巨石，嬉皮笑脸地朝众肉票儿俘虏和手下群匪拱拱手，大声道："各位贵客再辛苦辛苦！前面有坐骑，有早饭！"然后示意潘云鹤给洋人们翻译。

潘云鹤无奈，朗声将内容传译过去，洋人们却不认账，嚄一下又开了锅。潘云鹤无法翻译这么杂乱的信息，于是自作主张地朝孙美瑶说道："遵守公约！你得说话算话！"

孙美瑶点头道，指指对面山坡，又道："这里不安全，小心被流弹伤了，打死了可就活该了！名单！快给我拿来名单，我才保证安全，我再说一遍，加把劲儿！前面山坳里就有早饭、坐骑。"

潘云鹤见他说得坚决，一五一十地翻译了过去，众洋人也见到了希望，纷纷起身，忍着脚丫的剧痛，颠颠簸簸地跟着土匪翻山而去。

两匹骡子歪歪扭扭地在罂粟花海边疯狂奔跑。

"克里斯蒂安！克里斯蒂安！"蜜姬脸色蜡黄，用极度扭曲的奇怪姿势"趴"和"挂"在骡子背上，她被颠得生不如死。她拽住缰绳，大声喊着兀自向前狂奔的老头儿冒险家，然后任性地从骡子背上滑下来，跳到地上，自己张开已经变成罗圈的双腿和痛不欲生的下半段儿，一头栽倒在田畔的一棵大洋槐树底下。

克里斯蒂安回头看到那逞强好胜、精力充沛的女娃儿终于倒下了，呵呵一笑，转过骡子回来，笑道："不远了，再坚持一下！"

"我不行了……这是什么骡子？简直就是西班牙木驴！"蜜姬呻吟着歪在槐树底下，努力将屁股悬空。

"哈，抱歉，我以为你从塞伦盖蒂来，应该很会骑马。"克里斯蒂安其实也受够了这瘦削的骡子后背，他早把顺手牵羊来的铁路制服当作鞍子垫在屁股下了。

"我马骑得很好！"蜜姬怒道，"这是马吗？这是刀片！真是活受罪！"

"哈哈哈哈，也许刚好是上帝给你安排的适当的惩戒……"克里斯蒂安忍不住不厚道地打趣这嘴硬的女孩儿。

"克里斯蒂安，你这混蛋！"蜜姬毫不客气骂过去，这一骂，让她浑身舒畅，便接着骂了几句脏话。这时，克里斯蒂安也用别扭的姿势从骡子背上下来，也忍不住捂着屁股发出一声呻吟，这让蜜姬怒气顿消，两人相视苦笑，一起狂笑起来。

两人调整了一下状态，用尽量雅观的姿势伏在树下休息，蜜姬埋怨道："到处都是庄稼地，却没有一点儿能吃的东西。"

"这花就能吃，要尝尝吗？"克里斯蒂安指着头顶散出幽香的槐花，笑道："我小时候，经常坐在树上和中国小伙伴儿们撸这花儿吃，甜丝丝的，拌沙拉也应该不错。"

"哈，我也吃过，是挺好吃的，有很多刺，会刺破手和衣服，然后回家就是挨顿揍。啊……说起来，这树真是哪都有吗？"

"OK，等着……"克里斯蒂安双臂一撑跳起来，抓住一根低垂的树枝，用完全不符合年龄的敏捷，爬了上去。

"嘿！你可别掉下来砸到我！"蜜姬笑着打个滚儿，正赞赏地抬起头，却被一嘟噜花序正砸在脸上，她嗔着嘀咕骂一句，闻了闻，满意地坐起来开吃，却"哎哟"一声——屁股坐着还是疼得不行。

蜜姬望着阴影外，阳光下的罂粟花田，好奇问道："老头儿！听说鸦片是止痛的？你会弄吗？"

"当然，有机会我可以教你。可眼下这些花还不行，它们还没成熟呢……等到熟了，这些田里，到处都是割鸦片的人——今年，看起来收成会很好！也不知道这算不算好消息。"

"哦，收鸦片是不是和收棉花差不多？我小时候在密苏里收过棉花，可累人呢。不过六月才种下去，收了麦子以后种下去，冬天才收。"

"对，所以鸦片这东西很可恶，它占了麦子的地。"克里斯蒂安孩子气地几乎攀到树顶，向远方眺望，他忽然喊："看，那边有个疯女人！"

蜜姬站起来顺着他手指望过去，只见远远山坡半腰，一个满头山花的疯女人放着一头小牛犊子，宛如一幅超现实的风景画。

"咿呀！"克里斯蒂安挥手朝那女人叫了一声。

那女人却毫不理会，赶着小牛，却忽然唱起一曲民歌来：

"怕哭捂住娇儿口，娇儿挣扎乱摇头，

待到贼人已远走，娇儿模样似睡熟，没了呼吸在鼻口……

听贼人，那口口声声要把娇儿卖，为娘誓死与儿不能分开……

娇儿你离了娘，谁把娇儿爱？为娘离了儿，只是悔不该……

就在家里受大罪，也不该往山东来！不该往山东来！"

树上的克里斯蒂安不由得痴了，树下面的蜜姬却皱着眉，试探着问："嘿……她唱什么？"

"没什么……一首关于强盗的歌吧。"克里斯蒂安情绪有些消沉，三五下跳下树来，对蜜姬下命令："咱们走吧！这儿遍地都是土匪，还是早点儿赶进城里为妙。"

"哦，关于土匪的歌？"蜜姬夸张地朗诵着《卡门》的台词："我们天生不是种菜的……我们的命运，就是靠打劫外族人来养活自己。"

"别耍宝了……走吧！"克里斯蒂安牵过骡子，解开缰绳塞在蜜姬手里。

"还有多远？"蜜姬愁苦地接过缰绳问。

"大约，还有五公里吧。"

"那太好了，我走过去，用跑的也行，反正我死也不骑它了。"

说罢，任性女孩儿甩甩红头发，哼起《卡门》的选段《哈巴涅拉》，转身上路。

克里斯蒂安看了眼被嫌弃的瘦骡子，一松手，也徒步追上了上去。

两只黑瘦的骡子没了主人，茫然未觉，傻傻地伫立在大槐树底下，其中一只略微聪明的，低头开始吃克里斯蒂安弄得满地的刺槐树花。

蜜姬头也不回，越走越轻快，越唱声音越大："……你以为抓住了那只小鸟，它却扑打着翅膀飞走了……你可要当心！"

"你闭嘴吧！"克里斯蒂安烦闷道。

"我就唱！要你管？"蜜姬噘嘴。

穆索适才的强硬抗争为他在俘虏中赢得了广泛的好感，协和医院的英国医生艾伦·米尔丁给他包扎了脑袋，并简单检查了身体——宣布他不能再行军，于是平克少尉管土匪们要来了软包内的床垫儿，加上路边儿砍的竹竿，并找潘云鹤向土匪要来不少原本用来捆俘虏的麻绳，简单捆扎成一个担架，并由男性俘虏们自愿轮流来抬着他前进。就连一直和他斗嘴的退役法国上校，也对穆索的勇敢表示了赞赏。

"宁做一日雄狮，也不做百日的绵羊！"[①] 穆索在躺上担架前，

---

① 墨索里尼演讲中的名言。

冲着四十名外国俘虏们高喊口号，并郑重地发誓道："大家打起精神！别被这些黄猴子吓坏了，历史多次证明了，他们越是野蛮，就输得越多！你们可能忘了！ 1900 年，我们是怎么好好给他们上的一课！对不对，克里斯蒂安？嗯？那老小子呢？"

"出发的时候，他趁乱溜了……还拐跑了我的秘书蜜姬·哈恩。"小罗斯福紧紧扶着他的妻子，满怀怨念地回答，他们显得十分憔悴，也可能是因为他们身上的金表、皮夹、项链、胸针和结婚戒指都被抢走后而变得黯然失色了。

穆索闻言大为扫兴，耸耸肩，对四周匪徒们蔑视地环视一圈后，翻身躺进担架里，平克上尉和鲍威尔总编首先抬着他前进，法国上校走在他边儿上，小罗斯福夫妇和外科医生跟在后面不远处，这样，就至少形成了一个可以议事的小环境。于是，他们重新进行了自我介绍，分别是《密勒氏评论报》的鲍威尔、美国使馆武官平克少尉、小罗斯福夫妇——他们都是美国人，剩下三人就是协和医院的英国医生艾伦·米尔丁、法国退役上校柏茹比以及上海工部局的意大利律师老穆索。

"真没想到啊，穆索先生，我们打完了世界大战，却要在远东遭受一次克里米亚战争之前的野蛮虐待……"退役法国上校开着玩笑说："你看到没？有的土匪还端着滑膛枪呢。"

"可不是嘛，柏茹比上校，不过这不算什么……二十多年前，他们还端着尿盆向我们发起过冲锋呢。"穆索把手遮在眼睛上，嘴里却不闲着。

"就是说,他们也在进步,不过可能慢一点儿。"鲍威尔低声说,"我们得和他们谈判!"

"谈判?你可真高看他们了……你以为他们是谁?虎克船长还是罗宾汉?"法国上校愤懑地说。

"就算不错了,你们要知道,在花雅各、薛天资和克林德①的时代,咱们可能早就被斩首示众了。"穆索老气横秋地说,"谈判?我看他们没有懂外语的,想谈也谈不了,而我中文也不行,你们呢?"

"我的中文只限于打麻将……"英国医生笑道。

"我也差不多……"鲍威尔叹息道,"该死的克里斯蒂安,他的中文几乎是母语!"

"嗯,是啊,该死的布尔人都有语言方面的才能,他却溜了。"艾伦医生也跟着帮腔。

"那老小子滑溜得很,不过也好,我想他至少会把消息传到公使团,这次的事儿,我看不比 1900 年的灾祸小,一定要让这些野蛮人付出代价!"鲍威尔怒道,"他们甚至没收了我'中国之友'的徽章,真是讽刺!"

"你那徽章顶个屁用。不过,我倒是看他们似乎释放了一批妇女,也许是打死了,反正的确少了很多中国女人……"美国平

---

① 花雅各和薛天资都是在山东的传教士,德国人薛天资是"巨野教案"当事人。克林德是义和团运动中被杀的德国公使。

克少尉始终四下观察着，"每次休息，就会少一些人质，都是妇女和老人。"

"或许她们支付了赎金？我们或许也可以支付赎金吧？至少可以争取先把女人孩子们都放了。他们都没问我们要赎金呢？按理，劫匪应该要赎金才对吧？"小罗斯福紧握一下妻子的手，他疲惫的妻子回报以感激的回握。

穆索哼一声，道："这些'黄猴子'大约已经派人去北京和上海要赎金了吧，这是国际事件！小心，这些人贪得无厌，不讲信誉，小心给了开胃菜，反而让他们贪心不足。和这些'黄猴子'做生意，永远不能先开价。"

"希望那些女人不是被杀了，不然那可太离谱了……他们的头领看起来只是个孩子。"柏茹比在胸口画了一个十字，默默祷告着。

"谁知道呢，我听到那些人惨叫，然后就不在队伍里了。而且，别掉以轻心，目前消失的都是中国人，咱们外国人连穆索这样不能行动的，他们都不放，也不杀，因此答案只有一个——有句中国话叫作'奇货可居'——意思就是，咱们现在是他们珍贵的货物——谁会出价？"鲍威尔脑筋飞快转动，他忽然笑了，道："我猜他们是想拿咱们做筹码，和北洋政府谈判，因此，目前咱们至少不会有性命之忧。"

"但愿你是对的，不过，还不如交点儿赎金，早点了事要省事。"小罗斯福皱眉道。

"哈……我们可都是穷人，小罗斯福先生，你可千万别把行市抬高了害死人啊！"穆索厚颜无耻地哼唧着说。

"你这意大利法西斯奸商！"法国上校忍不住骂道，"我应该这就去和劫匪说你是个该死的大鸦片贩子，让他们狠狠敲你一笔！没准这样，他们会免费释放我。"

"好啦！别吵！"鲍威尔将担架交给上校，转而低声和大伙儿说："我想起来了，刚才那个中国年轻人，记得吧，他正在记录我们每个人的名字和职务……他外语很好，而且他不是土匪，也是乘客。"

"可是他在帮土匪做事。"小罗斯福皱眉说。

"他当然不是土匪了……他是虹桥潘家的少爷，他爸爸也是工部局的董事。应该是个体面的人，可以信任。"穆索道，"除非……除非这事儿他们家参与了，不，我想这概率很低。"

"哦，那太好了。"鲍威尔笑道，"我们得和他聊聊。"

"不准说话！安静！"孙美松不知什么时候又探头过来，手里多了一根荆条，没头没脸地将几名洋大人抽得各自远离了一些。

鲍威尔趁机四下张望，一眼看到潘云鹤正在后面逐个记录大家的身份，他假装绑在脚上的皮带松了，蹲下来，等着潘云鹤过来。

忽然，对面山最高峰上"嘭"的一声，一颗信号弹升腾而起，转眼又是一颗。

同时，枣庄中兴煤矿矿区东南角，基督教堂，悠扬的、充满山东方言风味的赞美诗，直达天庭——

"飞来一朵光明云彩，耶稣升天冉冉离开。

两位天使劝慰门徒，你们为何遥望天外。

基督今天怎样上升，以后还要怎样再来……"

年过花甲的伦弗神父眯着眼听完赞美诗，招呼朴素但还算整洁的唱诗班孩子们回归座位，他从容地走上讲坛，笑着说："为了准备迎接耶稣升天节，我们今天，特别要讲一讲曾在这一天发生的故事——那时候，五旬节到了，主的门徒都聚集在一处。忽然从天上有响声下来，好像一阵大风吹过，充满了他们所坐的屋子。又有舌头如火焰显现出来，分开落在他们各人头上。他们就都被圣灵充满，按着圣灵所赐的口才，说起别国的话来。迷惑不解的人群想知道怎么突然听到门徒们都说自己的母语，尽管人群中有人取笑他们说：'他们是酒喝得太多了？'……"

讲到这儿，小教堂的大门"砰"一声被大力推开了，逆光中两个人走进教堂，但他们似乎不想干扰弥撒的进行，因此在后排落座下来。伦弗神父顿了顿，不以为意，和蔼地接着布道："……这时彼得大胆走上前去告诉人群，彼得说：'其实他们并没有喝醉，因为才是早上九点钟，他所说的事件实际上是约珥预言的实现并宣称："在末世的日子里，上帝说，我要把我的灵浇灌所有的人；你们的儿女要说预言，青年人要见异象，老年人要做奇梦。那时，我还要把我的灵——浇灌在我的仆人和使女身上。"孩子们，你们还记得什么故事，是和不同种族和语言有关的异象？对，巴别塔的故事。由于人类的僭越和狂傲，上帝曾经降下异象，让巴别塔毁灭，也使人类从此陷入不可理解的猜忌和仇杀……但我主耶稣降临带来了福音，我们终将在新的异象中弥合外在的不同，获得同样的救赎和解脱。这，就是信的力量，这就是升天节的异象所传达的福音……阿门！"

克里斯蒂安伏在桌上祈祷，良久，他抬起头，正看见笑眯眯的蜜姬，他示意她也应该祷告。

蜜姬白了他一眼笑道："我是犹太人，我可不管什么升天节！那是你们偷的，在犹太教，那是收获感恩的五旬节才对！"

"啊……你没救了，孩子。"说罢，克里斯蒂安不理蜜姬，起身跟上了领圣餐的队尾。少顷，只听伦弗神父一声惊呼，然后他放下圣餐盘，扑过来抱住克里斯蒂安亲吻着，喊道："感谢主，我的孩子！克里斯蒂安！你怎么来了？"

"出大事儿了，伦弗叔叔，出了可怕的事儿了。"克里斯蒂安微笑地抱着老神父，慢条斯理地回答。

"咪啊呜！"

一只山东临清大白猫疯了似的冲进教堂隔壁的小院儿，然后陡然止步，对着屋里两个陌生人警惕地兜起了圈子。蜜姬也瞪着圆圆的猫眼睛和大白猫饶有兴致地对峙，而克里斯蒂安则正在用山东沿海的方言和伦弗神父聊天儿。而伦弗神父正炫耀地打开了一大罐子可怕的东西，一股子远东神秘的海洋化学攻击弥漫在小院里，而这味道，正是大白猫失去理智跑回来的原因。

"威海虾酱！你不来，俺可舍不得吃，怎么样，加辣椒不？"满头是汗的伦弗神父已经在土灶上将猪油煸热，将打散的鸡蛋"刺啦"一声倒了下去搅拌着。

"当然，没有辣椒不香！"克里斯蒂安一边儿使劲儿抽动着鼻子，一边儿将一大张煎饼撕成八分之一的大块儿，而眼睛却恶作剧地乜着蜜姬。

蜜姬已经成功地将大白猫收入怀中，皱眉道："那是什么？吃的吗？"

"虾酱，那可是好东西。"克里斯蒂安由衷赞美道。

蜜姬毫不示弱地胡噜猫脑袋说："哦，难怪，看，它喜欢。"然后，看着煎饼，试了一小块，嚼着说："皮塔饼？还是塔扣饼？"

"这叫煎饼！"伦弗神父已将炒好的虾酱端了上来，经过鸡蛋香味的包裹、瓠子清香的佐伴，以及大量葱花和辣椒的加持，一大盘炒虾酱完全挣脱出了它原本地狱般的属性——但谁知道呢，也很可能是向下了一层的境界。

克里斯蒂安却欢呼一声，毫不客气地卷了一根孩子手臂般粗细的煎饼卷，狼吞虎咽起来。等他舒畅地吐出一口大葱气后，又对着有些目瞪口呆的蜜姬道："哦，抱歉，这是猪油炒的。"

蜜姬恨不得将大白猫甩过去，但她却看见伦弗神父和蔼的脸，她无奈地笑道："啊哈，对，我是犹太人。"

老神父立刻不安起来，连忙道歉，并手忙脚乱地就要再去弄点儿吃的来。谁知蜜姬连忙制止，然后这女孩儿挑衅地卷起一张煎饼，毫不犹豫地咬了一大口。然后她乐开了花，点头道："这玩意儿真不错！就是吃相不雅观吧！"紧接着蜜姬说了一串脏话用来表示自己的惊讶。

克里斯蒂安立刻哈哈大笑起来，假意责备道："别说脏话！我的孩子，你这可是在上帝的家里做客。"

蜜姬不理他，自顾自地大口吃饼。然后接过神父递过来的茶，笑着说声谢谢——这下，她的体力也恢复了八九分。

二十多分钟后，大白猫终于等到了它的盛宴——蜜姬凶巴巴地从克里斯蒂安嘴里抢下来的炒虾酱。

克里斯蒂安放肆地打着嗝儿，蜜姬逗着猫。老神父却轻啜一口红酒，把瓶子留给两人，起身道："OK，我明白了，第一，是抱犊崮的孙美瑶劫持了火车；第二，人质有三百人，其中外国人至少有四十人；第三，已有人质死伤，至少目击有一名外国人、一名中国乘警死亡，其余人质正在被押送至东北方向。我现在就去矿上的电报所，嗯，要传递到六个地方——北京美国公使馆、美国驻天津第十五步兵营、天津工部局和天津六国饭店、威海卫亚细亚海军俱乐部、上海工部局、上海爱俪园国际红十字会……
对吧？"

克里斯蒂安点头，表示感谢。

老神父也点头，戴上一顶圆毡帽，道："我这就去，然后我会
把中兴公司的襄理带回来，他是教徒，但也姓孙，我想，这个人
肯定能起到作用的。"

蜜姬插话道："一定跟美国使馆和红十字会说——小罗斯福
夫妇被掳走了。"

"这我知道……我们必须尽快弄到更详细的名单，这样，才
能有效对北洋政府施压。但是，孙家土匪的情况我略知一二，他
们不会听现在北京曹将军的话，更不会和督军田中玉谈判——
他们有血仇。因此，这事儿恐怕很棘手。"老神父说罢，叹口气，
抓起门口的文明棍儿，扣上圆礼帽，匆匆而去。

望着老神父出门儿的方向，蜜姬赞叹说："嘿，这老头儿很有
办法嘛，哪儿都能联系上。"

"这都是血的教训……"克里斯蒂安哂笑道："没有这些能耐，
他们早不知道死了多少回了……这是哪儿？这是山东！"说罢，
他将剩下的红酒倒给两人，嘴里哼唱道："……就在家里受大罪，
也不该往山东来！不该往山东来！"

第四节：别慌，稳住！

　　民国十二年，公元 1923 年，5 月 6 日，中午。临城大劫案并非孤例，在孙美瑶作案之前，就有陕西白朗和豫西"老洋人"两伙巨寇劫持过外国传教士。其中"老洋人"匪帮在受困于吴佩孚、冯玉祥联手的三路围剿时，就曾经四次劫持外国传教团，先后绑架了不同国籍的洋教士十一人。当时土匪愿意劫洋人是因为可以"一鱼三吃"——洗劫洋人本身财物是第一吃；找洋人背后的传教团要赎金是第二吃（当时居然有行价，一个洋人传教士十万大洋）。而利用当官儿的怕洋人，找当官儿的要给养、装备、军饷是第三吃。"老洋人"就是以这十一人为筹码和政府谈判，并打出"河南自治军"的旗号，并因此契机顺利接受了招安。因此，"老洋人"绝对是孙美瑶劫火车的"师父"了，而孙美瑶劫火车更为著名是因为车上人员身份更复杂、重要，国际影响更大，在洋人媒体的传播下，临城劫车案越发著名，被好莱坞拍了电影，红了一代名媛黄柳霜。而临城劫案就这样以"民国第一奇案"载入史册。

　　庚午时初，临枣铁路路南，横山北侧，大张范村大路上。

马士奇终于和西集赶来的大部队会合了，急行军一夜的士兵们全都一个姿势坐在路边儿休息，却仍是一副笔杆儿条直的身板儿，绑腿不散，武装带不乱，帽子不歪。只有八个负责扛马克沁的大力士光着膀子，一组铁浮屠似的站在树下摇着蒲扇乘凉，这是他们重机枪班骄傲的特权。

"嘭……"远处山顶，信号弹腾空而起。

马士奇几乎瞪出血丝的环眼登时露出狂喜，他立刻将军帽摔在地上，厉声喝令道："就是横山口！全速前进！"

随着他的号令，各营、连、排、伍口令多米诺骨牌一样传了下去，随即，队伍即刻小跑起来，像一条灰龙，向横山方向席卷而去。

"传令兵！"马士奇喝令道："立刻快马到临城火车站电报局，发电给何旅长，孙美瑶被我部阻击在横山口，请速支援。十万火急。"传令兵得令，转身疾趋而去。马士奇挥手叫来副官，沉声道："你速去峨口，经枣庄中兴煤矿公司，一定把孙美瑶被咱们困在横山口的消息传出去，保证临枣县、中兴公司、矿警大队都清楚知道情况，一定请他们守住电报局，千万不要让消息传出去，上面干预下来就完了。最后去峨口求见田长垣田大队长，特别请他务必严守峨口，可不能让一个土匪回山……然后，你可以暗示他，现在山上土匪已经倾巢而出，都被我困在横山口。山上空虚，全是匪徒的家眷，以他的一个大队两个加强连，足以端了抱犊崮的老窝，那可是厥功至伟。那孙大姑是真正的当家的，如能拿住那个'老巫婆'孙桂枝，咱们手中也有底牌，那还怕什么？"

那副官脸上露出喜色，点头就要去。马士奇一把抓住他，伸出两个手指，恳切地叮嘱道："捂住消息，活捉孙大姑，咱们的小命儿就能保住。明白吗？要紧，要紧！"

那副官收了喜色，凝重地点头，转身上马飞驰而去。马士奇这才弯腰捡回军帽扣在头顶，居然感到一丝晕眩，他长吸一口气，使劲儿站稳了脚跟，看着八个大汉、两挺重机枪从眼前快速跑过，心下稍定。冲着横山口狞笑道："孙美瑶！你个小狼崽子，我日你祖宗！"

同时，横山南麓，周匝环山，一条山路直插山坳。

山路上，1000 余名满载而归的土匪，押解着 200 名中西肉票儿，缓慢地向山坳中前进。一整夜的行军，俘虏们固然已经精疲力竭，就连兴高采烈的绑匪们，也有些疲乏了。

鲍威尔总编接近了潘云鹤，两人相互有气无力地简单打了招呼，就直奔主题："所以，现在人质的名单在你手里了？"

潘云鹤点头道："洋人的我已经收集全了，中国人的名单他们自己在弄，中国人一等车的乘客，每人要五万元赎金；二等车的，每人要一万元；三等车每人五千元……却没对洋人提这个赎金。"

"所以，华票儿要的是钱，洋人要的是命？"鲍威尔皱着眉头苦笑道，"那么，有人交赎金没？放人了吗？"

潘云鹤摇头道："我不确定……按说，我就算交了赎金了，可也没放我走。而有些三等车的人已经被放了，不过都被打得很惨，应该是觉得反正榨不出油水吧。每次官军撵上来，他们司令就放几个，大约是一种默契，放一些不值钱的肉票儿，让官军也能交差。咱们大约都是要好好赚一笔的，不会放咱们走。"

鲍威尔点头道："嗯，我觉得他们也是要拿我们去和你们政府谈判。"

潘云鹤肯定地点头："对，就像划拳，老虎棒子鸡——老虎吃鸡，鸡吃虫子，虫子吃棒子，棒子却又打老虎。洋人怕土匪，土匪怕官军，官军却怕洋人。大约是这伙子土匪被官军逼急了，狗急跳墙，干脆将官府的'洋主子'抓了起来。"

"所以，那土匪小伙子着急管你要名单，有名单才能算出价值，才能去找黎元洪和张绍曾①谈判。"鲍威尔觉得想通了，点头道："你的名单可以先给我看看吗？"

潘云鹤爽快地将笔记本交给鲍威尔，鲍威尔一看封面内页的署名一愣，潘云鹤耸耸肩，说是土匪劫来给他用的。鲍威尔仔细看了看名单，唏嘘道："嗯……美国人居多，记者居多，都是参加国际红十字会给黄河大坝募捐大会的'中国之友'成员……嗯，特别是小罗斯福夫妇，这名单够分量，会让我们哈定总统直接干

———————————

① 张绍曾：北洋创军元老之一。北洋直系军阀，直系领袖曹锟的把兄弟，时任黎元洪政府的总理。

预此事的。"

"那是好事儿，我最怕的就是官军不分三七二十一地救人，一通乱打，子弹可不长眼睛。"潘云鹤担心地说。

"嗯，所以要尽快让外界知道这份名单，对我们的安全很有好处。你知道这些土匪想和你们政府要什么条件吗？"

"他们自称是'山东自治建国军'，我想条件就在这名字上，军，就说自己不是匪类，那第一就是要招安，要政府给番号；第二，"自治建国"，就是要地盘，割据这一方水土，以后听调不听宣，是个独立王国了……剩下最其次，可能才是要钱，要装备吧。"

"不可能吧？还能这么操作吗？"鲍威尔瞪大了眼睛笑问，"那以后，政府还成什么政府？"

潘云鹤惆怅地摇摇头，向北一指，道："咱们脚下这地方可能是中国最能出产充满想象力的野心家的土地——往北一百里，就是水泊梁山，招安他们就做到了；往南不远更是汉朝皇帝刘邦、明朝皇帝朱元璋造反的地方……中国不乏野心家，打家劫舍只是开始，这片土地上，从打劫开始，最后登顶权力巅峰的人物比比皆是。"

"所以，我们遇到了一个野心勃勃的土匪？就是那个孩子吗？"鲍威尔眺望向前面马背上的英武少年。

"对，中国古话说——'自古英雄出少年'，又说——'英雄不问出处。'他叫孙美瑶，你应该记住这个名字，没准以后，会常常出现在你的报纸上。"潘云鹤忍不住有些夸张地说。

鲍威尔却很认真地点点头，把本子递给潘云鹤，问道："孙美瑶？怎么写？"

潘云鹤一笑，将本子展开，迅速抽出钢笔写下孙美瑶名字的中英写法，然后递给鲍威尔，这编辑认真地反复看着，大概是要牢牢记住，以便写新闻稿的时候不出差错。结果，风一吹，翻动出一首小诗，鲍威尔一看是英文的，笔迹未干的样子——

"我便这样地离了你，我便这样离了带泪的你。

你是染露的青叶子，我便像那花瓣，纷纷落下了地。

啊，你我永久的爱，像是云浪暂时寄居在天海。

啊，来啊，来啊，来啊……

像眼泪般的雨快向我飞来。"

潘云鹤一眼瞥见鲍威尔在读他写的小诗，登时红了脸，支吾地解释道："呃，这是在下写给未婚妻的小诗，可是，以目前处境，也不知道什么时候才能拿给她看……"

"哦，小潘先生原来是一位诗人。我想我们都会很快脱困的，你的未婚妻一定会很快看到这首可爱的诗。"鲍威尔赶忙合上本子，说了一句不走心的奉承话后，正色低声道："应该把名单多抄一份，得找机会送出去，让外界知道我们是谁，我们处境如何。便于他们营救我们。而且，我们商量过了，必须要和孙美瑶谈一谈，如果他不想杀死我们，就不应该虐待我们。"

"对，《日内瓦公约》嘛……他必须应该遵守。"潘云鹤深表赞成，他自己也因为孙美瑶的屡屡食言而愤怒起来了。

忽然，队伍前面一阵呼哨，众土匪喜笑颜开，催促队伍快走。显然是到了一个目的地。

果然，只见路边一座娘娘庙，似乎已经荒废了，但里面却早已被打扫收拾过了，有二十几个乡民早已畏畏缩缩地等在这里，他们准备了一些骡马在棚子里吃草，一些农妇露天烧起大锅煮着翻滚的粟米粥，巨大的蒸笼冒着热气，鏊子上摊着煎饼，筐箩里是煎饼、大葱和咸菜，篮子里装满的是鸡蛋、鸭蛋。

鲍威尔呵呵一笑，冲潘云鹤笑道："别说，还真有点儿《日内瓦公约》的意思呢！"

潘云鹤苦笑一下，下意识地抬头寻找孙美瑶，开始没看到，只看到郭琪才指挥着匪兵用餐，并驱赶着俘虏们排队领取每人一份儿的早餐。再一找，才发现那个少年土匪头子站在娘娘庙半倒塌的土墙上，紧张地向北方张望。

孙美瑶瞪着眼睛看了半晌，终于看到对面山顶两侧有灰色的人影慢慢聚拢，他却像是这才放下心来，转身跳下土墙，冲着大家大声喊着："慢慢吃，咱们有的是时间！"然后他一眼看到潘云鹤正盯着自己看，他嘻嘻一笑，招手让潘云鹤过去。

庚午时末，礼拜天的中兴煤矿区正在午休，显得有些平静。

大白猫团成一个球，缩在蜜姬脚下，这姑娘盖着两件列车员的制服坦然地睡在老神父的床上。克里斯蒂安也有些犯困，他早已喝完了老神父的红酒，现在正在祸害老神父珍藏的烟叶，他正把整片的叶子用粗糙的大手碾碎，往自己的烟斗里塞着，上眼皮却忍不住和下眼皮打起架来。

"咣！咣！咣！"边儿上教堂的大门被人用力擂响，一个人大声喊着："伦弗神父！伦弗神父！"

克里斯蒂安紧张地走出土坯房，躲在院里一棵大榆树后面向外面瞄着，只见是一个衣着体面西装、头戴圆礼帽的中国人，这装扮让他放下心来。刚想出去打个招呼，蜜姬神出鬼没地在他身后问道："是谁？"

吓了一跳的克里斯蒂安瞪了红发女孩儿一眼，想了想，打开门冲那人打招呼。

那人转头看见是一个高大魁梧、风尘仆仆的洋人，和一个身披列车制服的赤发洋姐，立刻变了颜色，摇头叹息，用中文道："是真的！完蛋了，是真的！你们……你们是被抢劫的火车的乘客吧？"然后，他意识到什么，开始用结结巴巴的英语重新组织语言。

克里斯蒂安客气地挥手打断他，点头，用纯熟的中国话回答道："不用，我们说中文就行。是的，我们就是被劫持的人质之一，我们逃出来了。你是谁？"

那人摘下圆礼帽，微一鞠躬，自我介绍道："鄙人孙光祖，是中兴公司煤机一分厂的襄理，请问……"孙襄理急切地截住了正在自我介绍的克里斯蒂安，他问道："你们可曾见过一个姓潘的公子？他是我们少爷，我刚刚得到枣庄转过来的上海铁路公司的电报——我们潘少爷也在车上。"

克里斯蒂安仍是坚持完成了自我介绍，和孙襄理握了手，才说："不，我没注意，太乱了。"蜜姬因为不懂中文，有些不满地走神儿了。

"那死人了没有？一定死了对不对？死了多少人？"孙襄理烦闷地扣回帽子，仍是一脸紧张地追问着。

"乘客我看到死了两个，一个是罗马尼亚人，另一个是中国乘警。至少我们逃走之前，就两个，受伤的应该很多，但没有重伤。"克里斯蒂安有些同情地看着这个买办，他大约弄清楚他某一个老板的儿子也是人质之一。

"啊……请你们二位务必跟我来，请……"孙襄理指着不远处的中兴矿业大楼，那是这个时代尚且不多见的三层西洋式建筑。给整个黄蒙蒙的土坯城市，带来了明显的殖民地风格。看到很是犹豫的克里斯蒂安，他立刻解释道："克里斯蒂安先生，您不知道，这事情大了，国际事件！现在，我们县长、公司总经理、董事们都已经赶来了，交通部和省里的代表已经在路上了，我想，大家一定很想见到你们，听你们说一下现场的情况。因此，请务必跟我走一趟。"

克里斯蒂安确认了电报局也在那栋楼里后，和蜜姬解释了情况。蜜姬往那边看了一眼，那座西式建筑和更远的水塔、钻井架、风机组使她熟悉而放心。于是，同意一同前往。

中兴公司矿区内一团混乱，楼外矿警大队已经全部集结完毕，随时整装待发；工会代表组织了戴着袖标，手持斧头、撬棍和少量步枪的工人纠察队员，开始有序地在矿区各个街口设置路障，展开盘查……大楼对面，子弟高小的学生们都被老师组织起来了，他们的工作竟然是和纠察队的矿工们一起搭建街垒。

大楼内，一片混乱，医院的急匆匆的修女们的大白帽子晃得人心慌，她们将各种外科医疗用品归集，准备打包。而人群中吵得最凶的，正是马营长的副官和伦弗神父，那副官毫不客气地将老神父从电报机前拖了出来，想要禁止他继续发电报出去，而老神父和中兴公司的文员，则一起抗议军队无权管辖他们发报的权利。

孙襄理见状怒吼一声"不得无礼！"，然后分开人群挡在副官面前，他先是硬硬地将副官往后挤了半步，这才皮笑肉不笑地掏出名片道："我是中兴公司的孙光祖，这是我的名片。这位……哦，准尉先生，请问你为什么对我们的贵客——伦弗神父这样无礼？"

副官环视一圈，色厉内荏地喊道："我们营长有命令！不得向外传递消息！"

"营长？"孙光祖眼珠一眼，耸耸鼻子——挤出这丘八身上流出的汗味儿，随即哈哈笑道："哦，我想起来了，你是马营长的副官！你们马营长管不到我们矿上，贵军第六旅路警大队的田大队长马上就到，你要不当面问问他？"

那副官一怔，满头暴汗地怒道："消息泄露出去不得了的，你们担得起责任吗？"

孙光祖龇牙一笑，轻描淡写地说："担不担得起？你也管不着……"然后瞪了这副官一眼，然后冲伦弗神父灿烂一笑，道："您受惊了，您继续吧……我把您朋友从家里带出来了，您发完报，咱们一起上楼开个会。"

见老神父愤愤地进去发报，那副官恨声道："你们等着……我这就去见田大队长！"

孙光祖赶忙拦住要出门儿的副官，认真好心道："哎，这兄弟你也别去了，就在这儿等，我说了，田大队长从峨口赶过来了，你去了也是白跑，不如在这儿等着他。"

那死心眼儿的副官怒哼一声，仍是往外就跑，等他看到自己的战马，却也想明白了，无奈地踱了回来，蹲在了中兴公司大门口干等。

孙光祖哈哈一笑，自言自语道："还行，没傻透。"

"县长好！……县长好！……辛县长好！"慌乱不堪的中兴大楼闪出一条人肉胡同，让一位戴着圆边眼镜、身穿黑布大褂的中年绅士穿过。

"别慌……稳住……稳住……别慌……嗯嗯嗯……稳住喽……"这中年绅士和蔼地和认识的每个人颔首，来回来去就是这两个词儿。他迎面看到孙襄理和老神父以及他们身边的克里斯蒂安和蜜姬，连忙走上去问候："这是……逃出来的西洋乘客吧？受惊啊，受惊了，地方上有责任啊，在下辛铸九，治理无方，甚为愧疚，我先向你们道歉，告罪……"

一阵寒暄后，辛铸九县长拉着克里斯蒂安和蜜姬，先合了一个影，然后一起上楼。一路一边儿问询经过，一边儿不住夸赞克里斯蒂安中国话讲得好。刚在三楼大会议室坐下，辛铸九就朗声吩咐各界人士："县里出了这么大的事情，首先是县里的责任，但这么大的篓子，不是县里能处理的。为今之计，第一，要稳住局势，不能让事情恶化，最起码不能再死人哩；第二，就是要做好服务……明天省里，甚至北京，都会来人，至少是交通、外交方面次长一级的大人物，怎么服务好啊？"然后他，扶扶眼镜儿，指着三个洋人说："然后就是外宾，外宾会来很多，记者、外交官……怎么接待啊？不能失了体面，失了体面，就是失了山东的体面甚至失了国家的体面哩！"

众人纷纷称是，嗡嗡一片，辛县长清清嗓子，示意大家安静，然后笑道："所谓'志不求易，事不避难'，事情出了，也没什么，天塌了，高个子顶上去，你们看我是高个子，明天来的，每个个子都比我高。所以不要慌嘛……"说着，他转头问孙襄理："李先生什么时候回矿上啊？"

"我们总经理不在国内，但他的代表晚上就能到临城，夜里就能赶过来，明天的接待……我们公司这边儿全力支持，食堂、医院、学校，已经全都动员了，必要的话，工房宿舍也都可以临时腾出来，矿警集合在外边儿了，全听您的指挥。"

"好！太好嘞，谢谢中兴公司！我还有个不情之请啊，我那办公室不成样子，你这里又有电报、电话……"辛县长操着一口乡音浓重的官话说道。

"我们总经理吩咐过了，这间大会议室就给您做临时指挥部。"

"哈哈，多谢多谢。不过，我最多就用一天，我布置好，挂上大地图。连上电话线……明天肯定就不归我用咯。"辛铸九苦笑一声，又转为正色道："还有个要紧的事儿，这个剿匪、救人，咱们地方上不行，得靠军队。但是，后勤顶重要的，就是情报……孙猴子师傅被抓了，不也得先拘一个土地老儿问问轻重缓急？一个道理，明天上面儿的各路神仙来了，咱们当土地爷的不能一问三不知吧？因此，这才是今天的头等大事……我看要务是三点：第一，孙美瑶和抱犊崮是啥背景、有啥诉求，得摸清楚。第二，名单，我看临城铁路局的电报上说是抓走了二百多人，外国人就有四十人……"他指着克里斯蒂安和蜜姬说："但是你们看，这有逃出来的，第六旅有消息说也救出来一些，都是谁，得弄清楚，一份中国人的名单，一份西洋人的名单，这样也知道个轻重。这个……第三呢……嗯……得，俺给说忘了……谁给俺补充补充？"

众人不觉莞尔一笑，孙襄理接话道："县长，鄙人有话禀报……"

"好，孙襄理，你快给俺补充补充！"

"哎……补充不敢，我是领任务，这个……惭愧得很，鄙人就姓孙，也是峄城人，说起来丢人……那孙美瑶还管我叫一声三哥哩。可正是因为这样，峄城老孙家的七支八脉的，俺也比较清楚。因此，您说的孙美瑶和抱犊崮的基本情况，我领任务，我马上弄出一个报告来。"

"那可太好了，就有劳孙老弟了。"辛县长大喜，紧接着吩咐自己手下一个文书去帮孙光祖誊抄。然后辛县长问秘书："东西准备好了没？"见秘书点头，他赞道："好样滴！"然后起身走到老神父伦弗面前，抱拳道："伦弗神父，咱们得有二十年的交情了吧。这回咱们临枣县有难了啊，我呢想求你办个事儿啊？我想请你跑一趟，代表我，不……代表临枣的百姓，去劝一劝孙美瑶那孩子，不至于嘛。都是那伙子丘八欺人太甚嘛。你告诉他，我们心里都是向着他的。我仓促准备了一些物资——都是吃的东西和药品，想请你送过去，一定稳住他，不要做极端的事情。要是有可能，把人质的名单搞来，我想还是以和为贵，人命大过天，只要不再死人了……我辛铸九拿我脑袋，保他抱犊崮安然无恙。"

伦弗神父闻言肃然，正待回话，却听门口一个人大声斥责，声音由远及近而来："放屁！你回去告诉他马士奇，这回篓子大了！咱们全旅都得给你们这伙王八蛋背锅！让他洗干净脖子等着处分吧！还端抱犊崮老窝？还敢指挥老子了是吧？你以为抱犊崮天险是儿戏？我的弟兄是给他垫背的？我劝你立即回去，就说我田长垣的命令！让他务必堵死横山口待命，不许轻举妄动，再死一个人质，都不用何旅长命令，我就亲手毙了他！"

"田大队长！您开开恩……我们马营长以后肝脑涂地……"

"放什么屁？还不滚回去！滚！"

辛铸九闻声大喜，连忙迎到门口儿，抱拳道："田大队长！可把你盼来了！"

田长垣连忙敬礼苦笑道："辛翁，辛翁，咱们俩儿今儿可成了难兄难弟啦……"

"嗨……天塌了，咱们还能唱出个啥二人抬？做好咱们本分就完了……你也放宽心，别和底下人置气……不是我说，上头要补天，咱们当块石头都不配。"辛铸九指着马营副官笑道，"这位兄弟感情是前线下来的啊？快……说说现在孙美瑶和人质都到哪儿了？"

地图"呼啦"一声展开，田长垣掏出红蓝铅笔在津浦线事发地、横山口画了两个红圈儿，然后在峨口和抱犊崮画了一个蓝圈儿。然后指着中间儿中兴煤矿道："我们在这儿，凌晨事发在临城站南边儿这里……事发后，土匪分两路撤下来的，一路就是走的大路，都是大车。直到煤矿后，就消失了；第二路是主力，人质都在第二路，现在被马士奇堵在横山口了……嗯……在娘娘庙这个山坳里。"

"堵住了？好啊！"辛铸九连连搓手，笑道："第一路不用找了，火车上抢的东西今天一早就在咱们城里散了，那是人人有份儿啊。这说明，孙美瑶想把事儿搞大，但不想把事儿做绝。田大队长，我看这一路，不宜深究，他要搞事情、要乱，咱们就要稳住，稳住哩，咱们就算尽职哩。您说哩？"

田大队长苦笑道："东西算个屁啊……辛翁您说得有理，确实是老成处事的正道。我也是这样吩咐的，咱们算是想一块儿去了，得稳住，不死人，不恶化。等候上峰处分吧。地方上的事儿，还是您熟，您也有经验，我听您的！"

"嗯，我的意思呢，得把孙美瑶稳住。光堵住不行，因此，我刚刚想请伦弗神父冒险辛苦一趟，在下准备了些薄礼，算是今儿代表百姓收了孙美瑶的东西，咱们也礼尚往来呗。那话咋说来哩？花猫钻进瓷器铺，得把它哄出来呗……不然，打个稀巴烂，哭就晚了。"

田长垣眼珠一转，连连点头，赞道："辛翁高明！我看行，我派人……"他一指马营副官道："和他一起回去，这位洋神父再一出马，八成能把孙美瑶那小子稳住。东西够不够，要不要从我们仓库再找些军用罐头，一起送过去？"

"好啊，那就更好了！"辛铸九连忙对伦弗神父道，"老哥哥，田大队长派人护送你去，绝对能保证你的安全。"

伦弗神父当即慨然应允。

田长垣仍对着地图，他的目光，却死死地盯在临枣县城北边儿，人口密集的一个地方——西集。

同时，西集。

坞堡外枪声大作，喊杀声一片，原本安放马克沁的机枪阵地上，剩余不多的士兵在用步枪负隅顽抗。一名悍匪喝了断头酒，将大碗啪地摔个稀碎，号叫着，拎起大刀蹿了出去。等到扑入阵地，才发现他身上绑满了土炸药，惊呼未起，一声巨响，这悍匪和机枪阵地一起飞上了半空。群匪士气大振，嗷嗷叫着蜂拥冲进了西集镇。

西集内，鸦片工场中也是一片混乱，周匪早就混入了大量细作，冷枪此起彼伏，惨叫不绝于耳。党金元耳边儿被各处连连失守的消息吓破了胆，嘴里大骂马士奇饭桶，可他知道自己手下的商团武装更是草包。他一边儿命令将鸦片装车，准备撤退，一边儿抓住"斥候"喝问："到底是他娘的哪个捻子敢打西集？"

忽听身后房上一声长笑，从屋顶跳下几个黑衣大汉，为首火眼狻猊成精似的首领阴恻恻笑着抱拳拱手："党老爷子久违了！这都是俺做的，蒙山刘团、混世魔王——刘黑七！"

党金元身边死士扔下鸦片车，嗷嗷叫着就要冲过来拼命，却听得周匪房上一阵舌枪，全都送去见了阎王。党金元怒道："老七！都是漕帮一脉，我……你他娘的这是欺师灭祖！"

"哦，老爷子……俺一个头和美珠兄弟磕在地上，'梆梆'地响，有话，你一会儿和俺兄弟说去。"

"孙美珠的死我早和大姑说清楚了！我问心无愧！"党金元横着脖子指天发誓。

"哐！"身后大门洞开，两名拎着短枪的健妇，踹开大门，"瘸子六"扶着一名腰插花口儿撸子的老妇走进门来，正是抱犊崮实际的大当家——大姑孙桂枝。

"啧啧啧……"孙桂枝先是围着鸦片大车转了半圈儿，摇头不屑地揶揄道："党金元啊党金元，你真是舍命不舍财啊，要不为了这一车大烟拖住你，我还真逮不住你。"

"老嫂子，美珠孩子的事儿，咱们不是早就说清楚了嘛？"

"呸！你个白眼儿狼！你还说你不亏心？这鸦片工场现在不是你党金元吞了？你别忘了，你的小命儿是俺家爷们拿命换下来的！不知感恩图报就算了……为这些大烟，甘当田中玉的走狗，微山县漕运还不够你吃的？非要来我们西集插一脚！插一脚也罢了，你不该放任马士奇害死美珠，更不该拉偏手，帮着官军欺负我们抱犊崮！我看你是不是还想着把美瑶也收了，让他也当你的干儿子，给你看场子、当炮灰？你不亏心？我呸！"孙桂枝越骂越气，忽地拔枪在手，顶上火儿。

党金元自知不免，索性耍起光棍，一瞪眼，扯开大褂儿，露出伤痕累累的瘦削的胸脯，喝道："孙美珠不是我杀的！老子问心无愧！你们有种就毙了我，那就是残害同门，欺师灭祖，你看漕帮百万兄弟能不能容你们活着！"

"啪！""啪！"两枪，一枪胸口，一枪眉心。孙桂枝干净利索地解决了党金元，骂道："狗娘养的，你的狗命都是我家给的，帮规还成了你说啥就是啥的了！下去找你大哥说去吧！"说罢，孙桂枝仰头苦笑，喃喃道："美珠，大姑给你报仇了！"

听着西集镇到处惨叫哀号，孙桂枝恻然，转头对刘黑七道："刘司令，西集的东西都归您，少杀几个人，给自己积点儿德吧。"又指着党金元的尸体对着"瘸子六"说："把他碎了喂狗，心摘了，给美瑶送去，让他解解恨。告诉他，恨消了，局面就要给我稳住咯。"说罢，带着两名健妇出门去了。

"瘸子六"连忙答应了，和刘黑七相视一笑，然后忍不住纵声大笑起来。

"这小子不懂用兵，自困死地，理当灭亡！"马士奇忙活得满头是汗，终于，他手下将两侧山顶各自设定了完美的马克沁阵地，交叉火力将敢于进入射程的目标打得粉碎。而步兵也各就各位，已经将娘娘庙里的匪兵完全控制住了，虽然对方人数更多，可是不但人员乌合之众，火力参差不齐，更被对方草包的首领带进了死地。现在只有一面破土坯墙成为他们可怜的掩体。只等他一声命令，这一千匪徒，立刻就会被打成碎片儿。

可对方却完全没有准备战斗的行动，匪兵仍在喝粥、吃饼、打盹儿，肉票儿们也在吃东西，一个大约是医生的洋人最为忙碌，他身后跟着一个腰上系着个胸罩的匪兵，洋医生不停地从胸罩中翻出药瓶儿，给伤员和病号儿治疗着。

"难道……他们就没想走？"马士奇心中的疑惑越来越深，越来越焦虑，他开始怀疑自己的自信，像是一只没头苍蝇，被蒙在了鼓里。

孙美瑶默默听完潘云鹤读完名单，眨眨眼睛，诚恳地问道："潘兄，我是个土包子，这些人，很厉害吗？是不是我这回篓子捅得有点儿大？"

"嗯，算是大闹天宫了吧。"潘云鹤不自主地往对面杀气腾腾的山上瞄着，心里很不踏实。

"那不赖啊……我还真想混个'齐天大圣'当当呢。"孙美瑶乐极了，摇头晃脑。

"'齐天大圣'没有用，不如给唐僧当徒弟。"潘云鹤冷冷道。

"放屁！'齐天大圣'多威风？多自在？上天吃蟠桃，地下住花果山，有七十二洞兄弟……取经还得身受那紧箍咒的祸害，怎么能比？"

"给唐僧当徒弟就是给佛祖干活了，有靠山了，能有正果。当'齐天大圣'虽然逍遥，但归根结底还是土匪，所以还是得反出南天门，被压五指山。"潘云鹤冷静反驳道。

孙美瑶眼中精光一闪，朝潘云鹤伸出大拇指，赞道："潘兄！

大才啊！说得好！"然后话锋一转，请潘云鹤将名单上的人质名字画上正字儿——笔画越多的，地位越高，越重要。然后又看一遍，指着小罗斯福等人的名字笑道："你说，这几个，一个人是不是就值一百万大洋？"

潘云鹤无所谓，不搭理他，却反问道："我说孙大王，对面官军早就围住了吧？你也不急着突围赶路，这是要干啥？"

孙美瑶伸出手臂，一个胳膊上居然戴了五六块高级手表，他笑道："时辰差不离了，再等会儿，稳住！"然后指点着对面笑道："要是打仗，这儿就是死地；可咱们是打仗吗？是绑票儿啊，绑票就得置之死地而后生，因为打不得，一打就稀碎。得谈。死地的好处是，你们也跑不了，你们在我手里,他们就要'投鼠忌器'。"

潘云鹤无奈点头，心底承认也不想双方交火儿，弄不好自己会死得稀里糊涂。可他仍是忍不住迁怒于对面的官军——就这么趴在山上？至少也应该给点颜色给土匪看看啊。

他心念及此，就听到对面枪响了，一梭子沉闷的马克沁，打在土墙上，瞬间，土坯墙真正土崩瓦解，一众土匪的后背，包括孙美瑶和潘云鹤，直露出在马士奇部的枪口下。

孙美瑶哈哈一笑，扭头望向对面山峰，听见纸筒大喇叭传出马士奇沉闷如马克沁的嗓音："孙美瑶！你被包围了！你出不去的！你看到了，你们完全在我方重火力覆盖之下，我一挺机枪就能打死你们所有人！你要放弃反抗，交出武器，立即释放人质，否则格杀勿论！我重申一遍！放弃抵抗，释放人质！否则格杀勿论！"

孙美瑶像是终于等到登场机会的名角，扯着嗓子喊了一声"道情"，笑着对潘云鹤说："潘兄，我请你看戏！"说着，一把抓过潘云鹤，朝手下崽子们一呼哨，二十余名土匪崽子立刻得令，冲进人质圈子里，各自逮了一个视野内最胖的人质出来，挡在自己面前。然后，众匪徒押着人质围成一个大圈，将孙美瑶和潘云鹤围在当间儿，然后竟然缓缓地随着孙美瑶的指挥走出坍塌的土墙，直逼山下。

孙美瑶笑道："马士奇，我日你全家！你有种就开枪！我也给你一个机会！你现在把自己崩了，我大仇得报，就即刻释放人质，咱们一拍两散，各回各家！你要不敢，我保证你后悔！"

"嘭……嗒嗒……啪……"一阵枪声成为马士奇的回答，尘土飞扬，好几个人质昏倒或者尿了裤子。但枪声过后，尘土散尽，却发现枪子儿落地点离这个人质围成的大圈，最近的也有十米。土匪早有准备，吓晕的人质被倒拖回围墙内，却又有新的人质被土匪逼着填补回来，继续充当肉盾。

"马士奇，你瞪大你的狗眼看着……"孙美瑶用手枪指着随便一名人质的后脑壳，朗声介绍："这个是你娘的美国大总统家族的亲戚，在咱们这儿，怎么也算个黄带子！你琢磨琢磨，你把他伤根毛儿，你全家脑袋够不够赔的？这个……上海工部局的董事，你顶头上司都得管他叫活爹……哈哈哈哈……有种你就开枪！打准点！别把你祖宗们给打死了……你也别想着伤我的人，你打伤我一个人，我就弄死一个肉票儿，一命换一命，我孙美瑶做事情绝对公平合理！开枪啊！怎么怂了？"

对面的回答仍是一阵枪声，但这次连子弹落地点都看不见了，兴许是朝天空放的。

孙美瑶和马士奇就这样对峙了一会儿，他或者是烦了，押着潘云鹤走出人质大圈儿，回到土墙边儿上，并排端坐在半截子墙上，大声喝令匪兵道："他马士奇这是'道士吹法螺——吓唬个鬼！'没意思……这样，咱们也给他来个节目儿！"

说罢，只见人质大圈被押着沿着土墙站成一排，土墙上竟然又站上来十几个少年土匪，这些土匪在孙美松的带头下，朗声齐唱山东快书：

"马士奇，四十七，有个老娘七十一,七十一，娇滴滴，找个后爹是头驴……"

那边放枪示威，这边嬉笑怒骂，潘云鹤看得目瞪口呆，却不得不感叹大开眼界是也。

忽然，身后一阵爆豆般的枪声，原来是马士奇见围堵不行，便派精锐携短枪从后面想要出其不意地包抄过来，却被藏在暗处的二当家郭琪才反打了埋伏，双方都不恋战，互相试探一下火力，官军就退了。这孙美瑶的一座破庙，看似不设防，却外松内紧，周匝各处全设了暗桩埋伏，弄得马士奇像是猎狗叼住了豪猪，光生气，却下不去嘴。

"哈哈哈！你有张良计，我有过墙梯！看你还能变出什么花样！"孙美瑶见郭琪才也得了计，更是嚣张起来，狂笑不止，对孙美松喝令："接着骂！大声点儿！给我再大声点！"

胡闹良久，土匪这边还在嘶着嗓子骂阵，对面儿却安静了半晌。

充当人质肉墙的鲍威尔被子弹落地溅射的尘土迷了眼，感觉度日如年。他揉着眼睛，忽然感觉像是出了幻觉。再揉揉眼，这才看清，对面山路上竟然是一个盛装的神父，高举着一面白旗，用极慢、极慢的速度朝娘娘庙走来。一时间，众洋票儿都不禁称颂赞美起来。来者正是伦弗神父，他缓缓走到双方中央，站定，将白旗插在面前，双手摊开，显示既无武器，更无恶意，只等土匪们过来。

"洋和尚？"孙美瑶一愣，然后朝潘云鹤疑惑地说："这就是枣庄的洋和尚，我认得他……这是，谈判？"

潘云鹤微微一笑，点头道："一定是要谈判，你劫了这么多洋人，他们请一个神父和你谈，倒是好办法，对双方都好。"

孙美瑶眼珠一转，点头称是，喝令孙美松等人收了嗓门儿，站成两排，做迎接贵宾的仪仗，他当先一站，朝那老神父笑呵呵地招招手，请他过来。

伦弗神父无奈，只好擎着白旗，走入匪徒丛中，一时众洋票用各自语言呼救，被孙美瑶厉声喝止，他让潘云鹤翻译道："不得出声，否则小心吃枪子儿！"

孙美瑶和伦弗神父两人走进清场的破旧大殿，对面在马扎上坐下。伦弗神父先开口道："孙司令，我奉辛县长之托，代表临枣百姓而来。"说着，掏出一张礼单递过去，道："辛县长说，万事以和为贵，以人命安全为重。上午，贵军在矿区分发的辎重，百姓们都收到了，可见贵军也是以守土爱民为原则的仁义之师。因此，辛县长和路警大队田大队长仓促间凑了一些物资劳军，都是些罐头、药品、饼干……这些东西，请孙司令笑纳，也请给外国客人们，保证基本的供给和治疗所需。"

孙美瑶瞄了一眼礼单，笑道："辛县长客气了，老神父您敢单刀赴会，不怕我把你这洋鬼子也扣下？"

伦弗神父苦笑道："怕，自然是怕的，但是我在临枣二十多年了，也算半个临枣人吧。孙司令，你这次太莽撞，事情很严重，因此，大家都担心临枣会因此遭受灾难，这一点，我想我们是一致的。我是临枣派来的使者，两国交战，不杀使者嘛。"

孙美瑶笑道："不杀是不杀，可也没说……哎……你敢来，我敬重你。说正事儿！你这又是给我戴高帽子，又是送礼的，这是要干啥？"

"辛县长说，第一，请贵军，务必保证人质安全，健康，体面；

第二，辛县长最关心妇女、孩子、老人，是否请孙司令先把她们释放，至少把女人和健康不好的伤员释放；第三，我们希望贵军提供人质的名单和你们的要求，便于我们向上峰汇报。"伦弗神父拿出一个小纸条，一五一十地说明县里的请求。

孙美瑶笑了，道："辛县长倒是务实得很，高人啊。首先啊，你们拿我还当临枣自己人看，我很领情——我之所以犯了'天条'，也是被逼无奈，某种程度上，也是为了咱们临枣人长远的福祉。因此，我也很想保证人质的安全，我孙美瑶烂命一条，可也不是带着兄弟们玉石俱焚的蠢货。但你也看到了，马士奇那混蛋是非要和我同归于尽啊，他这分明就是不把临枣人的性命放在眼里，就想把我们全杀了去立功，我们总得找条活路不是？因此，你们说，让我保证人质安全？我保证不了……马士奇能保证啊……他不打我，我不打人质，他打我，我什么都不保证。"

伦弗神父眉头紧皱，叹了口气。

孙美瑶接着说："女人孩子嘛……我都放了好几批了啊……你不信你去问问马士奇，他肯定说是他们救回来的。其实是我放的——为了表示我军的诚意。你回去查一查吧，再放……嗯，我也是有条件的。条件你谈不了，谁来谈，我等消息。"

伦弗神父问："孙司令觉得谁能谈？辛县长亲自来？"

"他也不行，所以他让你来。他自己知道这事儿的分量。"孙美瑶摆手道："第三条嘛，可以，名单我准备下了。一会儿就给你。

至于我的条件嘛……"

"请说……"

"我这儿有两百多俘虏……你让我保证他们安全和体面，那我就有两条儿要求：第一，我要回抱犊崮，我要马士奇沿路护送我们回山，并且第六旅的部队要撤出抱犊崮山下的峨口军营，由我方驻守；第二，人质给养、药品需要增加，我方保护人质，也需要装备、物资，请提前放在峨口大营。"

伦弗神父叹口气，说："我记住了。我还有一个要求，我想核对一下名单。"

"行……这可以，每人只能说一句话，我就在边上……咱们君子对君子，好不好？"孙美瑶笑问，"有两百多人呢……你是每个都要核对，还是只核对洋鬼子？"

"呃，外国人就可以。"伦弗神父点头道。

"操……行啊，那省事儿……"孙美瑶不屑地呵呵一笑。

山坡上，马士奇正紧张地看着伦弗神父带来的骡马队将"劳军礼物"运到娘娘庙前面。忽听身后一声哭喊："马营长，西集出大事儿了……西集被孙桂枝和刘黑七打了……弟兄们，都战死了……"

马士奇犹如五雷轰顶，一双环眼血红地转向马克沁机枪阵地，他无声地在心底嘶吼："开火！给我开火！给我打死他们！"嘴里却只发出呜呜的呻吟。

108

第二幕

六国营地

第一节：约法三章

民国十二年，公元 1923 年，5 月 7 日凌晨。癸亥年，丁巳月，庚辰日。《彭祖百忌》云："庚不经络织机虚张，辰不哭泣必主重丧。"

临枣线上，一辆军用列车，停在大张范村村外的荒地中央，火车前搭设了几张大型军用帐篷，帐篷里挂着行军地图、安装了临时电台，帐篷外有行军厨房、大烟帐篷、摆满嘀嘀水①的长桌……四下架设了多组探照灯，引得满旷野的飞蛾，拼命地扑向电器时代的洋火。一面巨大的五色旗卷动初夏夜的清风，随着飞蛾的影子乱舞，旗帜底下，赫然立着四块虎头回避牌——分别是：兖州镇守使、第六混成旅旅长、陆军中将、鲁南剿匪督办。四块牌子每张下面，都立着两个威风凛凛，怀抱大刀、令牌的准尉。

而四块牌子中间，赫然跪着被摘了军帽，撤去领章、肩花儿的前骑兵营营长——马士奇。

---

① 嘀嘀水：20 世纪初从国外引进的碳酸汽水，多为橘子味，类似现在的北冰洋。

大帐内，背光坐在探照灯下的太师椅上，一名身披中将制服，哮喘连连的半老军人垂头丧气，他手里把弄着刚摘下来的马士奇的"军衔"，目光涣散地看看身边侍立的一个上校团长贺对庭、一个中校大队长田长垣。他深吸一口气，压住哮喘，清了一下嗓子，才对上校团长指着跪在下手的马士奇说："鲤庭啊……你看看你举荐的妙人儿……可叹我何锋钰——父子三人，两代筚路蓝缕，百战峥嵘，戎马一生换来这点儿功名，竟是毁在这竖子手里了。还真是不甘啊。"

那上校早已满面流泪，哀声道："旅长……难道就没有别的法子？我们手握数千精兵，不能坐困愁城！请您令箭，卑职亲自带人擒拿孙美瑶，打破抱犊崮……不过区区数千土匪而已，我们岂能受制于这等草寇？"

何锋钰长叹一声，喘息一阵，叹道："真是什么样的将，带什么样的兵。你这个团长只知道冲冲冲……难怪你选的营长，脑子里也只有大便。我现在还真羡慕你们，甚至这个马士奇……明天，临枣城满城冠盖，各路神仙下凡，哼……那些洋鬼子必定要求释放人质、缉拿凶徒、惩办失职。嘿……这他奶奶的人质，是不容易救的，反正我是没办法保证不死人救得出来；这人质不救出来，缉拿凶徒就是扯淡；最后，这些冠盖，也就能查办失职……嘿，你们命好，本身没啥职位，还能怎样？哼……适合顶缸的，只有我和田中玉。哎，我看是一个也跑不掉啊。"

"旅长……"站在另一侧的田长垣凑到何锋钰耳边，低声道：

"那孙美瑶狗急跳墙，不过是因为这马士奇和党金元害了他大哥性命，并想拼一个前程罢了。如今，他们已经打下了西集，杀了党金元，仇算是报了一半儿了，不如……"田长垣咬牙看了一眼马士奇，再低声道："不如索性让他出了气，再许他一个团长……不过是虚名幌子罢了，咱们第六旅数千将士，总不能为他垫背吧？"

何锋钰闻言喘息不已，田大队长连忙帮旅长轻拍后背，良久，何锋钰才喘过气来，吐口浓痰在地上，抬头见残月当空，叹息道："吴牛喘月，非不识也，实不能也……当年我和叔父追随袁大总统在山东治乱，大总统就说——你何宗莲①虽能待人以仁，遇事却兔死狐悲、妇人之仁，可以做治世良臣，却难为乱世枭雄。自古慈不掌兵，不如带着你两个孩子去办兵工厂吧。可我叔叔舍不得大总统恩情。最后，大总统叹息道……他日，你叔侄必皆败于寡断。哎……长垣啊，明天，你堂叔一定会亲自到这儿指挥。我老了，又多病，无所谓了啦，你和鲤庭还都年轻，以后，第六旅，怕是就要交给你们啦！"

田长垣闻言黯然，贺对庭则更是大放悲声，惹得何锋钰一脸黑线，喘匀了气息道："马士奇！你过来！"

---

① 何宗莲：北洋耆宿，官至察哈尔都统、陆军中将，因处置兵变不果决而遭免职。历史上何锋钰便是为临城案背锅，而遭免职，后抑郁而终。而有趣的是，何宗莲另一个侄子何丰林则为皖系重要将领，时任淞沪镇守使，正在和杜月笙的三鑫公司大做鸦片生意。

马士奇跪爬向前，含泪叩首。

"马士奇，你可知罪？"何锋钰问道。

"卑职知罪，卑职万死……"

"你何罪啊？"何锋钰问。

"不该贪功，设伏杀了孙美珠。"

"放屁！当兵杀贼，何罪之有？你击杀匪首的功劳军政院刚批下来，你个龟孙儿原本都升了中校了，当然，现在你屁也不是了。你罪在杀了孙美珠后，不能除恶务尽，斩草除根，让数千匪徒下山流窜作案，这个责任，你是有份的；其次，你被孙桂枝调虎离山，丢了西集镇，死了数百平民和几十个弟兄——这更是丢咱们第六旅的军威；最后，你无能！不能尽快把人质救出来，弄得现在束手无策，难以收拾！因此这营长你肯定是干不了了……至于处分，明天上峰自然会有决断，而我给你的处分嘛……你去，点堆火，把这四块回避牌子……给老子点了！"

"旅长！不可！不可啊！"三名下属都立刻跳脚儿阻拦。

却见何旅长一边喘息，一边冷笑道："号什么丧？照我说的做！你……"他指着马士奇说："快去吧！"然后拍拍贺团长道："你亲自去把孙美瑶请来，我要和他谈谈……"说完，喘息着撑在太师椅上。

"轰……"篝火被浇了汽油，熊熊腾起火苗，满面流泪的马士奇将何旅长奋斗一生换来的四块牌子，依次扔进篝火之中。

孙美瑶赤手空拳，手里只拿着写满名单的笔记本，昂然而至。他幸灾乐祸地瞟了一眼正在烧东西的马士奇，又对何锋钰的军帐排场、装备、给养啧啧称羡，甚至放慢了脚步，对嘀嘀嗒嗒作响的军事电台多看了好几眼。

旅长大帐前，两名准尉横手拦住，就要搜身。孙美瑶把脸一沉，嬉皮笑脸地往里面喊道："何旅长！您老人家不是要见我吗？俺孙美瑶已经来了……不是我不敢进你的大帐，实在是，我身后的弟兄一秒钟看不见我，他手里的火把可就落地了。火把一落，那山上的洋票儿，就得死啊。"

第六旅的官兵往孙美瑶来的方向一看，果然，一路每隔三十米有人持一根火把，一路火龙，蜿蜒直到横山口上。

"把天幕撑开，请孙司令进来坐！"何锋钰用强大的意志压住了哮喘，沉声下令。数名准尉、马弁一起动手，旅长大帐的帆布被长杆撑起，在何锋钰面前又放上两张太师椅。灯光一起照射过来，竟比白天日头底下还亮得灼眼。

孙美瑶眯着眼，往背光处的何旅长望去，因为背光，只看到一个黑影。他朝黑影敬了一个军礼，朗声道："何旅长！'山东建国自治军'总司令孙美瑶，向您致敬。"

"自古英雄出少年啊，孙总司令果然是一表人才，胆子也不小。也是，敢把天捅个窟窿的人，胆子怎么会小？请坐吧……

葆鼎老弟，你也来见见孙司令。"何锋钰点头赞赏，向身后招招手，一人从列车上下来，坐到另一把太师椅上，正是县长辛铸九。

"辛县长您好，感谢您和田大队长送来的物资，洋人现在吃得饱饱的，洋人伤员也都上了药了，请您放心。"

"不光洋人，中国人也请好生对待……"辛铸九拱了拱手。

"呃……是，那是自然，那是自然！"孙美瑶没想到县长这么说，有些尴尬，连忙答应。

"孙司令是在省立师范上的学吧？我听说，你哥哥和你，原本都是读书人？学的还都是师范？"

"峄城孙家一直是本地望族，嗯，耕读传家，血脉兴旺，人缘儿也极好。"辛县长介绍道："要不是闹捻子、义和拳……可能老孙家压根儿不会有人拿刀弄枪的，后来他大哥跟着张敬尧办过商团联保……这也是奉命行事，这一步步的，怎么话说呢……哎。"

"嗯，省立师范是好学校啊，我有个朋友的孙子，托了人还进不去呢！说是以前还有德国教师？欧战后，换了东洋人教课？好多课本儿，那和东京的学校都是一样的？"

"是有日本课……"孙美瑶苦笑道："我是一点儿没学会……"

"一寸の虫にも五分の魂……"何锋钰悠悠地用不大流利，但清晰的日语说道，然后看孙美瑶毫无反应，笑道："啊，我们小站练兵的时候，也有日本教官，和我关系还不错，教了我一些日本话。这句话的意思是……永远不要轻视一条虫，一条虫也能有强大的战斗精神！"

孙美瑶见何锋钰和辛铸九两人相视一笑，他只能跟着强笑一下，却完全不知道是被夸了，还是被骂了。他一咬牙，不能丢了气势，索性反客为主，不兜圈子，将笔记本翻开，递给马弁道："喏……这是中外人质的名单，我按约定带来了。"

何锋钰接过名单，扫了几眼，转交给辛铸九，辛县长虽不意外，但脸色还是更加凝重起来。

辛铸九指着名单问："这画红色叉叉的，就是死去的人吗？那么，到现在为止，就死掉了一个洋人，一个中国人？属实否？"

"这是自然，你那个洋神父亲自验过的。"孙美瑶答道。

何锋钰一挥手，马弁又将写着五条要求的孙美珠血衣呈上。他看也不看，也递给辛铸九。

辛铸九苦笑道："孙司令……你这五条儿？我看……是不是务实一点儿？否则，就光前两条儿，就没法谈了啊？"

何锋钰指着马士奇，笑道："孙总司令，你看到了，马士奇就在那，我已经把他一撸到底，等候发落。"

孙美瑶冷笑道："何旅长若能把他交给我，我这五条就算作废，咱们重新谈。"

何锋钰笑道："小兄弟你把我何某人当什么人啦？咱们当兵的，命算个屁啊，可死也得死对地方。你知道，我让他烧什么呢？烧的是我何某人的功名，因为还有比功名更重要的——荣誉。这些我都不要了……但要保住第六旅的骨气，才能让后面的人，有机会再站起来。"说着，他将血衣，递给马弁，马弁小跑着传给了马士奇，马士奇毫不犹豫地扔进了火堆。

看着想要发作的孙美瑶，何锋钰笑道："孙总司令，我看这些条件，你是压根儿没想和我谈。我呢，也懒得理你。这样吧……我看在你没伤害人质的份儿上，也看在辛县长的面子上，更是为了临枣一方百姓……包括你老孙家在临枣枝枝蔓蔓的人口，我就让你一步。咱们约法三章：如果你不伤害人质，不乘机劫掠州县，不再扩大事端，那么你下午说的——那些要求，我可以满足你。第一，我派田大队长护送你们回抱犊崮，沿途给你们开路，我的兵和你们保持 500 米距离为缓冲区；第二，峨口兵营可以让给你们，我部退出十里之外；第三，你要的食物、药品、帐篷我会在峨口留下一些。怎么样？这样你还满意吗？"

孙美瑶点头："好，何旅长够爽快。"

辛县长道："这条件，请孙司令务必保证人质安全。"

孙美瑶笑道："我再说一遍：人质安全与否，不在我，在贵方。他们现在于我可金贵得很……"他指着燃烧的篝火无赖笑道："明天，我还得接着提我的条件。"

何锋钰冷笑道："是，那也不是我操心的事情了。孙司令请回娘娘庙吧……天色不早了，我们卯时三刻出发，就沿临枣线走过去。如何？"

孙美瑶说声好，要回笔记本，将名单扯下交给辛铸九。忽然又邪魅笑道："何旅长，我还有个小要求……你这些指挥装备……"他指着电台和地图说："是不是也可以先放在峨口？"

何锋钰脸色一沉，冷笑道："孙总司令，你以为这是赶大集？吃个饼还饶一棵葱？再说了，你认得那是什么？那叫无线电台！真的给你，你也不会用。"

孙美瑶被噎得一愣，强笑一声，转身快步走出临时营地。

望着孙美瑶被篝火照亮远去的背影，罂粟花田的花粉，让何锋钰再难忍受，捂着胸口缩在椅子上喘息起来。贺团长、田大队长和辛县长连忙过去帮忙，何锋钰却摆手道："你们说得不错，被劫持的人质里面，真是一个日本人也没有。"

闻言众人面面相觑，心照不宣。何锋钰伸手找贺团长也要过一张公文纸，上面也满是人名，何锋钰递给辛县长道："辛老弟，你帮我看看……这是当年张敬尧在鲁南督办军务时，第七混成旅所有连以上军官和日本教官、参谋的名单，你看有熟悉的没？"

辛县长立刻扶扶眼镜，仔细看起来，不一会儿，他掏出钢笔，在人名上画圈儿，嘴里念道："郭琪才……这就是抱犊崮现在的二当家啊；周天松，这也是抱犊崮的人，常在枣庄活动；王继湘、刘清源、丁开发……也都在；陶相礼，这名字……好像是'瘸子老六'，这是个去过日本的。参谋冈田方正、随军记者里见甫……这些人，现在还都是中兴公司常客……"

何锋钰越听，心越沉，他死死望着篝火中化成灰烬的回避牌，口中喃喃念道："火游びの我一人ぬしは枯野かな。（日本俳句：火畔流连者，荒野我一人。）"

攀上山顶，孙美瑶有些疲倦了，他后悔刚才在大帐里，应该向何锋钰要一瓶嘀嘀水，而不是电报机。他想起6年前，也是夏天，他送哥哥孙美珠从济南辍学回家。分手前，他哥哥难得掏腰包，买了一瓶刚刚上市的摩登玩意儿——冰镇嘀嘀水。他们两兄弟，挤在一群红男绿女中，你一口、我一口，分享一瓶透心凉的汽水儿……自打那次后，孙美珠就跟着张敬尧，从劳军，到征粮，到联防互保，再到商团武装，最后直到自己占山为王……直到横死在西集。

孙美瑶正胡乱寻思着，前面已经回到了娘娘庙，一排人手持火把站得笔直，他定睛一看，不但是自己手下，还有五个肉票儿。他横了领头的孙美松一眼，命令道："这不都谈完了吗？我都回来了……押回去吧！"

"是他们……"孙美松正待解释，只见五名人质一起向前一步，以绝不退让的气场，用各自语言说道："孙司令，我们各自代表我们国家的人质，需要和你谈一谈！"

孙美瑶耳朵都过载了，一眼看到五人中赫然有潘云鹤，他连忙指着潘云鹤道："你！你说，你替他们说。"

潘云鹤一一介绍了，美国人质代表鲍威尔总编、法国人质代表柏茹比上校、英国人质代表艾伦医生、意大利人质代表穆索律师，以及自己——中国人质代表潘云鹤。大家受所有二百余名人质委托前来谈判——否则，明早将全员"罢走"。

孙美瑶哑然失笑，点头道："谈嘛！来！"说罢，将笔记本还给潘云鹤道："你做记录！秘书，对，以后你就是大家的潘秘书！"

一众人仍在幽暗的大殿的马扎上团团围坐，孙美瑶坐下半天，瞪着孙美松喝令道："水！上茶啊……这是待客之道吗？没规矩！"然后又一一确认了各个人质的名称，喝了一大口淡出鸟来的山泉水，才悻悻地撂下陶碗，似笑非笑地盯着潘云鹤道："请吧，说说，潘秘书，你们是怎么商量的？"

潘云鹤清清嗓子，和众人交换一下眼色，便提高声音道："其实早说过的——请贵军遵守《日内瓦公约》为原则，保证人质生命安全，救治伤员、病号。保证人质基本人权和尊严，保证充足给养，不虐待人质，不猥亵妇女。说话算话，收到赎金，立刻放人。嗯……"潘云鹤看一眼孙美瑶，特地补充道："而且放人之前也不得无故殴打。"

孙美瑶一把抓过笔记本，嘴里念叨着，并用钢笔写下："遵守国际公约，保证人质安全，救治伤病，不虐待人质，不猥亵妇女……还有呢？"

潘云鹤翻译一遍，众人七嘴八舌补充，鲍威尔首先道："鞋，还我们的鞋子。"

孙美瑶冲孙美松吆喝："明早上把鞋都还给他们！出发前，

都堆在庙门口，出门谁的鞋谁穿上走。还有呢？"

"水不干净……里面都是小虫子。"医生艾伦提议。

"我们喝什么你们喝什么。"孙美瑶摇头道。

"不得恫吓打骂！"穆索提议。

"嗯……"孙美瑶应付着，并未动笔。

"不得捆绑、蒙眼行军！"穆索又说。

"嗯……"孙美瑶仍是沉吟。

"我认为，中国人质应当和洋人享有同等待遇。"潘云鹤也忍不住提出他的不满。

孙美瑶忽然用赶苍蝇般的手势打断大家越来越琐碎的发言，他问道："你们口口声声要我遵守《日内瓦公约》，好，请问，究竟什么是《日内瓦公约》？"

众人等潘云鹤翻译后，面面相觑，似乎一言难尽，但又似是而非，竟然一时都不说话了。

孙美瑶眼珠一转，打个夸张的哈欠道："列位，今天也晚了，我们简单一点：我先告诉你们一个好消息——我今天和第六旅谈得非常顺利，基本原则是，我和第六旅一起努力保证诸位生命安全。明天，第六旅护送我们一起回抱犊崮。因此，我也很愿意跟各位达成一个基本共识——就是遵守国际公约。但是，如果你们都说不清公约具体内容，那岂不是笑话？我看不如这样，既然是洋人的公约，就请几位回去尽量将公约内容结合我们目前处境，落实成条款。我看也别日内瓦了，咱们就弄个'娘娘庙公约'，各位意下如何？"

众人闻言大喜，纷纷表示可以接受。

忽听门外一阵战马嘶鸣，紧接着一阵急匆匆的脚步，"瘸子六"带着三名随从，手里举着一根钢叉，钢叉上是一颗血淋淋的人心。他满面征尘，一脸狞笑，拐进大殿，报告道："总司令大喜，大仇报了，西集屠了，这就是党金元那老混蛋的黑心！"

"点火！"孙美瑶一声喝令，四个蹲在暗处的土匪崽子一起起身点亮火把，大殿登时亮如白昼，众人赫然发现，娘娘庙的神主牌位早已被人换成了孙美珠的牌位。孙美瑶精神抖擞，接过钢叉插的人心恭敬地放于牌位前，恸哭着拜了三拜。然后起身转头，他早已泪流满面，却笑着对早已面无血色的俘虏们夸耀道："我军大捷，害死我哥的卑鄙小人之一已被诛杀，我今晚要祭奠我哥的在天之灵，各位请先回去，我们早上卯时出发前再谈。"

潘云鹤和另外四位代表全都心胆俱裂，哪还有心思再谈什么条款。忙不迭地起身告辞，不想再在这恶魔仪式般的大殿中再待上一秒钟。

一面大铜盆里，纸钱儿仍在烧着，灰烬打着旋儿，在早已熏黑的大殿梁间浮动。煤油马灯和蜡烛、香火照得孙美瑶、郭琪才、"瘸子六"三个土匪头领脸上忽亮忽暗。

"西集不宜久留，大姑得手后，带着抱犊崮的兄弟们已经向北撤退，今晚会在白庄龙山寨驻扎，明早，还是我快马回去向她禀报情况，然后就和大姑一起到峨口，和你们会合。""瘸子六"在一张草草勾画的羊皮地图上简单指点着大约位置。

"刘黑七的人呢？"孙美瑶有些忌惮地问。

"一部分押着浮财和肉票儿连夜回蒙山去了。刘司令自己带着骑兵向滕县去了，说是提防党金元老巢的援兵反扑，因此去半道上堵他一下子，以备万一。""瘸子六"见孙美瑶仍是皱眉，便补充道："放心，他说了，不会打滕县。"

郭琪才哼一声道："他没那个胃口……不过咱们这次和滕县也翻了脸了，这次，万一招安不成，我们可得早做打算。"

孙美瑶眼皮不住发沉，他从火盆里抽出一根柴火，一咬牙，将红炭捻在大腿上——大腿上一股青烟冒起，他"哎哟"一声，人立刻精神起来，他起身死死盯着党金元的心脏，脑筋一动，对两人说："二哥、六爷，我想好了，二位今儿晚上再辛苦一下，连夜告知龙山寨、熊耳山、狮子山等十八寨的各位头领，跟他们说，咱们抱犊崮已经得手……第六旅的何锋钰已经服软了，已经让出峨口，后面就是要收编，要补给，要大洋钱！你们就说：以后抱犊崮就是官军了，咱们'山东建国自治军'的兄弟同气连枝，一起吃了多少苦？现在发财的机会来了，我孙美瑶绝不忘本，请各位头领尽快率军前来与我会合，一起去峨口。要编制，要粮食，要枪,要大洋！明天很可能田中玉就要从省城下来,有一个算一个,全都过来撑场面,见者有份……咱们至少弄个混成旅！明儿晚上峨口开席！田中玉请客,何锋钰掏钱,不来的……岂不是傻子？"

"是！"郭琪才和"瘸子六"一起起身答应着,郭琪才担心道:"可是,司令,要是何锋钰变卦咋办？峨口难守,小心被一锅端。"

"瘸子六"狞笑道:"我觉得这是高招儿,聚是一团火,散是满天星……都说咱们自治军五军十八寨良莠不齐,就没凑齐过。但真要是凑齐了,那也是彻地连天的阵势！何况,咱们手里有洋人……就赌一下吧！"

"对,如果不打,谈判就是招安开条件,那自然人越多越有利。不然就咱们千把个人,田中玉仨瓜俩枣儿就把咱们打发了可不行！"

"得嘞！我们这就把'山东建国自治军'的旗号打起来去！"郭琪才、"瘸子六"抚掌大笑。

二人正待出发,却听北院儿一阵大乱,先是女人嘶叫,接着是无数谩骂声,又是一阵枪响,转眼四处戒备哨声响起。三人脸色突变,同时拽出短枪,郭琪才当先,"瘸子六"断后,一起冲了出去。

外面局势却已经平定,分院儿关押的人质都被叫醒提了出来,全都噤若寒蝉地被土匪们点数儿……孙美松一脸坏笑地小跑儿过来,轻描淡写地说:"五哥、二爷、六爷,没事儿,有两个弟兄看有个小娘们不错，想压个花窖儿，结果炸了，一个没按住，那女子跳了后山，她男人要拼命，想夺枪，被我们打死了。"

"洋人？"孙美瑶赶忙问。

"中国人……北院的事儿。"孙美松随手一指，只见四个崽子已经将那对儿夫妇的尸体搁在院子当中，随便盖了块儿草席。

孙美瑶心中稍定，发火道："我不是吩咐过吗？"

郭琪才脸上挂不住了，用手里的盒子炮指点着问："哪个王八蛋干的？军令不管用了是吧？给我站出来！"

一阵沉默，郭琪才正待发飙，只见跟着"瘸子六"来报信儿的三个骑手，讪讪地走了出来。

孙美松赶忙劝解道："二爷，他们跟着六爷从西集过来的，不知道咱们这边儿的命令。怪我，没拦住。"

郭琪才不听，抬枪就让三个人走近一些。

"瘸子六"怒气冲冲走过来，道："美松你拦过他们不听是吧？"得到确认后对着三个人没头没脸地一顿暴打。

郭琪才转头向孙美瑶，孙美瑶给他使个眼色，大声骂道："六爷，给我狠狠抽他们！没出息的王八羔子……"

"瘸子六"闻言又踢了几脚，命他们给孙美瑶和郭琪才跪下认错，嘴上却帮他们解释道："司令，这三个货今天在西集杀红了眼了，好容易打下来了，那边儿放禁不封刀，结果跟着我过来送信儿了，这不……火儿没退去……"

125

孙美瑶环视一圈儿，决定说："二哥，六爷，算啦……眼下正事儿要紧，先记下，日后再说。"

"瘸子六"赶忙答应，赶着三个手下牵马出发。郭琪才命部下将肉票儿统计无误后，依然押回远处就地休息。又嘱咐了几句，也带着两个亲随，骑马走了。

孙美瑶叫来孙美松低声道："把尸体找地方埋了……就说人跑了，对外全都给我这么说！"

孙美松答应一声，招呼人去拖尸体。

孙美瑶一转身，却看见肉票儿人群前，潘云鹤正用不屑的眼光盯着自己，他一低头，像是被先生逮住的顽皮学生一样，想讪讪地躲回大殿。不知道是谁带头儿发出一声嘘声，接着肉票儿们发出连续不断的嘲讽。孙美瑶狂怒地抽出枪，凶狠地转过头寻找发声的来源。孙美松已经带着土匪抡起马鞭和皮带，在肉票儿人群中胡乱抽打。

人质们吃疼，全部低了头，不再吭声，但孙美瑶却并未感到一丝畅快。他悻悻地回到大殿，身体透支后的疲惫侵袭而来，他一屁股坐在哥哥的神主前，颓然瘫软在地。

卯时三刻，一名高举白旗的骑兵向土匪发出信号后，自顾自地冲进前方的晨雾中。

肉票儿们大都休息得不好，因此，全都无精打采地被双双捆好，蒙上眼，准备上路。大约是因为昨晚的变故，就连最爱生事儿的老穆索，也没有再提和孙美瑶谈判的事情。但好在土匪归还了他们的鞋，并给老弱和妇女配备了不备鞍鞯的驴骡。

英国的艾伦医生并没有找到属于自己的高级皮鞋，他原本怀疑是被劫匪贪污了，一会儿却赫然发现穿在一名粗壮的华人肉票儿脚下。他一边气哼哼地套上一双肮脏的中式布鞋，一边无比怨恨地对和他绑在一起的法国上校吐槽道："真是不开化……我记得我在丹布勒石窟寺，那些人更穷，却也没人会偷你的鞋……"

被蒙上眼的柏茹比上校叹口气，他摸着前面鲍威尔的肩膀起身，准备列队出发，他叹气道："嗯……瞎子的行军，让我想起1916年的凡尔登，被毒气熏瞎了眼睛的倒霉蛋儿，就得这样，一个扶着一个前面的肩膀，一大串地走去医院。"

"您去过凡尔登啊，上校？"和鲍威尔捆在一起的平克少尉转头用蒙住的眼表示尊敬。

"只要是法国军人，就都去过凡尔登……该死的战役，双方死掉了一百万人，战线却丝毫没有变化。"柏茹比自嘲道。

"至少，你们保住了凡尔登。那很重要……否则没准德国会赢。你们的巨炮发挥了作用。"

柏茹比闻言有些得意，挺直了他战胜国的腰杆儿骄傲地说道："哦，那是 M1914 迫击炮——堑壕粉碎机，一发就能把这座破烂的建筑炸平……中国军队真是饭桶！干瞪眼，看我们受罪，什么也干不了！"

"如果昨天孙美瑶说的是真的——那些军人将护送我们回匪徒的老巢，没准，还会帮我们和土匪准备午饭。嗯，据说 1900 年所发生的情况差不多。哎……那该死的克里斯蒂安，也不知道他跑到哪儿去了？"鲍威尔玩世不恭地说。

"他和蜜姬·哈恩没准已经回到上海的公寓里喝香槟了。"小罗斯福扶着他老婆，很是不爽地说。显然，他们夫妇也丢失了他们的高级猎靴，现在只有一人一双破破烂烂也不合脚的圆口布鞋。

忽然，窃窃私语的人们一下安静下来。孙美瑶从大殿内走出来，举着一杆大旗，他走到人群面前，"呼啦"一下展开这面杏黄大旗，上面赫然写着"山东建国自治军"。

他首先命人将肉票儿的眼罩全部去除，一面将旗帜交给孙美松在背后高高擎起，一面挥手命人将潘云鹤押到身边，对他说："潘兄，劳烦你帮我翻译一下，我说一句，你翻译一句。"

然后，孙美瑶清清嗓子，指着旗帜朗声道："各位朋友，昨天发生了很多不愉快的事情。今天，我一直等着和你们五国代表谈判，你们也没来。我们是什么队伍呢？是'山东建国自治军'，经过昨天与军方和县长的谈判，基本确定我军即将接受改编的大方针。因此，我看到这次不愉快的事件，即将得到一个圆满的结局。当然，这期间还要经过一个艰苦谈判的过程。而在谈判结束前，恕在下不能给诸位自由。既然我军即将接受改编，因此，我军除了保障诸位生命安全和食物、药品之外，还将向各位保证——我们是一支以'保境安民'为宗旨军队，而不是土匪。因此，我宣布，我军将士，将严守三条约法，九项军规。"

说着，他展开了一卷密密麻麻写满小字儿的纸条，看来是忙了一晚的苦心之作。他朝潘云鹤笑笑，道声献丑，然后朗声念道："约法三条：私自杀人者抵命！擅自劫掠者、无故施虐者皆受罚！"

他等潘云鹤翻译完毕，接着说："九项军规：第一，保境安民；第二，护农护商，买卖公平；第三，平等对人；第四，不杀俘虏；第五，不犯奸淫；第六，不卖兄弟；第七，服从长官；第八，不私藏战利品；第九，路见不平拔刀相助。我孙美瑶以下，'自治军'的弟兄们和我一起起誓：有不保境安民，为祸乡里者，共伐之！有不护农护商，不公平买卖，欺行霸市者，共逐之！有不平等待人，欺凌弱小者，共讨之！有奸人妻女、污人姐妹者，共杀之！有不遵道义，出卖兄弟者，共磔之！有狂妄不尊号令者，共斩之！有利欲熏心，私藏战利品者，共弃之！是我兄弟，皆当见义勇为，替天行道，有畏缩不前者，非我兄弟，天地共殛。"他念一句，一千余土匪跟着喊一句，震天动地，军威大振。

潘云鹤满面尴尬地帮他翻译完，看着满脸疑惑的洋人们有些好笑，自作主张地加了一句说："他说保证咱们安全，不会有虐待了。"

"那他还要赎金吗？"鲍威尔抓住重点问。

潘云鹤照实翻译给孙美瑶,孙美瑶并不尴尬,坦然道:"我们不是土匪,自然不要赎金,但是,要赔偿,要军费,要补给……这当然是要从我们政府要的。"

"所以不存在先付赎金放人的条件了?"小罗斯福有些不满地小声嘟囔着,他已经受够了这次冒险。

柏茹比举起被捆的手臂,喊道:"不蒙眼,不捆绑!"

孙美瑶想也没想就答应了,在一众肉票儿的小欢呼声中,他示意大家安静,然后严厉宣布道:"但是,每六人一组,队伍不能乱,也不要试图逃走。否则,逃一人,罚一组,逃一组,连坐两组。私自计划逃跑和私藏武器者同罪!"

说罢,他让孙美松从大殿中取出党金元的心脏,让他举着走出百步开外,抬手一枪,就将心脏打得稀碎,引来土匪们的一阵欢呼。他哈哈一笑,道:"希望我们能平安、愉快地度过剩下的谈判的日子。"然后,他又"啪""啪"朝天两枪,在匪徒的呼哨声中下令:"出发!"

人喊马嘶,队伍出发了,却听一声惨叫——肥胖而体衰的穆索,竟然被骡子摔了下来,随着老意大利鸦片贩子的咒骂,整群骡子和一众毛驴一起啾啾欢唱,让所有人心情为之一松——都不厚道地吃吃笑了起来。

第二节：三十九人

民国十二年，公元 1923 年，5 月 7 日。

20 世纪 20 年代初的太平洋并不平静。凡尔赛——华盛顿体系是个毫无保障的脆弱妥协——例如山东问题。日本是这个脆弱妥协中极不甘心的一员，经过中日甲午之战、日俄之战、日德胶州之战三次战争，一跃成为霸权国家的日本，猛然发现世界舞台的中央从伦敦转移到了华盛顿，而日本一直依仗的英日同盟，变得不香了——过去借助英国霸主之力，击败中国、制衡俄国、驱逐德国，进而独霸东亚的路径走不下去了。而新霸主美国"威尔逊主义"倡导的国联新秩序，根本上限制了日本的梦想——大陆政策。因而不但《九国公约》成为日本的束缚，美国也必将成为日本的敌人——直到二战结束才将日本彻底击败。而 1920 年，当时这个脆弱的世界体系在东方的崩坏点，就在中国，而中国的焦点，正是山东。

1923 年，每天中午十一点半，北京从前门的火车站、天坛的电报总局、各大洋行西式楼顶的大钟一齐校准时间，每天这时候，是中国——至少是北京，大家时空最一致的时候。

新华门外，两面沉重的五色旗蔫头耷脑地垂在北洋政府门前。花厅内，新镶嵌的玻璃相框中"法统重光，海内一体"八个大字显得与室内旧派风格格格不入。室内鸦雀无声，只有数名机要秘书不断进出，将各地电报译文、中外报纸小心翼翼地清放在张绍曾总理面前的桌面上。而逐一落在张总理面前的新闻、电报内容却都如惊雷，不断轰击着他的神经，他沉默良久，板正起军人般的坐姿，对侍立面前的交通总长吴毓麟、外交次长沈瑞麟苦笑道："美国人动作很快啊……他们军舰今早出发，沿长江上溯，已经在汉口示威了……言下之意，随时可以切断咱们的长江航道。"

"嗯，被掳去的三十九名西洋人质，以美国人数最多，而其中又有使馆武官、新闻记者……还有……来华旅游的小罗斯福夫妇，这是无论如何不能出意外的局面。"吴总长挤出一丝憨憨的微笑道："好在目前只死了一个洋人，第六旅的处置也算老成，目前事态尚未恶化。"

"老成？秋舫……你不用替他何锋钰说好话！活该我张绍曾像小丑一样备物、运交华盖……本想坐在这个位子上，实现和平统一南北的大事，哪知道，迎面就是京汉大罢工，刚按下去喘口气，想和孙文坐下来谈谈，山东又出了这事情！真是'痛可忍，痒不可耐啊'！秋舫、砚裔，为何这人质名单，我还没看到，西洋人的最后通牒就已经到了？"

沈瑞麟[①]苦笑道："呃，是这样，据说是跑掉了两名洋人，他们找到当地神父，立刻在中兴公司电报各国各地，因此，事情立刻就传播开了。美国人自然最为愤怒，现在请葡国公使符礼德担任多国公使团首席代表，向我方提出以下抗议照会⋯⋯"说着，他取出公文诵读道："1. 限期将被掳外人安全救出；2. 死亡之西人应从优抚恤；3. 惩戒肇事地方文武官吏；4. 切实保障西人生命财产安全。"

"哦，原来如此⋯⋯砚斋啊⋯⋯公使团所提四点照会，你如何看呢？"张绍曾点头，拿起一张国外报纸，上面赫然是伦弗、克里斯蒂安、蜜姬和辛县长的合影，他皱眉问道。

"嗯，总理，卑职以为⋯⋯这四点，我方应略修改次序才能见报，所谓田忌赛马，舆论亦是如此⋯⋯卑职以为，应把第四条，变为第一条；第二条如旧，正所谓，死者为大也；而原本第一条，应为最后一条，放在最后，一样是强调，但其实——舆论导向结果会大不一样。"

张绍曾像是看怪物一样打量了一眼这个外交次长，转向吴毓麟。

吴毓麟见总理看自己，立刻回答道："外交的事情，卑职不懂。但交通部职责所在，卑职已经定了专车，下午便出发，会同田督军、

---

① 沈瑞麟：清末以举人出仕，晚清、北洋时期的外交家。1921 年曾代表中国出席华盛顿会议。时任外交次长。直系衰败后，追随奉系，死前出任伪满国伪职。

熊省长，预计明天就能抵达枣庄，卑职已经知会当地军、政和中兴公司三方，明天就和那个孙美瑶在枣庄面谈。因此，谈判要点，还请总理面授机宜……"

张绍曾长吁一口气，朝吴总长点点头，又转头对着沈瑞麟赞叹道："《草船借箭》里说——两军交战，箭矢为先。而列强外交，舆论为先，砚斋老弟精于舆情管理，甚好……想前年凡尔赛和会上，顾少川一句'中国不能丧失山东，正如西人不能丧失耶路撒冷'证成名言！国际国为舆论为之一振，让东瀛群丑，至今不敢小看我华夏无人。关注舆论导向，一样是本次外交事务的关节。砚斋提的意见不错，我看国内消息，就按你说的办。不过，明天，我看是一定要见一下这个葡国的符礼德才行。吴总长，我看你也延迟两天，见过西洋人再走。否则……这个限期救人，期限到底几天；从优抚恤，如何算是从优……，这些东西你不知晓，去了也是扯皮、拆烂污。我看既然他何锋钰和临枣县处理得还老成，索性……十号，你和蕴山（田中玉）再去谈，不要草率！在此期间，也不能一味隐忍……地方上要做出些成绩来，不然就让几个土寇牵着鼻子走？别忘了，咱们北洋就是在山东剿匪剿出来的功名！"

"是……"吴毓麟奉承道。

张绍曾扔下登有照片的报纸，拿起一张单行的《新黎里报》问道："南方舆论怎么说？"

"还不是那样……一面骂我们无能，另一面骂帝国主义活该……总之，他们要嘴上赢两次。"沈瑞麟苦笑道，"至于广州方面，还并未发声。"

张绍曾松了口气，笑道："可得小心……二位可知道，三十九这个数字太不吉利！"

沈瑞麟一愣，转头看向吴毓麟，吴毓麟憨憨地摇头。张绍曾笑道："难得砚斋你还是通外交的？1860年！英国巴夏礼使团，在通州和我大清议和，因为不肯下跪，被僧王全员扣押，关在圆明园，最后竟然虐死了一多半儿……气得英法联军一把大火烧了圆明园。这个使团，不多不少——就是三十九人；而大清之所以在八里桥打不过英法联军，也正是因为南方有贼人作乱分了心。所以啊，二位，咱们这三十九个洋人，好歹给我保住了。咱们底子薄！可再没有圆明园给鬼子们出气了。咱们做外交的，最忌讳学贾似道，不但理亏，还力亏，却仍是耍花样心机，岂不遗臭万年？"

沈瑞麟连忙称是，张绍曾却不理他，转头问吴毓麟："孙美瑶那边儿，可有条件？"

"现在要的都是些不紧要的，粮食、药品……卑职急着去，就这此獠不肯谈判，何旅长他都不肯谈。可见……此獠想必是要招安，但条件一定骇人听闻。"吴毓麟答曰。

张绍曾抽了口凉气，道："连何元章他都肯不谈？嗯……那必是不好相与了。"

沈瑞麟忽然插话道："总理，卑职……"看对上了眼色，他才道：

"卑职今早过来之前，还给松寿仙翁①打了个电话……"

张绍曾眼睛一亮挺身道："讲……"

"松寿仙翁，说他老了，不大明白了。他说……当年淮泗不姓张，不能中兴大清，可如今淮泗若姓了张——则天下大乱。"

张绍曾"哈"了一声，眼前一亮。他忙挥手请二人出去，忽然又追问了一句："你们说……人质……嗯，日本乘客都是在徐州下的车？人质中没有倭人？"

"是……"吴毓麟回答。

沈瑞麟回身抽出一张报纸，指着上面新闻说："日本记者反应最快，是第一批发的稿子，这个《日日新闻》的记者里见甫就是在徐州发稿——而日本报纸言论最为激进，其号外声称：此次临枣事变，绑架人质数量和国籍之多、规模之大、策划之周密、影响之广泛实乃骇人听闻……因此，可见山东已成为无政府状态，遍地匪盗，糜烂不堪……中国既然已无力管理山东，出于人道主义，山东、淮泗和津浦铁路北线都应立即接受多国共管，实现多国分段治理。当然，这只是日本舆论，日本小幡公使措辞含蓄很多，但诉求基本一致。"

张绍曾怒极反笑，挥手请二人出去，自己对着电话机沉思良久，然后端起电话机，沉声道："报务员吗？请接湖南赵恒惕赵

---

① "辫帅"张勋，其人号松寿，曾经担任江苏督军，镇守徐州、兖州多年。

督军……没关系……一定接通，我可以等……"

良久……

"喂？夷午老弟，别来无恙啊！"张绍曾兴奋地把眼珠一转道："是啊是啊，客气客气……不不不……没要紧事儿……我是问一下，你的前任近况……对，那个被你们湖南人赶跑了的张敬尧……最近他……我知道我知道……他在岳州出了名了嘛，给你留下这个烂摊子……最近，湖南商会还在闹'抵制日货、经济绝交'吗？……哦，很好……也要顺从民意，不能学张敬尧，对日本人一味妥协、迁就，要知道，我们若被老百姓骂得狠了，要和他一样遗臭万年滴……对，可以和商会、学生们表明政府这个坚决的爱国态度。"

戴胜飞掠过大桑树，午后的温度陡然上升……

临枣铁路沿线两侧的罂粟田边，土匪押着肉票儿队伍缓缓前进。

孙美瑶目送戴胜飞过，举起手，命两名"斥候"逆向左右分头去探寻究竟。然后挥手让大部队停下休息。

"等着吧……咱们今天所遭受一切，都将更残酷地报复给他们！"法国上校柏茹比一屁股坐下，对着似乎走不到头儿的铁路诅咒道。

"愿我们宽恕他们的恶，正如上帝宽恕我们的恶……"鲍威尔朗声念道，擦着汗水解开衬衫透气，然后他低声说："让他们的宽恕快点儿来吧，我真愿意帮他们一把，让他们去见上帝啊！"

众洋人愁苦中哈哈大笑……

"听——！"担架上的胖老人穆索忽然垂死中惊悸而起，他失声道："听！是《救主》……哦……我的上帝！"

闻言，所有洋人肉票儿肃然起敬，梗着脖子、立起耳朵倾听——

两骑"斥候"飞快回来报信，匪徒举枪戒备——只听铁路那边儿传来——"他被挂在木头上，亲身当了我们的罪；使我们既在罪里死去，又在希望里面复活……他身上的疼痛啊，是你们得到了拯救……"

随着歌声，一个惊世骇俗的画面缓缓出现在俘虏们面前——数十名身穿白衣的孩童，一边儿唱着圣歌，簇拥着一辆缓慢行驶的火车迎面而来。火车头上，站着的是高举红十字会旗帜的伦弗神父，他身后两名身披黑袍的牧师护法，正是克里斯蒂安和蜜姬·哈恩。火车头后面光板儿车上拉着的，全是丰厚的给养——中国的麦饼和酸菜自不必说，还有麻袋上标签儿上写着，加利福尼亚的葡萄干、西班牙的火腿、意大利的干酪、古巴的雪茄、法国的葡萄酒、英国的精装《圣经》……

在越唱越欢的圣歌声中，孙美瑶催马赶到阵前，却手足无措地看到那梦幻般的火车上，物资像天方夜谭一样从车厢里面倾吐而出，一个身穿长衫，一脸萧瑟的青衣中年人横在铁道前，朝他唱个大喏，笑道："孙将军请了，在下上海杜月笙——红十字会理事，三鑫公司总经理。请恕在下来得仓促，只备了些许薄礼劳军，还请将军笑纳啊！"

话音未落，杜月笙身后，车厢内外，闪出数名青壮，一个个好似怒目金刚、立地太岁、笑脸阎罗……都朝孙美瑶施了一礼，全都忙活着卸礼物去了。

杜月笙吆喝一声："把帐篷都支起来！让大家休息！今天不走了！"随即快步上前，走到孙美瑶面前。

孙美瑶正待制止他近身，却听身后，潘云鹤长叹一声："哎……杜大哥……你怎么来了？"

杜月笙走近去上下看了看潘云鹤，点头笑道："行……没太受罪。钱这回都花完了吧？"

潘云鹤苦笑道："嗯，我也没想到花得这么快。"

"嗯，这也算顺了老太太的心意了，跟我回家吧。"

被晾在一边儿的孙美瑶闻言心头无名火起，但明知道对方来头儿不小，更何况，以后做鸦片生意，很难绕开三鑫公司的渠道。但如果人就被这样带走了，手里少了张大牌不说，面子折了，以后队伍都难带。于是孙美瑶牛心一起，呼哨一声，让各队长压住队伍，分开他们和火车之间的联系，以防不测。孙美松立即带着手枪队围拢上来。

杜月笙微笑抱拳："孙将军，你知道在下是谁吧？"

见孙美瑶紧张地点点头，杜月笙摊手，表示没武器，然后指着车上的物资笑道："我除了是三鑫公司小八股党的'大耳杜'，也是中华红十字会的杜镛，这些物资……不但是我会仰慕贵军，奉承的一些慈善物资——也是想让这些洋鬼子——洋客人们吃得习惯些。这些捐助，大多也是霞桥潘家的赞助，想保我这小老弟的平安。"

孙美瑶冷笑道："杜先生在上海滩大名鼎鼎，我抱犊崮虽然偏远闭塞，也是听说过的。杜先生想得周到，我孙美瑶先谢过，潘老弟在我这儿安全得很，你也不用担心。我军不是绑票，是要和政府谈判，无奈出此下策，惊扰了潘老弟……不过我和他已经说开了，他不是人质，是我们抱犊崮的贵客，不会存在安全问题。"

杜月笙摇头道："按说，咱们大路朝天各走半边，孙将军是要和政府掰掰手腕，跟我们本没关系——可是，你抱犊崮昨天在西集还杀了党老爷子。莫非你不知道，你们烧的西集工厂，也有我三鑫公司的股份？孙将军，没准你明天摇身一变，假猢狲也成了孙悟空，可我青帮上下数十万弟兄不认这个……号令一出，哪怕你是陆地神仙，我们也是不死不休。打仗我们不行，但杀人，我们可在行得很。"

孙美瑶怒发冲冠，一挥手，手下匪徒全都举起长短枪支，拉栓上膛响成一片……

杜月笙却丝毫不为所动，笑道："你吓吓官府人可以，吓我没用的，我明白和你讲道理，你抱犊崮惹不起我，至少现在惹不起我。我给你指条明路——礼，你得收下，面子，你就得给我。人我一定要带走，这也是为你好——我今天把他带走，西集党老爷子的事儿我帮你压下去，漕帮再不过问。此后，我还可以继续跟你们抱犊崮做鸦片生意。工厂烧了可以再建，但我这小兄弟要出了事儿，我得铲平了你的抱犊崮。你好好想想吧……"

孙美瑶有些动摇，但他一横心，往身后一指道："我一共抓了二百多肉票儿，洋鬼子就三十九个……别说什么霞桥潘家，就是美利坚的外交官、法国的上校、英国医生，我这儿都还有好几位呢……"

杜月笙一皱眉，又展颜笑道："呀，看来我找错人了？还是应该直接上抱犊崮找你大姑孙桂枝谈？"

"我大姑要说放，我立刻就放……但明天，我就要和田中玉谈判，届时会有洋鬼子在场，我和潘兄说好了，他自愿担任我的翻译，因此，现在他不能走。"

杜月笙三角眼一转，有些生气了，正待发作。却听火车方向乱了，砰砰两枪打在火车上，一半儿匪徒转向，将火车围住。孙美松跑过来报告道："两个洋人跑了，逃到火车上了。"

"给我弄下来啊！"孙美瑶喝道。

孙美松忌惮地看一眼杜月笙，果然，杜月笙的手下各自手持双枪，守在车上。

杜月笙冷笑道："我劝老弟压着点火吧，你伤我们任何一个人，抱犊崮就算完了。"

孙美瑶恶狠狠道："这洋人你也要救？"

杜月笙笑道："洋人我不管，你放我弟弟，我就把他们给你轰出来。"

孙美瑶大笑一声，道："好！强盗碰上贼爷爷了，绑票还有饯行的！"他呼哨着群匪将剩余肉票儿靠后看押，其余精锐将火车团团围住，特别将一众白衣孩子们赶到一起。自己也抽枪在手，走到火车前盘腿儿一坐，耍浑道："谁都别想走！耗吧……大不了鱼死网破！"

杜月笙索性走到潘云鹤面前，把他挡在身后，点头道："行，那就耗着看看，看看谁着急。"

见双方围着车厢剑拔弩张，随时都可能冲突起来，潘云鹤看一眼刚刚还兴高采烈的、像是郊游的孩子们一片惊呼哭喊，皱皱眉。他凑过去小声问杜月笙："会打起来吗？"

"这些土匪要是蠢就难说了……他们蠢不蠢？"杜月笙似乎对自己车内的手下非常有信心，哂笑道："让他们吃点儿苦头也好，不流点儿血事情不好谈。你别怕，有我们呢。"

谁知潘云鹤嗤地一笑，摇摇头，高举双手，向车厢走去，喊道："你们都别开枪，让我上去和他们谈谈。"

杜月笙愣了一下，咧嘴一笑，摊手表示不管。孙美瑶见杜月笙不理论，便朝潘云鹤赞赏地点点头，冷笑道："你让那两个洋鬼子自己下车走回来，我就当没发生过。"

潘云鹤点点头，径直走上车厢，他人一上车，周围的气氛立刻缓和下来。

这是一节儿开放式的二等车厢，车窗帘都故意拉着，不让外面人员窥视。杜月笙的手下分别守在门口，每人手持双枪，乜着车外，丝毫不放松。

车内竟然有五名外国人躲在用拆掉的桌子做的掩体后面，三男两女，领头的自然就是伦弗神父，装扮成神父助手的黑袍男女正是冒险家克里斯蒂安和蜜姬·哈恩，而刚才被趁乱救上车的正是雇用这两位冒险家的老板小罗斯福夫妇。

潘云鹤朝他们点点头，看了看杜月笙的手下，顿时明白这两人才是他们此行的主要目的。他朝洋人们笑笑，道："外面土匪说，你们两个自己下去，他们就不追究了。"

"我们不会下去，小潘先生，昨晚上发生的可怕事件你也看到了，这些人不是军队，只是些野蛮的土匪。我不能让我的妻子遭受这样的危险。"小罗斯福护在妻子身前，回答得坚决。

"今天早上他们说过，如果你们逃了，他们会杀死另外四个人作为报复。"潘云鹤为难地说。

"他们不会的，我们三十九个人质现在是他们的筹码，也是他们的挡箭牌，他们不会杀人的，对不对，伦弗神父？克里斯蒂安？"小罗斯福固执地摇头，然后向老神父和他的保镖寻求帮助。

这两位亲身经历过"义和拳之乱"的洋人恰恰不敢苟同，伦弗翻了翻白眼儿，念了句"上帝"。克里斯蒂安则皱眉道："小潘先生，你去跟孙美瑶说，我们可以给他钱，很多钱！也可以给他们搞到武器，甚至可以帮助他们对政府施压，满足他们的一切条件。而如果，他们继续扣留小罗斯福先生，则会招致美国陆战队的直接打击，他们那时候会发现自己的武装脆弱不堪。"

潘云鹤有些犹豫，脑子一团混乱，着急道："可是，你们现在被困住了，也走不掉。双方随时都有可能交火，大家安全都很难保证。而且，孙美瑶不杀你们洋人，很可能会杀中国人质。"

"那倒是，小潘先生……"克里斯蒂安玩世不恭地笑起来道："这些人杀你们'二毛子'可是从不手软呢！"

"我们'二毛子'？……所以中国人的性命无所谓是吗？"潘云鹤怒道，"你们这样是很自私的，所有人的生命都处于危险的境地。"

"危险不是我们造成的……是土匪造成的。我们是受害者，你没有理由责怪我们对不对？"小罗斯福一面安抚着夫人，一面厉声辩解。

"昨天，我们既然一起推举了五名代表，我们至少在道义上应该一同进退。不然，我现在也没义务上来谈这些。"潘云鹤争

144

得涨红了脸。

"谁知道你这个中国人来干什么？我怎么知道你是哪边的人？"小罗斯福厉声道，却立刻遭到克里斯蒂安的阻止："不不……话别这么说……"

"嘿！你们几个……我想你们该看看这个。"守在门边儿的八大"金刚"之一走进车厢，制止了这些人的争吵，稍稍撩开窗帘一角，向他们示意。

众人分别偷偷向外瞄出去，见孙美松叫嚣着什么，从人质中选出六个中国人，押到车前不远处的水渠前，让他们一排跪下，蒙上眼睛，俨然是要处决的态势。孙美瑶气急败坏地指着火车示威，他身边的杜月笙也有些凝重，似笑非笑地朝车厢这边点头。火车边儿，原本在唱诗的小孩子们迎面看见几个土匪持枪过来，孩子们吓得魂飞魄散，被逼着蹲在车头前，抱成一团儿，瑟瑟发抖。

伦弗神父大惊失色，悔恨道："啊，我得下去，我要把孩子们带走！克里斯蒂安！你不守信用！"

"你别慌，军队就在附近，他们不敢乱来的！"克里斯蒂安像是也觉得有些失算，带着歉意向安慰伦弗说："枪声一响，政府军就会打过来，我们里应外合，就在这儿解决了这个麻烦算了。"

"你有把握吗？会死很多人……"伦弗神父摇头道。

"嗯，如果是我的人，当然没问题……中国军队嘛……"克里斯蒂安耸耸肩，遗憾地承认："会死一些人的……"

"混蛋！他们选出来的都是中国人质……他们真会杀人的。"潘云鹤朝这些洋人愤慨地骂道。

"我和我夫人绝对不下去！如果我自己，我可以留下，但我绝不让我的妻子再和土匪待一分钟！潘！你去说……我可以给钱！你问他要多少钱？"小罗斯福不让他妻子往外看，用魁梧的身体将她挡在身后。

"你们别吵了……我有个办法。"蜜姬·哈恩看着被土匪驱赶着哭成一堆儿的唱诗班孩子们。她放下窗帘，脱下黑色修士长袍，递给小罗斯福夫人，道："亲爱的，穿上，也把你的外套给我，咱们身材差不多。我替你下去。"

大家一愣，克里斯蒂安却展颜笑了，道："妙啊，我看可以！"说着他也脱下长袍扔给小罗斯福，道："中国人分不清咱们的长相，快，脱你的外套给我。"

小潘感激地朝蜜姬·哈恩一笑，那女人换上衣服，走过来，一把抢过小潘手里的笔记本，打趣道："这是我的，你这个土匪。"

小潘一把将本子又抢了回来，一本正经地说："现在土匪们让我用，你带下去会惹麻烦的。"

"哼……土匪。你用它干吗？写你的诗吗？"蜜姬·哈恩不甘心地揶揄道，然后小声警告道："不许看里面的日记，否则你就麻烦了……"

"抱歉，已经看过了。"小潘低声道。

　　这时，克里斯蒂安已经完成换装，两人体格确实也差不多，只不过克里斯蒂安本人更老一些。他朝小罗斯福夫妇笑笑说："麻烦你们出去后，再联系一下天津第十五步兵团，我已经和他们打过招呼了，他们已答应配合行动。请他们要设法联系到我们，还是原计划——里应外合！"

　　"谢谢你，克里斯蒂安，我会的。在你们脱险之前，我不会离开中国。上帝保佑你平安。"小罗斯福松了口气，由衷地表示感谢。

　　克里斯蒂安和他紧紧握了手，笑道："别把钞票都给了外面那个大耳杜，留着点儿，咱们还得去四川抓熊猫呢。"

　　小罗斯福苦笑摇头，看样子，他对中国的冒险，已经足够了。

　　潘云鹤、伦弗神父以及扮作小罗斯福夫妇的克里斯蒂安和蜜姬·哈恩一同高举双手下了火车。局势立刻缓解，孙美瑶终于有了面子，他哈哈一笑，大声吆喝孙美松放人回去，把孩子们也还给神父，然后他指着大批的物资，朝杜月笙挑起大拇哥笑道："你弟弟是好样的。你的礼物我收了。"

　　杜月笙惊讶潘云鹤真的下车了，脸色青青地瞪了车上手下人一眼。只得讪讪笑着点头道："那我这弟弟，我可以带走了？"

　　孙美瑶摘下帽子，胡噜一下脑瓜子的汗水，笑道："哎呀，行吧……留不住真神……我还真想请他上我的梁山坐第二把交椅呢。"

杜月笙皮笑肉不笑地哼一声，迎面过去对潘云鹤点头道："真是长进了……行了，咱们可以回家了。"

潘云鹤不理他连襟儿哥哥，指着假小罗斯福夫妇被带走的方向对孙美瑶严厉地说："你要说话算话！不许伤害他们！"

"当然了！约法三章嘛！"孙美瑶拍着胸脯笑道："潘兄，你也可以和令兄走了……可惜了，咱们来日方长，后会有期吧。"

"不，我现在不能走……我是中国人质推选的代表。我走了，我怕贵军会胡来。"潘云鹤对孙美瑶说着自己的决定，余光却瞟了一眼又是吃惊不小的杜月笙。

孙美瑶却像赢了十三幺儿一样惊喜万分，大笑三声，竖大拇指赞道："潘兄弟仗义！好英雄！好汉子！"然后转头对杜月笙说："杜大哥，这可不怪我孙美瑶说话不算话吧……不过你放心，小潘老弟是我贵客，他既然仗义，我孙美瑶用我脑袋保证他的安全。"

杜月笙看着铁了心的潘云鹤，只能苦笑。孙美瑶得寸进尺道："杜大哥……你的礼物里面有没有酒啊？我高低得庆祝一下！天助我也……哈哈哈哈……天助我也……"说着，真的蹦跳着和孙美松一起去验收礼物去了。

潘云鹤见他走远，这才冷笑着对杜月笙道："你快上车去看看吧……我劝你赶紧走，夜长梦多……你的美国财神爷在车上等你呢。"

　　杜月笙闻言惊疑未定，他抽身快速上车，就没再下车。火车卸下礼物，就将伦弗神父和孩子们快速拥上火车，长鸣一声，原路返回了。车完全动起来，杜月笙才将头探出车窗，朝潘云鹤挥手，黑着脸道："你小子自己注意安全，别乱来。我不会走，就在中兴公司待着。"

　　黄昏，凉风初起，蟋蟀低鸣，兰佩生香。

　　孙美瑶兴高采烈，一来平白得了许多物资，二来让大名鼎鼎的杜月笙吃了瘪，又没得罪他，真是得意非常。因此，他索性就地休息，在一望无际的罂粟田里画了几十个圈圈儿，每个圈都是一个肉票儿营地，分一组土匪兵看管。由于心情大好，每个营地都分到了一顶军用帐篷和充足的食物，并有一套军用炊具，任由这些人质自行烹饪。就这样，抱犊崮的土匪部队，堂而皇之地在铁道边露营起来。

　　孙美瑶将一支火腿架在火上烤着，举着一瓶泰山牌儿啤酒，指着远处隐隐冒起的炊烟毫不掩饰一副小人得志的嘴脸，对着孙美松和潘云鹤笑道："对酒当歌，人生几何？小爷我喝洋酒吃火腿，第六旅那帮狗腿子估计只能啃煎饼喝凉水！哈哈哈哈……"他仰脖子灌了一口啤酒，酒沫喷飞，他却变了表情，看着瓶子怒道："这他娘的什么马尿味？"

　　潘云鹤不作声，缓缓轻啜着啤酒，看着孙美松也苦着脸，将啤酒吐了，忍不住笑道："这叫啤酒，麦子酿的酒，就是你们山东出产的，德国人爱喝，你们多喝几口就习惯了，会有股麦香味。"

"哦，对……我其实喝过，在省城上学，见过人卖这酒。"孙美瑶假装内行地又喝了一口，硬咽下去道："慢慢品的话，是有点麦子香……"

潘云鹤无奈道："这啤酒大口喝才好喝……"又指着火腿说，"这火腿也不是烤着吃的……若拿来蒸炖，也是很不错的。我们上海现在倒是有一句话——摩登生活就是'吃洋火腿，犁人行道'，如今我等也吃洋火腿，却在犁火车道……"

孙美瑶闻言打个哈哈，过去抽出匕首，切下一大块儿烤得吱吱冒油的精肉，狠狠咬了一口，觉得不错，笑道："这个可以，美松，来吃肉，潘兄，要不要来一块？"

潘云鹤也不推脱，接过一块肉，学着两个土匪少年，用文火熏得焦香的煎饼夹着吃，味道居然很是不错。他望着夜晚罂粟花田中的丛丛篝火联营，不禁苦笑自嘲道："训有方，谁知今日做强梁……原本是琉璃世界白雪红梅，却做了脂粉香娃割腥啖膻……"

孙美瑶听他低声念叨着什么晦涩文章，不屑地摇头，切了一大块肉在嘴里嚼着，想了半天，忽然朗声道："八百里分麾下炙，五十弦翻塞外声，沙场秋点兵。"

潘云鹤闻言精神一振，颇意外地朝这少年土匪举了举啤酒瓶子，孙美瑶大喜，结结实实和他一碰，灌了一大口啤酒，起身环视四周篝火营寨，笑道："潘兄一向锦衣玉食，今日也难得体验一下军旅生活。感觉如何啊？”

潘云鹤苦笑道："感觉颇为意外……但求大王饶命。"

谁知孙美瑶呵呵一笑，从身上抽出花牌撸子，放在潘云鹤面前，道："拿去，一来给你防身，二来，你要是信不过我，或是我的兄弟不法，你便开枪就打……只要是我抱犊崮的人，上打得我，下打得任何人！"

潘云鹤皱眉推辞道："我不会用啊……"

孙美瑶道："不要紧，明天，明天老子教潘兄你打枪，嘿嘿……很爽的！啪啪啪！"他抄起枪比画着，然后依旧塞给潘云鹤，然后对着孙美松喝令道："看见没……告诉崽子们……潘先生仗义，是我的贵客，呃，不，以后就是咱们的参谋长！他不高兴，逮住就毙了！听见没？"

孙美松举着酒瓶子答道："是！"转头朝小潘敬礼："参谋长！"

孙美瑶打个酒嗝，笑道："小潘兄弟，你别看我身在草莽，可我也是读过书的，虽说，比不上我哥，他是秀才……更比不得你是大学生！见过世面！不过……我峄城孙家也是大门大户，而且，我家祠堂顶尖儿坐着的，那是孙膑爷爷……哈哈哈……别家启蒙都是《三字经》《百家姓》《朱子格言》，俺们家启蒙就读《孙膑兵法》。"

潘云鹤哑然失笑，点头道："失敬失敬，这里是鄄城旧地，果然也是盘桓千年的名门望族。"

"哈，你别瞧不起人呐……你看，我出奇兵劫火车，这难道不是'必攻不守'？走横山而奇袭西集,这难道不是'围魏救赵''声东击西'？火车劫徙财物,我分文不留,全部散给百姓,这难道不是'得众取众'之道？"

潘云鹤叹口气,道:"孙司令,你熟读《孙膑兵法》,既然自忖能'合民心而胜大患'的得众之道,也应该知道'不知时者——兵用力多功少'嘛。"

孙美瑶"唵？"一声,抓抓头皮,疑惑地看着对方一双鹤眼。却见那鹤眼一弯,摇头笑道:"所谓——'不能合民心者也'后一句是什么？"

孙美瑶眨眨大眼睛,顺势背诵道:"兵多悔,信疑者也。兵不能见福祸于未形,不知备者也……"

潘云鹤颔首道:"正是……不能见福祸于未形,不知备者也。鄙人确实好奇,孙司令此番闯下这般大祸,可有万全准备？"

孙美瑶咂摸着嘴里的啤酒苦味儿,爽朗一笑,慨然道:"凡战者,以正合,以奇胜……此番确实兵行奇险……在下正要请教潘兄……"说着,长作一揖,恳切道:"若是潘兄弟你,当如何是好？"

潘云鹤也有了两三分酒意,不假思索地说:"将军既然知道孙武子'以正合,以奇胜'的正论,自然已经想通了。你们老孙家的孙膑人称'计圣'虽然也名列兵家武庙七十二将,但终究不如孙武子这六个字,这才是武道兵家至圣所言——孙将军这一番折腾,诚不愧为'出奇制胜',那么,要想善始善终,自当要恶补'以正合'了。"

孙美瑶"哦"了一声，若有所思地搁下酒瓶子，坐端正了，瞪大眼睛请小潘细说。

潘云鹤见对方坦诚，便也放下酒瓶子，略一思忖，问道："将军曾说，劫火车、掳人质、袭西集，一为报长兄血仇，二为峄城土著不再受制于人。如今大仇已报,想必后面自然是要朝廷招安的？"

"不错，劫火车一来调虎离山报仇，二来令其投鼠忌器自保，三来就是谋求鲁南自治——求一个保境安民、地方平安。"孙美瑶点头道。

"那好，请问孙将军——就算政府方面迫于国际压力，全部答应了你的要求,后面反悔，你又如何？总不能再劫一次火车吧？"

"那就要看条件了，第一要编制、要装备，人多、枪多就能自保；第二要地方自治，驱除田中玉、何锋钰，我们自己选'牧守'，或者至少能换一个绥靖怀柔的地方长官；第三……第三嘛……"孙美瑶深深看了一眼潘云鹤，露齿一笑道："第三就是想找一个合适的保人，公布于众，也能有些压力。"

潘云鹤略微点头，认同道："你们想得却也缜密，不过……驱除田中玉？鲁南自治？恐怕不会那么容易答应你。"

孙美瑶扪胸一笑，眨着大眼睛问道："这也没啥稀罕的，湖南的赵恒惕能够在吴佩孚的支持下驱除了张敬尧，实现湖南'自治建国'，他做得，唯独我山东做不得？"

潘云鹤闻言似乎懂了，心里默念了这两个督军湖南的军阀名字，点头笑道："如此说……你说的第三项，我却有个主意。"

孙美瑶眼前一亮，喜形于色地问道："请小潘兄弟赐教……"

潘云鹤望向西洋肉票儿那边儿的营帐，指着那边篝火笑问："请问孙将军，你觉得，明日与田督军谈判，是几方谈？"

孙美瑶愕然道："自然是两方？我抱犊崮，对面就是田中玉……"

潘云鹤摇头笑道："这样，你就买椟还珠了……现在国内这些大人物，其实不过都是善做'欺洋人'的掮客罢了，曹锟背后是英国人，段祺瑞、张作霖背后是日本人，吴佩孚深受美国人喜爱，广东背后是俄国人……所以有个说法，洋大人的钱花不完，中国军阀的仗就打不完，中国人的血就流不干。所以，你老弟绑我们的肉票儿，我们只能割肉，而那些洋人……却是要政府割肉给你，而政府，却又是找洋大人贷款，贷款到底还是我们中国百姓偿还……正如中国海关，说是中国的，却是洋大人当家，而这个衙门，却是中国最公平的衙门……这么说吧……你怕军阀，军阀怕洋人……你抓了这三十九个洋人，洋人又怕了你……"

"这成了老虎、棒子、鸡！"孙美瑶也明白了三分地笑道。

"对，所以这是几方？"

"三方！"孙美瑶竖起三根手指。

"对，但是，你要让洋人变成这第三方，就得让这三十九个洋人不恨你，还愿意帮你。或者说，至少中立……而洋人最爱说自己公平，也最爱将一切交给舆论监督，而舆论，一旦对你有利，你就立刻从土匪，变成罗宾汉。"潘云鹤鹤眼一闪，切中要害道："而你小子走运……你所劫的三十九个洋人里面，恰恰就有京津沪几个最有名的外国新闻记者，他们才是保你小命儿，保抱犊崮、保峄城一方的'活菩萨'呢。"

"嘿！"孙美瑶闻言一一收回了三根手指，攥成拳头轻轻给了潘云鹤一拳，笑道："潘老弟，我是闻君一席话，胜读十年书啊！明白了……你说得有道理！你这主意好，这可是救了我们一方百姓！三方谈判！对！这是三方谈判！"他立刻长身而起，正要对孙美松下令，却见那孩子早已沉沉昏睡过去。他撸起袖子，看了看胳膊上的一排手表——一低头，正看见潘云鹤鄙视地嘲笑。他脸一红，自嘲道："夜深了，明天，明天再找他们谈。"

潘云鹤点头道："孙将军少年领兵，来日方长，一定要记得——打仗可以'以奇胜'，但带兵终究还是要'以正合'，这样才能在如此乱世生存。"

孙美瑶哈哈大笑，将啤酒一饮而尽，点头道："多谢潘老弟指点，我做当家的，的确是年轻了一些，但我看兄弟你也不过二十岁的样子……我在省师专读书时，老师最爱让我们背梁任公的《少年中国说》我看如今——北有张学良、段宏业，南有孙科，上海有卢筱嘉、张孝若……今日中国，正是我辈少年中国崛起之时！

我虽不才，也愿做中国一赳赳少年！"说罢，他将酒瓶投入火堆，在惊起的一片火花中手舞足蹈，高声朗诵道：

> 河出伏流，一泻汪洋。潜龙腾渊，鳞爪飞扬。乳虎啸谷，百兽震惶。
> 鹰隼试翼，风尘翁张。奇花初胎，矞矞皇皇。干将发硎，有作其芒。
> 天戴其苍，地履其黄。纵有千古，横有八荒。前途似海，来日方长。
> 美哉我少年中国，与天不老！壮哉我中国少年，与国无疆！

潘云鹤看得出神儿，不禁轻轻地在酒瓶上，敲打起节拍。

而他口中叨叨默念的却是另外一首古风：

> 君不是金谷园中石季伦，明珠买妾长安春。
>
> 锦丝围障轻一世，珊瑚高株碎如尘。
>
> 又不是黄鹤楼边王处仲，万骑上流纵驰鞯。
>
> 狂酾千石发浩歌，唾壶敲碎天为动。
>
> 君是天台丞相之嫡孙，胸中八九吞昆仑。
>
> 少年宝玦落荆棘，再拜禅林依世尊。
>
> 手持铁如意，笑傲典午二豪之富贵……①

---

① 《释枯林铁如意歌》作者为元代诗人刘诜。诗中王仲处即是东晋军阀王敦，被当时文人所鄙，但为人非常雄壮豪迈，能击鼓，常高歌《龟虽寿》以铁如意敲打白玉壶伴奏，壶口皆碎。

第三节：冠盖如云

民国十二年，公元 1923 年，5 月 9 日，乃北洋政府法定"国耻日"。农历癸亥年，丁巳月，壬午日。所谓："壬不汲水、午不苫盖，今日诸事不宜。"

在临枣铁路线上，黑白相间的羊群和火车顺向前进，羊群走得缓慢从容，火车跑得气喘吁吁——这是一辆超载满员的客车，敞开的车窗不断被风卷出滚滚浓烟——三等车内却也挤满了身穿长衫、西装和矿厂制服的乘客，车内气氛沉闷，鸦雀无声，每个人都用力嘬着手里的烟卷儿，这就是滚滚浓烟的来源。

只听一位戴着老花镜的斯文记者清了清嗓子，又展开一张报纸，用清脆的北京腔调念道："据《京报》消息——三路围剿失利，'老洋人'流窜皖西，本报消息，吴佩孚、冯玉祥所部以及镇嵩军三路大军围剿失败，悍匪'老洋人'佯攻豫东，先后袭扰上蔡、项城、沈丘、新蔡诸县城后忽然掉头突破围困，现已流窜皖西。而与豫南、鲁南周边盘踞的张得胜、李明胜、任应岐、崔二旦、李老末、常建福、韦凤岐等大小三十余干儿土匪蜂拥而至，自称'河南建国军'，公推'老洋人'为'总司令'要'打富济贫、替天行道'，现已击破陆军第十四师的精锐防线，兵锋直抵阜阳城下……"

话音未落，却听一个河北口音的记者笑道："你们《京报》还不知道吧？阜阳城已经破了……我们《大公报》有记者就在阜阳，因为原皖系安徽督军倪嗣冲的侄子过生日，将安武军的长官全都请进城去吃酒。那排场——是满城的流水席啊，光是附近的戏班子、妓女，就去了好几百人，说是冠盖如云、烟花如雨、酒池肉林不过如此……谁知那'老洋人'说到就到，乔装改扮混进城去，根本没费劲儿打。大火一起，一夜之间皖西第一重镇阜阳就这么丢了。倪嗣冲这回算是被端了老窝儿了……据说黑的、白的、黄的（鸦片、银圆、金条）就运出来十几大车，拉车的骡子都累死了好几匹！而且，据说倪嗣冲准备皖系东山再起的军火库也被端了，全新的三八式步枪、手榴弹、大正三式重机枪都够武装一个混成旅的！这'老洋人'这回可是发了洋财了呀！他的脑袋，现在涨到一万块了呀！"

众人一片哗然，有的说《大公报》记者都是"据说"——不可信；有人说十四师必然是故意放"老洋人""驱虎吞狼"，就是要消灭倪嗣冲的皖系余党势力；还有的说"老洋人"也要"建国"、孙美瑶也要"建国"，中原算是天下大乱诸侯逐鹿的"战国"了；最后大家统一狠骂倪嗣冲把安徽地皮都刮干净了，钱财全都存在日本正金银行里，自己在天津做缩头乌龟，老家被抢真是活该……

　　一名身穿浅色西装，操着福建口音的青年记者将手里的烟头儿扔到窗外，举起一张报纸喊道："诸君！诸君！不如听听我《自立晚报》的消息，大家别忘了，今天可是'国耻日'！我报消息——北京、天津、济南、长沙等地学生自动发起声势浩大的'国耻'日大游行，要求废除'二十一条'，收回旅顺、大连，我报记者深入湖南腹地，目睹了常德、沅江、萍乡抵制日货大游行……长沙的学生队伍高举'收回旅大、否认苛条、勿忘国耻、抵制日货'的标语，并设立检查哨卡、纠察队，一时各商船、商号，纷纷自动将日货弃掷湘江……日本货轮'大元丸'号拒绝学生登船检查，被学生和码头工人困在江滩，双方正在僵持。而萍乡工人游行颇有秩序，队伍中打出'从前是牛马，现在要做人''打倒帝国主义、打倒军阀、打倒资产者'的标语，颇令人耳目一新，血脉偾张……"

　　"林兄……贵报的消息很是激进啊，在下很是反对。政治是政治，爱国是爱国，长沙学生爱国就可以登人家的船，这和孙美瑶要'自治'就绑人家记者有什么不一样？和义和团又有什么不一样？萍乡的消息更为可怕，你可知道……萍乡的工人纠察队，已经有上千人了，什么工人俱乐部更是有几万人，工人……是随时可以武装起来的。"隔一个座位上，发言的却正是中兴公司的襄理孙光祖，他摘下圆礼帽扣在膝盖上，掏出白手绢揩了揩汗水，又摆出接待方的主人气派来组织道："各位报社的高贤，本次鄙人代表辛县长和中兴公司的李经理迎接大家，希望大家对临城此次事件报道尽量公平些、平和些……这是国际事件，与山东甚至全国人民的利益攸关。最近国外舆论对我们非常之不利啊！国内舆论，可全凭诸位争取了。国外，特别是东瀛人，非要说山东已经糜烂不堪，非要将津浦线沿线驻兵，实行国际共管。山东也要分区国际共管……刚才林兄也说了，这是'国耻日'，八国联军又要来了……我们可不能再添油加醋、煽风点火啊。"

说着，他也拿出几张外国报纸，嗫着牙花子叹气道："你看……这个《字林西报》说是 8 日下午，张绍曾总理被逼会晤荷礼德，接受'四条抗议书'……这报纸就两点：第一点是我国政府无能，拖了四天才会晤公使团团长，一拖再拖，毫无诚意，也毫无办法，与前清之总理各国事务衙门颟顸如出一辙、无能如出一辙，仿佛当年不战、不和、不守、不死、不降、不走的叶名琛①又回来了；第二就是公然宣称'限时三日'妥善解决人质问题，否则必将严厉制裁我国政府……哎，你看看，这简直是胡说八道嘛……据

————————
① 叶名琛：晚清两广总督，第二次鸦片战争中被俘，被掳至印度加尔各答，绝食而死。

鄙人所知，西人公使团只有'四条抗议'并未有'三日之约'，这舆论导向，简直是最后通牒一般。"

在众人一片蹙眉唏嘘声中，孙光祖又展开一张《万国公报》读道："法国兵舰'古尔曼'号、意大利'保罗'号驱逐舰在南京下关港口游弋；美国巡洋舰'福楼拜'号舰队，已封锁汉口江面；日本第三舰队伏见、隅田等六艘内河炮舰配合美军，在汉口往来示威……另有消息称，各国正在酝酿筹备组建远洋联合舰队，目标渤海湾，封锁天津港。美英意法日各国在天津、旅顺、威海、烟台、青岛等地驻军，已全面进入一级战备。"孙光祖叹了一口气，接着读道："汉口商民协会、江航红十字会、佛化青年会、八省土膏商会、五省民政自治咨议筹备局、京汉商业维持促进会等团体，共同发起'东南和平互保'大游行，组织童军游行大会——欢迎美军陆战队代表、日本商会代表……发起和平解决临枣危机的倡议。各位，中兴公司也正是为了响应这一倡议……准备由我中兴公司牵头……发起由各地——商界、报界、乡绅界组成的'全国公团枣庄联合会'——其宗旨就是'以和为贵'——力争在事态恶化之前，稳住局势，保证人员安全，敦促和平解决。各位……这不仅仅是北方商界、报界、乡绅界的共同意愿，南社的柳亚子先生、陈去病先生也原则上同意加入公团，助力此事件的和平解决。在今早的《新黎里报》上，柳亚子先生已经发表专评——敦促政府和平解决临枣劫车事件，当然，柳先生也批评了政府，但主要是说政府单方面强调外国人质安全，却对本国肉票儿处境不闻不问，并首次刊出国人人质大名单……哎，这里面也有几个很有影响的人物啊。因此，我希望大家都加入我们全国公团——共同敦促政府尽快和平解决'临枣危机'。诸位，庚子国难殷鉴不远，我们中国，可再也承受不起那样的磨难了！"

众记者中老成者率先鼓掌迎合，特立独行者也只得冷笑附议。孙襄理连忙起身，以礼帽抚胸鞠躬，向大家表示感谢。忽然火车长鸣一声，汽轮节奏陡然变缓，大家望向车外，果然已然抵达中兴公司货运站。

簇新的简易夯土站台上，县长辛铸九、大队长田长垣兴致勃勃地站在"全国公团枣庄联合会"的巨大横幅底下，号令中兴小学的西式鼓乐队吹打起来，两边其余学生高举红白两色的罂粟花花束，喜气洋洋地高呼"欢迎"。辛县长不待火车停稳，一路小跑儿到头等车厢等候大人物们下车，而在二等、三等车厢，则各自有中兴公司和当地乡绅迎接。辛县长身后紧跟着伦弗神父和一众乡绅。田长垣一声吆喝，手下士兵举枪昂然，在红毯后面列队，高呼保境安民的口号。

山东督军田中玉、省长交通部部长吴毓麟二人相互谦让后携手当先而出，迎面就是一阵镁粉相机的闪光扑面而来。这二人一众随员身后，随后走出车厢的是作为曹锟代表的杨岐山杨参议员，代表江苏协调、谈判的专员温世珍……再随后则是上海万国商会、南社代表陈明甫。后面是一众洋人，主要是各国报社记者，美国使馆派了观察员——卡尔·克劳少尉，而他身后二十几名身材魁梧的美国青年记者令人瞩目。让早已抵达枣庄，《日日新闻》的记者里见甫一行特地多拍了几张照片。而队伍最后，又是二十多个洋人医生，他们戴着北京协和医院袖章，打着美国红十字会旗帜的医护人员各自带着大木箱——小心翼翼地搬下火车来。

一时，站台之下。军人上马，文人登车，各路神仙正要各自回驻地休整，却闻听汽车一声喇叭长鸣，开路的头车一脚急刹，整个车队都停了下来。只见一个疯疯癫癫的破落妇人牵着一头小牛挡住去路。警备大队士兵大惊，赶忙冲上去驱离，却听那妇人也不知哪里来的气力，当街跪倒，惨呼一声："冤！青天大老爷们啊！冤啊！"

同时，蝎子山鸿福寨，山寨之外，平崮顶插空儿播种的麦田正在灌浆，一棵大桑树上挂着一口破铁钟。野鸡惊起，马士奇怒目圆睁，挥手让身后的士卒们伏低。良久，那被惊起的野鸡又扑棱着翅膀飞回身后山谷。马士奇苦笑摇头，起身挥手让大家前进。

数十名兵卒大摇大摆地闯入山寨，却早已人去寨空。

马士奇不甘心，挥手让士兵四散搜索，他则扫兴地关了手枪保险，带着马弁往聚义厅方向前进。

那马弁握着卡宾枪，挡在营长面前蹚路，一边儿说："营长，咱们又扑空了……看来这些土匪都是商量好的，全都向峨口会合去了，我看咱们何旅长也是气迷心了……这分明就是白费劲。"

马士奇无奈叹息道："何旅长心里明白得很，一定是北京直接下来的主意……给咱们一个杀良冒功的机会，咱们可以戴罪立功，他们对国内外记者老爷们也有个交代……匪虽然已经都跑了，但山寨，咱们也都算拿下来了。"

"可是没人头啊……咱们……"马弁偷眼看了一眼马营长。

马士奇啐了他一口，骂道："杀老百姓的损事儿我做不出来……大不了杀我的头交上去……"

"哎，这年头儿，真是逼得老实人没路走了……"马弁点头叹息着，忽然聚义厅里"轰隆"一声巨响，里面一声惨叫后，漫天的污秽如天女散花，探索前进的官军们顿时咒骂连连。

看着满身是粪、满脸是血，从聚义厅里爬出来的窝囊手下，马士奇一把抓下帽子，死死盯着帽子上被土制绊雷炸上的污秽，绝望的一声嘶吼。

那马弁以为营长受了伤，连忙扔了枪过来查看。见并无外伤，只得宽慰他道："营长……要不我们追击一下，看着屎还没干，他们一定还没逃得太远。"

"滚！"马士奇的吼叫响彻山谷，那只野鸡又被惊起，没人号令，乱枪响起，野鸡被打得粉碎——烟火血雾还没落下散尽，山寨和庄稼地就化作一片火海……

鳌山，峨口。

远处抱犊崮在云间显现，近处龟蛇二山锁夹之处一处小平原，峨口村大路口一派繁忙兴旺，越来越多的土匪队伍从各处山路下来，逐渐汇入这个通往抱犊崮的咽喉要道。峨口村原本驻防的警备大队已经撤走，留下了几排整齐的临时营房和用帆布遮盖着，堆积如山的物资。孙美瑶身披大熊猫皮的大氅，端坐在辕门下面的虎皮帅椅中，身后地上插着三根传统大纛和一面杏黄旗，以及四面五行旗，大纛垂下的中幡上面绣写："山东自治建国军"，左边大纛旗绣的是"打出一个清平世界"，右边是"再造一个朗朗乾坤"。杏黄大旗分别是"替天行道、孙、抱犊崮第一路军"；其余五行旗分别是白旗"第二路军 周"，青旗"第三路军 王"，赤旗"第四路军 陶"，黑旗"第五路军 刘"。孙美瑶身后，正是郭琪才、周天松、"瘸子六"陶相礼、王继湘、刘黑七等一众抱犊崮的五路军首领。

孙美瑶见这一绺子来的土匪眼熟，赶忙率众人抢上前迎接：

"徐叔！多谢前来！您能舍得蝎子山固若金汤的家业，入小侄的锅伙，是给抱犊崮的大恩情！"

"徐大鼻子"哈哈一笑，往身后三百多弟兄一指，笑道："聚是一团火，散是满天星！我'徐大鼻子'自从庚子年满山跑的时候就跟着大姑放马，如今抱犊崮做下这么大事业，一听招呼，我岂有不来之理？哈哈哈……老五啊，行……自古英雄出少年，你这是一鸣惊人啊！"

孙美瑶并不谦让，瞪着眼指着身后物资邪笑道："徐叔！蝎子山您丢下多少东西，我加倍补给您……咱现在可是阔气了，要钱？中兴公司是咱的钱袋子；要枪？何锋钰是咱的军需官；要吃的、用的？辛铸九是咱的后勤部长……这些日子我做梦一样，得了好些东西都不认得……没别的……打今儿起，咱爷们——大秤分金，大口喝酒，大块吃肉！还他娘的得喝洋酒，吃洋肉！"

"徐大鼻子"闻言大喜，抽动着他的大鼻子就往堆满物资的晾场过去。孙美瑶连忙拉着他的手引过去——只见一个大耳朵青年正带着人忙得不可开交，他将各类物品分作三类——军事物资、公共物资、民生物资。三类物资又被分成三堆儿。

孙美瑶先一把拉过王恩美给"徐大鼻子"介绍了："徐叔，这位秀才是王恩美，是我在省师专上学时的同学，如今在中兴公司的工人俱乐部里搞夜校扫盲，我请他过来帮帮忙……这可是个厉害人物，留过洋的。"

"徐大鼻子"连忙拱手抱拳，王恩美这些日子耳濡目染，虽听说是蝎子山成名的悍匪，也不再惊疑，随口道了声"久仰"，便又去忙了。

孙美瑶笑道："徐叔……你看这些好东西，我到手就分三份——我抱犊崮人多，吃一份儿；您和其他新上山的弟兄们分一份儿；最后，峄城县百姓和矿上的穷棒子们分一份儿……三一三十一，请这王秀才当众清点分发，绝不隐匿私藏。之前找县里打秋风的浮财，已经分下去了，这不，辛铸九这父母官儿很是孝顺，又送来一批！哈哈……徐叔，我劫一趟车，全枣庄都过上年了！"

"徐大鼻子"见孙美瑶不但饼干、罐头、米面均分，就连帐篷、蚊帐、行军毯也是均分，不由大喜，抱拳道："老五，你这总司令行事光明磊落，在下佩服得很。你能和蝎子山的弟兄有福同享，我们也一定能和抱犊崮同气连枝，有难同当。"

孙美瑶拍打着装牛肉罐头的木箱笑道："徐叔说得对，咱们今天十八寨抱犊崮重聚义，痛痛快快，大闹一场！"

"徐大鼻子"哈哈大笑，拱手告辞，挥手带着兄弟们跟着郭琪才进村口辕门，到后山营盘去安置。孙美瑶却叫住了已经分得了浮财，正准备带着大车队回工人俱乐部的王恩美。他赶上去，吩咐大车先走，他笑道："秀才，一直没顾上和你说话……

你今天别走了，一会儿我给你介绍几个朋友，跟你说，这都是高人！"

王恩美哈哈一笑："高人？我说你小子最近开了神通，原来不是孙猴子附体——而是请到'卧龙凤雏'了？"

孙美瑶得意地大笑："哎……要不说秀才你聪明，差不离是这个意思。"

王恩美冷笑道："别是你绑来的肉票儿吧？"

孙美瑶又是大笑，点头道："刘伯温不也是朱洪武绑到营里的？反正今晚咱们喝顿大酒……都是奇才——绝对让你大开眼界。"

王恩美问道："他们现在呢？你把他们都绑在鳌山藏金洞了？"

孙美瑶指着老同学佯怒道："把我当啥人啊？我能这么不懂规矩？《日内瓦公约》嘛，我懂！"

王恩美闻听他蹦出个新鲜词儿来，不由大吃一惊，点头赞道："哎哟，士别三日当刮目相看啊！长进了！"

孙美瑶哈哈大笑，朝抱犊崮一指："我让孙美松带着愿意活动活动的西洋肉票儿们去抱犊崮后山的巢云观了。我发现了，这些人就爱跟你开会、谈判、立约……哎呀，我今天忙，也不想让他们无事生非，干脆活动活动筋骨也是好的。"

王恩美笑了："你这绑匪也是新鲜了，你不怕他们跑了？"

"不怕，有约法三章嘛……再说，后山？除非洋人也长了翅膀。"说着两人不由一起望向岚岫蒸蒸的抱犊崮。

抱犊崮，爬过一线天，抵达半山腰，视野豁然而开。一众土匪抬着滑竿，抬着蜜姬·哈恩、穆索、柏茹比和艾伦医生在前面行进，潘云鹤、克里斯蒂安、平克上尉和鲍威尔总编走在后面，其他一些洋人肉票儿也在队伍里，但"华票儿"，只有潘云鹤一人。克里斯蒂安一向打熬得好身体，因此他和年轻的平克少尉健步如飞，并不以登山为苦。鲍威尔和潘云鹤却是觉得人力滑竿不够体面，似乎有直接压迫别人肉体之嫌。结果现在，他们二人显然成了最影响队伍行进速度的吊车尾。最后，鲍威尔先行找了块石头坐下，然后潘云鹤也跟过来扶着一棵松树喘息。这样，队伍就只得停下来休整。

蜜姬·哈恩跳下滑竿，走过来，她手里晃动着一把蒲扇，揶揄着她未来的上司鲍威尔先生道："总编大人，别逞强了，他们说这是一条连成年牲口都上不去的路，别说你这头老牛了。"

"闭嘴吧，克里奥佩特拉！看你那做派，简直就是个视察棉花田的坏奴隶头子。"鲍威尔敞开被汗打湿的衬衫，这衬衫领口已然惨不忍睹，散发出来的狐臭味儿，让边儿上的土匪都纷纷侧目。

潘云鹤忍住瘫软在地的欲望，强挣扎着叫孙美松给大家喝点儿水。蜜姬·哈恩看这个逞强的，半长的头发已经被汗水贴在额头，犹不肯松开脖子领口纽扣的书呆子，更是发笑。但她还是抿着嘴儿，接了鲍威尔的话题道："这算什么？非洲也有这东西，只不过是在棍子下面挂个三角形的帆布担架……不如中国的这个设计，更方便看风景。还是中国人会享受啊，他们的人力车也不错……知道吗，我还赢了一个黄包车大赛的冠军呢！"

鲍威尔哼了一声，反对道："是啊，日本也有轿子……最著名的是印加人的步辇……他们和中国人还挺像，不过他们使用步辇是因为他们压根就没发明出轮子，也没能驯化可以骑乘的牲口。反正——这些都不是什么平等开化的民族会用的东西。"

活动着大腿的老上校柏茹比同意附和道："对，鲍威尔先生说得好。但是我觉得我和穆索先生这样的老年人是有资格坐担架的。说起来，我可不是第一次坐担架了……1916年的时候在凡尔登……"

"好啦好啦……我们都听够了！"老穆索无情地打断朋友回忆往事："我们知道，你们最后守住了凡尔登。现在我们还是想想，答不答应那小土匪的条件吧。首先声明——我反对，我不会跟如此冒犯我的罪犯合作，尽管这似乎也没什么坏处。"

"对……这有可能让这些坏家伙逃脱惩戒，以至于让更多土匪效法他的做法，那我们在中国以后还有什么安全可言？"克里斯蒂安低声说，然后用更低的声音说："但是，我不反对先答应条件稳住他们，这样一来，我们会被优待；二来，我们也有机会在下山去谈判的时候，设法和海军陆战队的人接头……然后……哼哼……"

"那也得小罗斯福先生对接好才行。"艾伦医生不以为然，道："同意加入他们的谈判，就意味着我们会被一直困在山上——直到他们谈判结束，而且前提是达成和解。天啊……你们这些人不想想，万一他们谈崩了，我们是什么？不是玩家，而是筹码——我们的生命是会被押下去的赌注。"

"嗯，是啊，我还是坚持，我们应该立即开展绝食……先放女人，再放我们，之后随他们中国人自己再去谈判……至于怎么谈，也是他们自己的事儿，我对惩戒也没兴趣……"老胖子穆索坚定地说。

"哈哈哈哈……"一边儿扇扇子的蜜姬笑出了声，指着老胖子的肚子道："对不起……我就没听说一个意大利人可以绝食。"

"岂有此理！是——我们'意大利人曾经苟且安逸，但今天已经觉醒，创造着超人的生存空间！'——这是我的元首——墨索里尼说的！"穆索大声朗诵着他的元首的语录，却招致几乎一致的嘘声。

"嗯……原则上，我也不同意任何与恶徒的谈判。"平克少尉把话题拉回正题，他朝克里斯蒂安点点头，道："但是，我同意克里斯蒂安的意见，我也相信小罗斯福先生脱险后，一定会完成许诺，以他的影响力，让我们的军队出动。我们要创造和营救小队取得接触的机会。"

"少尉……前提是存在这个营救小队。"柏茹比上校傲慢地看着这年轻的美国军人。

"我确信这小队的存在。我首先相信——我和蜜姬换他们夫妇脱险，小罗斯福先生是一名虔诚的清教徒——他一定会信守承诺，带救援队来的；其次，这次人质中大部分是美利坚公民，大使馆有责任作出相应动作确保我们的安全；最后，我很了解天津第十五步兵团^①的作风，他们不会犹豫。"克里斯蒂安坚定地说，"别忘了先生们，庚子年我们就是这样胜利的，只不过我们这次要守卫的不是东交民巷圣弥额尔天主堂，而是一座临时营地……对吧，穆索先生，还记得咱们曾经如何战胜他们的吧？"

老穆索被点燃了激情，点头微笑，两人不约而同地打着拍子唱起来："蹦……蹦……在 1900 年，进军的鼓声响起，全世界的战士聚集在北京……"^②

"嗨嗨……先生们……先生们！"柏茹比上校揉着大腿，烦躁地打断了这两个商团老兵的恶趣味，道："我反对强攻，这样

---

① 1900 年八国联军侵华，美国第十五步兵团就是当时入侵中国的多国部队之一。这支部队以"保护在华美国人"的使命驻守在天津直到 1941 年。

② 歌名为《北京 55 日》。这是一首八国联军的军歌，有多国语言的填词版。现在是列强们歌颂殖民侵略的罪证。

的地形，安全很难保证，而且逃跑也会非常艰苦，我们毕竟年龄大了。"

艾伦医生打圆场道："强攻自然是谈判不成的结果——那才会是不得已的选择。我看既然大家都觉得应当参加谈判，我可以保留意见，那么，谁来代表我们去参会呢？"

"我和穆索先生都不合适……"克里斯蒂安环视大家，接着说："我看鲍威尔先生最合适，著名报社记者，立场最为客观。"

"我也要去……"蜜姬·哈恩眼睛冒光地站起来，以不容商议的口吻插话道："我也是记者。"

"我可以去，只要大家达成统一的意见。"鲍威尔并不推辞，微笑着答应下来，然后笑着对女孩说："蜜姬，你可以做我的助手……书记员什么的。"

克里斯蒂安瞪着眼睛道："你现在可不是记者，你是阔太太小罗斯福夫人……我不去就是因为我现在不是克里斯蒂安！"

"那怎样？我不像阔太太吗？阔太太……同时也是记者。"蜜姬·哈恩笑着凑过去揽住鲍威尔的胳膊寻求支持道："我可以是任何人，甚至是玛塔·哈里①，放心吧，我很机灵的……"

克里斯蒂安皱眉道："有个女人，他们也许会放松些……可是，你可别露馅儿啊……我的秘书小姐。"

---

① "一战"中以美丽多情闻名的传奇间谍。1917 年，被法国反间谍机构以叛国罪枪毙。

蜜姬·哈恩得意地哈哈笑起来，她很高兴有这个能在她远东历险记中大书特书的机会，她一眼看到小潘忧郁的眼神，瞪了他一眼，故意伸手道："把我的笔记本还我，我现在也是秘书了，我也需要笔记本。"

潘云鹤尴尬地笑笑，摇头道："好，我回去就给你。"

克里斯蒂安叹口气，便对小潘道："潘先生，既然我们达成一致，你可以回去答复那个小土匪将军——我们同意出席谈判，鲍威尔主编和他的书记员，呃……小罗斯福夫人，作为我们的代表参加。"

潘云鹤若有所思地点头应承。

鲍威尔问道："潘先生，请问，你有什么建议？"

"我嘛，就是个翻译。"潘云鹤微笑道，"不过，我确实也觉得'逆来顺受'① 吧……不过，既然我们同意参加谈判，我们是否可以要求孙美瑶在谈判之前，释放全部老人、妇女、儿童？留下我们这些代表继续做人质，已经足以保证他们手里有筹码和政府军谈判了。"说着，他展开笔记本，将名单展开，他早已将这些人加了备注。众人纷纷点头附和，穆索和柏茹比两个老家伙更是面露喜色，如果最后美国军队强攻，他们这样的老人实在是最危险的目标。

---

① 这里潘云鹤引用了《马太福音》第五章，打左脸给右脸的典故。

蜜姬小声埋怨道："你把我的本子都涂了什么鬼东西……中文吗？"

小潘无奈地白了她一眼。

这时，孙美松用瓦罐儿给大家送来泉水。大家让小潘问他目的地——观音庙和"酒神"墓，还有多久能到。

孙美松笑着一指道："过了一线天，这里是九龙石，绕过去登顶就是罗成寨和观音庙了……在观音庙悬崖可以眺望刘伶墓。不远了，不过都是台阶上坡，我看你们还是上滑竿过去吧。我五哥吩咐了——今天请了羊庄镇的大师傅给大家做'枣庄羊汤'。早点儿看完，早点儿下山休息。"

潘云鹤闻言抖擞精神，只是跟大家回了一句："不远了，加油！"说罢，拔腿就向山顶走去。对面乱石嶙峋，脚下自古就是盗匪古道。果然，不久视野在悬崖峭壁间展开，北面的抱犊崮巍然耸立，脚下的鲁南大地豁然开朗。

孙美松指点道："潘先生……看，那边儿就是刘伶墓，这边是二疏城、散金台，再那边是罗成寨……"

蜜姬的滑竿刚刚跟过来，她扬声问小潘："嘿！你们的酒神就埋在这儿吗？中国的dionysian（酒神精神）哈？"

潘云鹤忽然发笑，深吸一口气，笑道："蜜姬小姐，你知道我们的酒神留下名言是啥——'天生刘伶，以酒为名。一饮一斗，五斗去病。妇人之言，切不可听……'"

蜜姬耐心地等他翻译完诗句，和潘云鹤一起放肆地笑了起来。

六声号炮响过，甘泉寺前第六旅仪仗队两列肃立，高呼口号："七镇八远，超勇扬威！外抗强虏，内除国贼！"迎接督军田中玉一行。自从大张范村谈判后，何锋钰将围困抱犊崮的守军撤出峨口——向西北撤出十里，在甘泉寺驻扎。形成甘泉寺、中兴煤矿公司、峨口各自十里的鼎足之势。

田中玉一路整顿军装，大步前行，倨傲还礼，迎面看见在庙门阶下迎迓的何锋钰，只见何锋钰一身便装，拄着根拐杖，清癯瘦削，不住喘息。田中玉赶忙放下架子，急趋上前，握住何锋钰的双手叹息道："元章贤侄，多日不见，你身体怎么弄成这样子了？"

何锋钰苦笑指着胸口不答，只是喘息着请田中玉和两位随员进庙。大家分宾主落座，何锋钰的参谋就将一个大信封放在田中玉面前。何锋钰喘息不止，田中玉展开信封一看，是何锋钰的辞职信。

田中玉点头道："贤侄啊……这话怎么说的？"

何锋钰平息了一下喘息，淡然一笑道："督帅，是卑职无能。让孙五那小子捅了这么大的娄子……理应军法从事。本有心戴罪立功吧，谁知这春夏之际，卑职坐卧不得，饮食不进，咳逆上气，喘鸣不息……而且，此事也一定要有人承担责任的，我主动些……也免得上峰为难。"

"嗨……他奶奶个熊的！"田中玉将帽子狠狠摔在会议桌上，大骂一声，却将辞职信收好，苦笑道："我说元章啊，你是不知道……别说你，就连田某人这次都不一定能过关……别忘了，庚子年，老佛爷最后那是杀了十二祸首、百余亲贵大臣的……哎……现在洋鬼子第一条就是要我们查办失职官员。你知道，这次我是和吴秋舫（吴毓麟）一起下来的，你猜那家伙怎么说……？他说：'蕴山啊，这鲁南都是你老五师和第六旅的人，不如这样，咱们两个分工……谈判咱们商量着来，而查办呢，我就不插手了，你让我和总理对外面媒体有个交代就行……'嘿……听见没，这些保定派的，还真骑在咱们这些老家伙的脑瓜儿顶上了。"

何锋钰笑笑，摆摆手，表示理解。

田中玉于是关切地说："不如这样……天津的西洋医院最好，我安排你先回我天津的公馆住下，马上请个西洋医生给你看看。你先安心养病，这第六旅的军务嘛……"他一指跟他来的一个陆军中将和一个上校道："这两位都是咱们老五师的亲兄弟……张培荣、吴可璋……军中事务请他二位帮你打理一下。"

"我既然已经辞职，这些但凭督帅安排……不过，请恕卑职不去天津了。我已经安排好了，今晚就启程去上海投奔家兄。他已经给我安排好了上海的医院。长兄为父嘛……家兄的话，在下也不敢不听。"

田中玉立刻敛颜正色，却又自嘲一笑，试探地问："元章啊……你哥哥和卢永祥盘踞上海……他日……恐怕和咱们曹帅终有一战……"

大殿内，忽然响起何锋钰老牛般的喘息声……

长长的喘息后——这喘息让所有人都憋黑了脸——直到何锋钰粲然一笑，压住了喘息，道："什么直系，皖系……北洋七镇，早他妈沉在黄海底下了……如今我们这些噍类，还在说什么直系皖系？还在分个保定的、日本士官学校的、留德的……可笑可笑……督帅，卑职戎马一生，只恨今日之罪，非战而已。督帅……今日山河飘零，干戈零落，但大乱已起于青蘋之末。督帅啊，卑职是不中用了……临别——但只有一句话——不要再打内战了，大总统教导过我们——衣不如新人不如故——北洋，要团结啊！"

田中玉和众人脸色愈发变黑，一句都不敢接。又是一沉喘息后，何锋钰摇头起身，拿出一张公文在手中抖了抖，诵念道："各位，第六旅我交出来了，相关责任人员我已处理如下……路警大队长田长垣守山不利，令悍匪下山作乱，停职留用，准其戴罪立功；事发路段韩庄路警段长张元通革职，送交军法处论罪；驻西集镇骑兵营长马士奇，追袭不利，丧失阵地，导致西集镇军民伤亡惨重，革职，拟送军法处论罪，暂时准其军前戴罪立功……"又陆续念了十几个军官的自罚公文后，何锋钰朝对面拱了拱手，将文件用手指捻着推送过去，笑道："第六旅也是老砥柱了，拜托各位了。那个田长垣、马士奇二人最了解本地匪患，这次虽然有错，但还是可以戴罪立功，当年秦穆公三用败将，终于霸业得成，请督帅明察……"

说罢，何锋钰拱手，就往门外踱去……他手下第六旅的参谋、马弁、健卒们竟是一片无声哽咽……

众人兔死狐悲般地送出甘泉寺门口，坐上滑竿的何锋钰忽然朝大殿后面一指，笑道："督帅……这甘泉寺有个千年银杏，也叫公孙树，据说树下祭坛求仕途最是灵验的……但古树对面还有一个古迹……是元朝诗人留下的一块碑，碑文颇有意味，各位有兴致，可以去看看，卑职是受益匪浅啊。再见……"

说罢，他一挥手，带着三四名亲随，转身朝着南边儿的火车站扬长而去。

田中玉带着一众人赶到甘泉寺后院，古木如盖，荫庇一方。在香火鼎盛的大银杏树对面，赫然有一方古碑——

薛城仙坛山吊古诗

元代　王蒥

望酹二疏 ① 宅，

---

① 二疏指疏广、疏受叔侄。西汉名臣，兰陵著名贤人，著有《疏氏春秋》，以其贤明而在当地千年祭祀不绝。

先贤道何崇。

黄金不少留，

勇退真英雄。

田中玉等人看完面面相觑，若有所思，皆点头苦笑叹息。

第四节：十里长棚

民国十二年，公元 1923 年，5 月 9 日，乃北洋政府法定"国耻日"。酉时。当此时令，古诗云："古道绝人迹，荒陂响蝼蛄"；又俗谚云："粟草不共生，鸡兔莫同笼"。

傍晚阴天，云黑沉重——

安徽重镇阜阳正西新蔡县，豫西巨匪"老洋人"公然开人市，将在阜阳城掳来的数百肉票儿就地"发落""出售"。"老洋人"命人搭起高台，立起高杆顶上挑着"河南自治军"的大纛旗。高杆之下是十八根粗立柱，每根立柱上都以铁环吊着一名阜阳有名的商贾乡绅，每人头上扣一个大白纸帽子，脖子上挂着一张大牌子——写着其人姓名、职务、罪名；当头第一个正是已经被打得血肉模糊的阜阳县知事——鱼肉百姓的陈祖荫，而左右另两根柱子上，挂着两个采生折割、食人心肝的洋人神父，这二人自然也是吃足了苦头。

而"老洋人"一边当众历数这些肉票儿倾轧百姓、传播邪教的罪恶，一边当众拖嘴硬的肉票儿出来表演坐老虎凳、灌辣椒水、滚蒺藜床……最恐怖者，"老洋人"命人将一当地商团首领之子，一个不过十岁的小男孩放了"血风筝"。是将两根长毛竹将小孩儿高挑起来，如一个大字。发力挑起前，却已将孩儿破开腹部，将肠子钉在地上，只见一阵血雨，群匪欢腾，小孩犹自惨号挣扎，如同一张血风筝飞在半空。其惨烈，何止无间地狱。

血雨纷纷，"老洋人"哈哈狂笑，在台下立起两根立柱，他对台下瑟瑟发抖的数百俘虏肉票儿呵斥道："老子没工夫挨个儿查你们家底儿……这里有左右两根柱子，一为'求生柱'，一为'免灾柱'，尔等觉着自己家里没钱的，就可以立在求生柱底下——有饱饭一顿——明日，老子就要与靳云鹗决战，凡在求生柱下的——就是俺的求生决死军，去给老子冲锋陷阵！一场大战下来还活的，就是自家兄弟！若是觉着家里有点钱，想尽早回家的——也行，就到免灾柱子底下去排队。老子今儿个心情特别好，给你们一个机会……能排在头十名的，每个人缴纳赎金十块大洋就可以离开了……后五十人，每人就是一百块！再后一百人，每人就是一千块！这还再排不上的……哈哈哈哈，我看你也活不了了，老子就请你喝辣椒水，放'血风筝'！灌饱了辣椒水再放'血风筝'，那才好看哩！"

"老洋人"一声令下，肉票儿们蜂拥冲向免灾柱下排队，一时间为了争夺位置竟然大打出手，顿时咬死了两个排在前面的肉票儿。而群匪竟然不去干涉，任凭这些肉票儿殴斗，血肉横飞。

他们只是嘻嘻冷笑，也不理那些因排不进队伍前面而哇哇大哭的妇孺老人。

"老洋人"正在台上看得哈哈大笑，却见二当家张得胜引路，带着一名身穿青布长衫、身材魁梧的大胖子，急急走来。"老洋人"嘿然一笑，连忙下台见礼，引到一座长棚底下落座，挥手就奉上烧酒烤肉。

二当家张德胜连忙引荐道："大哥，这位就是威震淮泗的陈调元陈大将军。"

陈调元见"老洋人"张庆只是"哦"了一声，便扯开嗓子，打个哈哈笑道："在下乃是第五混成旅旅长、江淮海镇守使、苏鲁豫皖四省剿匪总司令……这些张总司令要是记不住，那徐州陈调元——'陈傻子'的名号，想必是听过的吧？"

先听一大堆名号砸下来，"老洋人"先是一脸的腻歪，可听到对方憨憨地喊出自己"陈傻子"的名号，不禁大喜，顿时大笑起身，拍开一坛老酒，给对方倒满，朗声笑道："嗨……久闻陈大将军威名，嗯，这个如雷贯耳啊。今日一见，原来也是个直性子……哈哈哈哈哈……我是不敢管您叫傻子啊。哈哈哈哈哈……这个匪号儿，大都阴损，我也不瞒您，我这'老洋人'，其实就是骂俺是他娘的杂种嘛……嘿……老子还真不在乎这个。"

陈调元笑指挂在高杆上的两个洋神父，笑道："'老洋人'好啊，都说官儿是老百姓的爹，洋人又是当官儿的爹……你这辈分还涨上去了呢。"三人喝酒大笑，陈调元接着说："我这'傻子'也不差啊，这世道，都是些聪明的……虫豸！"他指着那些犹自在免灾柱底下争执不休的肉票儿，又指指被迫站在求生柱下的人说："可咱们带兵打仗的都知道，战场上，聪明的未必活得久，傻子往往却能成英雄。我就是傻子——因此，那些聪明人都劝我不要来找你，我偏偏犯傻，一定要来。"

"老洋人"嘿嘿笑着干了碗中酒，抓起一只羊腿啃着，往嘴里又丢了一颗炸花生米，"咔嚓咔嚓"嚼着，眼珠一转道："陈大将军，明人不说暗话。您是什么四省剿匪总司令，可不就是跟我这个在四省边区攻城夺寨的'老洋人'作对来的吗？你来，就不怕我剐了你？"

"怕呀……怎么不怕……我又不是真傻子。哈哈哈……"陈调元拍拍自己的肥肉肚子，笑道："我是听说阜阳被你攻破，连夜带着人就追啊，你跑得真快……这一下就到了新蔡。不过这剿匪嘛，也不光我一个，你前头可有靳云鹗堵着呢。"

"那又如何？""老洋人"把嘴一撇。

"听老哥一句劝——别以为得了倪嗣冲那点装备，就想硬干。你现在，打不过他。他刚打了几个硬仗，玉帅刚表彰他做了'骁威将军'，第十四师齐装满员，士气正旺。你打不过他。"陈调元抿了一口老酒，微笑着也抓了一把花生，一颗颗往嘴里细嚼慢咽。等他说完，一阵滚雷从天边划过，逐渐逼近而来。

"老洋人"举起两个拳头嚣张一撞道:"硬不硬,碰碰才知道!"见陈调元并不理他,便与边儿上作陪的张得胜对了对眼色,又敛颜笑道:"陈大将军,你单刀赴会,是有什么教我的吗?"

陈调元指着惨不忍睹的人市道:"这不是秃子脑瓜顶的虱子明摆的吗?你明明是一条好汉,整天做这些脏事儿干啥?我找你招安嘛……如今天下干戈未定,正是英雄用武之际。我问你,这当今姓张的英雄,除了你们兄弟二人,还有几位?"

"那第一当然是东北王张大帅。"

"嗯,还有呢?"

"老洋人"搁下羊腿,沉吟道:"张毒——张敬尧?"

陈调元使劲儿摇头……

"老洋人"立刻想起:"那还有就是张长腿——张宗昌嘛。"

陈调元哈哈一声,拍了一下大腿道:"对呀,奉军如今那几位姓张的大帅、少帅,好威风!好杀气!但你可别忘了,当年,这几位和你一样,那不都是胡子!"陈调元指着高台笑道:"你看看你,这样下去,有什么出息?你想想'白狼',当年纵横五省,可下场如何?天下逐鹿,你却甘心只做个流寇,被我们天天撵着跑……不是我笑话你,此诚非大丈夫所为啊!张庆兄弟,就算你是李自成——让你打进北京又能怎样?不过吃四十二天的饺子。"

"老洋人"听得暗自欣喜,却使眼色给张得胜。张得胜会意,敬酒道:"陈大将军……我等也并不甘愿当草寇,可惜没有门路而已，此外……就怕政府过河拆桥啊。"

"哈哈哈哈……当年引张作霖登堂入室的是老帅赵尔巽，这自然是天大的机缘。但你们可知道，当年引'张长腿'张宗昌招安的又是谁？"陈调元端起碗和二人碰了碰，干了酒，卖着关子笑了会儿，才道："正是区区在下——'大傻子'陈调元——那'张长腿'正是在俺的徐州受的招安，并且，你们不知道吧……我们二人从此是一个头磕在地上的兄弟。而我琢磨着，正因为如此，上峰才任命我镇守淮海，绥靖四省——其中的深意，我希望你们二位，不要辜负了政府的这层宽厚仁爱之心。"说罢，陈调元拍了拍"老洋人"张庆的肩膀，郑重地掏出一个大信封，双手交给他，笑道："看看吧……我这'傻子'不是光傻大胆儿，没点儿厚礼准备，我岂敢闯你'老洋人'的大营？"

"老洋人"赶忙展开信封，里面是两个县团级保安大队的上校委任状，分驻汝州郏县、宝丰——正是"老洋人"的故乡。委任状乃是吴子玉亲笔签写，但人名却分明写的是——张国庆、张国胜二人。"老洋人"和张得胜面面相觑，望向陈调元求解。

陈调元笑道："玉帅也是一片苦心……二位将军，玉帅派我来之前，嘱咐我说——这样的人物虽曾经流乱一方，但一旦安家，也必能守土安民，因此，将郏县、宝丰托付给两位，玉帅是很有信心的；再者，当今乱世，我辈当兵吃粮，自然是为了封妻荫子，但如今国家败坏，北洋志气在于'外抗强虏，内除国贼'，这就要北洋将士都有个'国'字在心里才行，因此，玉帅将二位名字改成张国庆、张国胜，你们的守备营，就叫国字营。"话音一落，天边一声焦雷，在众人头顶炸响。

一番话听得"老洋人"张庆犹如被雷击中——目瞪口呆。双手捧着委任状竟然有些颤抖。

陈调元故作轻松地笑道："我使命完成，二位将军若是愿意接受政府招安，加入北洋，追随玉帅，以后我们就是兄弟了；不然，也可以杀了我'陈傻子'祭旗，明日同靳云鹗决一死战。"

张得胜见陈调元摊牌，瞪大眼睛看向自己大哥。"老洋人"不再犹豫，将委任状双手高举，拉着张得胜一起双膝跪地，对陈调元拜了三拜，又向南对着武汉方向磕了三个头，这才高声道："卑职张国庆、张国胜——愿意服从政府、追随玉帅，万死不辞！"

陈调元这才松了一口气，哈哈大笑，连忙搀扶起"老洋人"，笑道："张兄弟！张大队长！这就对喽！"

说完，三个人哈哈大笑，桃园兄弟般抱在一起。而陈调元满脸堆笑的胖脸，不经意带了天上那副凄惨的"血风筝"一眼，露出谁也没察觉的一丝哂笑。

同时，枣庄，峨口营地……

锣鼓、爆竹吵闹喧天，本是夯土茅棚为主的峨口村一片欢腾。东西南北中五个方位五条金龙在街道间盘旋游动，每到一个街口，就有一面彩楼被拉拽起来，然后就是一通锣鼓，一阵喝彩，由这一方位负责的彩棚匠把头，高举着五道真君的牌位，前来讨要头搭的喜钱。这些把头都是山东高来高去行当里面出名的高手：

济南的"千佛山"扎彩行——彩扎牌楼起的是"二路元帅献宝"，迎来的是抱犊崮"自治军"二路司令周天松。这人就是峄城县人，生得满面黧黑，是个从军多年的庄稼汉，郭琪才在边防军训练团就结识的把兄弟。

曲阜的"红门宫"扎彩行——彩扎牌楼搭的是"凤凰三点头"，迎来的是三路司令王继湘。他小脸盘儿上一双阴鸷内双三角眼，是从湖南跟着张敬尧失败后，随溃军裹挟而来山东的湘西悍匪。

临沂的"雹神庙"扎彩行——彩扎牌楼搭的是"四方来财聚宝盆"，第四路迎来的正是张敬尧在老七师打白朗的时候，就收在帐下的马弁——"瘸子六"陶相礼。

徐州的"子房山"扎彩行——彩扎牌楼搭的是"五福临门路路通"，迎来的是第五路司令、恶名昭彰于淮泗的"混世魔王"——刘黑七。

爆竹声稀，舞龙渐止，声乐稍歇。松油火把一起点亮，只听孙美松高声喊道："百羊宴！开席——！"锣鼓唢呐又再次热闹起来……

而四路交会，圈出一大片空场上搭起彩楼，乃是枣庄本地扎彩行"青檀庙"连夜搭建起来的。而空场上清空了全县商铺的长条桌，摆成流水宴，每桌前都有一口热气腾腾的大铁锅，煮着闻名远近的"枣庄羊汤"。

一大圈流水席围在当中的，是一小圈大圆桌，共有三十个座位——首席尊客赫然端坐着金姥姥，一旁陪坐的是抱犊崮大姑孙桂枝；第二席坐着的正是六国饭店的经理金翠喜，身边带着女儿金小玉，由大当家孙美瑶殷勤伺候着；对面是个不苟言笑的日本记者，正是大名鼎鼎的"鸦片皇帝"里见甫，作陪的是抱犊崮如今的二当家——"自治军"总参谋长郭天琪；其次，依次是"刘黑七""瘌子六"等五路军司令和"徐大鼻子"等十八寨头领的座席。

"圣姑姑……您请用这碗羊汤。"孙大姑恭敬地将一碗热腾腾的羊汤端到金姥姥面前，又把芫荽碟往前推了一下，笑道："圣姑姑啊，您老圣明……我这几天，真是跟做梦似的。谁能想美瑶这孩子这么冒失，居然把您……和我这大妹子给接过来啦……我这一听，魂都吓散了。庚子年，我们家里还立过您'九天护国娘娘'的生祠呐……要不是您劝说了德国司令官，得枉死多少中国百姓啊。那时候，我们老孙家和我那短命鬼一家百十口人都押在衙门等候问斩……要不是您的恩惠，朝廷断断不能就斩几个带头的了事儿的……哎，我是万万没想到，千念万念，终于把您这个活菩萨给念叨来了……"说着，孙大姑眼圈一红，眼泪吧嗒吧嗒地掉下来了。

金姥姥和气一笑，同情地看着还戴着孝的抱犊崮一众人物，摇头道："大妹子，既然咱们都是经历过庚子年间的人物，你可别管我叫什么姑姑啦……你也看见了，我如今就是个惹人嫌弃的老货罢了。我也是刚死了男人，生意上又遭了官司，这才刚脱身。是我翠喜这孩子孝顺，非要接我去天津享几天清福。"她啜了一口羊汤，赞叹道："好喝啊……妹子，我也是苦出身，不是什么尊贵人品，你要是不嫌弃啊，就叫我声姐姐就行。"

"那……那行……"孙大姑扭头看一眼金翠喜母女和孙美瑶，赔笑道："那我就高攀点儿……叫您一声老姐姐吧。"

"哎……这就对了，这才像自家人，不生分。你这羊汤，还真不错啊。这排场也搭起来了，多气派啊！"金姥姥一边喝汤，一边赞叹。

"还不多亏了老姐姐您出的主意，我可想不出现扎彩楼的点子来。"

"嗨，这可不是我的本事。这是前清大总管那桐的本事，庚子的乱子平定后，老佛爷銮驾还朝，可北京城前门楼子和大栅栏都是过了火的……一片废墟呢，怎么办？那总管逼急了，想出这个点子来……连夜让北京、直隶的扎彩匠全都一起赶工，愣是扎出一条十里长棚和前门楼子来。你这不是担心要接待各级大官儿，还有外国客人不体面嘛？这不就体面了？"

"对，让他们看看咱们峰城人的精气神儿！这样的样板儿，那是给国家增光的，那还不立刻让咱们自治？"金翠喜从孙美瑶手里接过羊汤，喜滋滋地插话道："孙大姑啊……别的咱们娘们儿不敢说，这个接待各国客人的本事，那我金翠喜要是认了第二，全中国没有敢说自己第一的。要我说呀……这个峨口，如果要成为谈判的会场，别的设备和物品还都在其次……这顶重要的，是要先有一个电报站啊……你想，他们在中兴公司、在甘泉寺，他们那不得是电报电话时时刻刻和北京联系着？这样你们就吃亏了呀……你们不知道……这个电报重要啊……现在都是无线电报啦！我看你们也得和这天津、上海的人联系着吧？"

孙大姑刚刚还不断点头，闻言脸色一变，不由自主地看了一眼里见甫，又扫视一眼桌上各位寨主，见无异样，稍觉安心。她赶忙笑着给金翠喜递过去一个酥脆的烧饼，劝她就着羊汤……趁热赶紧吃。

金小玉也随手接过孙美瑶捧过来的羊汤，眼睛却忙着给母亲一个大大的白眼。回看羊汤，却已经被孙美瑶殷勤地加了一撮香菜进去，她登时把脸一摆，瞪着大不了自己几岁的总司令孙美瑶埋怨道："我不吃香菜！"

孙美瑶一下子蒙住了，哈哈一笑，正要去再盛一碗。

金翠喜却连忙赔笑道："没事没事……傻孩子懂啥……这汤

有香菜才好喝啊……这样……你喝我的，我没加香菜。"

"你都喝过了，我不要！"金小玉更是厌恶地大声抱怨。抱犊崮诸位头领连忙说再去盛一碗新的，金翠喜正要发作，却听金姥姥轻轻咳了一声——她责备地看了看儿孙两人，金小玉立刻嘟着嘴不言声儿了，低头用一根筷子慢慢却执拗地把香菜叶子摘了出去。

众人这才讪笑着互相搭话解围。郭琪才讷讷地给化名记者李鸣的里见甫递过去一个烧饼，笑道："李先生，请用。"

里见甫接过烧饼，尝了尝羊汤，赞美道："真是淳朴而浓郁的美味。这里面除了羊肉，还有什么？"

"哦，据说这是春秋时'商圣'范蠡给我们留下的秘方……不过也不尽然，因为……除了白芷良姜，里面最主要的一味草药，便是峄城县里的特产——罂粟壳。"郭琪才摇头笑道。

"哦……原来如此，那我更要多喝一碗。"里见甫露出一丝微笑，仔细尝了尝，点头赞许道："拔毫已付管城子，烂首曾封关内侯。死后不知身外物，也随樽酒伴风流。①"低声吟哦已毕，却见席面上群匪无人能听懂，只得叹口气，索然喝汤。

---

① 这是刘过的《赋羊腰肾羹》诗，相传刘过拜谒辛弃疾，辛弃疾正在大宴宾客，对布衣刘过有些怠慢，只给他一碗羊杂汤，刘过便当众以羊汤为题，口占这首诗。内容多有嘲讽主人和宾客的意思，并责怪有汤无酒，不是待客之道。辛弃疾闻诗大喜，与刘过遂成莫逆。

却听金姥姥轻笑一声，对郭琪才笑道："郭司令，李先生找你讨酒喝呢……"

郭琪才赶忙答应，给里见甫满上一杯，里见甫本来不愿喝酒，但一想，只得苦笑接过，一饮而尽，冲金姥姥颔首谢道："金夫人，果然名不虚传，在下失言了……"

金姥姥客气地笑笑，摆手不语。金翠喜虽没听懂，却接话道："李先生好面熟啊？我们可是哪里见过？"

里见甫一笑，点头道："金大老板好眼力，我们其实在爱俪园见过的，而且，您天津的六国饭店，我也时常去的。我是东亚同文书院的学生，现在担任天津《日日新闻》的记者……对，川岛浪速先生和罗振玉先生，都是我的老师。"

"啊，难怪……你的中文难怪这么好，我都没听出您是日本人啊。"金翠喜大惊小怪地笑道，拉着孙大姑道："哎呀呀……大姑您看，这不巧了？您说请我帮助料理这些外国人的营地事务，别让这些洋鬼子抱怨……哈……我昨天数了数，还遗憾说，哎呀，怎么只有英法美意大利四个国家的客人？加上咱们中国人也只有五国……这下可好了，周全了！我的六国饭店这下在咱们枣庄也能开一个名副其实的分号了啊！您看看——加上这李先生的日本人……咱们这桌牌局，人可凑齐啦！"

里见甫不由苦笑，众人却纷纷大声赞同，有说恭喜六国饭店枣庄分店开张大吉的，有说六国饭店大吉大利的，有说六国饭店一定财源广进的……

金翠喜听得连连敬酒，笑得花枝乱颤。金小玉把吃剩的半个饼子一扔，起身道："我吃饱了，我走了……"

金姥姥刚要制止，却听孙大姑笑道："金小姐累了，美瑶啊，快……送金小姐回去休息吧。来……老姐姐，我敬您一杯！满上……满上……"

峨口临时营地的外国俘虏们也分到了一些羊肉，以及很不受匪徒欢迎的——红十字会带来的葡萄酒。因此，克里斯蒂安担负起用大砂锅炖羊肉的工作，而法国老上校柏茹比则在篝火前，和一众难兄难弟们，以在凡尔登前线坚守的乐观主义，弹着空酒瓶子伴奏，唱起了久违的军歌：

黑色的秃鹰盘旋在城镇之上，它们以为胜利会易如反掌；
黑色的乌鸦纠集在四面八方，它们窥伺在泥泞的小道上；
忽然间，高卢的雄鸡叫得响亮——咯咯喔喔！小兵们快快起床！
……
凡尔登，胜利之路；怒吼声，传达远方；
马斯河，回音起伏；止步吧，你们无法侵入……
别再猖狂，别再自负，你们这些蛮族走狗，你们这些亡命之徒！

　　这里是骄傲的法兰西的门户，你们无法侵入！……①

　　鸦片走私商人穆索一边儿和鲍威尔抱怨蜜姬·哈恩这个小团队里唯一的女人不肯下厨，一边儿小心翼翼地借着篝火将分来的一筐箩烧饼烤得更加酥脆。穆索摇头道："'一战'死了太多的男人了，让她们全都出来工作了，结果就是大多数人家锅里连一口热汤都没有了！"

　　"我倒觉得是件高兴的事儿，老伙计。"艾伦医生宽容地笑笑，"要不是'一战'，英国的女人就要攻占白金汉宫了——那可能是人类第一次性别之间战争……结果'一战'来了……我们不得不开始依靠女人，她们上学、工作、选举，目前看，也没什么不好。"

　　"让女孩子穿着裤子出来工作？"穆索摇着头，盯着穿着猎装西裤的蜜姬·哈恩，嘟囔道："那我宁可让穆斯林苏丹统治欧洲，他们可有的是办法让她们听话。你说，她们穿裤子还开个口能有什么屁用？"

　　蜜姬·哈恩、鲍威尔和小潘、王恩美围坐在另一侧，欣赏着老上校的引吭高歌。蜜姬·哈恩促狭地笑道："我想起一个法国笑话……你们知道为什么法国人用公鸡作为自己象征？"

　　"为什么？"潘云鹤好奇地问。

_____

①　歌名为《你们无法突破凡尔登》，是法国在"一战"时期的著名军歌。

"因为那是一种一脚踩在屎堆里，却还能高声欢唱的动物。"

四人一起哈哈大笑。

穆索不满地扫过来一眼，嘟囔道："哎……这个女人。"

艾伦医生哈哈一笑，咬了一口烧饼，笑道："俗话说——笑着的女人，一半已经在床上了……那中国小子叫啥——'潘'是吧？"

"嗯……Pan……"穆索喝了一大口葡萄酒，接着说："酒神赫尔墨斯的淫邪之子，好色的臭山羊！"

鲍威尔干了手里的葡萄酒，饶有兴致地问王恩美："王先生，您说，您是在铁路公司开设夜校？据我所知，以您这样的学历和身份，完全可以在报馆、学校或者洋行物色到一个好得多的差事吧？"

"夜校也是学校嘛，而且，接下来的中国，教育劳工，可能是最最重要的工作。"王恩美莞尔一笑，也用熟练的英语回答着。

"王先生也是个激进主义者嘛！很好，你们有什么课程？"蜜姬盯着王恩美赞许地点头。

"基本上就是识字课和简单的算术课，我也教他们踢球和体操，这些他们更喜欢学。"

"哦，我有个提议，你应该教他们卫生课，比如先从改造厕所和不随地吐痰开始……"蜜姬·哈恩忽然皱起眉头抱怨道："知道吗……你们的厕所简直不能忍受！我为了少去厕所，认真地在节食！"

"嗯，苍蝇多到能把人推出来……"鲍威尔苦笑着，一边儿驱赶着眼前的苍蝇。

"是的……这算是常识课，我不定期会给他们讲一些卫生常识，比如喝热水，比如传染病，比如手帕的重要性……"

"对，吐痰也是一个恶习。"小潘也跟着附和道，他失笑道："你们今天看到他们大当家的那个姑姑没？"

蜜姬·哈恩笑翻了，接着道："怎么没看到？那女人被四个人抬着出来，身边跟着两个丫鬟，一个捧着烟管子，一个捧着痰盂，她是抽一口烟，吐一口痰，而且不住地挖鼻子……哈哈哈哈……感觉她的长指甲都快插到脑子里了，或者随时会从眼眶里冒出来！"

"哈哈哈哈……"小潘和鲍威尔也是跟着一阵嬉笑。

弄得王恩美一阵尴尬，他苦笑一声，低声辩解道："哎，矿区粉尘太大，确实鼻子会不舒服……我们这些人，也是因为火车才算进城吧。之前也都是农民。"

"对，所以恩美兄很了不起，教育工农，功德无量。我记得一战胜利大会上蔡元培先生演说说得好——劳工神圣！此后的世界当全是劳工的世界！"潘云鹤点头称是。

王恩美仔细看了一眼潘云鹤，颔首道："云鹤老弟居然也认同'劳工神圣'这样的话，我很高兴。"

"认同自然是认同的，世界大势浩浩汤汤嘛。不过，教育农工，谈何容易。不啻铁杵磨成针、愚公移山，只怕穷尽王兄毕生精力，也难水滴石穿。"潘云鹤换成中文摇头叹息。

王恩美改用中文笑道："老弟也忒颓唐了些，看来是看不起我们'穷棒子'啊。可是不积跬步无以至千里嘛，你想想，这铁路不过二十年，临枣地区已经风气一新了。别忘了，这里原本是义和团民扒铁路、毁电线最厉害的地方，不过二十年嘛，已经是鲁南劳工最多、产业最发达的地区了。"

潘云鹤睨视周匝，乜过远处夜色中的烟筒，也冷笑道："哎，我岂能不知？当年刘锡鸿①给老佛爷上书的雄文——《仿造西洋火车无利多害折》，里面说修铁路之'不可行者八，无利者八，有害者九'，其所忧虑者，正是今日之事——奇技淫巧，西化流毒犹如毛细血管而入百骸，经济从此不能独立，人心因此而不古，天下故而土崩瓦解。"

王恩美哂笑反驳道："没想到潘老弟出身是洋务世家，却支持刘锡鸿那样的老顽固。难道闭关锁国，就能独立于滚滚世界形势之外？"

"话虽如此，可清朝天下亡于保路，北洋外交困于路政，这也是不争的事实……对外有胶济铁路之屈辱，对内有'二七大罢

---

① 刘锡鸿：中国近代第一批走出国门的外交使节。1876 年任清朝驻英使馆副使并兼任驻奥匈帝国、荷兰公使，但其人却是一个激烈的反对洋务运动者。

工'之祸乱，这不都是铁路带来的麻烦吗？"

王恩美哈哈大笑道："我看潘老弟聪明倜傥、博闻强记，原来却是如此不通……你这不是掩耳盗铃、自欺欺人吗？你嘴上拥护'劳工神圣'，可却又对'二七大罢工'，将这中国无产阶级首次发动的伟大运动称为'祸乱'？"正说着，只见孙美瑶笑嘻嘻地带着金小玉悄声摸了过来，王恩美看见，孙美瑶却摇摇手，让他们继续辩论，表示自己很愿意做个哑巴听众。

潘云鹤摆手道："王兄差矣……何以见得你说的进步就是进步？我的保守就是落后呢？难道西方的一切就都是好的？东方两千年的纯良的道德和传统就完全没有保留的必要？西方如果都是进步？为何一战死了那么多人？新的技术和武器不过是杀人的效率提高了不少……"

王恩美昂然道："技术的进步，当然是天衍之道……秦国和罗马是一个时代，因为发明了道路，因而成就了帝国；伊比利亚人发明了远航技术，因而占有新大陆，欧陆文艺因此复兴；此后是英吉利人发明了蒸汽工业，美利坚人发明了电气工业，因而先后称雄世界。你说中国人的传统温良？两千年除了吃人杀人，还产出过别的东西吗？如果这样的传统是让我们温良地接受别人的奴役，恕我王恩美是不能接受的！"

潘云鹤摇头冷笑："进步？落后？有用？无用？你们这些激进主义总说……落后就要挨打，岂有此理，中国与列强之战争，哪里是因为你落后？而恰恰是因为'无礼''傲慢'在先，'贪婪''失信'在后，而中国屡战屡败，我看也并非技不如人，而是官吏如豺狼，三老如虫豸，庶民如散沙……人心坏尽，不可收拾。"

王恩美点头道："老弟既然明白人心坏尽这个道理，岂不知当今新青年的任务就是——教育农工，发动革命。今日中国，怕不是要实行一个大动乱、大杀伐、大革命——实行一次无产阶级的彻底革命，中国才能复兴崛起的。"

潘云鹤摇头道："王兄请慎言之，你一口一个大杀伐、大革命，你说的都是口号，我看到的却是千万民众的血，是家人离散，是易子而食，是人间地狱……你说的启发民智，我是赞成的，可这是急不来的，你说的大杀戮——那还不就是恶人造反，百姓遭殃？我深不以为然，长毛贼杀掉江南几千万人，我却没看到什么复兴，这些年各种内战，不也是打得昏天黑地，还动用了飞机、炮舰、装甲战车……看看我们国家，难道还有一点儿进步了？"

"天平军之战、北洋内战，不过是一个反动集团想要替代另一个反动集团……"王恩美正要慷慨争辩，却被端上羊肉汤的克里斯蒂安和鲍威尔打断，鲍威尔笑着问小潘："你们在争吵什么？"

潘云鹤摆出一个无聊的手势自嘲道："政治，最乏味的东西。"

克里斯蒂安递给二人加了烧饼的汤碗，笑道："来尝尝帝国主义分子的汤……让我们多一些营养，少一点主义吧。"

鲍威尔自己用不大标准的中文向孙美瑶问道："我听说北京方

面政府的特使——曹锟将军的代表、交通总长吴毓麟将军和山东督军田中玉将军都已经抵达中兴煤矿了，说明政府方面和谈诚意还是有的。孙将军有何想法？"

孙美瑶诚恳一笑道："我现在过来，就是为了这件事儿。现在政府方面约定的正式谈判时间是 5 月 15 日，之所以要等这些天，说要汇齐国内外记者团和公使团的观察员一同参会，其实不过是想在 15 日之前，就和我们达成一个基本框架，这样，会上将细节一定，这场大戏也就可以收场了。因此，我已经拟定了几条谈判要求。明天我想烦请您——作为这次谈判的第三方见证人，前去中兴公司，将条件转交特使团。"

鲍威尔和克里斯蒂安对视一眼，故意用汉语问道："尊敬的小罗斯福先生，您有什么意见？"

克里斯蒂安也故意用英文向潘云鹤说话，潘云鹤翻译道："这些洋人原则上同意帮你传达消息，但有一个条件——他们要求释放老人、病人、妇女和孩子。"潘云鹤强调道："包括中国人质中的老人、病人、妇女和孩子。"然后又耐心解释道："谈判之初就向政府和国内外记者团展现出和平诚意，是十分必要的。"

孙美瑶点头应承笑道："可以嘛，万一再出什么岔子也是因小失大，事情闹到这个程度，有你们在我这里就可以了，这样，一会儿我们弄个名单，明早你就和鲍威尔先生代表我，送这些老弱妇孺先行下山吧。但是，若是你们不回来，或是有人乘机逃走……

我必将报复。"

潘云鹤淡然一笑，用中文对孙美瑶道："我自然会回来，不然我何必不走不是吗？"

孙美瑶连忙点头，像是为自己小心眼了抱歉。

于是潘云鹤用英文对大家说："他同意了。"众人一片欣喜，欢呼。老上校的军歌唱得更加欢快了。孙美瑶的土匪形象一下变成了罗宾汉，大家放松起来，甚至有几个洋人肉票儿过来向他敬酒。

金小玉凑到正在喝汤的潘云鹤身边，转动着大眼睛问道："潘大哥，我妈说，'杜大耳朵'都来了，接你走，你却为了大家自愿留下了？"

潘云鹤不好意思地苦笑一下道："呃，就算是吧。岂有独自逃跑的道理？这抱犊崮的强人，看来也并非穷凶极恶之人。金小姐，你们几个身份特殊，应该也能脱身吧？怎么也不肯走？"

金小玉皱眉，想了想，回答道："我也不知道，孙大姑对我们很好，还拜姥姥是什么'救国菩萨'……神头怪脑的。不过好像事情不完，我们也不能走。"她小声咬耳朵道："我们住的房子外面也有好多土匪把着……说是保护我们的。"

潘云鹤叹口气，笑道："人都安全就好，你刚才也听见了，政府那边儿已经有大官下来了，相信很快就能解决。"

金小玉叹气道："没办法，我可待腻了……想回天津、上海了。我姥姥也说待腻了，住不惯乡下；我妈却兴头挺大，天天跟着孙大姑到处游览，哼……她一开始就怕被勒索银子，紧张得什么似的。后来孙大姑说姥姥是恩人，大家都是自己人，她就又活了……上蹿下跳的，昨天还出主意让土匪搭长棚。哎……我也不知道，怎么我们和他们都成了自己人了。"

潘云鹤淡然笑道："咱们中国人都是人情社会，你看，我出事儿，我杜大哥就会过来说情……估计你们家也一样，有故人的什么情分在里面呗。"

金小玉"嗯"了一声，自嘲道："我们家开六国饭店的，还真是什么样的关系都不缺。"小姑娘说着说着掏出一张小纸条，羞赧地笑着说："对了，潘大哥……还记得你在火车上写的签吗？我抽到这个是下签，是什么……'倪瓒遭遇张九七，宁死不俗。'我这些天一直没扔这个纸条，却看不懂，问我妈和姥姥是什么意思，我妈也不懂，姥姥像是明白……却推说也不懂，让我自己来请教潘大哥。"

潘云鹤闻言哈哈大笑道："别当真啊……倪瓒就是倪云林，元朝江南的一个画家，有很多怪癖……有一次，他被吴王张士诚的弟弟张士信——也就是这个张九七绑了票儿。倪云林却一声不吭，结果白挨了很多打。后来好容易脱险回家，别人就问他，先生挨打，为何一声不吭？倪云林叹息道：'若呻吟，岂不俗了？'"

金小玉笑道："哈哈哈，原来是个呆子！"

潘云鹤点头笑道："是啊，文人虽说软骨头，但倔起来，也是可以硬的。"

蜜姬·哈恩端着一杯酒凑过来问："嘿，你们聊什么呢？"

金小玉盯着蜜姬·哈恩用生涩的英文道："哦……我认识你，你是爱俪园的 flapper girl。"

蜜姬·哈恩冲小姑娘挤挤眼睛，笑道："嗯，是啊，你是那两个中国小脚儿女人的小洋娃娃。"

峄城县天主堂，灯火闪烁一番后，亮得通明。十字架下，布道台前，衣冠如云，勋章闪闪。交通总长吴毓麟和山东督军田中玉联袂挥手而出，直面各国记者团砰然闪亮的镁光灯。

两人相互推辞一番后，田中玉率先登上布道台，双手慢举，平息了掌声，先是微笑着向当地绅士、矿业经理以及各地赶来的记者团和红十字会的代表问了好，然后展开一张讲稿，清了清嗓子，严肃地念道："本月 6 日凌晨，津浦快车于临城韩庄北遇袭，全车乘客被掳，并毙伤外人。该事发处为兖州镇守使防区，肇事匪首为临枣地区抱犊崮孙美瑶、郭琪才、陶相礼等悍匪猖獗如此，中外震惊，朝野骇愕。事发虽然仓促，但临枣路警大队、沙沟连队，以及第六旅骑兵营反应迅速，立即竭力展开围堵追击，先后交火多次，杀伤匪徒多名。截止到 8 日，共救回华人百余人，西人男女六人。匪徒已经被我第五师、第六混成旅及路警大队成功堵截，层层围困于峨口村。"

田中玉读完稿子，仍低头细细折好稿件。众人却以为还有下文，冷场了几秒钟，确认他已经说完了，记者团一时聒噪起来——

"请问阁下，关于公使团所提四项通牒，政府作何答复？"

"田将军，请问目前确切的伤亡人数是多少？"

"田将军，明天您将亲自与孙美瑶和谈吗？"

"阁下！中国政府将如何保证津浦线快车安全运营？"

"田督军，能否透露一下'西集惨案'的细节？死了很多人吗？和孙美瑶劫车案有关系吗？"

"人质现在安全吗？什么时候能得到自由？"

"人质处境如何？"

"……"

田中玉对此早有预料，他缓缓挥手示意大家安静，然后胸有成竹地说："大家慢慢说……一个一个说，首先，各友邦关切之人质安全问题，我政府已给予切实保障，并改堵截政策，为引导安抚政策。一句话，现在人质非常安全。"田中玉顿了顿，然后对一名外国记者道："公使团所惊愕不满的，政府深有同感，因此，已经将兖州镇守使何锋钰将军为首，乃至韩庄路警支队长所有地方文武官吏一律免职议罪……嗯，只有一个例外……我们峄城县的县长……辛铸九县长，这次处变不惊，处置得当，堪称稳如泰山。首先派出特使——我们的英雄——伦弗神父，对匪徒进行有效安抚，未造成大规模人道主义惨案；并第一时间取得了被掳中外人员的名单，为本案和平解决，创造了条件。让我们为——也是我们的东道主——鼓掌！最后，大家都看到了，辛县长和中兴公司的接待工作，大家还是满意的吧？来，再鼓掌……”

田中玉笑着示意一个跳脚的记者淡定，他答道："目前，由于政府秉承生命至上的原则，匪首孙美瑶已经被我方仁德怀柔之情打动，颇有悔改之心啊。因此，已经有投诚的意向……事关机密，我目前还不便与各位详述细节，毕竟人命关天嘛。因此也恳请各位注意措辞——特别是，政府与孙美瑶并非对等和谈，而是准备接受孙美瑶部的归顺投诚。"然后，田中玉对连续冒出来的几个关于条件问题，全是四个字作答："无可奉告……"

然后他对意犹未尽的记者团们高声道："大家不要急，鄙人亦心急如焚，当然——首先也是关心人质处境如何。因此，明天我已安排列位记者团成员，参观一下我们鲁南的民风和建设成果。明天，我们参观电气公司；后天我们参观器修厂和煤矿；第三天游览峄城古迹……散金台；第四天是甘泉禅寺。大家少安毋躁……这个安排，其实并非无意义。一来呢，也请各国记者，看到我鲁南大地，并非野蛮不法之地，其实也还是欣欣向荣的。鄙人也想借此机会，向全世界展示一下鲁南面貌，以免以讹传讹嘛。二来呢，我们也正是以此，逐渐接近目前孙美瑶被困之峨口，最后一站甘泉寺，正是目前第六旅旅部所在，我们计划，与孙美瑶的洽谈……地点就放在甘泉寺。因此，大家一定有兴趣第一时间，报道此事进展嘛。"

"那么，田将军！可否安排参观峨口村，我们希望亲眼看到人质现状！"一名记者扯开脖子喊道。

田中玉犹豫一下，看向吴毓麟，吴总长索性抢过身形，代为答道："按照目前事态发展，我持乐观态度，因此大概其是完全可能有机会安排的。另外，不但如此，我吴毓麟在此郑重宣布……我吴毓麟，愿意亲赴峨口村查看人质状况……并且，我吴毓麟宣布，我个人愿意，以我民国交通总长的身份，换回外籍人质，我来充当人质——以确保他们的生命安全。"

众记者闻言，纷纷低头在笔记本上速记这哗众取宠之言——纷纷以低头掩饰不敬的哂笑。田中玉更是莫名诧异，不屑地哼然一笑，将吴毓麟扯开挡住，自己上前一步宣布道："吴总长所言极是，凡是有利于事件和平解决、对失陷人质安全有所帮助的，我和吴总长，都会表率在先，不以我们个人、本位利益为念，必要的话，完全可以牺牲小我，维护大局。请各界务必将鄙人和吴总长之赤诚善意，公布于众，请各国安心，让百姓放心。"

说罢，在一片掌声中，他扯了辛铸九上台。辛铸九得令，高声宣布道："感谢吴总长、感谢田督军、感谢各位代表，也感谢各位记者……我宣布咱们'全国公团枣庄联合会'正式成立……首先，我们请联合会主席——参议员杨岐山先生，为我们剪彩！……

然后……请大家到中兴公司宴会厅——赴宴！请大家不要嫌弃，今天是俺们峄城的特色——豆腐宴！"

孙美瑶的脸色被篝火映射得忽明忽暗，他给王恩美、潘云鹤、克里斯蒂安、鲍威尔分别满上土酿美酒，示意蜜姬·哈恩和金小玉自己喝葡萄酒。

孙美瑶将酒一饮而尽，嘿然叹息道："这'百羊宴'，原是我哥哥许下的，他说如能打破何锋钰围困，就请大家吃'百羊宴'，喝刘伶醉……哎……"他对王恩美说："'大耳朵秀才'，你应该是了解我哥的，本也是个秀才，最爱讲古……他总是跟我说，咱这地界，百战之地。当年北齐兰陵王高长恭在邙山一战成名，却终于功高震主，被小人暗算。今日鲁南，又是百战之地咯，滕县、临枣有我抱犊崮，西边儿蒙山是刘黑七，西南边儿是'老洋人'……乱，那是乱的嘞！可是，你们不知道，这片地界，也是大有可为啊。"说着，孙美瑶拍拍潘云鹤，笑道："潘老弟，你来看……这抱犊崮，易守难攻，连珠十八寨，藏龙卧虎啊。咱脚下，是啥？是煤矿。这是你家中兴煤矿富可敌国的根儿；放眼看……一望无际，就要收的鸦片，那是天津、上海的老爷们眼红的硬货。这些鸦片一出手……就是粮食、就是枪杆子、就是军队！往西五十里，津浦快车，连通南北中国；往东一百里，就是石臼港，能通钢铁轮船，可以直放西洋。你们也看见了，这些天，'刘黑七''徐大鼻子'……多少人往我抱犊崮赶来，我哥没做到的，兄弟我做到了。"

王恩美和潘云鹤对望一眼，都觉得有些错愕，潘云鹤忙举杯附和道："孙将军招安在即，鲁南'自治'在即，乘风而起在即，可喜可贺。"

孙美瑶摇头笑道："老弟啊……我知道你瞧不起我。可我告诉你，我劝你千万别小看我孙美瑶和这小小的峨口——等我抓住这里的印把子，第一，把生意做起来；第二，练兵自保自然不用多言；第三，我要搞工厂……'大耳朵秀才'啊，我知道你笼络工人的目的，我也要拢住他们啊，其实，济南兵工厂我是去看过的，没什么了不起。我们有工人，有机器，就能造枪炮。哈，你们笑我对不对？我还真告诉你们，现在我抱犊崮上面，就有两座工厂哩，一个是鸦片工厂，另一个就是修理武器的工厂，里面的师傅都是你夜校的学生……想不到吧？然后，在那边，你看那片儿高地界……咱也学中兴公司，也办一座小学。不出五年，保管咱们抱犊崮当兵的素质，比北洋的兵高出一截子去！我偷偷看过日本在青岛兵营的操演……也没啥，不过他们的兵，识文断字儿，所以才厉害嘛！潘老弟……你不是也算中兴公司的股东吗？我看你不如留下，就在中兴公司，你也搞建设，我也搞建设，咱们比一比！看看鲁南，谁能让老百姓过上好日子。"

蜜姬·哈恩伸着耳朵听克里斯蒂安给她翻译，忽然笑着说:"孙将军!我看,你能不能先修个厕所?你们现在的厕所臭死了!"

听完潘云鹤的翻译,孙美瑶哈哈大笑,往脚下随口吐了一口痰,笑道:"茅坑吗?那有何难?修!明早就修!"

众人只得赔笑,却听孙美松快跑过来,喊道:"五哥!五哥!姑姑叫你回去!大家都在等你!"

孙美瑶回到大圆桌前,却见金氏女眷已经不在,剩下的已经全是各路司令和寨主们了。众土匪都有了几分酒意。孙大姑嗔怪地瞪了他一眼,道:"这么多长辈在这儿,说的都是要命的事儿……让你送个人就不回来了!"

孙美瑶连忙拱手抱拳谢罪,讪笑着拜了一圈。孙大姑不等他起身,断喝一声:"来人,上香,登台!"

黑暗中几声阴沉的号角,两排大汉高举香烛火把,登上早已安排好的夯土祭坛。

各位首领簇拥着孙桂枝、孙美瑶依次列队登坛,各自持香,低声祷告苍天。

然后有一名枯槁老道士领诵,高声道:"窃思世衰道微,正是英雄建业之秋。此地山清水秀,正是豪杰立功之地。古有帝王乌牛白马告天地,今有抱犊崮……"

众人一起自报姓名……

"……结为生死兄弟！兄弟结义在桃园，威名天下瓦岗山，胸有文韬和武略，上将功业夺当先！忠孝仁义在心间，云龙风虎薄云天！千军万马逞英雄，梁山寨上有几名？"

"在下……孙桂枝、孙美瑶、郭琪才、周天松……"众匪依次再次报出自己的名字，并一一上前在祭坛上插上香火。

"有福同享有祸同当——从此共保——抱犊崮！今日打出龙虎旗——从此共号——'建国军'！"

众人齐声："好！"

"梁山寨上好威名，威名总归宋公明，宋江仁义高千古，才有招安第一功！请问哥哥在哪里？"

"在心里！"

"请问哥哥哪一位？"

"六安元帅——张勋臣（张敬尧字勋臣）！"

"也共山来也共堂，从此同爹也同娘，喝下一碗刀头酒，万里江山一同闯！来——！"老人话音一落，一名大汉将一只公鸡斩却，将鸡血淋入酒碗，众头领昂然端起大碗，仰脖儿干了——便将大碗啪叽啪叽地纷纷摔碎在地上，一起仰头大笑起来。

孙大姑递给郭琪才一个眼色，郭琪才将一张纸递给孙美瑶，只见上面写着三个条件：

抱犊崮"山东建国自治军"接受国家改编：

条件一：政府军退出峄城县、滕县境内，交由抱犊崮"建国军"接防；中兴公司、临城两地互不设防，由中兴公司设路警中队、矿警大队。

条件二：抱犊崮"建国自治军"编制不少于一万人，孙美瑶、郭琪才、刘桂棠（黑七）都应为旅长；要求支付一年军饷并补充军火装备若干（见附件条款）。

条件三：罢免田中玉，请张敬尧上将军担任山东督军，并督办苏鲁豫皖边境军务。

另：此三项条件，政府同意之外，还应邹城、峄城、滕县三县士绅及外国人质团会同画押签字担保。

孙美瑶愕然道："姑姑，你们都不等我就定下了？"

孙大姑笑道："你小子人都不见，等你黄花菜都凉了……难道你还有不同意见？"

孙美瑶无语，望着祭坛下的峨口，一派节日般的欢腾。

第三幕

雕弓天狼

第一节：大摆筵宴

民国十二年，公元 1923 年，5 月 16 日，农历四月初一。

彭祖百忌："丑不冠带，主不还乡——丑日阴盛，冠带簇新则容易招致群丑之嫉恨；衣锦还乡，容易招致故人的嫉妒。"又云："丑日阴盛，百鬼夜行，阳气盛者不宜出行。"

薄雨微凉，压住了无数风尘；沉濬春泥，裹挟着多少足印。

红灯照夜，魑魅能欣然履约；丝竹牙板，魍魉自踏歌舞来。

枣庄矿区东大门内，天主堂向北，过鸡市口，清真寺南，一派莺歌燕舞处，这就是临枣地区唯一一座能堪比省城的大饭庄子——天仙楼。

这些天枣庄街两边儿上的招待所、西人宿舍、县公所、学校全都腾出来接待各国记者团、全国公团枣庄联合会的各地代表了。也因而临近州县的脚行、戏班子、野鸡班子、挑熟食摊子的、卖烧鸭馄饨的……甚至要饭的，都闻风聚集而来，在大洼集里鼠聚中衢。

天仙楼红灯高挑，香飘八方，二楼雅座对面的空场上搭起一

座七彩木架苇席的大戏楼——闻说名震京津沪三地——有名的
"金花班"两代班主金彩云、金翠喜母女有幸驾临临枣,因此济南、
青岛、徐州多地的戏班子都争着来献唱。

红灯照处,高起的戏楼两边垂帘上写——

左边是:"燕支山上花如雪,魂痴花可捻;"

右边是:"江山船里月如人,酒醒月无痕。"

正是从情僧文涛赠金花班的两首小词中,抽出化成的一副风
流对子,却暗含了两代金花班主,一嫁文状元,一嫁上将军的花
魁往事。戏台中央,暗合这两对联的——正好是"出将入相"。
只听一声娇斥,扭扭捏捏走上台来的两位青衣正旦,唱的正是
《锁麟囊》——

……听薛良一语(言)来相告,满腹骄矜顿雪消。

人情冷暖凭天造,谁能移动它半分毫。

我正(嫌)不足(富)她正少,她为饥寒我为娇。

分我一枝珊瑚宝,安她半世凤凰巢……

天仙楼对面东厢窗内雅座上,县长辛铸九坐了主位,几位滕
县、临城、枣庄的乡贤陪坐,宴请的嘉宾却是鲍威尔主编、伦弗
神父、蜜姬·哈恩、潘云鹤、金家三女眷以及跟随而来的孙美松,
这些人原本都是作为人质代表来镇上参加谈判的人证,却因为谈

判终止，而暂时留在了矿区上。

桌上主菜是临枣本地的看家菜——葱烧海参、罾蹦鲤鱼、辣子炒鸡、单县羊肉，铺满桌子的是天仙八大碗：瓦块鱼、大小酥肉、让白菜、红烧肉、鸡蛋卷、龙眼鸡蛋、豆腐箱子、虾炖子。这八大扣碗，主攻的是肉脱骨、鱼去刺、虾脱皮……香浓绵软，肥厚酥烂，这可正对了那几个外国人的胃口，吃得满嘴流油。不说鲍威尔和伦弗神父两个“中国通”，就连蜜姬·哈恩这个初到中国的老外，也已把一双筷子使得熟练自如、上下翻飞。就这样，还不耽误她听小潘在一侧给她细说《锁麟囊》的故事，吃得是左右逢源，听得是频频点头。看得对面的金小玉不屑地撇着嘴，撂下筷子生气，根本不理孙美松巴结地夹过来的鸡腿儿。

辛县长敬了一圈儿酒下来，才又给鲍威尔主编满上一杯，双方对干了，用手背擦擦嘴，笑道：“鲍威尔先生，您是舆论领袖，又是老‘中国通’了。这几天您随田督军视察了鄗县几处厂矿、邮局、医院、市场……不知道有何见教？”

鲍威尔闻言苦笑道：“我是欧战结束后来中国的，虽然也走了不少地方，但比起伦弗先生他们，我实不敢叫作‘中国通’。不过能有此番奇遇，若能全身而退，肯定能增长不少见识。”然后，看着微笑等着他点评的一众中国面孔，他只好指着头顶簇新的电灯笑道：“正如你们田督军所讲，临枣地区能够通电、通电报、通火车，且道路平整，能做到这三通一平，已经领先大部分中国城市的发展了——嗯，原话是'堪称山东之模范县'了。"

辛铸九点头笑道："田督军底下向我等嘱咐——难得将国内外媒体舆论汇集于临枣，务必请各位全面了解山东建设成果——以免舆论'墙倒众人推'。"

"这个嘛……听说辛县长一夜之间，将县城里的垃圾渣土，就倾倒了数十吨……也算雷厉风行，一定让田督军非常满意了。"鲍威尔举杯敬酒，尽量平和地笑着，用也不知道是吹嘘还是揶揄的口吻说着。

谁知蜜姬·哈恩也吃饱了，不甘寂寞地插话，让小潘帮她翻译道："辛先生……我们看到满街都是喜气洋洋的花楼，我们现在看的戏也是结婚的戏……难道这次劫案，是一次值得庆祝的事情吗？我刚刚跟你们学了一个中国俚语——'白事当红事办'，我们现在是不是'白事当红事办'？"

辛铸九登时汗颜，堆笑道："哦……是小罗斯福夫人……中国呢，否极泰来，红白之间，自然是可以相互转化的……这个道理……嗯……我们希望正是将本次不幸，转化为我们与各国友人之间的相互交流机会，可以更深入了解中国——并加深我们合作的契机。"

听完小潘的翻译，蜜姬·哈恩似乎很满意，朝辛铸九敬酒道："我当然也希望这件不幸转化为有趣。不过，我并不喜欢你们粉饰太平以后的村子。你知道吗？你们打扫以后，更加不伦不

217

类……我却能从你们街道上寒酸的家庭主妇和营养不良的孩子身上看到他们生活很糟糕。以我在非洲的经验，这样的营养状态和卫生条件，这些孩子一半多活不到成年——辛先生——我们有句话：'看一个国家如何对待女性和孩子，就代表他们国家的文明程度。'如果这么说，您治下的村子，很难称得上是'文明'的地方。我想，你们的学校、医院、厕所……都太少了……你们的孩子需要有干净的水源，体面的衣服和上学的机会。"

闻言，辛铸九手里端着酒杯，仿佛端着一大杯苦水，他长叹一声，竟然起身给蜜姬·哈恩鞠了一躬，他抬手饮满此杯，长叹道："夫人批评得极是。鄙县什么模范？哎……老百姓其实衣不遮体，食不果腹，妇女儿童每年因疾病而死者极多，特别是即将入夏，历年脑炎、鼠疫、打摆子（疟疾）、虎烈拉（霍乱）……时疫猖獗，往往死亡惨重……哎……我这个县长，真是尸位素餐，愧对国家、愧对百姓……只是苦于力有不逮啊。"

伦弗神父见满桌儿中国主人们全都沮丧至极，连忙笑着打圆场道："也不能这么说。列位不要在意，小罗斯福夫人初到中国，不清楚时局之难——其实临枣地区，确实比其他地方，要富足多了——至少不常常饿死人嘛。列位，中国多年内外征战，确实早已民穷财尽了。百废待兴……田督军要展示成果，大家也看到了；但中国的贫穷和苦难，大家也要看到。看到，才能激发更多人来帮助他们——他们虽然贫穷，但贫穷的人终得祝福。而帮助贫穷的人，也更容易得到快乐，因为，我们只要一点点东西，就能分享给他们十分的快乐……因此，这样的分享，是世间最合算的慈善。对不对，我说的？"

大家纷纷赞同，鼓掌说伦弗神父说得太好了。

谁知蜜姬一边鼓掌一边笑着问道："辛先生，我一路都看到你们的罂粟庄稼，可是为什么没人带我们去看你们的罂粟工厂呢？我一直很好奇这东西是怎么生产出来的。我本来要专门去伊朗参观的，现在正好有机会了。"

众人继续陷入一片尴尬的沉默，却听孙美松大声邀请道："我们抱犊崮就有大烟作坊啊，你要看，我明天带你去看。你抽过大烟没？我带你去过过瘾。"

蜜姬一下愣住，听小潘给她翻译完，兴致盎然地环视众人。孙美松笑道："那有什么……在座的每家每户都有鸦片作坊吧？我们这儿个个都抽大烟。"

蜜姬求证似的看向潘云鹤，小潘苦笑着摇头，说自己不知道。蜜姬又看向金小玉，金小玉怒道："别看我，我才不碰那东西！你问他们大人！"

金翠喜连忙呵斥女儿不得无礼，却听金姥姥指着戏台笑道："翠喜，这戏唱得不错……清脆如鸟、徐徐如风、高亢如雷……这是哪个班子？回头，叫咱家孩子好好跟人家学学。"

"哎……我们小地方的野台班子怎能和您老的金花班的角儿

们同日而语啊……"辛县长带头儿，一众乡绅各自附和着，总算把话题岔开了。

看着这些一脸尴尬的老头子们，金小玉忽然一笑，举杯向蜜姬·哈恩敬酒，笑道："姐姐，我敬你。"

孙美松巴结地笑道："姐姐，我明儿个，带你参观大烟工厂去！"

"好！一言为定！"潘云鹤苦笑着帮蜜姬翻译。

"那姐姐回头给我们捐一座小学吧？"孙美松蹬鼻子上脸道，换来满桌无忌的笑声。

一阵小锣鼓点儿……

戏台上一声断喝，上来一个蓝脸铜锤花脸，高唱《盗御马》——

将酒宴摆置在聚义厅上，我与同众贤弟叙一叙衷肠，
窦尔敦在绿林谁不尊仰，河间府为寨主，除暴安良。
黄三太老匹夫自夸自量，执金镖借银两压豪强，
因此上我两家比武较量……

西厢阁楼上幽静的小圆桌上，觥筹未动，烟气缭绕，杜月笙、田长垣、里见甫、陶相礼、穆索和克里斯蒂安六人围坐各自抽着闷烟，像是都在听戏。

良久，杜月笙捻起一杯酒，慢慢举起来，并慢慢地说："中国

有句话，叫无巧不成书，难得我们几个能坐在一起……别的不说，还是先祝贺穆索先生脱险，今天主要是给穆索先生压惊。"

穆索凝神看看杜月笙，淡然一笑，也慢慢地举起酒杯，又看一眼田长垣和里见甫，挤出一丝微笑，冲着克里斯蒂安苦笑道："欧战前，我们意大利侨胞在中国还有四五百人，现如今走得七七八八了。天津租界，克里斯蒂安，你是知道的，要不是要维持一支部队，现在估计都走光了。"然后他转头朝向里见甫，缓缓道来："而你们日本人，怕是从 1911 年的百十来人，现在已经几万人了吧？"

里见甫吐出一口雪茄烟气，笑道："中国有句俗话——近水楼台先得月——又说，'三十年河东三十年河西'。就是这个意思吧。你们欧洲人，山高路远的，货物价格又贵，一颗子弹就要一角八分……而我们榴弹炮只要一万三千日元，我们在商言商，市场公平交易而已。"

穆索冷笑道："所以中国人才要对你们'抵制日货、经济绝交'嘛。"

杜月笙摆手道："穆索先生，今晚不聊政治，只聊生意。"

里见甫点头，笑道："好，各位，我们明人不说暗话。鲁南的生意，我的宏济善堂已经进来了，就不打算再出去。原本这鲁南的鸦片，主要走三条道。官道——从西集收、加工，然后走你田大队长的铁路到天津，由段将军的六国饭店包装分销，我在天津的店，就是进你们的货，可这样的货——直百，印花税要抽两百；漕运道——也是西集收、加工，走漕帮运河水路到上海，大部分是由我宏济善堂在虹口分销，这样的货——直百，印花税要抽一百；第三条路原本是孙美珠的走私货，过刘黑七的蒙山地盘，走海路，上穆索先生的走私船，这样的货到上海给我——直百，只抽七十……我原想是多分一些货物走海路，谁想……”

田长垣拍桌子怒道："李先生好清楚的账目啊……因此你教唆孙美珠来分西集的生意？孙美珠已经被你害死了，你就让孙美瑶狗急跳墙——强劫火车、火烧西集——哼，你这是想断了我和穆索先生的路，想独霸鲁南的鸦片贸易吗？”

里见甫颔首，慢慢一字一顿道："孙美珠要是不死，我们还能合作。别忘了是你们先下的杀手，说起来，你们不也是想独占鲁南的鸦片生意？要把我们都赶出鲁南？切……就算我承认，孙美瑶劫车是我教唆的，有人信吗？我就是一个小记者而已，因此，我说了也不算的……不过，车上有穆索先生和克里斯蒂安……纯属巧了。这里，我借杜先生的酒，给二位赔罪，压惊。”

克里斯蒂安不动声色地干了杯中酒，穆索则苦笑道："我岁数大了，本来也对鸦片贸易没兴趣。谁让你们没钱买军火，还非得要飞机、大炮、坦克……你们只能付鸦片，我就只能收鸦片。如今，欧洲那些年的存货也差不多出干净了，我也准备回国了。杜先生……我海上的船和上海的烟土生意，我看，以后就交给你吧。就留我一把老骨头，回意大利养老吧。"

杜月笙皱皱眉，淡然道："着什么急嘛？这些我们回上海慢慢商量。我说了今日只是凑巧，并没有鸿门宴逼谁的意思。只是现在事情闹大了，大家都退一步好收场不是吗？穆索先生，别担心，您的安全，我们来保证。是不是，李先生？"说罢，他狠狠盯一眼里见甫。

里见甫不理，闷头抽雪茄。

田长垣忍不住又拍桌子道："李先生……既然你承认和抱犊崮有关系，那么，我也不妨直说……你们弄的什么条件？我告诉你们，想要田督军下台，给张敬尧让位？别做梦了。这条不去掉，本次事儿恐怕难以善终。"

里见甫连忙摆手，指着陶相礼笑道："田大队长不要误会，事情虽然起于青蘋之末，然后其发展态势又岂是我能左右？这张敬尧将军是他们抱犊崮起家的元首，孙美珠等十八寨主原本都是受他恩惠的当地豪强，而五路司令大都是他在山东剿匪时的官军。这是他们这些老兵思念故主，想要在这故地唱一出《古城会》，这也是一段佳话，我于情是乐见其成，论理更是'疏不间亲'啊。"

田长垣龇牙一笑，举起拳头朝陶相礼威胁道："姓陶的，你这是要当汉奸卖国贼啊！抱犊崮要不念国家大义了吗？"

"瘸子六"陶相礼怪眼一翻,阴恻恻地笑道:"别乱扣什么帽子,有种,你田大队长就发兵灭了我们抱犊崮呗……你敢吗?不怕你们西洋主子砍了你的脑壳?切,谁汉奸谁啊?"

杜月笙起身作个罗圈揖,赔笑道:"各位,都别上火。不过是生意而已。不如各退一步?陶司令,可否还请抱犊崮将滕县码头和西集工厂归还;张将军可以做兖州镇守使,但不要动摇田督军的位置。我们可以承诺,以后鲁南出产的鸦片,我们二一添作五;以后你们走漕运的货物,押运费也减半;最后,我杜月笙自己每年另拿出上海三鑫公司的股份花红给各位司令,数目可以谈——这总可以了吧?"

里见甫眼珠子迅速转动,正待发话。却听田长垣又拍桌大怒道:"'杜大耳朵'!你答应行,我可没答应!督军!镇守使!这他娘的是军国大事,岂能是尔等……就这样像分煎饼一样就分了?笑话!"

闻言,里见甫往座位里一靠,深吸一口雪茄,仰头微笑不语。杜月笙讷讷地坐下,点头道:"是我造次了……田大队长请多多包涵。"

屋内登时一片死寂,耳听得窗外一阵春雷在远天翻滚,而屋外戏台上,已是又换了一班人马……

一须生正唱到《浔阳楼》宋江的伤感——

独坐在浔阳楼自酌自饮,我宋江也曾习武学文,

视金银如粪土，扶危济困。结交天下江湖好汉绿林，

实指望报国家扬名显姓，方不愧英雄志男儿胸襟……

雷声未止，当中阁楼上的窗户忽地被人打开，竟是孙美瑶对着窗外黑压压的天和亮堂堂的戏台子一阵冷笑。

"关什么窗？气闷！唱的啥戏俺都听不清了……"

孙美瑶身后是郭琪才、周天松、王继湘、刘黑七等几名头领，而一脸谄笑侍立门口的正是中兴公司的襄理，孙美瑶的本族兄弟孙光祖。

孙光祖看着几条大汉将蓑衣、斗笠扔在角落，奉孙美瑶主位落座，然后各自大马金刀地按顺序坐好，给他留了一个副陪的对座儿。他一眼看到唯独孙美瑶身披的不是蓑衣，而是一张不知什么皮货的大氅，黑白相间，威风凛凛。不由立刻称赞道："小叔爷！您这大氅可太帅嘞！精神啊！"

"呵！三哥你说俺这个呲毛大褂子？哈哈哈……"孙美瑶拍打着熊猫皮的大氅得意地炫耀道，"三哥，这可是一件稀罕物！你不知道，这次劫火车，洋鬼子里面有个美利坚的黄带子姓什么罗，叫什么思福的，这是他压箱底儿的宝贝，被我得着了。听咱家老人讲——这是貔貅，食铁兽的毛皮！当年黄帝战蚩尤，这畜生就是蚩尤的坐骑，刀枪不入，吞金咬铁……嘿嘿，怎么样，兄弟我穿上，气不气派？"

"嗨！难怪好威风！好煞气！我听说'东北王'张作霖大厅也不过是老虎，你这竟然是神兽的皮毛！前有'老洋人'送神枪，后有新洋人送神甲，嗨！你这好比岳飞爷爷出山挂帅啊！"孙光祖一溜儿顺杆儿马屁拍得飞起。

"是吗？哈哈哈哈哈哈……"孙美瑶十二分得意，他将大氅随手搭在太师椅椅背儿上，笑道："这东西好虽好，这天气还是有些穿不住，捂了我一身的臭汗！"随机环视四周，众头领阴恻恻的目光。孙美瑶捏着酒盅儿瞪大了眼睛问道："我说三哥……你咋想起来这节骨眼儿上，请我吃酒啊？"

孙光祖也没心情先劝一圈酒了，挤出十二分笑意来说："哎……一个多月前咱们哥俩儿不就说好了喝一顿的吗？"

孙美瑶把脸一拉，作色道："嗯，我哥遇害的那一天。"

孙光祖连忙收住笑意，尴尬举杯道："嘻……怪我。我自罚三杯……"

孙美瑶挥手制止，冷言道："不必，本来和三哥你也没啥关系。咱们自家弟兄……不带瞎啰啰的。"说罢，他翻出自己嘴唇，咧着嘴说："你瞅，俺嘴都急出燎泡来了……兄弟肩上顶着天大的案子呢。三哥你有话就直说吧……"

"成！谁不急啊……都着急。辛铸九不是知道咱们是亲戚吗？托我过来和各位司令商量商量。"孙光祖撂下酒盅，端起正经谈事儿的架子来了。

"哦，他让三哥你来的啊，我还以为是田长垣那王八蛋呢。说吧……什么话？"孙美瑶轻轻不屑地摇了摇头。

"成，咱都痛快人。既然你叫我一声三哥，我也不能空手来见你。"说着，孙光祖从怀里掏出一张盖着关防大印的公文，用手背掸了掸，双手奉上，嘴里贺喜道："孙团长！恭喜高升！咱们峄城老孙家这回是要兴旺啦！"

孙美瑶眼睛一亮，伸手接了过来，瞄了一眼，就递给身边儿的郭琪才。然后用余光得到郭琪才的点头，确认是真的公文。

"团长？哼……老子要求的可是旅长！"孙美瑶从手下几名头领眼中反馈回不同的信息，又盯住了孙光祖问道："哼，本来是他们急赤白脸地找我们谈……可我们条件一递过去，对面就没消息了。一等就是一个礼拜！我还以为不想谈了呢……明儿个正准备拿几个洋鬼子祭旗呢！"

"哈……不是……"孙光祖端起架子来争辩道："你们自己提的条件人家不理，你们自己没点儿数吗？五弟，你想想，对面来的叫作'山东谈判代表'主谈。北京来的是观察团。山东代表就是田督军带队。你条件里面直接请田督军下台……这还谈个屁啊。换谁，能和你谈这个？田督军是谁？是聂士成军门的兵，前清就是统带，徐世昌练兵的参赞号称——北洋炮圣！他从民国二年就开始镇守咱们兖州的——你说换就能换了？"

"那何锋钰还说是袁大头的干儿子呢！不也撸了？"孙美瑶

梗着脖子干顶。

孙光祖双手一摊，无奈道："可说呢……那不是人家已经给足了你面子吗？何旅长都为你这事儿丢了官儿，你也可以啦，可别贪心不足蛇吞象！"

孙美瑶冷笑道："那三哥你说说该怎么办？"

"这委任状是白纸黑字儿的——这代表田督军的最大诚意。我看，那些人和物资数量上的问题都可以坐下来细谈，但是……西集、临城不能给你们，张敬尧也不能来山东任职。既然条件是田督军下的，请田督军离任的妄言，也请不要再提起了。"孙光祖恳切地按住桌面，探身道："老弟！团长！挂中校衔，搁在前清，那也差不多是个参将，三品大员，可以啦，这已经比宋江受招安的一个安抚使大多了。封妻荫子，保境安民，从此伊始，咱就大有可为了呀。"

孙美瑶脸上阴晴不定，沉吟半晌，叹息道："田中玉能不能走，是不由得我们；张总司令能不能来，可也由不得你们。饭做了，就不能夹生。当年鲁南大乱，咱们峄城老孙家受过张总司令的大恩……"他往周匝一指道："而且我们'自治军'，个个都是张司令的老砥柱。于私，我们不能忘本；于公，张总司令才是鲁南各路人马人心所望。因此，三哥，不是我不给你面子……咱们鲁南够苦的了，必得有一个有大神通、大造化——'力能通神'的大人物镇住才行。"说罢，他呵呵一笑，将郭琪才手中委任状一把抓过，细细撕碎，笑道："我并不是贪图一个上校旅长，更不是嫌中校团长小……而是……一个团长，按不住抱犊崮，平不了陇海路，也保不了这方水土万民。三哥，你能明白吗？"

孙光祖嘬着牙花子，颓然缩回座椅。他看着皮笑肉不笑的满座悍匪，恨不得一个个把他们全都拉出去开刀问斩……

此时间不可闹笑话，胡言乱语怎瞒咱？

在长安是你夸大话，为什么事到如今耍奸猾？

左手拉住了李左车，右手再把栾布拉，三人同把那鬼门关上爬，

生死二字且由他……

台上现在唱的是《淮河营》，唱词飘入雅间密室，灯光下，一张八仙桌上，一名白面中年武官主位端坐，左右手陪坐的居然是两位"当朝一品大员"——山东督军田中玉、交通总长吴毓麟，下手作陪的，也是一名青年武官。

这白面武官举杯敬酒，赔笑道："今儿，我可是僭越了。可是曹大帅既然请我杨岐山来给你们说和，免得不豁出我们家两三代人的老脸来了。二位将军可别骂我，不是我敢薅您二位的老虎胡须啊……"

吴毓麟滋溜一口酒见了底儿，挑杯笑道："哎……岐山老弟

不宜过谦。一来，你是代表曹大帅嘛；二来，您是袁大总统的乘龙快婿，天潢贵胄，怎能和我等丘八同日而语。对不对，田大督军？"

田中玉一脑门子官司，冷笑道："我田中玉出身投在聂军门的新军，在朝鲜也是见过血的，小站练兵时我已是统带……不过嘛……哼，今天在座的，恐怕只有我是一个粗人。喏……杨老弟人中龙凤，是日本陆军士官学校镀过金的，那真是秀才带刀啊；吴总长呢……我历来最为敬重，那是咱北洋为数不多，在普鲁士读过军事的人才啊；这位小老弟，咱们刚认识……更得了……丁士源丁老弟是吧？厉害厉害……倡导'交通兴邦'的俊才，不但是京汉铁路局长，还是留洋考察过空军的青年精英，嗯……丁老弟啊，我必须得单独敬你一杯……"说着，就给丁士源满上一盅，两人对干——更把吴毓麟和杨岐山冷在当场，吴毓麟立刻给杨岐山满酒，二人风轻云淡一笑——一时，斗室内，全是喝酒声。

田中玉放下酒杯，仍是抓着丁士源聊航空："丁老弟，你可知道……日本人，在青岛已经修了机场——那小日本儿的飞机，都已经飞到我济南督军署的脑瓜顶上了！丁老弟，你不知道，甲午海战，我在朝鲜参战，那是一败涂地啊……作为军人，三十年国仇家恨，岂能等闲？如今，我等不过一苍头老兵苟且度日……但要说重振国势，我田中玉就看重两点：第一，就是大总统的遗训——北洋要团结！第二，就是要有飞机这样的新兵器，陆上我们输了，海上也输了，天上不能再输！而未来之战，当是空天之战……超过列强，希望在你们青年。因此，我早已上书国府，山东，也要搞航空。"

丁士源连忙举杯称谢，道："没想到田督军有如此胸怀和远见！丁某人钦佩！钦佩！您说得太好了……其实，民国九年，东北张作霖已经成立了航空处，建了机场。那张学良亲自去日本考察了空军建设，回来心得是：第一是非常之气愤，第二是要非常之发愤。因而，现在东北的航校，已经初具规模了——他一口气，组建了五个航空大队！奉军，那真是好气魄啊！"

吴毓麟忍不住插话道："何止奉军，南边儿，孙文也在搞空军，也喊出一个'航空救国'的口号。"

"可知航空之事，确实是未来之重啊。"杨岐山悠闲地夹了一筷子毛刀鱼，慢条斯理地说："丁兄，你看着日本空军现在实力如何？"

丁士源惭愧叹息，嗫着牙花子叹息道："惭愧啊，说起来，咱们的冯如上天比日本人还早一年，如今呢……哎……怎么说呢，咱们还在学开飞机，买飞机。人家日本人，已经在造飞机了。不但有陆航，还有海航，以后之战，不是船坚炮利，而是飞机投弹……你还没见到他……嗯……就好比田督军还在济南公署大军未动，日本飞机就来扔炸弹了。这仗以后还怎么打？"

田中玉闷哼一声，怒道："日本人已经骑在脖子上了，眼看就要拉屎！现在为了旅顺、大连，已经全国沸腾了；小鬼子占着青岛，眼巴巴地就想独占胶济铁路……我山东经济没有别的——就是两样，津浦线、兖州煤矿。可煤矿、铁路在我手里吗？不在，都在洋人手里！要说第三，也就是这大烟了。这断子绝孙的买卖，我不做，日本人就要做！我军费哪里来？还不得从这鸦片田里种出来？因此，抱犊崮我必剿！我看八成这次劫案背后就是小日本儿作祟。现在要张敬尧替代我？各位……那小子一撅屁股我就知道他要拉什么屎！不过是要将青岛、兖州、淮海连成一气……再将津浦线打通，至少是变成非军事区。山东！各位！这样山东就是人家的了！当年顾少川在巴黎和会言犹在耳啊！列位——中国不能失去山东！"

杨岐山冷笑道："田督军，别激动嘛……看来，您是对我们这些安徽人信不过啊。就你们直隶的深明大义？爱国？我们都是军人，守土保国那都是本分，谁也不比谁傻多少。但是！但是事有缓急……眼下不是欲投鼠而忌其器吗？你以为，那些学生、商会喊几句'中日经济绝交'就能绝的？现在战后凋敝，就没有货物进口，不买日货买什么？说难听的……旅顺、大连怎么收不回来？还不是因为不得不用日本人的钱！大总统忍辱负重将租约延长到九十九年？没别的办法啊……你田大督军硬气，独立精神……想用鲁南卖鸦片的钱充军费、买飞机吗？异想天开！"

吴毓麟赶忙举杯拦住话头儿，劝慰二人道："二位，别上火。北洋要团结，遇事看大局。哎……归根结底还不是国家太穷了嘛。必得依靠花旗银行、汇丰银行、正金银行的支持才能缓口气……其实，这几年，国家形势在好转嘛！对不对，岐山老弟？"

"正是啊……日本其实现在对中国非常依赖。他们生产，我们使用，我们东亚正在形成一个不亚于欧罗巴的小气候哩。而如果我们能利用欧美资本，以我国之人力、资源，学习日本技术，我看三十年之内，就能追上日本，届时……我泱泱大国，亿兆烝民，自然成为东亚首领，何惧区区日本人哉？"

"所以……旅顺、大连、青岛，甚至我山东，都是可以拱手送人的？"田中玉瞪眼怒道。

"田大督军——收回'旅大'，不承认'二十一条'，捍卫山东青岛，这些口号何来啊？都是南方赤党，拿了苏俄的卢布在叫嚣！是在抹黑袁大总统，抹黑我北洋……你也是北洋一分子，不可不察啊！那是舆论战，险过刀兵……攘外必先安内，国家现在分裂之中，心腹之患未除，何谈驱除外虏哉？田大督军，如果南北一旦开战……你这样的想法，很危险啊！"

"对对对……这南方的阴谋，想用民意彻底截断国府与日本的外交关系。说什么——经济绝交，不过是想彻底斩断正金银行对我的贷款之途径，这只会让奉系、南军做大……蕴山兄，不可不察啊。"吴毓麟帮腔道。

"哈哈哈……"田中玉怒极反笑，点头道："又是两害相权取其轻……与其得罪日本人、西洋人，不如暂时和皖系联手？大不了再打一次直皖大战嘛！嘿嘿……可笑的是我逼走了何锋钰，哎，现在该是我田中玉'请君入瓮'了。哼……做梦！别以为我田某人的第六混成旅能被你们轻易拉走！不错，我是粗人，肚子里也没有你们那么多花花肠子！不就是抱犊崮几个土匪草寇吗？我明天，就给你们打下来看看！洋人？能救下来就是他们造化，死了我田某人给他们抵命！可笑……堂堂北洋健儿，被几个虫豸牵着鼻子转悠！无耻！杨岐山！你回去告诉曹大帅……我田中玉七尺男儿，大好头颅，随他取去，但要我让出山东给张敬尧那厮？门也没有！想要？带兵来，枪对枪，刀对刀，咱们战阵上见分晓！"说罢起身，一掌拍在桌子上，菜汁乱溅……

杨岐山就被溅了一身一脸。他看田中玉骂到自己脸上了，登时白脸返青——也不知道是气得，还是被吓得。

吴毓麟赶忙扶住杨岐山，连忙帮他擦拭，转头佯怒道："蕴山！你这是干什么啊？你有气骂我，冲着我来！不都是为了大局吗？"说着，悄悄给丁士源递了个眼色。

丁士源立刻劝田中玉归位，笑道："我倒是赞成田督军，军人嘛，怎能让几个土寇牵着鼻子走？张总理不也是命我们在军事上要有所建树吗？否则国内、国际观瞻也不成体统嘛……"

234

田中玉瞪一眼丁士源，却也消了些气。忍了忍，仍是委屈，霍然起身，冲着三人道："明天，开战！拿不下抱犊崮，不用你们劝退，老子自己辞职！"

说罢，转身就向外闯出。门外一众参谋、秘书、马弁措手不及，急忙赶出来围住他，帮他披上大氅、打上雨伞。丁士源笑嘻嘻地追在后面，连忙叫道："田督军，留步，请听卑职一言再走不迟！"

风吹雨打，戏散人去酒楼空。

一声焦雷，加快了戏台上龙套们收拾戏台的手脚。有个小学徒，从木板缝里抠出一枚大子儿，悄悄收在兜儿里，喜不自胜地蹲下身子，更加仔细地收拾起戏台，嘴里哼唱着《拾玉镯》："见一位二八女……亚赛天仙。我这里迈步儿，抽身回转。我二人怎能够……结下姻缘……我这里将玉镯脱离手腕，走向前放置在柴门外边……"

饭店屋檐下，蜜姬·哈恩用自己的印第安"卡其那"娃娃逗金小玉、孙美松这两个年龄相仿的半大孩子玩儿——金小玉用自己蹩脚的英语，教训着乐不可支的土包子孙美松，孙美松则妄图这大姐姐把娃娃送他，保佑他以后在战场上刀枪不入。

面前征集来的油布厢车络绎不绝，接各位贵客回客栈，最后再送"峨口"的客人们回程。而一辆黑壳儿福特车窗帘紧闭，车内杜月笙将一个点心盒子和一个大油纸包交给潘云鹤。

杜月笙略带醉意和疲乏地说："还没玩够？我可丑话说前头——今晚谈得都很不好。后面的情况可能会很危险。到时候出了状况，我可保不住你。但你若现在跟我走，就天下太平。"

潘云鹤打开食盒，是几样精致的酥饼、松糕，食盒垫着的油纸上有人用铅笔画了一个笑着的小猫脸儿。这一定是"咪啊呜"的杰作，小潘抿嘴一笑，扣上食盒儿。又打开油纸包，满车飘香，竟是一件手工织就的白色毛背心，被爱人喷满了香水。潘云鹤叹喟不已，凑在脸上，温软香浓，不胜安慰。里面掉出一封小笺，上面用娟秀的小楷写道："于耶稣升天节，你我亦当重见明光般心悦地祈祷。所以此物，胡马北风，越鸟南枝，祝寄平安。此心弟必可领会——凤仪。"

"千金之子不坐垂堂……你却偏偏要往深处去搅和。"杜月笙教训这个公子哥儿道："一群披着羊皮的狼聚餐，你一只羊去掺和能有什么下场？开眼界也没有这么开的吧？你看你现在这个样子，胡子都不刮了……真要落草去当胡匪了？"

潘云鹤摸了摸半长不短的胡子，笑道："我觉得很好看啊……"

"老夫人和老爷那边儿，我是替你打了包票的。又说你长大了，有担当啦，男子汉大丈夫，不愿舍弃同伴。老爷听了挺高兴，老太太则骂我不知轻重……我只能说谈判很顺利，现在很安全。也多亏你深入匪穴，冒死劝说悍匪。我是把你吹成了舌战群儒的诸葛亮、带六国相印的苏秦了。"

潘云鹤不舍地放下毛背心儿，细细包装好，将书笺小心夹在笔记本里。这才回过神儿，忽然问道："杜大哥……你说谈得不好？怎么说？"

杜月笙苦笑道："我原也以为是几个土寇狗急跳墙……嗯，车上没有日本旅客，你不觉得奇怪吗？"

"怎么不觉得？我们一众中外俘虏在一起聊天，都觉得这事儿必有蹊跷……难道真是日本人在背后教唆的？"

"咱们兄弟私下这样说，你千万别出去乱讲，这是说不得的事情，明白吗？"杜月笙严肃道："虽不能十分确定，但目前匪徒所提条件和日本主张津浦线国际共管、沿线驻兵……这些……至少是借题发挥，趁火打劫吧……如果火也真是他们放的，那小日本儿的算盘，就打得很恐怖了。"

"嗯，《九国公约》限制他在山东的野心，毕竟不甘心呢。所以……"

"所以很危险！"杜月笙厉声道，"我们全力在息事宁人，但如果后面有人煽风点火，甚至就要事态失控——然后趁火打劫的，你身在旋涡中心，就是人家一定要吃掉的一枚棋子，我岂能保住你的周全？"

潘云鹤瞳仁紧缩，正待追问，却见外面黑雨夜中一阵混乱。杜月笙一把将潘云鹤按在座位下，抽出一支比利时袖珍转轮手枪。他的司机已经启动引擎准备冲出。但他刚打开大灯，就连忙叫杜月笙。杜月笙瞄了一眼，便下令道："熄火吧……"

只见车外，数十支快枪指向轿车，而他安排在各处角落的青衣大汉，无一例外都被化装进城的土匪们制住了。

一只大手狠狠拍了拍车门，车门打开，竟是孙美瑶押着淋得透湿、满面愠怒的意大利走私商人穆索。孙美瑶挥着驳壳枪让杜月笙下车，却把穆索塞了进去，然后自己也一屁股挤进车去，朝窗外笑道："杜兄！咱们辈分差不多，我就不跟你客套了……借你这车送我两位贵客回山，到了就还给你……嘿嘿，我也坐坐这洋轿车！多谢！别送了……"

说着，用枪指着司机，狞笑着令他立即向峨口驶去。

杜月笙挥手让自己手下少安毋躁，转眼，各处的土匪消失在黑暗之中。而廊檐下躲雨的孙美松，也早已不知了去向。

同时，甘泉寺第六旅驻地大营门口，履新的兖州代镇守使张培荣、第六旅代旅长吴可璋正焦急地等待主帅归来。

一队快马"啸啸"撕破雨夜，田中玉、田长垣当先，后面跟着一众马弁，然后是丁士源紧随而来，而他身后纵马跟来的两人，一个竟然是人称"快马神枪"的老国际盲流克里斯蒂安，另一位是美国驻天津第十五步兵团的少尉卡尔·克劳。

一行人下马，脱了雨衣，拖泥带水地往大殿后面走。穿过大殿中忙碌的作战指挥室，田中玉叫道："马士奇！过来！你个王八蛋也过来听听！"

蹲在角落被摘取了肩章帽徽的前骑兵营长答了一声"到！"赶忙跟了过来。

侧殿内，供着地藏王菩萨，周匝是《十八泥犁经》壁画，剥皮拔舌、斧劈油炸，甚是骇人。聚光灯下，抱犊崮的沙盘清晰明了。克里斯蒂安第一个上去研究，频频点头。对卡尔·克劳说："看……我提供的目标都放进去了，我的情报没白费。"

卡尔·克劳沉声道："峨口很清楚了，山顶的情况是怎样的？"

克里斯蒂安摇头道："抱犊崮我还没上去过，上面据说是可以长期据守的，非常难上去。山顶耕地的牛，要在刚出生被人抱上去养大……所以叫作抱犊崮。"

丁士源凑过来用熟练的英语搭讪笑道："不要紧，明天，我们从天上就能看得一清二楚了！"

田中玉打开一瓶有"品重醴泉"题款的金奖白兰地，给每个人倒上，也不敬酒，而是径直板着脸问道："士源老弟……请说说你的妙计吧！在下洗耳恭听。"

丁士源清清嗓子，上前道："诸位……如果要攻打抱犊崮，有两难。第一，贼人已经将百余名中外人质分散放在峨口镇各处，一旦遇袭，就会立即向抱犊崮山上转移。在救人过程中，鱼龙混杂，良莠不分，很难不出意外。第二，如果人质被劫持上了抱犊崮，而我方又无法一举歼灭周边十八寨的土匪，就会导致鲁南甚至淮海一带的大乱战，虽然听说豫西的'老洋人'已经反正,但光是'徐大鼻子'刘黑七等部，就已经很难快速肃清。而这样形成僵持的话……就不如不打。因此,我们只能快速打蛇打七寸……稳准狠，在敌人退上抱犊崮之前，就结束战斗，而这样……外围的匪徒就无能为力了。"

田中玉不屑一顾地骂道："老子知道这些……要不是豆腐掉进灰里了，不早就完事儿了。"

丁士源指点着沙盘笑道："田大督军少安毋躁嘛……吴总长这次特命我来，也有两个缘故。第一,我搞航空的；第二，我因为买飞机，和美国朋友有交情。田督军，峨口，确实易守难攻。但也有个缺点——它是一个山河谷地，地势比较低。我的飞机，可以出其不意出现在他们头顶，吸引他们注意……然后，由我们美国朋友用迫击炮向峨口村无差别投弹……"

"投弹？"田中玉怒道，"你什么炮弹还能只炸土匪？"

丁士源微笑不语，克里斯蒂安给卡尔·克劳上尉翻译完，上尉一笑，也不再卖关子，从背包中掏出两枚黑黢黢的炸弹放在田中玉面前。

克里斯蒂安指着炸弹翻译道："这是'一战'中德国人发明的——剧毒威光气弹。没有弹片伤人，但会迅速冒出剧毒气体，使周围三十米内的人晕厥，我们这次带了足够覆盖峨口村的毒气弹。半个小时内，整个村庄将失去反抗能力。然后，我们的人戴防毒面具进村，就能不放一枪一弹，救出所有人质，俘虏全部土匪。"

田中玉目瞪口呆，眼前豁然开朗，一口干了白兰地，拍拍两个老外，抓住丁士源的手，狂笑道："士源老弟……你是我的恩人啊！"

张培荣笑着抿了一口酒问克里斯蒂安："这毒气使人昏厥固然好，但会不会伤人？"

克里斯蒂安苦笑道："当然会有伤害，但如果抢救及时，不会造成严重的损伤……况且，目前来看，这是值得一试的办法。我想，我们释放毒气之前就开始进村，我提前带特战人员潜入村里，以防万一。而且我已经安排人去教人质做简单的防护措施。而那些土匪……肯定不认识这样的武器。因此，我想，有九成把握能成。"

众人大喜，钦佩地看向克里斯蒂安，崇拜地摩挲着毒气炸弹，纷纷吹捧道："哎呀……当年的神枪快马，宝刀不老！真英雄也！"

第二节：飞机来了

民国十二年，公元 1923 年，5 月 20 日。农历四月初五，礼拜天。"值神勾陈，勾陈者——凡曲折之物，侈为倨，敛为句。"屈伸自如者为"勾陈"，北斗六星也，能屈能伸亦为君子也。彭祖百忌："癸不词讼，讼则理弱敌强。"

初夏清晨，阳光和煦，草木葳蕤。

山东潍县，擂鼓山简易机场，风向标有气无力地招展着，正如十几名地勤有气无力地给五架"爱弗罗"式飞机加满燃料。五名飞行员正和北洋航空筹备处处长丁士源在喝咖啡。

丁士源拍一拍屁股底下的报纸号外，用精熟的日语笑道："各位，麻烦你们做一次漂亮的表演，不是作战——就是把这些报纸和传单，散下去就可以了。"

日本籍的飞行员们拿起报纸号外，瞄了一眼，笑着读道："田中玉驾马恋栈豆——临枣人质危机难化解；湖南对日经济绝交——张敬尧余毒祸国殃民；孙美瑶撕毁委任状——抱犊崮或者另有图谋；豫西南'新建国'字营——'老洋人'受陈调元招安；

全国公团枣庄联合会告抱犊崮呼吁和平书……"

日本飞行员笑道："丁桑，要不要我们扔几个炸弹下去？吓唬他们一下？就散传单？很没有意思……像是表演。"

"你们就当是表演好了……我也不想航空筹备处一开始就是战斗，我虽也是军人，但是更看重航空商业的发展前途。本次行动，重点在对外昭示——北洋也有飞机，山东亦有航空。"丁士源解释道。

忽然，几名日本记者不知怎么冒了出来，连续给丁士源等人拍照，嘴里喊着："丁局长……我们是《日日新闻》社的记者，请问，今天是要对抱犊崮的火车劫犯进行轰炸大作战吗？

"……请问，有消息称，是有对抱犊崮使用毒气弹的计划吗？"

"……请问，您对中国军队公然违反《海牙公约》的战争行为有何评价？

"……请问，毒气作战是否会对人质造成永久性损害？"

几名日本飞行员看到是老乡，嬉笑着摆起姿势，招呼丁士源一起来合影。丁士源先是一蒙，正待向门口呼叫警卫，却见临时机场留守处代处长坂本先生披着一件旧军装朝他友善地挥手致意。丁士源苦笑着摆手，嘴里喊道："各位，这些问题都是谣言，我们在临枣地区，会有一场友好的飞行演出，会空投毫无伤害性的传单，其他问题在下无可奉告！无可奉告！啊……对了！这里是军事禁区，请你们出去！立即出去！来人！"

同时——枣庄甘泉寺大营。

全副武装的克里斯蒂安、马士奇怒气冲冲地冲进甘泉寺配殿，对着垂头丧气的田中玉、张培荣、吴可璋、田长垣等人怒喝道："行动取消了？为什么取消了？"

"我有心杀贼，却无力回天……小日本儿的记者拍到了我们特战队和毒气弹的照片……现在公使团正在质询我们行动的合理性。"田中玉苦笑道，"本来，北京可以假装不知道……现在，牵扯到什么'毒气战'、《海牙公约》，还有美国使馆的态度……嗯，别问我了，问他吧……"说罢，田中玉指了指缩在角落里喝咖啡的卡尔·克劳。

年轻的美国少尉耸耸肩，皱眉道："大使命令我们暂时停下来，因为如果使用毒气作战，可能会引发极为不良舆论影响——特别是如果人质受到伤害的话。美国不应该成为这样的表率。另外，克里斯蒂安，还有一个坏消息——小罗斯福夫妇，昨天被日本记者在天津六国饭店西餐厅发现了——拍了照片。我想这对你来说，可能是个很糟糕的消息。集中这些消息……可以明确是日本人在捣鬼，但是，我们必须先停下来。"

克里斯蒂安颓然地坐在板凳上，陷入紧张的思考。卡尔·克劳走过来拍拍他的肩膀，关切地问："队长，这是不是说，你的身份已经暴露了？"

克里斯蒂安点点头，苦笑道："我小看了里见甫了……明知他是布局人，却一直在他眼前撒谎……我真是太蠢了。"然后看一眼完全摸不着头脑的卡尔·克劳，下了决心道："昨天……的话……里见甫最近的电报站在徐州，那么消息应该还在路上。"说罢，他眼睛一亮，对田中玉喊道："督军大人……我推算抱犊崮收到情报应该是今天中午，我们原计划时间正是中午，如果现在就提前行动，还有机会！"

"飞机呢？"田中玉纳闷儿道，"飞机中午才会抵达……"

"根本不需要飞机！"马士奇急着插嘴，"我们自己就行！"

"你闭嘴！"吴可璋怒斥马士奇。

克里斯蒂安喊道："他说得没错！我们不需要飞机……那些土匪完全没有应对毒气战的经验，我的人已经帮人质准备了简易防护品，给我半个小时，就能解决战斗。"

张培荣抬手制止克里斯蒂安的话头儿，冷静地说："克里斯蒂安先生，你想的是你暴露的问题。我们是军人，接到了北京和美国大使馆两边儿明确的停止行动指令。我们必须服从。"

"他们知道什么？我受够了！我就是要和他们拼了！"马士奇终于发作起来。不等长官发话，田长垣立刻起身亲手带着两名马弁将他架了出去。

克里斯蒂安冷笑不已，瞪着田中玉，问道："这是你最后的决定？"

"放弃吧，我想我已经难以抗命了……"田中玉摇头道。

克里斯蒂安用非洲话骂了一句脏话，转身就要出门，却被卡尔·克劳一把拉住，劝他道："队长，你这是要回峨口？别去，很危险的。"

克里斯蒂安眯一下眼睛，狠声道："我必须回去，否则他们会杀掉我的朋友。"

说罢，这倔老头一把挣开年轻少尉的手，冲到门外，抢过一匹军马，纵身而上，冲追出来的大官儿们摇摇头，跃马而去。

稍晚——鳌山，峨口的临时营地。

雨打风吹后的纸扎彩楼都有些掉色，村民吃过早饭三五成群地拎着篮子和割刀下地去割刚刚成熟的鸦片果子。

扬场中搭起的祭坛边上搭起来一个临时的窝棚，英国医生艾伦现在成为峨口最受欢迎的人——因为他会治疗花柳病的消息不胫而走。孙美瑶于是特许他在此开设了一个临时诊所，并设法从中兴公司的教会医院中给他要来了各种西洋药品。于是，蚁聚而来的各个山寨的，有难言之隐的土匪们络绎而来，有的还带着他们同病相怜的暗门子妳头。在艾伦医生白色大帐篷前，排起了长队。鲍威尔主编带着几名各国人质志愿帮艾伦医生当起了临时护士，而那个一直围着一个女人乳罩的土匪负责看守他们，而他身上的胸罩里，现在塞满了艾伦医生的瓶瓶罐罐……因此，经常被艾伦喝令道："别动，我找不到药水了……"

有应对毒气战经验的法国老上校柏茹比是他们特地留下来的——他带着那些假装忙碌着的助手们将木炭粉、锯木屑、石灰、黏土用浸湿肥皂水的棉花裹在一起，再用土布做成一个简单的防毒面具。

老上校柏茹比戏谑地对鲍威尔说："老弟，要是在凡尔登，我给你的简易面具里面就全都是我的尿液了……"

鲍威尔笑道："那还真幸亏他们搭纸牌楼帮咱们凑足了原料啊……不过你老兄就真不怀旧？弄一个凡尔登原汁原味的自己用吗？"

"他妈的，一定给你做一个用……"两人哈哈大笑起来。帐篷帘子一挑美国武官平克少尉小心翼翼地闪身进来，小声说："我搜集了一些可以用的武器——主要都是木棍、炊具和农具，我会分给男士们，让他们就近保护身边的妇孺……嗯……希望我们用不上这些破烂儿吧。"

众人纷纷点头，平克少尉将两把锈迹斑斑的菜刀悄悄塞在角落里，冲两位老头儿点点头，又出去忙活了。

这时，帐篷外一阵欢乐的儿童笑声。两名老头儿拉开帐篷，从缝隙里瞄出去一看，只见两挂大马车上，孙美瑶、孙美松带着潘云鹤、蜜姬·哈恩、金翠喜、金小玉欢声笑语地向抱犊崮方向驶去，而两个驾车的车夫分别是郭琪才和王恩美。

蜜姬·哈恩站在车上，孙美松红着脸在后面紧紧抱住她的双腿，免得她跌下车去。蜜姬大方地从兜里掏出前天在中兴公司宴席上偷拿的水果糖，天女散花一样扔给峨口村的孩子们，那些孩子光着脚，跑得飞快，争抢着彩虹般飞散而下的糖果。

金小玉拘谨地坐在孙美瑶和妈妈中间，孙美瑶变戏法似的也抓出一把糖果，递给金小玉，示意让她也扔一把玩一玩。金小玉嘟着嘴摇头，逗得孙美瑶和金翠喜哈哈大笑。潘云鹤一身素净，洁白的衬衫外面套了一件簇新的白色毛背心儿，但他的目光却看着兴高采烈的蜜姬·哈恩——已经看得痴了。

鲍威尔笑着低声道："这姑娘挺不错，把那小军阀的注意力完全吸引住了。"

柏茹比笑道："蜜姬·哈恩？玛塔·哈里？嗯，还真是差不多呢。别管那些孩子了，我们看看防毒面具数量是不是够了吧……"

近午时——峨口村后山，孟家坳，抱犊崮十八连珠寨最近的秦山寨下。幽谷深处，过了明卡三处，暗桩三处，又是一片簇新的窝棚，一处借山势搭建，烟筒高挑，钢铁铮铮，是抱犊崮的兵器修理厂；另一处平地而起，柴锅成行，黑气熏天，正是抱犊崮的大烟膏作坊。

一名老中医模样的中年人在大烟作坊门口等候多时。和孙美松打了招呼，便带着众人去参观大烟作坊。而孙美瑶、王恩美则没有那个兴致，两人一前一后，被原在铁路工人俱乐部工作的老工头儿迎接进到对面维修车间去了。

老中医引着金翠喜等人，如数家珍般指点着道："喏，那边是新割下的果浆，这阿芙蓉果浆初如乳白，承之以瓷钵——风干为膏。此物见风则生变，如人之所遗，越干，则骚气越重，而以油纸捆扎封固，晒二至七日，即成生鸦片矣。往昔鲁南并不熬制，只卖生鸦片膏。后来西集镇请来东洋专家，以发酵熬制成熟鸦片。这样一来本地人也可食用；二来，虽然 100 斤生鸦片熬制 70 斤熟烟膏，然其货值倍增，而漕运成本减半，利莫大焉……而其利富在我鲁南，因而，不到十年光景，这十成田地，倒有七八成种了大烟。"老中医抽抽鼻子，道："请各位往这边看……那些西洋黑油桶中，是另一种西洋炼制法，加石灰石、卤砂，熬制后，凝结成晶，其色味皆变——成品白色粉末者，便是近日风靡上海的吗啡是也，其药性精纯，而不成瘾，正是今日的文明新药。"

潘云鹤淡然一笑道："这鸦片，可是害人不浅啊。"

"非也，非也……此物本是良药。"老中医脑袋摇得拨浪鼓一样，笑道："宋代'三苏'中的苏辙在《种药苗诗》便有食疗之方——罂粟粥——专可治消化不良，其方曰：'罂粟果研为牛乳，烹为佛粥。老人气衰，饮食无几，食肉不消，食菜寡味，柳槌石钵，煎以蜜水，便口利喉，调肺养胃……'这药效在我们乡下几乎无人不知，如果谁家有人跑肚拉稀，只需用点鸦片熬汤服下，顿时见效。或有稚童感冒风寒，族中老人就会把小孩儿叫到屋里，烧一泡儿鸦片，自己吞云吐雾，而孩儿们在边上只需闻闻大烟的味儿，病便能就好了——堪称良药啊。"

"嗯，我感冒，姥姥就这样给我治过。"金小玉点头道。

"哈……难道就不害人吗？"潘云鹤哂笑道。

"是药就有七分毒嘛。害人那也是有的……'金元四大家'之朱丹溪就说：'其止病之功虽急，杀人亦如剑，宜深戒之。'就是说这药性猛烈了。"说着，这老中医悄声对金翠喜、潘云鹤道："可《本草经》里是曾说——此物能固丈夫精气，因此宫中大内用之以房中之术。哈哈哈哈……"

老者见众人神色暧昧，便故意让孙美松带着金小玉去外边玩儿，自己拉着金翠喜、潘云鹤和蜜姬·哈恩走进一间小屋。屋内冲鼻的氨水、樟脑、醋精的臭味儿，那老中医指着一大罐玻璃器皿中熬制的棕色液体道："这才是鄙人家传的绝学——以醋化熟膏之形，以人参、白术、茯苓、甘草煮成四君子汤为佐，混入同熬。最后加冰片、乳香、蜂蜜合成散丸……此膏丸亦可吸食，亦可熏炙……房闱之中可建奇功。"

闻言潘云鹤大笑，贱贱地翻给蜜姬听。金翠喜更是大喜，连忙要老先生一定把方子给她，她回六国饭店，就要试着如法炮制。

说着，老头儿竟然每人赠来一盒新药，潘云鹤有些面红耳赤地推让，耳边却听蜜姬·哈恩问道："小子，你抽过大烟没？什么感觉的？"

潘云鹤意味深长地一笑，道："你觉得呢？"说罢，并不理她，抽身扬长而去，径直向兵工厂走去，嘴里念着一首他族中老人教给他的一首鸦片歌：

> 昔年禁鸦片，土贵黄金贱。去年税洋药，民苦官更乐。
> 千取百，万取千，朝廷岁所入，宁是夷人钱？
> 重曰税，轻曰厘，府库日以瘠，囊橐日以肥。
> 坐关之吏肥如牛。

满山螳蚰的吵闹中，正午阳光下，孙美瑶、王恩美各自背着一根斯太尔 1888 卡宾枪站在空场，看见潘云鹤出来，兴奋地朝他招手。孙美瑶喊道："潘老弟！玩过枪没？真家伙！"

看到潘云鹤愕然摇头，两人大笑起来，更加热烈地叫他过去，王恩美笑道："老弟，你想知道什么是劳工的力量吗？来，开一枪试试！"

说罢，他先举枪向对面五十米外一块破瓷碗射击，"嘭"，瓷碗应声而碎。孙美瑶连声叫好，然后他也举枪，"嘭"，也击碎了一个目标。

潘云鹤登时玩儿心大盛，疾步走过去，接过孙美瑶递给他的马枪，简单学了学操作，瞄准后"嘭"——果然脱靶了。

大家同声大笑，王恩美连忙帮潘云鹤稳住身形，抓紧马枪，重新教他如何瞄准。孙美瑶却嬉皮笑脸道："瞄准？不用瞄啊……"说罢，抢过王恩美的枪，单手随手一放，"嘭"，对面一个瓷碗应声而碎。

潘云鹤憋住一口气，扣动扳机，"嘭"，还是脱靶，但击碎了目标边儿上的岩石，而岩石的碎片，将破碗撞得晃呀晃……终于，滑落。

众人一起鼓起掌来，这时三人发现女士们已经都站在射击场外。金小玉捂着耳朵还不肯放下，金翠喜喜盈盈地鼓掌，蜜姬·哈恩则轻盈地越过矮栅栏，高喊道："嗨！我也要玩！谁跟我比一比？"

孙美瑶和王恩美一起看向潘云鹤，潘云鹤立刻将马枪还给王恩美，笑道："我可不行……"

孙美瑶示意王恩美先上，王恩美却一笑，将手里的马枪扔给蜜姬，用英语喊道："玩可以玩……可既然比赛，就得赌点什么吧？"

蜜姬·哈恩简单地查了一下枪支，笑着点头应战道："OK！赌什么？孙将军？"

孙美瑶听完翻译朗声大笑，打量着蜜姬·哈恩道："我随便，女士你要赌什么？"

蜜姬·哈恩笑道："我赢了你放我们所有人回家！我看你不能答应……"

孙美瑶失笑道："那是不能……换个实在一点儿的。"

蜜姬·哈恩想了想，点头道："好，我赢了，你把熊猫皮还给我。"

孙美瑶点头笑道："可以，那你要是输了呢？"

蜜姬·哈恩略一思忖，笑道："一个吻！你赢了可以亲我一下……嗯……舌吻。"说着，俏皮地吐了吐舌头。

登时，一片起哄声，除了黑了脸的潘云鹤，所有人都哄笑着聒噪起来。孙美松甚至朝天放了两枪。连金小玉都握着脸紧张起来。

孙美瑶也是脸红到了耳朵根儿，但咬牙笑着点头道："我看行！我一百个行！"说罢，看也不看，一甩手就是"嘭"的一下，打碎了一只瓷碗。

蜜姬·哈恩检查了一下马枪，略一瞄准，"嘭"，瓷碗也应声而碎。她点头道："这枪可以……不过，咱们这样打一天也分不出谁赢……换个有难度的靶子！"

孙美瑶哈哈一笑，一声呼哨，挥手招呼来老工头儿，这老师傅带着两个稚气未脱的粗壮徒弟，这两个徒弟抬着一口竹筐，"哐"地撂在孙美瑶和蜜姬·哈恩当中，老工头儿笑道："司令，你们玩吧……咱们子弹有的是！"

果然，竹筐里全是黄澄澄、簇新的 8MM 制式子弹。蜜姬·哈恩二话不说，退出空弹夹，重新给弹夹压满了五发子弹。孙美瑶见她是行家，兴致大盛，朝天空放了两枪，也退出弹夹，笑嘻嘻地给漏夹压满子弹。

王恩美拉着潘云鹤走过来，抓起来一把子弹给他看，笑道："看见没？这可不是奥地利进口的子弹，这是咱们抱犊崮兵工厂生产的复装弹。"

潘云鹤顿感好奇，举起一枚子弹仔细趸摸着，笑问："复装弹？什么意思？"

"来，我带你去看。"王恩美拉着潘云鹤走进窝棚车间，只见里面有牛拉动皮带驱动的石磨，有半张八仙桌埋在地里支撑起来的台钳、钻床，有用铅丝固定的几十年岁数的老脚踏车床……

潘云鹤大为震撼——其简陋至极，却不敢生一丝轻蔑之心。点头道："恩美老师……我家也算洋务运动的鼻祖了，从小到大，各式各样的工厂我所见无数……这样的工厂，还真是头一次见到。"

王恩美点头道："对，所谓百闻不如一见。喏，这就是蔡元培先生所说的'劳工之伟大'，李大钊先生所坚信的——未来改造中国者，当是劳工。你看……你所见者，无外乎斥巨资买西洋设备，请外国专家，以海外材料，造似是而非的劣质兵器。"

潘云鹤惭愧低头，深深点头。

王恩美道："我知道你家故事，也不怕得罪贤弟。甲午一战，洋务一梦成泡影，无数先烈、武器尽皆折戟沉沙……可是，哼……可是却宰相合肥天下瘦。但是你看看这里……"

王恩美指着相对干净的角落的桌子上一大罐酒精说："你别以为，复装弹就是将旧弹壳捡回来，装药，夹弹头上去这么简单。我问你，药从哪儿来？弹头从哪儿来？底火儿又从哪儿来？这些工人最多只是小学水平，但是却肯琢磨……用洋火儿那一点儿火柴头上的红磷，加上酒精浸泡，混了石磨磨细的土硝、锅灰、雄黄……不断调配，硬是让他们把火药配置出来了！若是你们家工厂里的洋专家，能想出这样的办法来？有这样的工人，今天我们抱犊崮有自己的子弹，明天，就能造枪、造手榴弹、造地雷、造迫击炮……"

潘云鹤握着手里一颗子弹，叹服道："这样的条件……若是多些机器，诚如兄所言，大有所为。"

"对，不用崇洋媚外，也不用担心什么没有西洋货、东洋货就不行了。相信劳工，相信我们的劳工一定能掌握最新的技术。当然……我们这些土包子做做复装弹还行……想做飞机、做坦克车、战列舰……还是需要你们这些饱读了洋墨水的人才才行啊。嘿……不瞒老弟你，在下是刚从红色苏联考察回来……那边的劳工一旦解开束缚，怎么说呢，那个干劲儿……炮弹，像是挤香肠一样，军舰像是下饺子一样，汽车、飞机像是孙悟空的毫毛一样变得那么快……小潘，世界变了，张开眼看看吧……你家境好，要去外面世界看看，不要在国内沉溺着，还以为自己是'竹林七贤'。把胸怀打开，一个崭新的劳工的世界，正在到来。"

潘云鹤听得热血沸腾，像是初次听到《春之祭》的躁动。

简单看完工厂，两人并肩出来，看见金小玉正临时充当翻译，却不得要领。蜜姬·哈恩正在说的是："孙美瑶休想用这把枪赢她，因为这种枪在德国有个诨名——犹太步枪，而她自己，正是名副其实的犹太佬！"

孙美瑶听懂了潘云鹤的翻译后，重新检查了一下这枪，笑道："什么犹太、黄三太的……能打中就行……美松！放……"

一声令下，孙美松将一只瓷碗向空中抛出，孙美瑶一枪打碎。接着又是一只碗，蜜姬也不含糊，一枪命中。碎片四溅，吓得金小玉尖叫着躲到潘云鹤背后。两人都是五发五中，众人不禁由衷地高声喝彩。王恩美笑着按住准备重装弹夹的两人笑道："中场休息，中场休息……喝杯茶，再比不迟。"

孙美松和郭琪才麻利地从大车上搬下一箱嗝嗝水（汽水）和啤酒，野餐篮子里是菜煎饼。金翠喜和蜜姬·哈恩合力抖开一方帆布，大家随意地席地而坐，各取所需。

孙美瑶将啤酒斟满分给王恩美和潘云鹤、蜜姬·哈恩、郭琪才，笑道："来，干杯……"指着众人——封官许愿道："等我孙美瑶的委任状下来，我看你们也别走了……‘大耳朵秀才’，你就是我鲁南自治区的工业部长；潘老弟，你就应该留下，你在中兴公司就有股份呐！你和王恩美联手，还有咱们兄弟办不成的事情？你做我的外交部长；这洋妞对我脾气，她喜欢孩子，就做教育部长，帮我们抱犊崮办个小学校；还有那几个老外，个个都是人才……英国人可以办个医院，法国人也不错，欧战打过的。昨天他给我们郭司令上了一课……告诉他什么是堑壕战、飞机战、坦克战、毒气战……是不是郭司令？”

郭琪才点头道：“是啊，现代战争技术发展迅速令人惊骇，我们对一挺马克沁还束手无策，人家却已经是海陆空立体作战了。我看，今日之战争，要另写一部《孙子兵法》才行。”

潘云鹤笑着指正在陪女儿喝汽水的金翠喜道：“老兄你可别看错人了……说起外交，我们这些人中，金大老板才是合适人才呢。她的六国饭店……那才是北洋外交真正的戏台……那些军国大事儿，可全都是在她的西餐厅谈定的。”

孙美瑶闻言带头儿哈哈大笑，点头道：“哈……还真让你说对了。其实刚才都是瞎扯……不过，金大老板的六国饭店分店，那是一定要在这里落一家的。我看不用另找，就前天咱们去过的天仙楼，等这件事儿办完……我就把它盘下来，送给金大老板开‘六国饭店’，以后，凡是经历此次事变的朋友，都可以来包吃包住！算是我们抱犊崮对各位的赔罪好了。”

众人各自苦笑，王恩美忽然问道："美瑶，我怎么听说……田中玉已经同意招安事宜，你却把团长的委任状扯坏了？这又是为何？"

孙美瑶故意沉吟一下，感到四周目光的拷问，反问道："哦？'大耳朵'你还听到什么？"

王恩美看一眼郭琪才，对孙美瑶笑道："坊间传闻……你们是要扶张敬尧回鲁南都督兖州，甚至是想让他代理山东督军，可有这样的事儿？"

孙美瑶打个哈哈，便也承认道："张督办于我们鲁南人有恩情，抱犊崮的各位当家或多或少也出身于他的麾下。这些年，我们和田中玉、何锋钰打生打死，结怨已深……实在是有些信不过那些人，如果能换成我们老恩公，自然是上上之选。"

王恩美冷笑道："美瑶，你糊涂……卿本佳人，奈何从贼？你可知道……这张敬尧如今在国内是个什么名声？"

孙美瑶一把按住就要发作骂人的郭琪才，挤出笑脸道："'大耳朵'，我们窝在山沟里……你倒是给我们说说，张督办是啥名声？"

王恩美拍了拍潘云鹤，道："小潘，你告诉他。"

潘云鹤本不想参与这话题，正简化了内容，专心给蜜姬·哈恩做翻译，被拍了一下，却笑了，张口就来道："张敬尧嘛……他督军湖南，和他几个弟兄真是臭了名头儿。堂堂一品督军，竟然被湖南人赶跑了……不但南军趁机征讨，就连吴子玉也不肯帮他，可见他是犯了众怒了。"

"我知道！我知道！"金小玉忽然起身笑着唱起来，"堂堂乎张，尧舜禹汤，一二三四，虎豹豺狼，张毒不除，湖南无望！我们北洋女师学堂也上街演过声援岳阳纺织职业女专的活报剧……黑白无常，都戴着高帽子，拿着哭丧棒——黑无常就是张敬尧，我演的是白无常——是日本奸商。说张敬尧在湖南烧杀抢掠、淫奸妇女、摧残教育、钳制舆论、卖国求荣……他的兵，把纺织学校的女学生都强奸了……"

金翠喜眼看女儿说得越欢，孙、郭二人的脸色就越难看，连忙拉女儿坐下，赔笑道："别听这孩子瞎说……不过，这张督办，在六国饭店里，名声确实也不怎么好……哎，我家老段，收过他的礼回来却还是要骂他不成器。说他——不能合作，偏能自肥；不能守土，只知卖国。"

这番话让郭琪才和孙美瑶都暗自心惊，却仍有些疑惑。

潘云鹤微微一笑，解释道："其实没啥复杂……他是兵头儿，却做主将湖南煤铁企业权益全都卖给日本人，并带头引入日货大肆席卷湖南市场，这两步下来，湖南从大资本到小士绅，无不恨他。这样的人，就算有日本人给他撑腰，也扛不住国内的滚滚骂名……自然会众叛亲离。可笑你们还敢称他是恩公。我且问你们……如果这位'害虫'主政山东，将矿山、铁路、工厂全都出卖给日本人，你们的大烟也只能日本人专卖……你们倒是能换些风光的顶戴花翎，还有些先进的洋枪洋炮……这样卖国贼的走狗，湖南人不愿做，那么，孙司令、郭司令，你们愿意做吗？"

孙美瑶放下酒杯，诚心问道："嗯，可是。你们家中兴公司不也是外资吗？这津浦线铁路不也是洋人股份吗？为何独日本不行？"

潘云鹤朗声大笑，道："孙司令原来不懂这个……"他指着金翠喜道："你可知段将军和金老板的生意为何叫作'六国饭店'？他要是叫作'德国饭店''美国公司''俄国旅馆'早就破产了。六国都用，却不倒向一国，才能使我们这样的弱者，在列强中生存下来。你若倒向任何一国——你就是汉奸。当年仪叟翁（李鸿章）能以俄国保全辽东，又借日本逼退沙俄，东北能够在列强环伺之下保全，甚至日渐富强，就是这个反复'引虎驱狼'的平衡之术。孙司令、郭司令，你们鲁南要想学张作霖守土东三省而自强，一定要明白这个道理。否则不但不能成功，而且一定身败名裂。那张敬尧，恰恰是前车之鉴。"

王恩美虽不甚认同，但也帮腔道："美瑶，助纣为虐的事儿，你可别干。若真的身败名裂，老百姓不会跟你的，没了民心，还空谈什么保境安民？"

孙美瑶强笑道："呵呵呵……你'大耳朵'，还是民意了？"

王恩美冷了脸，严肃道："孙美瑶……你若跟了张敬尧，我王恩美就第一个带工人罢工驱逐你们！"

此言一出，孙美瑶顿时变色，众皆愕然。还是金翠喜打圆场道："哎……这不是说笑嘛，大家不要当真。孙司令这不是看得起咱们，才问大家的吗？"

孙美瑶闻言扑哧一笑，点头认错，从郭琪才手里抢过瓶子，给王恩美、潘云鹤、金翠喜满上啤酒，冲三人笑道："对对……这不是请各位神仙给指条明路嘛……我也是有病乱投医，病急了，这才饮鸩止渴的……没法子，我抱犊崮闭塞，不像你们，都是佩带六国相印的贤才。我要是也能神通经纬，也不会光抱着张敬尧这一根大腿……什么红俄白俄、英国美国，在下也能有个'平衡'……现在我是华山一条道，只能走到黑啊。"

金翠喜怕冷了场，连忙接口道："孙少将军……这有何难？不光张敬尧，别人不说，我家老段，和日本人也是很熟悉的，咱们不打不相识，回去后，这条线，我帮你搭上就是；而且，你这次收获大呀……你看，这王先生，我听说是俄国考察回来的；这位潘少爷，那更不得了，英国美国的关系，他家一抓一大把嘛……你刚才说请他做外交部长，虽是说笑——那也真是有眼光啊。"

一番话说得几人连连摆手，孙美瑶顺杆儿就上，举杯笑道："那我先敬各位了……这话说明了，我心里，可就亮堂了！"

王恩美淡淡一笑，道："美瑶，最近风闻豫西的'老洋人'最近被招安了呢。他曾经随白朗流寇四省，恶名昭彰。最近他更是连做大案。但连他都能见好就收，听说是当了个上校保安大队长。"

孙美瑶点头道："有这样的说法，不过他归他，我归我。"

王恩美笑道："那是自然，他不过是个流贼。大家能对你更高看一眼，还不是因为你们峄城孙家不过是想保境安民，不受兵燹。特别是你哥哥，几乎没什么人把他当土匪，这些口碑故事……要珍惜。"

金翠喜笑道："是啊是啊……情有可原嘛。乱世英雄不问出处，你若接受改编，也就算进了北洋的序列，那就是自家人。咱们北洋做事情，那还是讲几分情面的。你看当年'辫帅'，闯下泼天大祸，不也不了了之了吗……"

孙美瑶笑道："好，响鼓不用重槌敲，多谢各位……只是自从我扯了委任状，政府那边便没了消息，我也不知道他田中玉葫芦里卖的是什么药。"

金翠喜嘟囔道："这也奇怪了……那克里斯蒂安那天说是喝醉了，我索性留他在伦弗神父那里等消息，这几天了，怎么竟然毫无动静？"

此言一出，潘云鹤、蜜姬两人都微微变色。

却听孙美松一声惊呼，指着来路道："是六爷！"

山路上，只见陶相礼带着一伙儿土匪崽子，像扇面儿一样扑来。听他一催大青骡上前，高声叫道："总司令！郭二哥！大姑有请……其余所有人别动，都跟我回峨口回话。"

金翠喜看一眼懵然的孙美瑶，正待和陶相礼问话，却见陶相礼看着她和金小玉阴恻恻一笑，用马鞭指点道："这几个……都给我绑了！"

峨口，抱犊崮群匪结拜坛前人群云集。二路司令周天松正在命令群匪按照大名单一一点名核对。

祭坛当前一张太师椅，孙大姑盘着半条腿坐着，却留一条裹了小脚儿的大腿当啷着。这老妇人身后站着两名肥胖凶恶的仆妇，腰间都是双插驳壳枪，手里一个托着烟盘，一个托着茶盘。孙大姑一脸愠怒，嘴里狠狠地抽着黄铜烟袋锅子。眼神不住地打量着眼前一众肉票儿。而在她和所有瑟瑟发抖的人质面前，堆着两大堆杂物——一堆是艾伦医生收集的防毒气的木屑和木炭；另一堆却是平克少尉四处寻来的"暴动武器"。

孙大姑抽完一袋烟，往地上狠狠吐了一口痰。看着孙美瑶、郭琪才和"瘸子六"陶相礼牵着又被捆了手、蒙了眼、牵成一串带过来的潘云鹤等人，伸手脱了绣花鞋，狠狠地将烟灰在三寸金莲儿鞋底上敲打干净。转身把烟袋锅子交给健仆妇让她再给续上。

孙大姑接过烟杆儿，嘬了一口，吐出来。环视一圈儿垂头丧气的众人，磔磔笑道："老五……我也真是越活越开眼了。你这是绑票呢？还是过家家呢？你过来……"

孙美瑶刚刚凑近，就被一鞋底子抽了个乌眼儿鸡。他却并不敢躲，只是捂着脸垂头不语。

大姑孙桂枝穿上鞋，跳下太师椅，踮着脚走到那两堆东西面前吼道："小五子！郭琪才！这些人是你们一路军负责看管的吧……你们看看……这是什么？这才几天？这……"她从左边杂物堆里抽出一根擀面杖道："这是要造反吧？"又从右边杂物堆里捡出一根木炭道："这是看上咱们纸牌楼了……他娘的是要放火烧死咱们！"

说着，跳着一擀面杖擂在平克少尉的下巴上，又将木炭摔在艾伦医生脸上。喝令道："这两个……绑了！"

孙美瑶捂着眼睛嘴巴动了动，却不敢求情。

孙大姑又转了一圈儿，转头问周天松："周司令……怎样？"

周天松一把将蜜姬·哈恩拽过来，道："所有的只差一人……这名单上分明写的是小罗斯福夫妇，那便应是夫妇两人，如今只有这女人一个。"

孙大姑示意将潘云鹤也带到近前翻译，问蜜姬·哈恩道："我且问你，你男人呢？"

蜜姬·哈恩答道："前天，跟你们的人去谈判，就没回来，说是喝多了，住在神父家了。"

孙大姑呵呵一笑："小罗斯福夫人是吧？那他们为何又说你是个叫'米奇·哈儿'的女人？"

蜜姬·哈恩想都不想笑道："我叫蜜姬·哈恩，小罗斯福是我丈夫家的姓，你喜欢怎么叫我都行。"

孙大姑有些蒙，厉声问道："你是什么人？来中国做什么的？"

蜜姬·哈恩立刻回答道："我是记者，冒险家，和我丈夫来中国打猎。"

孙大姑语塞，"瘸子六"笑吟吟地过来冲她使个眼色，孙大姑哼一声，撂下蜜姬不理。转向金氏祖孙三人，冷笑道："你说那洋人是你的经理……克里斯蒂安吧？怎么又成了小罗斯福了？"

金翠喜赔笑道："大姑，你别多心……咱们不是一家人吗？"

孙大姑冷笑道："你回答得好，我给你赔罪……但答不上来……"

"不是……他们洋人就是一堆的名字……我哪搞得明白？他大姑……您先把我们松开吧……"金翠喜赔笑辩解道。

"嚯……你们姥姥十四岁周游列国的……洋人名字都搞不清了？那外号总搞得清吧？'神枪快马'！你们六国饭店的半个当家子！到老娘这里玩儿狸猫换太子来了？说吧……你们准备几时行动？"

"他大姑……你可别瞎联系……克里斯蒂安是我们的人不假，可什么小罗斯福是谁，我们娘仨确实不知道的啊！"金翠喜慌了神儿，口不择言道："说实话，那洋鬼子的事儿，也不是件件都和我们商量啊……在六国饭店，他也就是个挂单儿的和尚，念不念经的，我们也管不着他啊……"

"翠喜……别胡吣！成什么样子。"坐在一边儿的金姥姥打断了女儿的辩解，冷着脸道："他大姑啊……老身听了半天了，大约听明白了点儿。是克里斯蒂安跑了是吧？然后，这些洋人又准备造反，你就怀疑我们是要和克里斯蒂安里应外合，烧了你这峨口村？"

孙大姑怒道："你的人带头弄鬼！这些抄检出来的东西难道有假？哼！这些天，我们抱犊崮对你们处处以礼相待，好吃好喝地伺候着……却养出这样的妖怪来了！"

金姥姥冷笑道："话别这么说……笑话。我们祖孙三人，虽遭了你们的道儿，却不是你们绑上山的，是你亲自好言好语请上山的。一口一个老姐姐吧、大水冲了龙王庙吧、一定要好好接待段总长家的客人吧……还要请段总长务必出山斡旋吧……呵呵……如今怎样？要翻脸吗？翻脸可以，别忘了，我们家老段老是老了、退是退了，可还没死呢！你动我们娘仨——可就别想再迈进北洋的门槛儿了！"

孙大姑脸色发白，双手颤抖，怒道："反了！反了好！全绑起来！峨口不能待着了！都上山！上抱犊崮！开秧子房！让他们见识见识咱们乡下人的手艺！"

众匪一声得令，纷纷上来将众肉票儿，连同金氏祖孙一并捆绑，登时哭声震天……

只听村外一声枪响……一匹快马如风而来，马上一名猎装精壮老者，正是六国饭店的经理克里斯蒂安。他手持一把卡宾枪，纵马冲入广场，翻身下马，扔枪在地，大声喝道："克里斯蒂安在此，不得无礼！"

众土匪纷纷举枪，等着孙大姑一声号令就要将其打成筛子。

孙美瑶连忙大喊："别开枪！他缴枪了已经！"

孙大姑怒道："缴枪又如何？都说了……这厮就是祸首！"

孙美瑶急切道："我们有约法三章……不杀降！杀降不吉利！"

孙大姑骂道："什么约法？什么吉利不吉利？他这哪里是投降？明明是示威来了！"

话音未落，只听头顶一阵巨响，五架"爱弗罗"式飞机轰鸣着从低空掠过。孙大姑脸色陡然变青，两眼一翻就晕厥了过去，孙美瑶大叫一声，连忙和郭琪才两个抱起孙大姑，就往帐篷里躲去。一众土匪哪里见过这个，一时又没了指挥，竟然登时就溃散了，扔下一众肉票儿也不要了，狼奔豕突地跑开了，剩下一个"瘌子六"弹压不住，却听法国老上校喊着什么——潘云鹤抻着嗓子翻译道："快趴下！飞机要扔炸弹了！"

"瘸子六"等悍匪这下也慌了，整个广场上，除了已经跑远的，剩下的人一时间全都趴在了地上。

不一会儿，轰鸣声又近了。五架飞机低空袭来，俯冲之势带得几座纸牌楼瑟瑟发抖。待到广场上，呼啦一声，无数彩色传单漫天而降，宛若天女散花。

花散花飞，虚惊一场，人还没缓过来，飞机已然飞远了。

"呦吼！哈哈哈哈哈……"蜜姬·哈恩忽然兴奋起来，在漫天落下的彩色传单中跳起舞来，一群吃过她糖的孩子们，在孙美松的带领下加入其中。蜜姬从口袋里翻出糖果，继续送给孩子们。最后，只剩一颗糖，她一笑，咔吧咬碎，一半儿给了小孩，一半自己噙在嘴里。

潘云鹤看得失笑，自嘲居然有些失仪，便也翻身坐起，看一眼被自己滚在地上弄脏的白毛背心儿，不住拍打，不住自责。又看看跳舞的蜜姬·哈恩，顿觉汗颜无比。

克里斯蒂安举着双手看了一眼被捆了起来的鲍威尔，苦笑道："可惜了……本来是个好计策。"

鲍威尔苦笑道："你又回来了？你暴露啦，这回可不一定还能溜了……"

"谁知道呢……这可是在神奇的中国。"克里斯蒂安叹了口气。

孙美瑶走出屋子，随手抓过一张传单："全国公团枣庄联合会告抱犊崮呼吁和平书……云云……"

第三节：反客为主 [1]

民国十二年，公元 1923 年，5 月下旬。自 19 世纪末以来，全世界冰冷干旱，粮食减产，至 20 世纪初，气候阈值反复抵近最低点。《芝加哥论坛报》消息——科学家认为，北极冰盖将覆盖西伯利亚、加拿大，第五次冰河时代就要来到了："人类将在寒冷中为生存而战"。

5 月 20 日——下午。

抱犊崮，雄奇险峻，悬崖索道，山少桑梓乔木，只有层层叠叠的酸枣、崖柏、黄荆……一座天然的城堡上，周匝恶犬吠，头顶老鹰飞。

众土匪高声传送命令："上抱犊崮！开秧子房！"

然后，用并不整齐的军歌代替了号子声，唱的是：

三国战将勇，首推赵子龙，长坂坡前逞英雄，战退千员将，

---

[1] 反客为主为"三十六计"中"并战计"之一，用于敌我双方僵持，观望者众，形势危急之时，怠惰者必败。我方需当机立断，乘隙插足敌人懈怠之处，出其不意，攻其必救，扼其主机，强抢先手，变形势被动为主动。战例：曹操夜袭乌巢。

杀退百万兵，怀抱阿斗得太平。还有张翼德，当阳桥前等，七啾咔嚓响连声，桥塌两三孔，河水倒流平，吓退曹营百万兵……

一根钢索道上，吊着一个大竹斗筐，匪兵一边唱，一边奋力转动绞盘，将行动不便的肉票儿，绑成粽子，置于筐中，逐一用大筐送上岗顶。

第一个被吊上去的，就是本已经承诺放走，却又食言带了回来的意大利老律师、老奸商穆索，他显然对前途失去了希望，半死不活地待在筐里，衰老、病痛、恐高和委屈，让他重新成了一个虔诚的天主教徒。而排在他后面的是垂头丧气的法国老上校等行动不便的肉票儿们，最后面则是被绑成一串的金氏祖孙，而满怀怨恨的金小玉，眼光却落在对面的山路之上。

而其他肉票儿，则在另外的山路上，被捆了双手，一步一晃悠——在古老狭窄的匪盗小径上艰苦登山。孙美松一面喝骂大伙儿小心脚下，一面紧紧陪在蜜姬·哈恩身边，总是用身体挡在危险的垭口，让她过去得安全些。

蜜姬·哈恩转过一个险弯，看到已经累得脚软、脸青的潘云鹤正坐在山石上捯气儿，便揶揄道："潘，你这参谋长白当了吧，应该让你的兵也用索道把你吊上去。"

潘云鹤苦笑道："是外交部长……你呢？我的教育部长，你的学生看起来也不怎么听话，这次你也没有滑竿坐了吧？"

"都说不该相信你们中国人，真是丝毫没有信用。"蜜姬·哈恩忍不住吐槽道。

"是你们想暴动吧……所以，是你们违约在先，怎么怨得了别人？"潘云鹤翻白眼儿道。

蜜姬·哈恩指着半空中的老穆索道："他呢——？不是说老弱妇女，都已经释放了？"

潘云鹤失笑道："我也问了……说是他自己不走，在镇上又给抓回来的。所以，这是一次新的绑票。"

蜜姬·哈恩不可置信地盯着潘云鹤的眼睛——两人一起无奈且放肆地大笑了起来。孙美松怒气冲冲地走上来，一枪托打在潘云鹤脸上，大叫一声："起来！快走！"

抱犊崮顶，宛若仙台。千尺峭壁，仿佛置身云端；青天远眺，沧海宛若可观。一座石祠废墟上，搭着一座大帐，帐外堆积如山的是田中玉和红十字会捐献的各种物资。一大群老母鸡忙碌地觅食，几只山羊被拴在池塘边，悠闲吃草。一片四四方方的麦田已经收割完毕，十数名匪兵在麦地上搭建一片临时帐篷，准备让肉票儿们临时安身。

两名健仆妇站在门口，大帐内，只有孙美瑶和孙大姑二人。孙美瑶跪在哥哥孙美珠牌位和一张大清朝的兖州地图前生闷气，孙大姑则从铁锅中捞起一个煮熟了的鸡蛋细细剥开，然后将鸡蛋递给孙美瑶，让他自己去敷乌青的眼睛，并终于换了温和的口气道："老五，起来吧……这次要不是六爷机警，真让他们炸了营跑了，咱们九族的人头可都保不住了。"

孙美瑶起身，扶着孙大姑在一边儿的一张不伦不类的美人榻上靠着。拖过茶几，摊开大烟盘子，点上烟灯，麻利地烧起烟泡儿来。孙大姑漫不经心地将滋滋作响的烟泡挑一针落入琉璃嘴儿烟枪，狠狠地吸了一大口，吐出一口氤氲之气，这才接着教训孙美瑶："你爷爷总是说，若是让别人看你松懈露财而生了歹意，或是偷窃，或是谋财害你性命，你自己，却有一多半儿的责任。今日多悬呐……最近老营里周司令、王司令他们也有抱怨，说你这个总司令整天围着那几个洋鬼子，把他们捧成卧龙凤雏了，这以后，还能把他们几个老兄弟放在眼里？"

孙美瑶辩解道："姑……有些事儿，那人家说得也在理。他们都是见过大世面的人，我听他们分析事情，能开开眼界。"

孙大姑哼一声，又吐出一口鸦片烟，舒坦地吁了口气，道："你这土驴驹子，能拉得动人家那洋车？别说那些洋人了……你就看看金家那几个婊子的嘴脸，那是打心眼儿里看不上咱们的。小命儿攥在咱们手里都还敢撅着下巴跟老娘说话……哼……我恨不得一枪就掀了她们的天灵盖儿。她那小丫头片子傲娇个啥啊？你要喜欢，咱就留她做个压寨夫人……哼，等你委任状下来，高低也是个团长、旅长，她一个野鸡私生的杂种，咱还高攀了她不成？"

孙美瑶轻笑着帮大姑捶腿，一面笑着说："《孙子兵法》上不是总说——'不谋万世者，不足谋一时；不谋全局者，不足谋一域。'咱们挑起的是国际事件，无论是政府还是这些肉票儿，眼下最好是见好就收，都不得罪，咱们不是得往长远看嘛。"

孙大姑失笑，撂下烟枪道："呵……这几天和你的潘大参谋长、王大军师涨学问了哈？放屁都一套儿一套儿的了哈？还见好就收？人家现在晾着你不和你谈啦。看你怎么办？哼……来，扶我起来，我教教你什么叫作兵法。"

孙美瑶搀着过足了瘾的大姑走到地图前，孙大姑冷笑道："老五，咱们趟将对码子，从来是桌子上笑眯眯，桌子下使足劲儿。讲究的是老鸭子凫水，面上稳。哼……他田中玉派飞机要是真扔个炸弹，我还高看他一眼，谁知这招儿敲山震虎，就是放了个虚屁！哼……不谈是吧，吓唬人是吧？咱们给他来真的……"

说着，孙大姑在地图上虚指了几处，笑道："你这几天乐呵呵地吃酒席、过家家的时候，你大姑我可没闲着……告诉你吧，我已经把你扯了委任状的事儿，让'徐大鼻子'他们下山散出去了。为啥……他会敲山震虎，我就能撒豆成兵！你看看……咱们鲁南、豫东南、苏北、皖北，大小捻子、红枪会、小红会、白学会一贯道……那是多如牛毛。说个笑话就是，西集掉片儿瓦，都能砸到三个司令。我让他们几个带话儿下山——我抱犊崮的孙美瑶总司令的位子是坐稳啦，等到国家的军饷一下来，跟着我们走的——就是大秤分金、替天行道的兄弟，梁山座次有一号。可不跟我们走的——我们改编完，就是田虎王庆，我们就得替国家去收拾他们。一年后，四省边区，就是我们抱犊崮'建国自治军'的天下——现如今，咱抱犊崮的好汉座次，那可是不多了，懂事儿的，尽快交投名状拜山。"

孙美瑶顿时咧嘴一笑，颔首道："姑，我原想是受了招安，名正言顺再去收编。不过还是您高明，真是招安后……那还真不好弄了。您这把火，得把那些眼红咱们的孙子们全点着了，这下恐怕不光山东……四省边区恐怕立刻遍地烽火。"

孙大姑狞笑道："所以，孩子，咱们站高点儿，好看热闹啊！等着田中玉给咱们低头吧。"

5 月 21 日——凌晨。

津浦线，吴村站南，从火车站缓缓推出一节车厢，在沉重的号子声中，被停在进站方向的铁轨上。

津浦快车已经发现前方有异常，拉响了汽笛长鸣。随着汽笛响起，铁道两侧顿时火光冲天，数百座秸秆的篝火堆腾然而起。火光照耀下，擂鼓喧天，数百大旗随风招展，居中大纛旗上赫然写着一个斗大的"顾"字，旗下闪出赤着上半身的"十八护法"，当中端然坐着一名身披玄色大氅，鹤发童颜，手扶九环大刀的矍铄老者。

这老者森然冷笑，朗声高喊道："咱光棍们都听了！俺就是山东'匪王'顾德林！纵横咱们绿林道五十年——俺攒过捻子，当过闯将，干过义和拳！西至甘肃，南抵潇湘，身经百战，未曾怂过。如今抱犊崮孙美瑶后生小辈，竟也能干出惊天动地的事业，我辈若不能如此，当真羞煞人也！小的们！火车就在眼前！给俺打！打下来升官发财！"

一声令下，满坑满谷的喊杀声顿时响起，千余名杂色汉子，挥舞着各式武器冒出头儿来，一个个吱哇乱叫着冲向逐渐被逼停的蓝皮火车。

谁知，那蓝皮火车停下后，灯光一灭。就立即亮起了探照灯，车头两侧车窗摇下，竟然各自露出一挺马克沁来。

机枪响处，血肉横飞——后面拖挂的客车车厢也打开，哨子声中，大光头马士奇指挥着他的骑兵营弟兄从两侧杀出，这些虎贲早已憋红了眼，先是将手里马枪的子弹射空，然后全都跟着马士奇怪叫一声，拔出马刀，杀了过去。

转眼间，秫秸秆儿的篝火已然燃尽，无数匪兵哭爹喊娘、溃散奔逃。马士奇追上去一刀一个，险道神一般转眼就杀到顾德林身前，那老土匪惊叫一声，四下一看，身边"十八护法"早已没了影子。这老匪心头一紧，大刀失手，愣愣地摔在地上。他跪拜在地哭喊道："军爷，饶命啊！我愿意归顺政府……"

火车上，新任兖州镇守使张培荣和第六旅旅长吴可璋放下望远镜，都松了口气，彼此相视一笑。

5月21日——凌晨。

滕州长老教会女中——煤气灯下，照着"癫感救恩"纪德碑。三十名黑衣蒙面的宵小趁夜色沿高墙摸了过来。一名老贼早已等在墙下，冲群盗额首，低声道："黑爷？都来了？"

领头的从背后抽出短刀，低声回问："你就是贩骚的^①瘸子连三儿？"

"哎，黑爷，是我。"

"里面有多少人？"

"黑爷……我都探明白了，里面住校的有七十多个女学生，还有十几个女老师，校长是个加拿大国的修女……黑爷，都是'二毛子'的子女，都不是好玩意儿……不过，学洋文的女学生——嫩啊！白啊！咱爷们儿今儿晚上要是得了手……一人一个女学生！"

在众盗一阵淫笑声中，领头的黑爷清清嗓子，怒道："先别想美事儿……老子就为了争口气，他孙家老五能用洋人换个旅长，

---

① 指拐卖妇女的人贩子。

咱爷们不能拿女学生换个营长当当呐？连三儿，你带路吧……"说罢，他给连三儿使个眼色，让他先翻过去。

那连三儿登时苦了脸，哀求道："黑爷……我不行……我是瘸子……"

黑爷不屑地一脚将他踹开，又一把抓回来问道："有没有警卫？"

"有几个二傻子看门儿……"连三儿赔笑道，"看着都疯疯癫癫的……"

黑爷冷笑一声，将刀叼在口里，叫过一个小贼跪在墙下垫脚。他退后几步蹭踏在小贼后背，就要飞身上墙，却只有一只手勾到墙上。正在挣扎着想上去，一伸手，却抓住墙上伸出来的一只手。

他登时一惊，却见墙内探出半张看似痴呆的大脸来，吃吃笑着要将他提上墙来，嘴里念叨着："来……来……抓紧咯！"

黑爷登时吃惊不小，再借着远处煤气灯光一看，自己抓住的那傻子的手，竟然没有手指，是烂得斑驳不堪的残肢。

"麻风病！"黑爷顿时惨叫一声，跌落高墙，嘴里的短刀直接划开了半张脸。他失魂落魄地惨叫着撒腿就跑，留下手下们一脸茫然。

同时，女校内锣声、脸盆声、饭盒声一起响起——"抓贼！"的呼喊响彻了半个滕州县城上空。

转眼，街道尽头忽然多了无数火炬，一众壮汉各执兵刃拦在一众小贼的面前。当先一名大汉吼道："红枪会张麻子在此！谁敢放肆！"

他手下一人看到瘸子连三儿生动的逃跑姿势，大喝一声："是连三儿那个王八蛋！快拿住他！"

"抓！杀！拿！"一片喊声中，黑衣贼人们屁滚尿流，四处乱钻……更有连三儿等被拿下者，被打得鬼哭狼嚎……

5 月 21 日——寅末卯初，天亮前后。

郯城县，双圩集，东圩八里巷鸦片作坊。

土围子外响了半个时辰的枪声终于消停了，但仍不断有撕心裂肺的惨叫声和妇女儿童尖锐的嘶叫声响彻夜空。作坊主黄天道坛主秦有禄哆哆嗦嗦地探头到土围子外，看到四面八方，对码子的两股土匪正从东西两边儿汇拢过来。一路人马面目狰狞，人手一把大砍刀，打着抱犊崮的旗号；另一路打团山穆柯寨的大红旗，匪兵中也多以红布扎头，更有多名女匪，一身赤红，手提红缨枪。秦有禄登时暴怒，大喊道："丧尽天良的冯老妈子！我拜我的周祖，你拜你的眼光娘娘，历来井水不犯河水，为何引外三路的'徐大鼻子'打我的双圩集？"

打着抱犊崮自治军旗号的队伍中，匪首"徐大鼻子"手持双枪大摇大摆走上前来，嬉皮笑脸地说："秦传师！别上火啊……

前天你不是说，你是周祖亲传，得了道的，是什么天庭挂了号的，地府不能拘，一身神通是入水不溺，入火不焚，刀枪不入的嘛……来，敢不敢出了你那破土围子，跟爷爷我单挑？看我的双枪德国造，能不能破你的金钟罩？"

秦有禄骂道："'徐大鼻子'！你不仗义！投了抱犊崮，以官军压我，你他娘的算什么绿林？不就是贪图我黄天道的鸦片工厂吗？告诉你，老子现在就一把火烧了……让你们这些狗腿子，狗咬尿泡一场空！"

"徐大鼻子"哈哈大笑道："烧！赶紧点火烧了省心……我前天不是劝过你吗？趁早投降，交出这工厂……你还传你的道。现在知道我是好心了吧？老实告诉你……这是咱们山东省的新章程，鲁南，只能有抱犊崮一家工厂！"

这边儿还在斗嘴，队伍后面哀号声不断，数十名红衣土匪拖着从攻破的西圩里面俘获的团丁而来，这些团丁有的被大刀砍了手脚，有的被长枪捅得肚破肠流，十数道血污一路，不由得让土围子里坚守的团丁们悚然心惊。

领着这支恐怖队伍的是三名红衣女将，她们命手下将惨叫翻滚着的俘虏就扔在土围子外面，一起向自家队伍抱拳交令道："娘！西边打下来了！"

队伍分列闪开，一名红衣老妇坐在太师椅改成的滑竿上，由四名庄稼汉抬着，从容现身，笑道："孩子们不错……去，问问你们徐叔叔，西圩没过瘾，不然，这东圩也交给咱们穆柯寨的娘子军吧？"

三姐妹闻言大喜，大摇大摆地走到"徐大鼻子"面前，笑道："徐叔儿，我娘说了，您就替我们姐们儿观敌瞭阵吧，这东圩，我们姐三个也包圆了。"

"徐大鼻子"笑道："嘿！真是自古英雄出少年，少年也得让红妆，三位姐姐，这秦坛主的围子可不好打啊……都说他有神通呢。"

三个红衣女孩儿相视一笑，正待争相吵闹，却见"徐大鼻子"摆手道："我说三位姐姐……不如这样，咱们也别争了，你们说个法子，咱们赌个公道如何？"

"行！徐叔儿您说的，谁赢了谁上！"三姐妹大姐笑道。

"一言为定！"

"那可不带秃噜反账的！"两个妹妹连忙帮腔。

"呸……当你们徐叔儿是什么人啦？哈哈哈……你们说吧……赌什么？""徐大鼻子"将双枪插回腰间，双手一摊。

大姐四下一张望，眼珠儿一转，指着地上痛苦翻滚的俘虏们，数到第三个已经失血过多，生死不明地道："徐叔，你看这人是活的还是死的？"

"徐大鼻子"看那人还微微有气儿，笑道："我看是个活的！"

那大姐朗声道："不对，我看，是个死的！"

　　"徐大鼻子""哦"了一声，定睛又看，笑道："亏你们还是拜眼光娘娘的……就是还活的！"

　　那大姐笑道："切……您不服老不行，不信您走近些看看……"

　　"徐大鼻子"呵呵一笑，环视一看群匪都伸着脖子等着看热闹，他便不顾围子内可能会打黑枪，喊道："看看就看看！"说罢，拔腿走向那名昏迷的俘虏。待他走到身前，弯腰一扒拉，那人翻身过来，果然还在呼吸，他咧嘴一笑，刚要说："你看……活的！"

　　就听"啪"的一声枪响，这俘虏脑瓜被一枪打个稀烂，红的白的，溅了"徐大鼻子"满身满脸——登时全场肃静下来。

　　"徐大鼻子"愕然看向三姐妹，只见小妹手中一把花牌撸子正冒着青烟，她两个姐姐则大声笑道："徐叔儿……您再看看他还活不活了？"

　　"徐大鼻子"将尸体摔在地上，抹一把脸，哈哈狂笑起来，引得两家土匪一起鼓噪起来，一时士气大振。

　　笑罢，大姐一挥手，穆柯寨的众匪兵一起欢呼，摩拳擦掌，就要率先发起猛攻。却见"徐大鼻子"伸手拦住。大姐愠道："老叔，说话算数！"

　　"徐大鼻子"朗声笑道："算数！算数！可是我来之前，我家孙总司令吩咐过我，说这黄天道的土围子墙高土厚，不好打，打下来，也得伤损不少好弟兄。因此，他特将这次劫火车，用西洋肉票儿换的两门意大利炮给了我，他说了，这秦有禄的乌龟壳儿，刚好给咱们试试炮！你们冲你们的！但是，我先放两炮给大侄女儿你们助威！"

此言一出，土围子内的秦有禄顿时魂飞天外，开始还窃以为"徐大鼻子"吹牛，谁知抱犊崮的土匪们真的从后面牵出四匹大黑骡子拉的山炮来。倒转炮身，脱下炮衣，露出了黑洞洞的炮口，正对着自己。

"徐大鼻子"高举手枪，喊道："给我瞄准！大侄女儿们！炮响为号，你就冲他娘的！"

那三姐妹圆瞪凤眼，高声叫好。

"一！二！……""徐大鼻子""开炮"还没出口，就见围子内一片白手巾扔了出来，秦有禄带头儿高喊："炮下留人！我们投降！"

……当日，"徐大鼻子"、冯妈妈两股土匪以土炮伪装西洋大炮"诈"开郯城双圩集，火烧300户，死伤1000余人。

此后数日内：

土匪赵大大、连振山等聚义芦塘山，攻袭临沂城西迭衣庄，居民死伤过百人；

土匪刘愣子破三姓庄，死伤300余人，绑架100余人；

悍匪孙矮子出泰安、肥城，数日间奔袭宁阳、汶上、东平数县，杀人越货，耀武扬威，各州县官军无一敢于出战；

悍匪"馍馍刘"与第五混成旅遭遇黑风口，双方发生激战。匪徒死伤过半后四散溃逃，"馍馍刘"下落不明；

台儿庄圩子药材集市多名草药商人遭不明身份匪徒绑架，当地保安队龟缩不敢出，土匪竟然去而复返，自称是"抱犊崮自治军"，鸣枪示威后，才姗姗退去。

民国十二年，5月25日，农历四月十三，苦菜遍野，麦秋将至。彭祖百忌："辛不合酱，主人不尝。"

王恩美夹着一把雨伞，背着一个青布包袱，拿着一张山东《大众日报》在手里扇着凉风，顶着正午的太阳登上了抱犊崮。给他引路的匪兵友善地笑笑，朝大帐方向一指，便转身下山回峨口去了。王恩美点头称谢，径直穿过麦子地上的六国营地，去找孙美瑶。两边儿都是正在用军用饭盒自己煮饭的肉票儿们。他一眼看见英国医生艾伦还是很受欢迎地给土匪们治疗暗疮；主编鲍威尔正在掌勺——正在把粟米熬成糊糊，而老穆索和老上校柏茹比有气无力地躺在帐篷前，像魏晋名士一样翻开衣服抓虱子……他没看见潘鹤年、克里斯蒂安、蜜姬·哈恩和平克上尉，但知道那几个人涉嫌参与了上周的"暴动"，因而被关押在几个单独的营帐里。

王恩美被远处的浓烟吸引，眯着眼一看，竟是几名土匪正在熬煮鸦片。他皱皱眉，摇着头走到大帐门口。门口的匪兵认识他，连通报都省了，直接掀开帘子请他入内。一眼正看到乌青眼圈的孙美瑶歪在美人榻上喷云吐雾。

没等王恩美发作，眼圈乌黑的孙美瑶早已撂下烟枪，一骨碌起身涨着潮红的脸迎迓道："秀才！我正要派人下山去请你，谁知你竟然自己来了……可见咱们心有灵犀。"

王恩美压住火气，冷笑道："请我做什么？请我来抽大烟？"

孙美瑶连声"哎呀"，拖过一把交椅按着王恩美在桌子前坐下，苦笑道："秀才你别生气，我不像他们，我没有瘾……这不是心里烦恼，略为解忧而已。"

王恩美见他倒也坦诚，摇头道："你这军阀也真是越来越有样学样了，若是也成了那些五毒俱全的双枪兵，我看你也别整天把保国安民挂在嘴上了……什么呀，新青年就要有新青年的样子嘛。"

孙美瑶连连称是，腆然道："有时候和他们混在一起，不这样，不好打交道……但你说得对。不过我没有瘾，不会成大烟鬼的。"

王恩美叹口气，苦口婆心地说："美瑶……我刚刚从县里过来，一路上，都是魑魅魍魉般的农妇在田埂上挖苦菜吃……美瑶，这是什么季节？这本是麦收的季节……却要眼见着有人活活饿死，这鲁南还是人间吗？你既然有志向自治，就要立志不做田中玉那样的'鸦片将军'啊！"

孙美瑶指着帐篷墙壁上挂的峄城县地图，恨声道："我何尝不知道啊？民国初年，鸦片不过是有几家二流子种着玩的。可后来……这东西能卖钱，便越种越多。民国八年张督办到咱们四省边区的时候，已经一半儿是麦田一半儿是鸦片田了。等田中玉主政来，可好了……他要专买专卖，私煮熟膏超过一斤就要重罚……本来不愿意种鸦片的农民也有，可他一来，不种鸦片就要缴'懒税'，说是不种鸦片就给他的财政造成损失。因此，不过两年，鲁南除了些口粮田，都种鸦片了。我们抱犊崮这次造反，根本也是因为鸦片专卖而起的。说到底……这就是真金白银一样的物产。田中没有玉，却有的是鸦片。"

王恩美明白多劝无益，叹口气，点头道："所以说咱们并没有什么灵犀，反而是道不同不相为谋。美瑶，我是傍晚的火车……本来想直接就走了的，但这一段时间承蒙你的照顾，因此想来再见你一面辞行，特别是，今早我还看见了这个……"他摊开报纸，用手指敲了敲——上面头条就是《鲁南数十县警号频传》。王恩美皱眉道："我放心不下你，想再来嘱咐你几句……看来说也是白说，你现在箭在弦上，也没什么退路了。哎……对了……小潘呢？我给你们带了件礼物。我能见见他吗？走之前当面辞个行？"

孙美瑶看着号外表情阴晴不定，听他要见潘云鹤顿时皱眉，但只是略一犹豫，便叹口气，点头道："见是可以见，不过我姑姑不让他出来活动……那，你随我来吧。"

两人并肩出帐，转身行往峁顶背景处，另外严加了岗哨。王恩美见这些匪徒面生，且都一面狰狞，不由有些担忧，忍不住问道："说他们蓄谋暴动？你们可别做出过激反应，否则玉石俱焚，再无法回头了。"

"回头是岸吗？你这书呆子……我孙美瑶这次说破天去也是绑票儿，那些抽血刮油的勾当我还都没用呢。玉石俱焚吗？我问你，哪个是玉，谁个是石头？"

王恩美一怔，看着黑眼圈的孙美瑶有些滑稽，忙笑道："你叫美瑶——自然是玉了。"

孙美瑶得意地哈哈一笑，追问道："那田中玉还是他娘的田中之玉呢……你这自诩站在穷棒子、无产者一边儿的'红秀才'，也会担心那些资本家和帝国主义分子吗？"

王恩美摇头道："阶级归阶级，剥削者自然是要消灭的，但人道主义归人道主义，这不一样。"

孙美瑶哂笑一番，指着对面一座帐篷笑道："我姑姑原本是要狠狠惩治一下这几个人，是我和郭二哥拦住了……最后还是'瘸子六'鬼主意多，想出一条妙计，让他们这几块料，不会再添乱。"

王恩美闻言惊疑不定，一眼看见箕坐在帐篷门口几个面生的土匪守卫中、愤懑地擦着马枪的小土匪孙美松。那小子一看这两位来了，也不和别人打招呼，只是赌气般地揭开帐帘。

一股浓烈的鸦片烟气从里面窜出，随之看见的是克里斯蒂安和潘云鹤耍宝似的滑稽戏加评书——《魔侠记——堂吉诃德》。

"啊……我爱的杜尔希亚小姐……"过足了大烟瘾的潘云鹤扮演的堂吉诃德拿腔作势地颂念道："我黑暗中的光明！痛苦中的快乐！前途的北斗星！命运的主宰！我求天保佑你称心如意！我离开了你，到了这种地方，落得这步田地，求你顾怜我，不要亏负我的一片忠贞！"

桑丘扮演者克里斯蒂安则咯咯笑着念白："杜尔希亚小姐？算了吧，她我可是很熟悉的。我可以告诉您，她就是农妇阿尔东莎……她会掷铁棒，比村子里最壮的大汉都有劲儿！天哪，她多结实啊！身子粗粗壮壮，胸口还长着毛呢！哪个游侠骑士有幸娶了她，即使陷在臭泥潭里，她也能一把胡子揪他出来……"

"哈哈哈哈哈……"满帐篷恣意的狂笑，笑声贡献最大的是明明听不懂的蜜姬·哈恩，她裹着熊猫皮，躺在一堆干草上，挥舞着手里的大烟枪，笑得像一只发情、叫春的猫；而边儿上草榻上的平克少尉正专心致志地烧着烟泡儿；金翠喜笑得花枝乱颤，一边儿拽着帐篷里唯一没抽大烟的女儿金小玉给她讲解剧情。金姥姥则像一只年深日久的老狐狸一样，入定般微笑着面对着这场闹剧，仿佛沉溺在她追忆的似水流年……

金小玉一眼看到王恩美，满眼渴望他能带自己出去，但是只从王恩美眼中看到无可奈何的同情，于是，金小玉哼了一声，把正要脱口而出的"王先生"，又咽了回去。

王恩美被这样不友善的氛围逼退回来，责骂道："这……这就是你说的妙计？里面还有孩子！"

"他们本来就抽的呀……"孙美瑶双手一摊，笑道："我又没强迫他们……你也看到了，他们很开心的啊。再说，什么小孩子？"他一指孙美松，笑道："美松他娘……生他的时候，比里面那个还小两岁呢。"

王恩美看一眼表情沮丧的孙美松，怒道："所以就疯掉了呀！你们……真是无可救药……算了算了……我不和你说这个。既然来了，你把小潘叫出来说吧……我受不了里面的味道。"

孙美瑶已有了八分不快，但还是忍了下去，叫孙美松将满脸潮红的潘云鹤领了出来，并不能走远，在那几个面生的土匪目光所及处的大石头前坐了下来。

王恩美本来一心怒气，却看见孙美瑶盯着潘云鹤，潘云鹤盯着孙美瑶，这两个人一个被大姑呼黑了左眼圈，一个被孙美松揍黑了右眼圈，两人面面相觑，忍不住哈哈大笑起来。孙美瑶竟然还从怀里变戏法一样掏出一个熟鸡蛋，给潘云鹤，教他揉眼睛。

这时，王恩美也无奈苦笑，他先将报纸摊放在石头上，被潘云鹤一把抢过去翻看。他接着将背的包裹打开，里面除了几件内衣，只有两本新刊印出来的书，上面赫然写着《西方普救新书》，恭敬地递到两人面前，恳切地说："二位，我要走了，本想陪你们了结此事以后再走，谁知有天大的事情，因此必须离开了。这次也算非常之缘分了——因此，在下留下这本书，留作纪念。或者我们他日相见，又是一番天地。"

孙美瑶接过书一看是淡黄封面，笑道："秀才你要去哪儿？有啥事儿能比我们抱犊崮眼前的事儿还大？送我这经书？你怎么又信了佛了？"谁知翻开一看，里面内封分明印着《共产党宣言》，他和潘云鹤顿时一起直勾勾盯着王恩美。

王恩美爽朗一笑道："对，《共产党宣言》。在下就是现在很多人说的洪水猛兽——'赤色妖魔'——共产党。广州，我要去广州。二位，孙先生今年元旦的致辞你们或者听说了。前几日，孙先生再次发出宣告，正式宣布新的国民党主张：'联俄、联共、扶助农工。'二位，中国希望点燃了，中国的希望在广州。不光我，我相信未来，会有无数和我们一样的青年奔赴广州。"

孙美瑶闻言迷糊道："广州的孙文？他靠谱吗？没打过一场胜仗吧？他能比得上吴子玉、张作霖？我看论实力，他连田中玉都打不过……你去投奔他？"

王恩美淡然一笑，沉声讲道："二位，中国之所以内战不息，都是因为各自有各自的小算盘，道理说不通，便要靠拳头硬。这道理放眼世界也是一样的，因此，潘老弟自然是赞成美国威尔逊主义的吧？"

潘云鹤点头道："威尔逊主义赞成群体守卫，民族自决，却是我赞成的文明希望。如今世界如能按照华盛顿会议精神，强者相互制约，弱者图强进步，世界未来和平还是可以期待的。"

王恩美摇头道："错，你难道不觉得还是一场弱肉强食的帝国主义的分赃大会吗？《九国公约》若能保护中国，山东今日就不会是如此乱局。因此……"他指一指《共产党宣言》道："因此，我们共产党人主张，针对帝国主义腐朽的分赃大联合，要将全世界无产阶级——也就是工农劳动者联合起来，进行一场最彻底的革命斗争！最终实现一个人人平等的共产主义社会。只有这样的大前提，才能弥合个体的小利益冲突，团结最多的人。那样中国这些蝇营狗苟的纷争，必将被宏大的革命洪流粉碎——二位，你们不觉得这样的洪流，才是我辈青年应该投身的事业吗？"

潘云鹤合上书笑道："王兄，谢谢赠书，我回去一定拜读。不过，要说共产平均？我是不认同的，这天下从来都不存在平等——孙司令，"他转头问孙美瑶，"你会相信人和人会平等的吗？"

孙美瑶伸出手掌笑道："我大姑总是和我们兄弟说，一只手五根手指还不齐呢，天下哪有真的公平。"

潘云鹤点头道："对呀，人与人生而不同，国与国历史地域风俗迥异，正因此，我其实最反对威尔逊的平等主义——承认强权的存在，才是和平的基础，否则人类大同岂非儿戏？你们这共产主义听起来更是有违常理。换言之——太平天国也说人人平等，结果却搞出什么乌烟瘴气的制度来。当然，我相信你们共产党人不至于此。不过，我不相信人之世界能是平的，那岂不成了天使的天堂？就算是天堂存在，不正是因为上帝的绝对权威在吗？"

王恩美摇头道："你们既然认同劳工阶级的觉醒和这一阶级所掌握的力量，就应该相信我们能完成这场彻底的变革，改变你们所推崇的强权和压迫的旧世界。看着吧，当我们能失去的只有锁链，那力量，曾经毁灭了始皇帝万岁的基业，毁灭了罗马广袤的帝国，毁灭了波旁王朝……现如今，我们将推翻整个旧世界。我这次是去参加我们党的第三次代表大会，我们将选派一个庞大的青年代表团去红色苏俄考察、进修，我真想带你们去看看，你们去了就会知道，挣脱锁链的人民，是多么的充满干劲儿。"

潘云鹤和孙美瑶两人相视一笑，敷衍地回答道："我们倒真是很想去看看，就算苏俄去不成，能去广州看看也是好的。"

王恩美叹了一口气道："哎，我也知道和你们道不同不相为谋……哈哈哈，你们两个真是……顽固的资产阶级，混账的坏军阀！嘿……但是，我这个红脑壳书呆子，真想能在广州再见到你们啊。"

孙美瑶和潘云鹤哈哈大笑起来，他点头道："好，一言为定。等我当上旅长，等潘老弟学成归国，咱们兄弟一定在广州再见一面，痛饮一番……那时候，没准还能一起干一番事业呢！你们那些大道理我不懂，但你们得信这个……"他啪啪地拍了一下腰间的配枪，道："你们秀才造反十年不成！救中国，还得靠这家伙！"

这时，郭琪才风风火火地跑上山来，忍着喜悦冲孙美瑶点点头。孙美瑶顿时大喜，笑道："成了！二位，政府那边的密使上山来了！我的'大耳朵秀才'，你要不要多等一天？喝了我的庆功酒再去广州？"

王恩美笑道："我晚上的火车，现在必须走了。"

两人将王恩美直送到下山路口，孙美瑶伸手掏出一张银票，塞给王恩美笑道："秀才，你送我书，我这儿没啥你看得上的。你这些日子帮我很多忙，我……这张银票你带着防身……"他转头看一眼潘云鹤，尴尬地说："嗨……这银子……也不是俺的，是俺借小潘老弟的……哈哈哈哈……就算我们兄弟俩一起送你的可好？"

潘云鹤哈哈一笑，点头道："正好正好！这样这笔银子，才算有了个好归宿。不必客气……你是共产党嘛！"

王恩美爽朗一笑，收好银票在怀里，拍拍胸脯道："行！不枉我落一回草，也算大秤分金了！谢谢二位，记住⋯⋯你们一定要来广州找我！"说罢，向山下轻快地走去。

孙美瑶叹口气道："哎⋯⋯可惜了，这是个大才啊。"

潘云鹤笑道："他日若南北开战，你们可能互为劲敌哦。"

孙美瑶哈哈大笑道："这傻秀才若敢和我开战，我必生擒他，哈哈哈，看他羞不羞！"

潘云鹤诧异道："孙司令这样自信吗？"

孙美瑶道："哼⋯⋯你刚才看了报纸了吧？俺这次撒豆成兵、四面开花，打得田中玉首尾难顾⋯⋯哼，这叫反客为主了。你看⋯⋯这政府的密使，不就自己上山来了吗？"

潘云鹤随着孙美瑶手指一看，正看见杜月笙在头前殷勤引路，孙光祖在后面谨慎随行，陪着杨岐山和老神父伦弗，正如游客般慢慢地说笑着走上山来。

一众人百鸟朝凤般将杨岐山捧入大帐，这杨参议员饶有兴致地参观了一下抱犊崮简陋的聚义厅，便居中而坐，展开折扇轻轻扇着虚汗，笑道："我宿太尉[①]上山，你们各位头领就都来现现真身吧？请问，哪位是孙美瑶司令？哪位是孙大姑啊？"

---

① 《水浒传》里宿太尉是主张招安梁山好汉，并为之反复奔走的老好人。

在山的众位头领依次参见了杨岐山，杨岐山便只让孙大姑、孙美瑶和郭琪才留下，请其他人带着伦弗神父和孙光祖两人分别去"慰问"一下名单上的中外肉票儿。

帐内杨岐山、杜月笙上座，孙美瑶、孙大姑、郭琪才还未落座，杨岐山又说："且慢，正事儿不急……请先把金家三位女眷和潘家少爷请出来见见吧。"

孙大姑闻言脸色微变，连忙一边儿招呼上茶，一边儿让孙美瑶亲自去"请"。她亲自将八宝茶端到杨岐山面前，忐忑地问这位袁大总统的乘龙快婿道："杨参议员上山辛苦啦，您认识金大老板她们？"

杨岐山笑道："天津六国饭店的金老板谁人不识？不过，我家和她倒也还真有些渊源，哈哈哈……在下此次上山，真是好几重身份，于公呢……我和杜老弟，一个是'全国公团枣庄联合会'的主席，一个是'全国红十字会'的总理，这次上山说的是慰问；可这于私呢，在下是袁寒云的邮差，杜老弟是霞桥潘家的信使——也就是说，这私底下，我不但是曹大总统的代表，也是北方漕帮的代表。这青帮北有津北帮主袁寒云，南有黄金荣、杜月笙，今儿江湖上论着，分量也足足的了吧。所以啊……郭司令，还有他大姑啊……你们看，今儿咱们谈，是论公事公办呢，还是论人情世故呢？"

孙大姑眼珠乱转，刚努力堆出笑意，喜上眉梢地要去奉承时，却见孙美瑶已带着金氏三位女眷和潘云鹤来了。杨岐山连忙丢下孙大姑，如主人般招呼给金彩云和金翠喜母女看座。杜月笙则冲潘云鹤淡淡点点头。然后对他的黑眼圈意味深长地笑了笑，让小潘紧挨着他坐下看戏。

杨岐山丝毫不理会抱犊崮众匪，先是问候了金彩云的身体，又问了金小玉的情绪，絮叨了半天，从怀里掏出一封信交给金翠喜，笑道："亚仙嬢嬢着急了，天天逼着二哥哥救你们，二哥哥就耳提面命啊……赶鸭子上架，让我自告奋勇来当这个主席。哈哈哈……我来了好几天了，本想没多大事情，没想到拔出萝卜带出泥。这不……亚仙嬢嬢又着急了，催命符一道接一道，这不，让我带这封信给你们……逼着我上山来看看你们吃亏了没有。"

金翠喜拿好信笑道："还是亚仙姐姐最好了，我们没吃亏，孙家姐姐对我们就像客人一样的，天天羊汤大馍馍的……你看……小玉在家不肯吃东西，在这儿，反而像是还胖了些。亏得袁公子费心，竟然惊动您亲自跑一趟，真是把我们娘儿仨……哎，这粉身碎骨也报答不上啊。"

杨岐山端起八宝茶抿了一口，笑眯眯地听着，然后摆手笑道："自家人客气啥？临走，你家老段还打牌特意输给我三千大洋……哈哈哈哈……我就骂他说他这赌技也神了，二哥哥就嘲笑你家老段，说他赌技尚可，就是演技差些。哈哈，这钱让我都不好意思拿了。"

金翠喜连忙问："袁公子身体可好？春夏交际，他今年咳喘可好些？"

杨岐山嗤地一笑，轻轻拍了一下桌子，道："嗨……身体嘛，还那样。可他最近在家生闷气呢……对！这事儿和你们六国饭店也有关系，你金大老板回家可得好好做东……嗯……办个堂会。"

金翠喜来忙问究竟。

杨岐山扯开折扇，笑道："就你们出事那几天……上海《晶报》的张丹斧来六国饭店吃饭，在桌上就显摆他刚得到的一件残唐五代的笏板，宝贝得跟什么似的……赶巧二哥哥在邻座听见了，一看……不得了，也喜欢上了。说是一眼就看出来历了——那笏上殷血斑斓，紫燕如褐，如汉玉沁血，定是当年段太尉痛击反贼朱泚之笏……"

金翠喜帮腔道："那可是稀世之宝！"

杨岐山笑道："是啊……所以二哥哥二话不说，就要留下。那张丹斧自然不肯，于是二哥哥便把他一把拉进你们一楼罗雪松开设的古董行里，让他张丹斧看上啥，当场交换。这下……那张丹斧真是'小狗掉进粪坑里'……最后，也是一眼看中一枚'杨妃一捻指痕钱'，这两个疯子，各自拿了宝贝，屁颠颠地回家玩儿去了。"

潘云鹤忍不住插嘴赞叹道："'金钗坠后无因见，藏得开元一捻痕……'这丹翁果然是识货之人。"

杨岐山赞许地用扇子点了点潘云鹤，接着笑着对金翠喜道："对……却说二哥哥得了那宝贝笏板，四处炫耀，日夜把玩，结果抽大烟时一时迷糊，竟然让烟灯熏了一下。这下可把二哥哥心疼坏了，连忙擦拭——这下坏了，这笏板一燎，那损伤处竟不像是象牙。谁知这时佩文妹妹正在伺候他吃烟，看了便笑话二哥哥说——你每日自负认得天下古董，可惜却不认得西洋赛璐珞！"

顿时，满大帐都是笑声。

杨岐山忍着笑大声道："这还不完，他心想自己打了眼还是小事，这几天四处炫耀真是丢了大人。又想自己做主，换了罗松翁的东西，还得赔钱……只好尴尴尬尬地去找松翁商量……你们猜松翁怎么说？"

金翠喜笑得用手按着面颊，搭腔道："松翁怎么说？"

杨岐山笑道："松翁闻言只是苦笑，说：'也不必赔了，那'杨妃一捻指痕钱'，本也是个西贝玩意儿……'"

说罢，大帐内除了金小玉一贯翻着白眼嘟着嘴外，几个外人全都旁若无人地哈哈大笑起来。而抱犊崮众匪则如坠五里雾中，不知道这几位打得什么机锋——但心里都知道，那些名字，每一个拿出来，都不好惹。

杨岐山却忽然收了笑容，给杜月笙一个眼色。那杜月笙立刻会意，换上一张办事人的脸色，对孙美瑶说道："孙司令，我们上山呢,有句话是替上面人问的……张敬尧,能不能不放在条件里?你们信不过田中玉,山东督军也不是不能换,但张敬尧不行。可以换一位双方都可以认同的人。上面问……如果撇开张敬尧,你们抱犊崮还谈不谈?如果可以谈,立刻会有新的谈判代表替代田中玉和吴毓麟;如果不行,那你们也不用谈了,上面自然有人会去和张敬尧谈。"

孙美瑶正迷糊着,迎头就是一闷棍,面对帐篷内齐刷刷的十数道目光,他早没了平时的气焰,只能转头看向孙大姑。孙大姑也是梦醒般"啊"了一声,眼珠一转,搭话道:"您二位是说,政府可以同意我们的要求——驱逐田中玉?"

杨岐山挥一挥扇子,笑道:"我们都是国家的官员,什么驱逐不驱逐的?不合适就换嘛,办砸了差事,就回天津思过。这有什么稀奇的?不过,我告诉你们一个……驱逐不能说,也不可能现在就换,得过些日子舆论平息……政府不要面子的吗?"

杜月笙笑道:"你们抱犊崮也算开天辟地头一遭了,孙司令也赶上大闹天宫的美猴王了。"

孙美瑶忍着喜悦看向潘云鹤,潘云鹤微微一点头。孙大姑也忍不住看向金翠喜,那女人释怀一笑,对孙大姑道:"大姑,有道是票友上台,咱是见好就收吧,再折腾下去,可别露怯……"

孙大姑一寻思,正看见郭琪才瞪着眼睛在嗑牙花子,一咬嘴唇，愣愣地问道："张督办是我们的主心骨……我们……"

杜月笙不等她话说完，啪地一拍桌子，怒道："孙桂枝！你是说张敬尧与你们同谋？你说是，很好，我们也不谈了，我们去找他算账……他不就躲在虹口租界里面吗？在这里我是不行，但是，各位，杨大人，请恕我说句大话……在虹口，没有我杜月笙找不到的人，平不了的事儿。"

杨岐山又晃晃扇子，笑道："哎……杜老弟，你说多了……很简单嘛。他们抱犊崮能做自己的主，就有新的代表来谈判……我看已经很好谈了嘛。要是他们不能做自己的主，那也别谈了。我们另寻办法就是。不就是一个张敬尧嘛……我们自然有人去和他谈。"

抱犊崮三人面面相觑，感觉一念之间，或许就人鬼殊途了。

这时，金彩云仿佛从悠远的梦境中回过神儿来，在角落喃喃道："杨大人说得有理……咱们是草莽，庙堂上神仙打架的事儿，不是咱们能掺和的……闹了这么久，没出大事儿，已经是菩萨开恩了。这一方百姓，也跟着遭罪。人这个德行啊……悠着点儿用吧。"

金彩云话音未落，杜月笙阴恻恻地问孙美瑶："孙司令？抱犊崮你能做得了主吗？"

孙美瑶顿时燃起斗志，道："自然可以！"

杨岐山哈哈大笑："这才痛快嘛！自古英雄出少年！好！

我这就下山……报告大总统好消息……你们等着新的谈判代表来吧。"

孙大姑惊疑不定，问道："杨主席……呃……杨大人……敢问，新的代表，会是谁？"

杨岐山眨眨眼睛，笑道："听说你们跟'老洋人'很熟？他都被人招安了，你们知道吗？"

"听说了。"抱犊崮三个首领点头道。

杨岐山笑道："在下已经向大总统举荐了……能让你们这些土顽服气的，最好也是这个人……'陈大傻子'——徐海镇守使，陈调元。"

此言一出，大帐内顿时风雨齐霁、云开月明——这事情，终于算是有眉目了。

第四节：三十六计

民国十二年，公元 1923 年，5 月末。节当小满——花看半开，酒饮微醉，小满则盈，大满将溢。又《风俗通义》有谚："杀君马者路旁儿也。"所谓世间常有交浅言深、笑里藏刀、捧誉杀人之术，且专杀溢满之人。

5 月 30 日，近午时分。一面招展的红十字会旗帜下，抱犊崮上机器轰鸣，孙光祖戴着安全帽指挥着一众中兴公司的工人在崮顶最高处的岩石上打桩、固定绞盘——将原本简陋的棕缆绳吊筐，改装成永久的钢筋索道。

老穆索、医生艾伦和鲍威尔三个头发斑驳的西洋老人，以及一众西洋肉票儿都饶有兴致地坐在树荫下，一边看工程进度，一边听郭琪才和潘云鹤给他们传达好消息——

潘云鹤翻译道："各位，谈判已经取得重大进展。中午索道完工后，就先将他们用索道送下山，暂回峨口休整，然后非谈判观察团的人质，就可以陆续释放。由中兴公司安排进入县天主教医院检查、治疗、调理。确认身体无恙，就可以搭乘津浦铁路回家了。而谈判观察团的成员，在谈判结束，协议各方签字盖章生效后，也同时获得自由，并将得到抱犊崮的谢礼。"

宣布完消息，人质们似乎并没有太多惊喜，而都在问山下是否已经准备好了杀虫剂和洗澡的热水——他们被各种害虫折磨得实在受不了了——有些人质已经出现了疟疾症状。

轰隆一声，电机冒起黑烟，钢索绷直，绞盘咔啦啦转动起来。工人们、土匪们、人质们全都欢呼起来，随着一辆被涂成深蓝色、用废旧铁板焊接成的索道车厢缓缓从山脚被拽了上来——象征着抱犊崮这个易守难攻，匪盗盘踞千年的不法之地，正在被纳入现代文明的藩篱。

郭琪才看索道"试车"成功，便将写好人质名字的"缆车票"交给一个认字的马弁，让他指挥人质有序下山。他则翻身回大帐开会。

郭琪才顶着烟雾挤进大帐内，大姑孙桂枝以下，十数根烟袋锅子一起冒烟。桌子顶头居中，只有孙美瑶一个叼着一根象牙烟管，跷着脚儿抖腿。原蝎子山鸿福寨大寨主"徐大鼻子"正一脸愤恨地大骂陈调元卑鄙。在他身后，团山穆柯寨的冯妈妈更是一脸怒容——她连有背儿的交椅都没混上，凑凑合合地半盘坐在一张方凳上。而在她身后，甚至还有没混上座位，蹲在地上旁听的。

"徐大鼻子"吐出一口烟气，将会议桌拍得山响，大声道："这陈调元最是狡猾！说是什么都好谈……但这一条就是明白了是欺负我们——什么招安不论人头儿？论枪支？还他娘的必须是快枪？老子把蝎子山的寨子都烧了，带下来千来号人，要说给个团长也不亏吧？可老姐姐你知道的！我'徐大鼻子'从来都是大刀队！喝了符酒打冲锋的时候，永远是头排！我们蝎子山是穷些……可没那些洋货！怎么？闹半天，出生入死一回，我和冯妈妈折了多少兄弟？双圩集打都打了，现在卡我们脖子？不公平！"

孙美瑶吐出一个又圆又大的烟圈，盯着"徐大鼻子"笑道："徐叔儿，别上火……可你也得实在点儿，就算论人头儿，你那绺子，只算男丁的话，怎么也没有八百人吧。陈调元这条件也是无奈，大家伙也想想，也不能稀里糊涂地让男女老少都进军队吧？那也不像样子啊。"

闻言"徐大鼻子"尚可，他背后的冯妈妈却登时蹿了起来，指着孙美瑶鼻子骂道："小五子！你是不是瞧不起女人？你他娘的！别忘了你抱犊崮孙大姑就是个女流？不服气？带种的你小子出来，咱们比枪法还是刀法……是骡子是马拉出来论个雌雄！"

孙桂枝"啪"地一拍桌子，却不发作，笑道："冯姐，别闹。这屋里谁敢瞧不起咱娘们儿？我家美瑶不是这个意思。招安了，咱们就是官军了。北洋军里也确实没有巾帼。因此，我就不会出来当这个头儿——你看梁山上多少女将，不也是按家里男人官位才能封的诰命？姐姐你家的事儿我和美瑶心里记着呢，我们合计着——咱们将来可以建个内营'娘子军'，都交给姐姐统领。这些小事儿，我看那陈督办不会不给咱们面子。"

　　闻听孙大姑自己也不挂职，冯妈妈一时也哑了火，只得又坐了回去。孙美瑶一见大喜，乘胜追击道："各位……我们所提三项条件，政府虽然都打了折扣……但这就是后面要谈的内容了。第一条，陈督办原则上同意兖州南部、津浦线以东划给我们管理……这具体区域嘛，漕运、铁路、海路就都控住了，因此我看可以接受；第二条，咱们原本要三个旅长，一万人……当然，这是咱们漫天要价……因此陈督办也就地还钱，只给咱们一个少将旅长、三个上校团长，人数却必须以可用的枪支数量为准。这条徐叔你们几个意见比较大，但依小侄我看……目前也还说得过去，为什么呢？大伙知道'老洋人'他接受招安，也才够着个团级，连正经团长都没给他。因此，往长远看，等咱们在鲁南站住脚……"他从桌子底下摸出一包鸦片，一卷大洋，狠狠敲在桌上，狞笑道："咱们为了啥？不是就为了鲁南这地界的鸦片专卖？有了这些烟土，这些大洋……以后咱们还用听他们的？那时想做旅长做旅长，想当师长咱就当师长！大家说对不对？"

　　"对！总司令说得对！"原本蹲在墙根儿，劫掠滕县女学生失败的贼头子黑爷站起来叫好。引起一众蟊贼首领纷纷迎合："对！

我们来投靠的是抱犊崮，跟着美瑶哥，以后少不了升官发财。"

这些年轻匪盗正在鼓噪，却被会议桌上几双犀利的眼神扫了回去。

"混世魔王"刘黑七清清嗓子，看一眼孙大姑，又看看"瘸子六"，挤出微笑道："大姑，六爷，咱们当时说好的是我蒙山和抱犊崮联手作案，平分淮海。当然了，我也知道你们作难，东边还不全在咱们手里嘛……其实，旅不旅长的名头儿俺也不在乎。"他转头也劝"徐大鼻子"道："徐寨主，这案子是顶着抱犊崮的名头拿下来的，因此让美瑶这孩子在名头上拿大头儿，我刘桂棠没意见。不过……陈调元不是也说了吗？武装人员按枪支数量核实收编，'其余人员'则发放一定数量的遣散费。哎……我刘桂棠没啥大志气，你们抱犊崮官帽子戴了大个儿的，这遣散费和补发的饷银，我刘桂棠要拿大头儿。大姑，美瑶，这……你们没意见吧？徐兄弟……你说呢？"

"徐大鼻子"立刻附议："对，刘七爷说得对！他打下西集，俺和冯妈妈打下双圩，这两个硬仗是俺们打的，官帽子俺们也不和你们争了，那就来点儿实惠的也行。"

孙大姑和孙美瑶相视而笑，大帐氛围顿时缓解了些，孙美瑶刚笑着起身，给刘黑七拱手答应下来。忽然，"瘸子六"猛拍桌子，本想拄着雷击木的拐棍站起来发言，却一下滑倒，他索性撒泼般地哭闹起来，道："什么狗屁的江湖义气！都是什么人啊……言犹在耳啊！不知道饮水思源吗？你们在这儿大秤分金，发财升官，春风得意！都忘了吗？……咱们哥哥是谁？是你孙美瑶吗？是你刘黑七吗？‘徐大鼻子’？我呸！咱们哥哥还在上海巴巴地等着咱们消息……咱们这会上连他老人家名字都不提了是吗？就这么把哥哥择出去了？你们扪心自问……这事儿，没有后面张督办运筹帷幄，能有今天吗？老郭、老周、老王……他们我不论，可你们也一句话都不说的吗？白瞎了咱们老七师一起搅过的马勺了！”

郭琪才连忙挥手，周天松、王继湘一左一右，将“瘸子六”用力扶了起来，将他抱扶按回本座，捡回他的拐棍。但郭琪才是个嘴笨的，憋了半天，才蹦出一句话：“老六……听大家的。”

孙大姑嘿然一笑，道：“六爷，你这是瞧不起我们啊？当年他们几个抬着你逃回山东，可是美珠那孩子舍命保下的你。如今，你们在湖南做的事儿，天怒人怨的，天下的人可都没忘呢。因此，政府那边才明白说了——可以替换田中玉，但不接受张督办。大家都想想……张督办想要的那个位子，那是咱们能要下来的？陈调元给咱的这所谓‘山东独立第一旅’的官帽子，叫着是好听，可那不就是一个‘齐天大圣’吗？咱花果山还是原来那个花果山。美瑶刚刚不是说清楚了吗？只要咱们抓住了鲁南的鸦片生意，以后有钱就有枪，有枪就有地盘，那时节，咱们抱犊崮愿意奉张督办为主，还用他们册封？”

孙美瑶立刻帮腔道："对！六爷，您别上火。张督办的事儿，不是不办，是不能明着办。那杨岐山杨参议员都说了……他会亲自去找张帅谈明白。人家是神仙打架……压根儿没咱们说话的份儿。"

孙大姑故意大声补充："杨岐山！那是曹大总统的特派员，他是袁大总统的女婿。那层面上……六爷，咱们小鬼儿还想掺和呢？"

众土匪一时都被镇住了，纷纷啧啧点头，觉得这几个名字可以在今天晚上喝酒时——狠狠地跟乡亲们吹一下牛。

陶相礼环视一圈，见并无人支持自己，长叹一声，用袖口擦干了眼泪，冷哼道："这条件，反正我个人不同意。你们觉得没了大帅坐镇，还能信得过'陈大傻子'，那也随你们。只是你们日后别后悔就好。"

众匪徒闻言都有些撇嘴，孙桂枝耳听这不吉利之言更是勃然大怒，却又不好发作。于是，干脆一拍桌子大声叫道："说了一个晌午，再多说也无益……来……我们请神扶乩！"

说罢，大帐内，众匪徒拥挤在一处，让出一块空地。那老道士带着两名乩童，口中念念有词，抬出一个细白沙盘置于桌上，取出桃木为框，柳条为锋的丁字乩笔。那道士双目紧闭，双手掐诀，口中念念有词——像是在请吕祖上身："行着妙合大道，乘凤鸾听天诏……三五雷霆，正乙玄宗。道为发本，法灭魔情。内魔即荡，外魔之形。灵根合意，齐月令空。天罡在戌，祖气落胸。默朝帝座，静悟无生……"语速又快，犹如疯魔，忽然话锋一转，缓缓念道："世有纷纷乱不清，独挑人间一盏灯，请来吕祖坐下问，还看汝心诚不诚……坐下所问何事？"

孙桂枝率众躬身礼拜，口中恭谨地问道："弟子们问抱犊崮招安一事吉凶。"

"神笔挥洒……众神护佑，赐以安宁，降魔伏邪吾奉太上老君敕令，急急如律令……"那老道翻着白眼儿，双手乱抓。身边两个木偶般的乩童忽然活了过来，各把持乩笔一侧，晃晃悠悠，竟然在白沙盘上，歪歪扭扭地写下字儿来——"夺印薛仁贵，下凡白虎星。"

众人逐字逐句念完，全都松了一口气，喝彩道："恭喜大姑！恭喜总司令——这可是上上大吉！"

孙大姑心情大好，立刻将红纸包的一卷大洋塞进老道士褡裢里。朗声笑道："各位司令、头领！我看这时候那些洋人也都下山去了，咱们也别在这山顶晒日头，啃煎饼啦。走，我们下山，还是羊汤炒鸡，一醉方休！"

众匪徒纷纷叫好，一起涌出这乌烟瘴气的大帐。一边儿孙美松见众匪首喜气洋洋地出来，知道已经谈妥，立刻转身，将准备好的9999响的爆竹点燃，而鼓乐声也随之奏响。

半山腰，缆车缓缓下降，金氏三女眷、克里斯蒂安和蜜姬·哈恩，潘云鹤挤在一车里，除了蜜姬和金小玉，似乎别人都有些心惊胆战。两个女孩儿指点着窗外抱犊崮的山色，随着身后山上爆竹和鼓乐声起，她们更如游客般兴奋不已。这些天，金小玉和蜜姬·哈恩相处下来，口语进步了不少，蜜姬·哈恩也学会了不少中文。

“听——土匪——在庆祝了——说明，我们要试油了。”蜜姬·哈恩用了十二分力气说完了完整的一句话。

大家笑了起来，金小玉笑着纠正：“自由，自——由。”

金翠喜长叹一声，抱怨道：“谁承想命里还有这么一场劫数……好在有惊无险。看样子，就等陈督办来招安了。那姓孙的小兔崽子，大闹天宫一下子，还真成了少将旅长了！娘……这年头儿，我看比大清朝还不靠谱呢。”

金姥姥睁开眼，微笑道：“乱世英雄不问出身，甘军的董军门也是造反出身，也能官至少保。”

金翠喜拍一下手，笑道：“好，一会儿山下必有宴会。小玉呀，你可别一吃酒席就噘个嘴，能挂个油葫芦！这里是山东，规矩最大，人家是看你小才不和你计较……今天你也学个乖，记得要跟孙少将军去敬个酒……”

金姥姥忽然睁眼，瞪了女儿一眼，一把揽过金小玉，在怀里摩挲着。抬眼却看见潘云鹤脸色苍白，低着头，看一本黄色封面的什么书。笑道："潘公子……千金之子坐不垂堂，想必也不能高悬，别低头看书，往远处看，反而能好受些。"

潘云鹤被戳破恐高，腆然笑道："谢谢姥姥，我在这铁笼子里，吊在半空，还真是不自在。"

金姥姥哈哈笑道："那是晃悠的，说说话就好了……我自小就在江山船上讨生活，晃悠惯啦。哎……潘少爷，克里斯蒂安，你们这些人，最近真是把那孙家小子，捧得挺高啊。"

潘云鹤"啊"了一声，笑道："有吗？"

克里斯蒂安摇头否认。

蜜姬·哈恩却在金小玉的耳语中听懂了，指着潘云鹤和克里斯蒂安，抢着插话道："有！你……说他……少年将军……你和鲍威尔……说他像那个……'大汗窝阔台'！"

克里斯蒂安笑道："哈哈哈……那是有的，那是说那小子酗酒成性。"

潘云鹤也莞尔道："嗯，回想起来，这些日子，是奉承过头了……还是怕吃亏啊。"正笑着，看见金小玉偷偷羞他，又笑道："嗯，我不如倪云林多了。"

金姥姥笑道："那小子本性不差，可就是爱吃马屁，好显摆。吃了你们的笑里藏刀倒也没啥。你们不过是顺着他，少吃些亏罢了。但他'小人得志'却又不知收敛，好大喜功的性格，早晚会坏事儿。你们知道吗？这江南千局害人，就有一计——叫作'雕弓天狼'。"

众人这几日无聊，总听金姥姥讲古，这时便都侧耳倾听。

金姥姥摩挲着金小玉，对女儿讲道："当年我在江山船上，人称花魁娘子，可大家都是一个样子学艺出来的，当然不服你。于是，她们就弄出一个主意——几乎就将我害死了。你们以为她们一起骂我吗？恰恰不是，她们个个都来夸我、捧我——还专门为我评了一次'百花状元'——那自然是我成了名噪一时的'女状元'啦。"

金翠喜笑道："这大家都知道的呀……这怎么是害您呢？最后您不是'文状元迎娶花状元'成就了江湖一段佳话嘛？"

金姥姥笑道："你呀……竟还是不晓得江湖险恶。她们选我做这个状元，自然就是因为你父亲金状元当时就在苏州，把我抬上去，和他对了对子，说是一段佳话，其实却是一条绝户路子。你们哪里知道，当年金大人回苏州，那是丁忧。他虽然也出来应酬，但其实是坏了制度。因此，把我贴上去，其实也绝了我的路子。她们赌的就是金大人不肯为我坏了前程，而我空得了'花状元'这个身份，也再也下不来了……下来也没了脸，或者就得远避他乡。"

"那为什么叫'雕弓天狼'呢？"金小玉在她怀中问道。

"哈，那天狼星又高又亮，有些人心机深沉，便总是劝他们暗中记恨的青年人，去射那天狼星，一路奉承，直到这青年自己都信以为真——而那射天狼星之事，自然是好高骛远了。只是他一生尽毁，又能怨得了别人吗？所以啊……害人的，不一定是骂你的人；而容易中这个计谋的，多数也是自以为是、骨头轻的小人，不足托付。"

金翠喜这才品出味道，讪讪笑道："娘，您说得对……以后家里的大事儿，女儿我还是听您的。"

蜜姬·哈恩费了半天劲儿，最后还是潘云鹤给她讲明白了。不由感叹道："你们中国人太厉害了……我也要学这个，不然以后会吃你们的亏。"

金小玉笑道："好呀，我可以教你，我读过《三十六计》……"

蜜姬·哈恩笑道："好，教我。"

金小玉瞥一眼潘云鹤打趣道："我看你也不用学……至少你早就会里面的'美人计'啦！"

众人纷纷尬笑，蜜姬·哈恩弄懂了后，却大方承认道："对呀对呀，我就说我可以是玛塔·哈丽啊！"

众人又是大笑，金姥姥爱惜地拍拍蜜姬·哈恩的手背，点头笑道："你不用学那些没用的……你不怕别人害你的……你这样的，我们叫真人，真人不怕那些歪门邪道。"

潘云鹤插话问道："姥姥，那后来，金状元和您，又是如何过来的呢？"

金姥姥佯作愠怒道："哎……这个不能和你说啊。你这样家世的孩子，可不能知道这些，知道了，要学坏的。"

索道上顿时一片欢声笑语。

鳌山峨口，红十字旗飘扬，六国营地一派热闹，每个帆布帐篷里都发出舒畅甚至不可描述的呻吟声……露天的大铁锅上做着水，锅里煮着肉票儿们的衣服。老神父伦弗带着教会医院请来的修女们四处打药消毒。

最早下山，已经洗完澡，检查完身体的老穆索、艾伦医生、鲍威尔、平克等人，正坐在一大排交椅上，仰着头，享受着各地征集来的理发师给他们理发、修面。

老穆索摆脱了寄生虫的攻击后，恢复了文明人的骄傲，不断训斥着剃头匠要注意他尊贵的仪容。

于是艾伦医生建议他干脆学习他的领袖——墨索里尼式的光头。

穆索则嘲笑艾伦医生应该干脆留下来——给土匪做专职花柳病的医生。

平克少尉则大烟瘾犯了，打着一个又一个巨大无比的哈欠……

峨口村，流水席群匪欢然宴饮……

在一座小帐之内，杜月笙将一张清单递给孙美瑶，笑道："孙将军，请过目，这些物资已经在临城仓库里了。6月1日陈督办上山签约后，这些物资就会转交抱犊崮的人员接收。"

孙美瑶故意拉低帽檐，挡着一点儿自己的黑眼圈，垂头侧着脸看完，拱手笑道："多谢杜老板，这次事件，在下实属被逼无奈。过程中多有得罪，而且也让您多多破费了……这次承蒙您手下留情，又多方走动，这次，我心里是很感恩的。"

杜月笙哈哈一笑，道："孙将军这次出奇制胜，此次杠上开花，一步登天，以后一定还能大展宏图。"

孙美瑶抬起头，喜形于色道："日后，还请杜大哥多多帮我才是。"

杜月笙看着他的黑眼圈，面不改色地自谦道："哪里哪里……我就是一个做生意的，上不得台面儿。孙将军你现在已经上桌了，自当长缨在手，挥斥八极——以后孙将军有需要在下的，吩咐一声就是。"

孙美瑶哈哈一笑："不打不相识，不打不相识！杜大哥，我鲁南物产丰富……我们以后一定合作愉快的。"

杜月笙点头微笑，忽然似乎无意间说道："嗯，鲁南以后就是孙将军的天下啦。等这件事儿完了，我请孙将军来上海白相白相……虹口区最近流行日本小菜，还是很新鲜的。对了……今天，城里那个天仙楼，那个日本人，好像是定了一桌好菜。"

孙美瑶闻言心中一动，立刻皱了眉。杜月笙哈哈一笑，连忙告辞。孙美瑶送他出来,没等杜月笙汽车走远,立刻四下张望,看到郭琪才、周天松、王继湘一桌子正喝得天昏地暗……

他暗道不好,立刻喊来孙美松命令道:"去,换身衣服……立刻去天仙楼看看……那个日本人里见甫今天请了谁……特别是,你看六爷、七爷是不是也在?"

孙美松答应一声,转头正要走。

孙美瑶一把拉住嘱咐道:"别让任何人看见你!"

孙美松瞪大了眼,连忙点头,转身一溜烟地跑掉了。孙美瑶长叹一声,正好听到军歌嘹亮,阳光下,一队队匪兵换上了灰布军装,正在演习队列,准备后天接受陈调元的检阅、收编。

枣庄矿区,天仙楼。由于是白天午后,掌柜、伙计全在休息,只留两个黑衣长工在门口,有一下没一下地扫地。孙美松老远就下了马,扔给"买烧鸭"几个铜元,让他看着马。顺手扯了一根鸭腿在嘴里叼着,沿着墙根观察了一圈儿安静的天仙楼。最后他跳上一个砖垛,往天仙楼院内一瞄,心中一紧——果然,刘黑七的乌骓和"瘸子六"的大青骡子都在后院内的马厩里吃草呢。

孙美松叼着鸭腿的嘴撇了撇,猫腰让开视野,溜到天仙楼墙下,一个蹬踏就翻过了院墙,轻轻落在后院内。一条看家护院的大黄狗一惊,正犹豫要不要扑上来撕咬,却被一根鸭腿收买了,轻哼着低着狗脑袋开吃。孙美松转身转过马厩,从晾衣竿上顺手牵羊一件伙计的大褂，往身上一罩，将随身的白毛巾往肩膀上一搭，低着头，堂而皇之地就往楼上走去。

二楼，几名黑衣闲汉三五错落地坐着歇响儿，看似无意，却将目光能及处都照应到了。孙美松坦然经过，随手推开一个包间，就假装是找地方睡午觉的伙计。果然，窗外人影一闪，孙美松假装趴在桌上，那人于是并不理会，转身回去站岗了。而孙美松也已经从他们把守的方位，判定"瘸子六"和刘黑七正在哪间包间儿。孙美松轻推开窗户，拧身翻上天仙楼顶，往对面一看，大戏楼已经拆了一半儿。

他看准位置，蹑手蹑脚地摸到目标房檐处，一个鹞子翻身，单手扣住檩条，整个人轻轻伏在窗户上面，屏息倾听。

只听一个女人娇声道："李先生……你是日本人吗？你这中国话，说得比我还好听呢。"正是冯妈妈的大女儿。

"说得不好……还请你们多多指教。"化名记者李鸣的日本鸦片商人里见甫打个客套。

"哎……李先生是贵客，你们三个多敬几杯……李先生，你别光看抱犊崮孙家孩子，我们鲁南的巾帼英雄……那更厉害，穆柯寨听说过没……哈哈哈。""徐大鼻子"说着自己也举杯敬酒，三个女娃却推让起来。

这莺莺燕燕的话头儿却被冯妈妈拦住，她愠怒道："别光喝酒，扯什么穆柯寨杨宗保的？不是说正事儿吗？我这儿还一肚子气呢！"

"瘸子六"陶相礼点头道："对，说正事儿。李先生是贵客，别张狂……"

里见甫皮笑肉不笑地抿了一口酒，绷着脸地说："陶司令，如果孙美瑶不遵守和我们的约定——那么——张敬尧将军如果无法顺利接手山东，我们是不会履行给你们约定的支持的。"

陶相礼解释道："可是，我们这些人实在无法决定政府对高级官员的任免——我们的筹码不够。根据密约，山东军务督办郑士琦会代替田中玉主政山东。郑将军出身皖系，军校却是保定系的，因此，我们觉得是双方都能接受的领导。"

里见甫大骂一声"愚蠢"，怒道："那我们直接扶植郑士琦就好了，要你们这些第七师的余党还有什么用？"

忽然，刘黑七插话了，他说："李先生，我们联合抱犊崮，能稳定住鲁南地区的鸦片贸易，就可以了吧？后面的事情，是否可以缓缓图之？等到我们力量强大了，再迎回张将军主政，不就可以了？"

里见甫冷笑道："嗯，连刘司令也这样说……看来这是你们蒙山和抱犊崮一致的想法吧？你们都很想当一个地方上的土皇帝。而我们，是要全山东——胶济线、津浦线、煤矿都要掌握，光是鸦片？不值得我们下场帮你们。"

"徐大鼻子"叹气道："可惜我们现在实在不敢闹得太过厉

害……真打起来，我们和官军差距太大了。"

里见甫又骂了一声"愚蠢"，以不容置疑的声音，教训道："曹锟、吴子玉想息事宁人，我们就得反其道而行之。曹锟想做大总统，这是千载难逢的机会嘛……因为，有诉求，就会妥协。就像你们的袁世凯总统接受'二十一条'。你们现在是弱小的，但抓到了一次千载难逢的筹码——可能是你们这一辈子唯一的翻本机会。道理很简单，你们几个结仇都太多了，山东如果稳定了，你们早晚都是要被清算的。但是，山东乱了，你们才有出头之日。弱小？那是因为我们现在没法出兵帮助你们……你们当土皇帝不是我们支持你们的理由。山东的整个动乱，山东实现国际共管——这才是目标。你们以为，在欧战后，西洋人还能凑出八国联军来吗？不可能，只有我们有实力派遣驻屯军。那时候，你们就可以是山东的张作霖、冯德麟。孙美瑶为一点蝇头小利和威胁就退缩了，就要去抱陈调元的大腿了，真是愚蠢透顶。我告诉你们……他这样会害死他自己和你们大家的。"

陶相礼长叹一声，道："我何尝不知道……可孙大姑和孙美瑶那小子现在正在当上旅长的兴头上，我的话根本没人听。"

"你们中国人不是总说——量小非君子，无毒不丈夫吗？你们的筹码，要不押上去，还有什么用？"里见甫怒道，"这种情形，如果是我国人，下级武士，一定会站出来，扭转必败的局面。"

"不行！""徐大鼻子"赶忙反对道："我们是喝过鸡头酒的弟

兄，对祖师爷发过誓的，岂能做这样的事情。"

里见甫冷笑道："孙桂枝和孙美瑶必须跟我们合作，不合作就要换掉。这也是我们为什么愿意帮助张敬尧的原因。我是要你们用掉筹码——再杀掉一些人质就可以了，继续让国际上施加压力。既然政府不同意张敬尧回山东，那山东就不要太平了。"

"好……"刘黑七一声狞笑，道："我看行，这就叫上屋抽梯，让孙美瑶那小子上得去下不来！我去把那些洋鬼子、龟孙子全都宰了，我看他还谈个屁！"

陶相礼犹豫道："那官军没了顾忌，不就立刻杀过来了吗？"

里见甫赞赏地对刘黑七笑道："还是刘司令有魄力，各位，你们是要学梁山好汉受招安，最后被一个个弄死？还是学刘邦、朱元璋、李自成，索性大闹一场？各位，你们是匪，天下大乱，你们才有机会跳得过这龙门。不要怕，乱了，我们会帮助你们的。"

陶相礼沉吟道："现在人质都在峨口，是老郭和老周他们管着，他们都是死心眼儿，不会让我们下手的。"

刘黑七笑道："切……老子出其不意……晚上下手，保管干净利索！"

陶相礼怒道："刘黑七！那可都是我老七师的兄弟。"

刘黑七阴笑道："所以你下不去手，我来嘛。"

冯妈妈插话道："刘司令说得好，我同意，抱犊崮有什么了不起的！"

里见甫打断二人争吵："别吵！陶桑，你可以先试着控制住抱犊崮。你的人不是都驻守在抱犊崮山顶上吗？动手应该很方便吧？刘司令，你带人立刻前往峨口，陶司令控制不住，你就控制住。你们掌握住局面后，等6月1日，陈调元上山，给他一个惊喜！连他的代表团也直接拿下。我们就再多一张牌在手里了。我们就立刻把青岛的驻军调过来。"

"好！李先生妙计。乳臭未干的孙美瑶得了个少将旅长就美得自己姓什么都忘了……让我帮他好好回忆回忆！"刘黑七喜道，"我这就带人马出山，陶六爷、徐寨主，你们两个要想峨口不出大动静……你们就把咱们总司令和郭琪才那老哥几个，好好'保护'起来。嘿嘿……要是等老子占了峨口，你们看看我怎么料理那些洋鬼子和龟孙子！他娘的，老子忍他们不是一天了！"

众人一起哈哈大笑起来，却听窗外一声尖叫，一个女声唱着道情："咿呀……大人冤枉！"

这几人大惊，连忙推开窗子，却见对面拆了一半的戏台上，一个疯婆子抱着一匹马脖子——孙美松的马——在戏台上哭着唱道："怕哭捂住娇儿口，娇儿挣扎乱摇头，待到贼人已远走，娇儿模样似睡熟，没了呼吸在鼻口……听贼人，那口口声声要把娇儿卖，为娘誓死与儿不能分开……"

众人骂一声"晦气"，关了窗，对了时间，各自匆匆离去。

戏台上，几个黑衣人过去，抢了她的马，三拳两脚地赶走了疯婆子。

屋顶上，孙美松平躺在瓦片上，像是刚刚哭了一场。他耳朵一动，蹄声杂沓，乱马嘶鸣，他知道这是刘黑七他们分头行动去了。可他再探头儿张望，黑衣人、疯婆子、马都没了踪影……他不敢再等，纵身跳上对面电线杆，一出溜滑了下来，拔腿就向峨口方向奔去。

午后空空的街道上，只有那疯女人的哭号绕梁三日。

5月30日，申时，鳌山峨口。

步伐整齐，军歌嘹亮："……我们入伍靠长官，待我当如子弟看，严守军纪好模范，切莫视之如等闲……"

孙美瑶从一路军、二路军里精挑细选出来了两百名壮士充当仪仗队，郭琪才、周天松各担任一队的队长。他们还特地请法国老上校柏茹比指导了分列式。然后请一众中西肉票儿一起登台，扮演后天的贵客，今天预先彩排一遍——孙美瑶自己扮演自己，让肥胖身材的鲍威尔扮演陈调元，他们两人已经来回演了三次。而孙桂枝大姑和金氏祖孙等人，都扮演贵客，坐在祭坛一排椅子上观礼。

被孙美瑶叫停纠错几次后，大家逐渐从新鲜变成了忍受。终于，在孙大姑的干预下，进入到仪仗演出的最后一个环节——

平克少尉特地训练出来的一队——美国步兵花式枪操。这十名少年土匪，各个高喊口号，将手里的步枪耍得上下翻飞，好不花哨。

所有观众一时叫起好来，都说美国操比法国操可好看多了。金姥姥也忍俊不禁，对身边的克里斯蒂安笑道："没想到美国也时兴这个？我看和天桥儿耍飞叉的'程傻子'倒也差不多。"

克里斯蒂安笑答道："当兵的不是也得玩嘛。这就是当兵琢磨出来的玩意儿。真打仗哪能靠这个？"

金姥姥笑道："嗯，不过这小孙将军能在这些虚头巴脑的事儿上下功夫，还真是有点儿在北洋混的天赋。"

金小玉插嘴道："姥姥，你这是骂他，还是夸他呢？"

金姥姥哈哈一笑，搂住小玉笑道："你这孩子啊，也不知随谁的。胆子也不小，这次也没把你吓住。"

金小玉撒娇道："有姥姥在，我就不怕。"

演出终于结束，孙美瑶刚刚意犹未尽地宣布"解散休息"，就看两个陶相礼手下的马弁喜气洋洋、气喘吁吁地赶了过来，高声道喜道："总司令！大喜大喜，我们六爷在后山巢云观围住一只白额吊睛的猛虎。六爷赶紧让我们过来请您和各位头领一起过去围猎，六爷说……这可是上上大吉的祥瑞！"

孙美瑶顿时喜出望外，仰天长笑，立刻招呼他大姑、郭琪才、周天松、王继湘等头领一起去围猎猛虎，全都去沾沾喜气。众头领不觉有诈，纷纷给孙美瑶贺喜："正是——昔曾有芒砀山太祖斩蛇起义，今有抱犊崮猎虎称雄。"于是，手下队伍各自解散去吃饭，孙美瑶则早已一马当先，带着头领们赶去后山猎虎。

这边儿人质们被丢在看台上，蜜姬·哈恩也是跃跃欲试，撺掇着克里斯蒂安和潘云鹤带她去看猎虎，却被两个无趣的男人的苦笑和白眼，劝了回去。

同时。罂粟田一边儿的垄道上。

孙美松跑得口吐白沫，身后他自己的马时快时慢地撵着他——马上一名红衣女子——冯家三丫头，有意在调戏前面这个穷途末路的小子。冯家三丫头看孙美松已经力竭，捂着腰眼儿在路边捯气儿。咯咯笑着纵马上去，离着老远就一鞭子甩了过去，结结实实抽在孙美松脖颈子后面，顿时一道血线飘出。孙美松哼也没哼，像是抽了线儿的木傀儡，垮倒在地。

冯家三丫头哈哈一笑，调转马头，回来又是一鞭子抽在孙美松脸上。这半大小子煞白的脸色只是多了一道血痕，人却半闭着眼，毫无反应。这下冯家三丫头大喜，跳下马来，把盒子炮插回后腰，笑道："他娘的，你小子真能跑！跑呀！给姑奶奶接着跑呀！说吧，你想怎么死？"

说着又举起鞭子要抽他。忽然，孙美松腾身而起，一头撞翻了那丫头。怕她拔枪，抱着她就从田埂滚到罂粟田里去了。两只小兽一样的年轻人在花田里恣意翻滚，双方都用最阴损的近身小擒拿手厮打着、蹬小腹、顶软肋、戳眼睛、抓下身、咬脖子、揪耳朵、抽嘴巴、扯头发、扯衣服……刺啦一声，孙美松一把把姑娘衣服扯开，露出了半个雪白的肩膀和胸脯子——满脸是血的孙美松一愣，手一松，立刻结结实实地挨了一个大嘴巴子，随即被一把短刀顶在胸前。

冯家三丫头丹凤眼直冒火，低声呻吟着说："行啊……想跟姑奶奶玩荤的是吧？找死吧你！"

孙美松扭肩膀蹭了蹭脸上的鲜血，忽然咧嘴一笑，一把抓住冯三丫头的手腕子，却将短刀稳稳地架在自己脖子上。然后，缓缓地，不容置疑地朝冯三丫头的嘴上亲了下去……

傍晚，戌时初。

孙美瑶咧着大嘴笑着跳下马，看见巢云观外薄雾初起，山林里视野一片模糊，却有"瘸子六"的手下已经举着松油火把，严加戒备。"瘸子六"也是笑着迎来，给孙美瑶道喜。孙美瑶从腰间抽出盒子炮笑道："六爷！在哪儿呢？"

"瘸子六"哈哈一笑，将手中的中正式递过去，换过孙手中的盒子炮笑道："用这个……打那大家伙，手枪可不好使。今天早上巢云观山后的猎户一路撵过来的，遇到我们的人，不敢追了。现在就被我们困在藏金洞里了。刚才还叫唤呢，这会儿没动静了。"

孙美瑶挑起大拇哥赞道："好！六爷大功一件！"

"瘸子六"笑道："这是咱们抱犊崮洪福齐天的预兆。"说着，两人在几个马弁的火把照射下，向藏金洞走去。这时郭琪才带着人抬着孙大姑等人也赶了过来。见孙美瑶兴致勃勃往里闯，阻拦不急，只得留在巢云观门口等消息。

孙美瑶冲到山洞门口，只见几个匪兵守着，面前一片草席上盖着一张大红被面儿。孙美瑶勃然色变，叫道："你们几个王八蛋，不等我就打死了？"

那几个匪兵咧嘴一笑，都往后退了半步。孙美瑶心急气盛，冲过去呼啦一下揭开毯子——哪有什么老虎？只有一个红衣俏女郎翻身而起，山魈一般笑着瞅着他，而她手里是明晃晃一把镜面匣子枪。

孙美瑶大惊失色，噔噔倒退，举枪就打——却是个哑火。他猛回头看向拄着雷击木杖尾随而来的"瘸子六"，后脑壳上就被狠狠一掌托击中，晕倒过去。

同时，孙大姑和郭琪才等还没坐稳，就听巢云观内外四周一阵阵的狂笑，随声望去，"徐大鼻子"、冯妈妈带着数十人举着步枪和火把围了上来。孙大姑登时恍然，见人数悬殊，只得令手下缴枪投降——任由冯妈妈大声耻笑，孙大姑只是紧闭着嘴，一声不吭。

同时，费县往枣庄的大路上，一大队人马迤逦而行。

"宁为太平犬，莫做乱世人。宁可人负我，切莫我负人。宁肯不识字，不可不识人。蝎子尾后针，最毒妇心人⋯⋯"混世魔王刘黑七骑在一匹乌骓马背上，口中得意扬扬地念念有词。

在他马一侧，跟着一匹枣红牝马，上面一个娇滴滴的女匪，正是冯家二丫头。那丫头追上刘黑七喊道："七哥！前头就过兰陵了，我们郯城的队伍就等在岩头崖⋯⋯"

刘黑七呵呵一笑，盯着姑娘凤眼笑道："二妮儿⋯⋯我老黑和你娘烧一炉香，我叫她姐⋯⋯你得管俺叫叔叔啊⋯⋯什么七哥七哥的？"

"啊？⋯⋯对不起，哥哥挑我理了？我看哥哥长得少性，才叫的嘛⋯⋯叫叔叔，不就，见外了嘛⋯⋯"二丫头低头，像是真的羞红了脸。

刘黑七哈哈大笑，黑脸油亮。他小心地勒着乌骓慢了半步，等枣红小母马赶上来，笑道："嘿⋯⋯你说得也对，咱们江湖儿女，哪儿那么多辈分儿规矩的？行⋯⋯以后，我管你叫妹妹，管你妈叫姐姐⋯⋯咱们各论各的！"

"真的啊？七哥！"

"哎！"

"好七哥⋯⋯"

"哎！好妹子！"

"七哥……"二丫头忽然换了语气，严肃道："七哥，前面就进了山区了，都说岩头崖上崖，路过瞅两瞅……哥呀，咱们是不是压着点儿速度？得留神啊……这一路，哥哥你连个'斥候'都没派？"

"哈哈哈，妹妹你可以啊，穆柯寨出来的个个都是好样的！可是妹妹，你是有所不知啊……眼下哈……田中玉忙着滚儿把蛋，他手下还能有愿意干活的？陈调元忙着收编咱们……再说，他的兵也过不来。再有谁啊？再有就是抱犊崮的人了……现在都忙着操练起来，迎接收编呢。哼……现在鲁南能用兵的，全盘就我一个人儿。没有人防我，是他们全他娘的瞎了！"

"哇，总听我娘、我姐夸哥哥。原来真的厉害死了呀。"二丫头为刘黑七连连喝彩，弄得那老悍匪都有些迷糊了。接着二丫头笑道："七哥，咱们也走了半天了，咱骑着马，他们也累了。咱们马快……我们的队伍从郯城过来，恐怕还没到。等到了岩头崖，要是我们穆柯寨的队伍还没到，咱歇会儿，等会他们呗？"

刘黑七恍然大悟，哈哈大笑，不由地对二丫头刮目相看，拒绝道："你个鬼丫头啊！可是……不行，咱们要是落后了，'瘌子六'没准就能率先控制住峨口。那时候，你和我还是个放屁添风的角色，咱们前后忙活一个多月了，还是为人作嫁衣裳？不行啊！妹妹！咱们也得上桌！"

二丫头眼珠一转，嗔着道："哥……那能有多大一会儿啊？"

刘黑七笑道："妹子，你放心，你既然叫我一声哥……我刘桂棠把话放在这儿，以后有我的，就有你的，你吃不了亏，穆柯寨以后……我罩着了！"

二丫头翻个白眼儿，狠狠地哼了一声，不再理他，拍马向前奔去。刘黑七望着那妮子小蛮腰，不住地吞着口水。

同时，鳌山峨口，一阵急促的紧急集合哨子声响过。

"瘸子六"陶相礼被手下披上一身大氅，推开要扶他的马弁，一步步走到祭坛中央，稳住身形，对着祭坛底下"山东独立自治建国军"的一众中小喽啰宣布道："一路军、二路军的弟兄们，孙总司令和郭参谋长，周司令、王司令现在抱犊崮山顶有重要的军事会议。峨口现在很危险，招安是个阴谋！我们都被田中玉骗了！今晚，峨口、抱犊崮都有可能受到第六旅的攻击，我奉命暂时接管峨口驻防，你们立刻进入一级战备，第一，所有哨卡增加昼夜双岗；第二，清点人质数量，押送回抱犊崮看押；第三，所有小队长以上人员，立刻到我大帐开会；第四，所有枪支，统一上缴管理。"

一众兵匪一时间立刻明白了事情不简单，面面相觑，但听到要缴枪，立刻有人抗议，有的人已经开始摸枪。

忽然"啪啪"两枪——众匪全都变色，抬枪在手，却不知指向谁。只听身后"'瘸子六'！你造反！"一声大喝："我哥呢？

你把我哥怎么了？"孙美松分开人群闯到坛下，满身是血，一脸狂怒——他宛如一个地狱里杀回来的冤魂一般，用冒烟的手枪指着"瘸子六"，朝坛下兄弟们吼道："弟兄们！都别听他的，他……他们造反了……瘸子！美瑶哥……总司令现在在哪儿？"

孙美松一出现，土匪中的少壮孩儿兵立刻有了精神，纷纷高喊："美松哥！你怎么啦？你说总司令怎么了？"

"瘸子六"看孙美松居然活着回来了，有几分意外，不免有些慌张，举着拐棍冲他吼道："来人！把这小子拿下！"

立刻有两个土匪小队长冲过来，要将孙美松挟持住，孙美松并不抵抗，直接把缴获三丫头的枪高高举起，毫不胆怯地笑道："各位，我孙美松听到他和刘黑七在天仙楼密谋，勾结日本人，要杀人质，夺抱犊崮。总司令大概被他们抓起来了！现在又要抓咱们！"

那两个小队长顿时犹豫起来，很多匪兵开始将武器指向"瘸子六"。

"瘸子六"骂道："你小子疯了！胡说八道！别给我扰乱军心！"

"那你请总司令、大姑，哪怕是郭爷出来说句话！"孙美松冲大家振臂大呼，"大家问他敢不敢？他不敢……就是在造反！"

"瘸子六"稳住情绪，哈哈一笑，用力将手中雷击木的手杖一顿，肩上挂的大氅落地，情绪顿时高涨起来，他骂道："你个乳臭未干的小子！捣什么乱……你哥就在山上开会，你敢乱我军法，你信不信我拿你开刀？"

"我不信！"孙美松喷出一口鲜血，指着自己脑袋喊道："瘸子！有种打死我。你说！我哥呢？我哥是不是被你害死了？你让我哥出来说话！你说你中午是不是跟日本人在密谋？"

这话音一落，立刻又有几把枪指向了"瘸子六"。

"瘸子六"面对着满眼的枪口不怒反笑，瞪着三角眼骂道："你小子是不是马尿喝多了？闹什么闹！孙美松？我是去见日本人了。可他是咱们张大帅的特使！也就是说……老子奉的是张大帅的军令。"趁着大家都满脸疑惑地望向满脸是血的孙美松，"瘸子六"喊道："大家别慌……没有内讧火并！我是领了六安元帅张督办的钧令——有消息，招安是假的，田中玉要夜袭抱犊崮，因此要加强警戒。"

有一名小队长举枪发问："那为什么要我们缴枪？"

"瘸子六"眼珠一转，就地扯谎道："嗨……不是缴枪，是换枪。各位……各位，老七师的弟兄们！张大帅已经在来咱们枣庄的路上，日本军舰，今天到了石臼所港！弟兄们……给咱们带来了上万的军火快枪！人人有份儿！刘司令正在给咱们运过来呢。明天……咱们张大帅就会重新回到鲁南，由他主持山东自治和抱犊崮招安谈判。大家少安毋躁！今晚不要轻举妄动，过了今晚，咱们抱犊崮的兄弟，个个都是头功！张大帅一定有重赏！老七师的弟兄们，我陶相礼你们总认得的，我以我性命保证，孙总司令很安全。美松，你也别闹，咱们都是自己人，你瞎闹，炸了营，伤了人，你哥饶不了你！"

"你让我哥出来说话！我不信你满嘴鬼话！"

"没大没小！你跟我上山去见总司令！"然后他对着一众土匪抱拳道，"都把枪放下！看清楚！全都是自家兄弟！别走火伤了人！"

此话一出，土匪中一大半溃兵出身的光棍全都收了枪，冷笑着看着举枪要火并的青年土匪们，对视几秒，那些青年土匪们也将信将疑地把枪放下来了。

"瘸子六"和气地笑道："孙美松你别搅浑水了！你哥没事儿，你把枪放下，我带你去见总司令和大姑。"然后他往四下环视，命令道："不信我的，可以一起过来……"

孙美松略一沉吟，挥手道："大家拿好枪，跟我去见总司令！"

于是，众土匪都举着枪应了一声，枪栓响成一片。"瘸子六"一看这阵势，暗自叫苦，却也没办法，只能带着他们往巢云观方向走。一面满口劝孙美松等人放下枪，免得走火伤了人，不好收拾。

忽然，对面密林和石头后面枪声乱响，"徐大鼻子"和冯妈妈毫不在乎"瘸子六"的生死，子弹胡乱飞了出来。

走在前面的孙美松和"瘸子六"同时中弹倒地，"瘸子六"捂着受伤的胸口大骂："他娘的……眼瞎了！不仗义！"

孙美松也被打穿了肩膀，伏倒在地，一把抓住"瘸子六"。

骂道："陶相礼！你有埋伏……"

"瘸子六"自知不免一死，挣扎着最后的力气摇头道："大姑、你哥、老郭他们……他们……都还没死……快回去，想法儿守住峨口，保护人质……人质活着，你哥就死不了。快……回去守住，刘黑七要来了……想办法……他人多……你打不过他……"说罢，怪眼一翻，脑袋一歪，已然死掉了。

后面的土匪匍匐上来，将受伤的孙美松拖了回去，一众土匪丢盔弃甲地赶回峨口。孙美松也任由一个马弁给他包裹伤口，一边下令严守峨口，并将人质全都集中控制起来。

一名小队长绝望地报告道："美松，咱们人少，峨口这地方无险可守。刘黑七要是来了，根本守不住！"

另一小队长眼露凶光："把人质顶到前面去，他敢过来咱就杀肉票儿！"

孙美松忍着剧痛一巴掌把那小队长打翻在地，骂道："潮吧脑瓜子！他就是来杀人质的！"

众人全都愕然，面面相觑，顿感棘手。

"砰砰……"枪声又起。又有一个匪兵过来报告道："'徐大鼻子'想来抢人，被我们吓回去了！"

孙美松冷笑道："他那几个人不足为虑！各个关隘都给我守住了！"

那挨揍的小队长嘟囔道："那刘黑七来了怎么办？"

"都别慌……去……把那个大个子洋鬼子给我带来！"

戌时末，甘泉寺山东督军行营，千年公孙树下。

探照灯打亮了大树对面的元代悼古石碑，树下一张大饭桌，清清白白的一桌子豆腐宴。

督军田中玉给同桌的杨岐山、吴毓麟、辛铸九、杜月笙、孙光祖、张培荣、伦弗神父等人一一倒上酒，笑道："这个月九号，我田某人刚送走了何旅长，呵呵……没想到这么快，就轮到我田某人了。明天，等郑士琦、陈调元两位来接班儿，我这责任，也就算卸下来了。来……为了庆祝我滚蛋，咱们干一杯！这是素酒，不算亵渎佛祖。这是烟台产的葡萄美酒——'醉卧沙场君莫笑，古来征战几人回啊……'我田中玉戎马一生，百战凋零也就罢了，没想到……晚节难保，败在这么一场闹剧上。"

杨岐山抿了一口酒，给吴毓麟递过去一个眼色，让他劝劝。吴毓麟立即干了杯中酒，赔笑道："蕴山啊……咱们都是身属国家之人，所谓，'苟利国家生死以，岂因福祸趋避之'嘛。当年林则徐几经沉浮，荣辱一身承担，但他老人家报国之心、之志气从无改变。蕴山啊，眼下不光你山东，现在南边儿孙文闹得也欢，湖南在搞反日货大游行，新疆要倒向苏俄，铁路上也在闹事儿……哎，你能同意主动退下来，算是给曹大帅一个天大的面子了——雪中送炭。曹大帅不是说了吗——就是做做样子……你放心，大帅不会忘记你的。你不过下野回天津享几天清福，曹大帅度过这一小劫——选上大总统，后面百废待兴，不还得靠蕴山你、我这样的老兄弟帮他撑场面吗？"

杨岐山忙点头笑道："蕴山呐……你也得理解。你看现在国事纷乱，其实那么多事儿，归根结底也很简单。欧战以后，列强疲惫，美国想搞什么'国联'……我看没什么约束。这样中国未来之局面，两个关系最重要——对日关系和对苏俄之关系。刚刚那么多问题，什么湖南、新疆、广州，那都是苏俄问题，而你这山东问题——就是对日关系问题。现在孙文是摆明要和苏俄联手了，张雨亭是在二者之间反复横跳。我们也得早做主张啊……否则未来南北开战，如果曹大帅得不到日本的支持，恐怕会很被动。因此，目前确实郑士琦更能有利于各方斡旋。你们也是老搭档了，老五师、第六旅，交给他你还有什么不放心的吗？"

田中玉撂下酒杯，指着石碑，无可无不可地笑道："在职我是军人，服从指挥。退下来我就是一介良民，我听何旅长的劝……看，这不写得很清楚嘛——黄金不少留，勇退真英雄。"他拍拍胸脯，笑道："我这些年也攒了些身家，烟台的酒厂、黄骅的盐场，还跟着桂老（朱启钤）在北戴河弄了块地皮——我也够啦。以后，欢迎你们来我天津家里打牌。"

众人哈哈大笑，一起点头，纷纷举杯说："一定要去玩个尽兴。"

这时，田长垣跑过来敬礼报告："报告——一个洋人来说有重要情报！"

"洋人？"

"对，他说自己是，抱犊崮逃出来的肉票儿，叫什么克里斯蒂安的……"田长垣答道。

"克里斯蒂安？我知道，一定是出大事儿了！"伦弗神父顿时喊道。

田中玉一推桌子起身道："走！去作战室。长垣……把马士奇叫上！"

克里斯蒂安将孙美松的马交给一名马弁，被请进作战室。微醺的众位大员和辛铸九等全国公联的代表都在等他。听完克里斯蒂安简单讲完抱犊崮内讧，现在"徐大鼻子"抓了孙美瑶关在巢云观，刘黑七正带人从费县攻打过来，而人质现在控制在孙美松手里……因此，要保证人质安全，孙美松恳请田中玉发兵，截击刘黑七。

田中玉听完，盯着眼前抱犊崮的沙盘呵呵冷笑，骂道："孙美瑶难道是我亲儿子？他玩砸了炸了营，还得我去救他？天理何在啊？"

杨岐山一脸沮丧——眼看要完的破事儿，怎么又横生枝节？他退后几步，掏出一盒烟卷，闷闷地抽了起来。克里斯蒂安闻见烟味儿，毫不客气地抢了过来，找杜月笙要了火柴，自己也点了一根儿，弄得杨岐山直发蒙。

吴毓麟见杨岐山不管，自己只得叹口气道："蕴山，眼下不是赌气的时候，你是国家封疆大吏，得有胸怀。我看……该管，还是得管。否则真打死了人质……山东立刻大乱。"

田中玉盯着沙盘笑道："乱得好！我看就是杀得不够！"

吴毓麟气道："岂有此理嘛……这……"说着求助似的看向现在第六旅的旅长张培荣。

张培荣淡淡一笑，也凑近了看沙盘，转头问田长垣："田大队长……峨口你最熟……你怎么看？"

田长垣道："峨口就是个十字路口，本是个烟税卡子，无险可守。但刘黑七要是从费县过来……只有两条路。大路走北庄，多走二十里；小路，走一线天。"

田中玉沉吟道："你看……刘黑七会走哪条路？"

他说完，瞟了一眼马士奇，那马士奇立刻冲上前，在沙盘中指着一线天道："督帅！让小人去吧……刘黑七着急抢功，必走一线天！他要走这里，我保管给他来个关门打狗，让他有来无回！"

田中玉白了马士奇一眼，看向田长垣，田大队长立刻点头同意。

田中玉转头看向张培荣，佯笑问道："张大旅长，你现在镇守鲁南，打不打，你说了算。"

张培荣笑道："督帅，我是在想……管还是要管的，就是怎么管？管多少……"

　　田中玉嗯一声，笑道："哈哈哈……浑水摸鱼是吧？咱们想到一块儿去了。好，事不宜迟……田长垣，你即刻带着马士奇的骑兵营过去埋伏……给我好好出口恶气！"

　　田、马二人登时领命，风火般出门而去。

　　田中玉又对张培荣道："张旅长，全团紧急集合，我们现在就去峨口。"

　　杨岐山、吴毓麟顿时紧张起来，起身拦阻道："蕴山，这是不是有风险？人质还在土匪手里！"

　　田中玉似有所悟，笑着对克里斯蒂安说："这位义士，你敢来报信，敢不敢回去峨口？告诉孙美松……刘黑七我们替他挡住，但人质，请他妥善照顾，不得虐待。"

　　克里斯蒂安慨然笑答："好，包在我身上，我回去。"他将烟头一扔，问道："田将军请你跟我说实话……你是不是想浑水摸鱼，趁机打下峨口？"

　　田中玉重新打量一下克里斯蒂安，忽然明白道："美国人说人质里有内线，假的小罗斯福，就是你吧？"

　　"对，就是在下。记得吗？我们原来有过一个救人计划，但被迫放弃了。不过，第十五步兵营的小伙子们带来的美国毒气弹和防毒面具，还在中兴公司车站的仓库里。"

　　田中玉大喜，笑道："天助我也！先生……烦劳你回去，让大家做好准备，我打照明弹为信号……你一定要让大家提前做好防护。"

克里斯蒂安微微一笑，一抱拳，转身出门上马，奔回峨口。

田中玉大喜过望，冷笑着环视一圈杨岐山、吴毓麟，道："在下亲自出征……各位，杨参议、吴总长，军事行动期间，得罪了！"说罢，他对手下几个少校参谋喊道："请各位到后面营房暂时休息……孙光祖，请你跟我的参谋长，去仓库把美国人的货，给我带上。"

杨岐山大怒，吴毓麟连忙拉着他，笑道："蕴山，祝你马到成功。但也小心，如有不虞，不可硬来哦。"

说着，他朝张培荣递了个眼色，这才与辛铸九等人往后面走。然后借机凑到杜月笙身边低声问："杜先生……你身边带着金条呢吗？"

杜月笙一惊，低声问："有……吴总长，您现在有用？"

吴毓麟微微一笑："嗯，我得想法儿让我手下赶去中兴公司，托人打个电报，再办点儿小事儿。"

杜月笙心中一动，低声答道："巧了……在下我在中兴公司里有些熟人能用，您要是放心，我有办法安排他们替您发电报，顺手把事儿办妥了。"

吴毓麟狠狠打量一番杜月笙，然后满意地一笑，低声说："如此甚好，来，我跟你细说……"

5 月 31 日，子时后，巢云观。

"徐大鼻子"正被冯妈妈和冯大丫头一顿臭骂，骂他连吃屎都赶不上一口热乎的——现如今刘黑七马上就会杀到，等他到了，峨口就玉石俱焚。他们以后就得改烧那"混世魔王"的冷灶！那折腾这一番，白搭上"瘸子六"一条性命。

"徐大鼻子"一时光火，骂道："我就不让开枪，是你们趁乱打死了'瘸子六'，却没打死孙美松……如今两边儿翻了脸，又能如何？我的人打不过峨口的两路人马，你的人主力还远在郯城县……为今之计，只有三条路，上策是放出孙美瑶等头领，把造反罪过推给刘黑七和'瘸子六'，如今'瘸子六'已死，人死账消。我们重新归附抱犊崮，然后和孙美瑶、孙美松等人连夜带人质上抱犊崮固守，刘黑七再猛，也攻不上去，只能和我们讲和。第二条中策，立刻押解孙美瑶等人去迎刘黑七，和他一起屠了峨口，认他做首领。第三就是下策，我们在这里相互骂到天明……等刘黑七屠了峨口，再来打我们。那阎王……得了势，一向都是赶尽杀绝，吃独食的混蛋。"

冯妈妈脑子一片空白，绝不想再给孙大姑认错，却也忌惮刘黑七心狠手辣——便仍是指着"徐大鼻子"臭骂。"徐大鼻子"眼看就只有第三条下策可选，蹲在地上长吁短叹。

这时，忽然外面土匪崽子来报："三姑娘回来了，带着陶六爷的尸首回来了……"

　　三人大惊，连忙迎了出去，却见一身是伤，满脸羞红的三丫头带着两个人，抬着"瘸子六"的尸体进门，将尸首撂在院子当间儿。她进门就给妈妈跪下了，低声道："女儿没用，没拿下孙美松……"

　　冯家大姐顿时眯起眼，哼一声，不屑地不看她妹妹。冯妈妈却十分关切地问："三妮儿，回来就好，你可吃了亏没？"

　　三丫头不答，咬着槽牙道："娘，姐……六爷已经死了，孙美松说，现在人质在他手里，希望你们立刻回头，放了总司令他们……咱们现在只有一条活路，一起逃上抱犊崮。"

　　冯家大姐闻言怪笑，怒道："三妮儿……你说，让我们给孙美松投降？仨儿啊，你这是胳膊肘拐出去了吧？"

　　三丫头仰起脸，盯了一眼姐姐，毫不理会，仍是跪着跟妈妈说："娘，您想想，没别的办法了。"

　　冯妈妈也明白了几分，冷笑道："这孩子大了哈！你别忘了，你二姐在刘黑七的队伍里呢……他们两个马上就会杀到峨口，孙美松那小子连明天的太阳都瞅不见了，还敢劝我投降？"

　　"徐大鼻子"哼一声站起来，指着冯妈妈怒道："呸……我说你不着急，原来还有后手儿？那刘黑七成你女婿了是吧？"

　　冯妈妈拔枪在手，怒道："'徐大鼻子'！给你脸了是吧？我们娘们儿说话，你少插嘴！"

　　这时，三丫头沉声道："娘，姐……刘黑七到不了峨口……

孙美松报了官军了。刘黑七他来不了了。"

巢云观内一片死寂，大姐愕然半晌，怒道："你够狠的呀……仨儿，你二姐也在刘黑七队伍里呢……"

三丫头猛然抬头，怒道："我要有那个心……我立刻死了！是'瘸子六'临死露的底，孙美松才报的官，说是你们把他逼到绝路上了……他让我来劝你们，我没脸来……可他说……你们也没得选，否则官军打完刘黑七，一定杀回来……我们在峨口，还有人质可以谈判……可巢云观一定要完蛋的。现在咱们只能抱团取暖啊，否则谁来都是先灭了巢云观再说。娘，姐……咱没得选了。美松说了，巢云观现在才是最危险的地方……我这才来的，还不是为了救娘和姐姐的性命。"

"徐大鼻子"忽然高声下令道："来人……去把总司令和各位头领都请出来！"

冯妈妈怒不可遏，道："谁敢？"

大丫头长叹一声，按住妈妈劝道："娘……听徐叔的吧……三丫头要是没骗人，咱们真没别的路了。"

孙美瑶掀开"瘸子六"脸上的白布，冷哼一声。冷冷扫了一眼"徐大鼻子"和冯妈妈，死死盯了一眼大丫头，那冯大丫头冷笑道："呦……还记仇啊？等完事儿，咱俩儿再单练练呗……"

孙美瑶不理这泼辣丫头，转身和"徐大鼻子"一起过去扶住被绑久了，行动有些不便的孙大姑，孙大姑点头笑道："你和老郭先赶去峨口，我和冯妈妈他们慢慢在后面赶上来……"

孙美瑶点头道："好，我这就去，您和老几位要不先直接上抱犊崮吧，那上头稳当。"

大姑点头叹息道："还是抱犊崮上稳当啊……这是根基。你去吧，美松这孩子立功了。你要夸夸他！"

孙美瑶答应一声，把大姑交给三丫头扶着，和郭琪才等人纵马而去。

鳌山峨口，荒鸡平旦。

孙美松站在峨口街垒，看着无险可守的村落，不住皱眉。他抻着脖子，终于等来了孙美瑶等人，这孩子松了口气，一屁股坐倒在地上。

孙美瑶跳下马，一把拉起孙美松，紧紧抱住，笑道："你小子今天立大功了，王八蛋的'瘸子六'、刘黑七，差点儿害死我。"

孙美松被抱得伤口剧痛，道："哥……咱们得赶紧上山……我被逼急了，出了下策。"

孙美瑶笑道："什么下策，妙计啊，这是借刀杀人嘛，不是你出奇制胜，我差点儿让那几个孙子害了。没事儿，别担心了……我这不回来了嘛。"

孙美松点头笑道："对……"

孙美瑶扫一眼防务街垒，摇头道："这可不行，来人……把人质都带出来，绑在掩体前面！"

孙美松连忙劝阻道："哥，那不行。"

孙美瑶疑惑道："那有何不可？咱们一路这样过来的啊？"

孙美松无奈道："为了让那洋鬼子去搬兵，我答应他如果有人杀过来，不得拿人质做肉盾。"

孙美瑶哈哈一笑，道："原来如此，好，真是长大了，好男儿言出必行！没关系，看哥哥的……来人……把老百姓抓几个出来，蒙上脸，绑到掩体前面去！哈哈哈哈……这不就行啦？"

孙美松跟着苦笑，双挑大拇指道："哥哥就是哥哥！不过，我们还是到山上去安全些……"

话音未落，只听山后十余里远处一声炸响，随即"一线天"方向枪响成片，重机枪声震十数里，手榴弹闪光在半空忽明忽暗……

同时，在"一线天"，刘黑七前后左右不断有人倒下去，对面官军居高临下，在"一线天"两头儿一边儿一挺马克沁。原本赶路已经有些疲乏的土匪们魂飞魄散，哪儿还有心抵抗？没经验的慌不择路地乱窜，甚至向山崖上攀爬，想找出一条生路，往往被官军一一瞄准点射射杀；有经验的老匪徒只能找那大石头的根部蜷缩在下面，祈求机枪停止射击后，还能有性命投降。

　　刘黑七无能狂暴，带着身边几个光棍儿弟兄硬往退路猛冲。这一队悍匪完全用人命换距离，但冲到隘口，实在没人能突破机枪阵地。

　　刘黑七目眦欲裂，喊道："把手榴弹都给我，我去炸了那王八蛋！"

　　几名土匪冒死收集了手榴弹，还没送到刘黑七面前，就被一阵弹雨打下了沟壑。

　　忽然，退路高地的官军机枪阵地后面一阵混乱，二丫头如赤色闪电在明晨的迷雾中闪现，一枪打爆了机枪手的脑袋。趁着这一个间歇，二丫头一声大喊，竟带着穆柯寨的增援，帮刘黑七手下溃兵暂时打开了一个逃生缺口。

　　刘黑七看着晨雾中那一袭被枪火照亮的红衣，大喜过望，嘴里喊着："我的姑奶奶……呀……我的姑奶奶……我的姑奶奶！走！"他带着残兵败将连滚带爬地逃出生天，两边败军兵合一处，顾头不顾腚地向来路丛林中逃了回去。

　　杀得满脸畅快的马士奇带人拎着马刀迅速夺回了机枪阵地，四下枪声稀落，已经没有几个活的土匪了。他回头看一眼山头指挥作战的田长垣，看见了"停止射击，停止追击"的旗语。马士奇大吼一声，哈哈大笑起来，一扫一个月以来淤积心中的阴霾。满坑满谷，骑兵营战士们的欢呼一下子就压过了匪兵伤兵的哀号……

同时，鳌山峨口，六国营地。只听得远处枪声渐稀……

各种口令和呵斥声不绝于耳，军用帐篷被火把照如白昼，每张帐篷周边全是全副武装、身上背满炸药的匪兵。

洋人帐篷内。

克里斯蒂安低声对大家说："各自准备好，只要照明弹一亮，立刻用这个捂住口鼻。"

老穆索嫌弃地将手中浸满尿液的破布撂在脚下。一边儿法国老上尉柏茹却笑着闻了闻手中的臭毛巾，怀念地说："啊，仿佛又回到了伟大的凡尔登，别怕，战友们，胜利最终属于我们……"

"你闭嘴吧——！"大家异口同声。

女子营帐内。

蜜姬·哈恩严肃地给大家示范，金小玉一脸嫌弃地帮她翻译。金翠喜早已将"湿布"包裹在脸上。

金姥姥则一如既往地淡定，笑道："说是不致命是吧？不过是西洋人的'五鼓还魂香'……老身用不着这劳什子，不就是睡一觉嘛。"

金翠喜拿下湿布，小声劝慰道："娘，我听我家老段说过，那西洋毒气最是厉害，闻了立刻满脸生疮，死状极惨的呀……"说罢，又赶紧围上了"湿布"。

金小玉嫌弃地低声嗔着道："娘……蜜姬姐姐都说了，信号照明弹亮了，才需要罩住的。"

　　华票儿营长中。

　　一群人围着潘云鹤，手中拿着干湿不等的破布低声询问，嗡嗡嘤嘤，臭气熏天。潘云鹤几乎晕厥，强忍着恶心道："大家散开些……我说的呢，是让大家各自保命。鄙人也是道听途说，也不晓得你们这个是不是够用了……反正，我想是越湿润越好的啦，求求你们不要让我检查了啊。"

　　"哎呀，潘公子，不检查怎么行的啦……毒气呀，要人命的啦！"有人还在往潘云鹤身边挤。被挤到的人咒骂道："哎……你这个人不要挤啦……挤到我身上了……好龌龊的啦！"

　　又有人道："潘公子……我实在尿不出的呀，那怎么办呀……谁有多？匀我些……匀我些？求求大家了，出去后必有重谢的呀……"

　　潘云鹤觉得匪夷所思，只想逃出帐外，卸去这不堪的责任。他自己并未准备这救命的东西，心想——自己就算做不成倪云林洁癖，也不能学宋江吃屎。

　　鳌山峨口，平旦时分，匪徒已经无法退回抱犊崮，四周通路已经被第六旅团团围死。

　　田中玉自信地看一眼身边的张培荣，和一队戴着防毒面具的突击队，下令道："开炮吧——等毒气散开，突击队就进去，土匪格杀勿论，尽快将人质全都带到安全区。"

张培荣微笑着点头，对手下传令兵喊道："射击……把毒气弹全都打出去！一颗不留！"

"嘭"……一颗照明弹腾空而起……

照明弹下，各类人登地脸色被照射得晦暗不明。

但是，可怕的沉默中……并没有炮声，更没有烟雾升起。良久，迫击炮队的队长跑来，苦着脸敬礼道："报告长官……无法射击。"

"为什么？"张培荣佯怒发问。

"报告长官……美国人的弹药箱里，不是毒气弹……是罐头，都是菠菜罐头……"

张培荣长长松了口气，故作惊愕状看向山东督军田中玉——却看见他的老上司正在仰天无声狂笑。田中玉笑够了，狠狠拍了拍张培荣的肩膀，淡然叹息道："记得吗？当年松寿公（张勋）进京复辟，和张文生约好，如果有人起兵对抗，他立刻电告徐州本部增援，暗号是'一盆花'就是一个营。后来北京吃紧，他立刻急电徐州——要'四十盆花'，结果，那张文生立刻给咱们'辫帅'送去了四十盆花……哈哈哈哈哈……这事情，在天津六国饭店的牌桌上，也算是压箱底的笑话了。没想到啊……没想到……我田中玉今天也闹这个笑话……全是菠菜罐头……哈哈哈哈哈……全是菠菜罐头！以后我的名气，一定也不亚于'松寿老人'了。"

说罢，田中玉整整衣冠，朝眼前的军旗、战士们敬了一个礼，释然一笑，对张培荣也敬个礼道："培荣啊，我也老了。你们后生可畏，我这第六旅，以后就交给你了。你们好自为之吧，再见……"

张培荣连忙立正还礼，眼看着老领导招呼来马弁，落寞地翻身上马，果断地拍马而去，转眼就消失在照明弹仍未消失的光晕之中。

张培荣的副官赶忙上来询问后续命令。

张培荣怒道："还问什么问？这不明摆着？撤……撤……撤！"

6月1日，鳌山峨口，六国营地，彩旗招展，军歌嘹亮，鞭炮齐鸣。

第五混成旅旅长、江淮海镇守使、苏鲁豫皖四省剿匪总司令、山东新一旅（抱犊崮自治军）招安特派员——陈调元将军在张培荣旅长的陪同下，与一众随员检阅了抱犊崮的仪仗队，郭琪才带着一众将佐，一起列队敬礼。

然后是美式的花式枪操，陈调元大声叫好，带头鼓掌，四周照相机咔咔闪动。

孙美瑶一身簇新的少将军服，左边是全国公联的主席杨岐山，右边是外国观察员（人质）代表鲍威尔，一起迎接陈调元。双方握手，合影留念——蜜姬·哈恩和克里斯蒂安各自拿一个相机，骄傲地占据了最好的拍照位置。

陈调元拉着孙美瑶的手微笑道："孙将军果然龙马精神！年少有为！未来不可限量……呃，孙将军这眼睛，是怎么伤的？"

孙美瑶没想到"陈大傻子"上来就问他人生高光一刻最大的遗憾，尴尬地照实回答道："我没听话，这是被我大姑揍的。"

陈调元哈哈大笑，道："大丈夫，对外意气风发，对内能屈能伸，又有霸气，又尽孝道……孙将军，我看我们一定能处得来。"说罢，从怀里掏出一副墨镜，亲手打开送给孙美瑶，帮他戴上，大笑称赞道："哎……这下更帅了……大家说是不是？"

众皆欢呼雀跃，闪光灯再次响起。

观礼看台上，孙大姑安坐，冯妈妈和大丫头就坐在她左右。而再一侧，竟然是郁郁寡欢的刘黑七和冯二丫头、满身伤的孙美松和冯三丫头。

"徐大鼻子"在一边道喜道："孙大姑，我今儿就把贺礼送上来……咱们抱犊崮，美瑶当上少将旅长，然后迎娶冯家大姑娘，刘司令迎娶二姑娘，美松迎娶三姑娘……咱们今天，这是……这是四大喜嘛！"

孙大姑微笑道："同喜，同喜。以后，抱犊崮、蒙山、穆柯寨三个县的弟兄们就都是亲家，同气连枝，没人再敢欺负咱们啦。"

　　冯妈妈硬挤出一丝笑容，更像在哭。冯大姑娘赶紧乖巧地替她妈妈接茬儿道："以后，咱们都是一家人。我和美瑶，会孝顺您二老的……"

　　孙大姑长吁口气，指着会场道："好，既然是一家人，来，咱们也去照个全家福合影吧。"

　　一声火车长鸣……

　　蓝皮车在阳光下闪烁着不真实的反光，漫野花田上衣衫褴褛的农人们都在抢割鸦片膏。

　　北上的火车上，身穿白色毛背心儿的潘云鹤陪着金氏祖孙仍是在软包里说话儿。

　　金翠喜道："哎呀，娘……今天这么大热闹就不看了？就这么一声不吭地走了？我还想和陈调元那大傻子勾兑勾兑呢，以后，鲁南苏北的走私生意，都是他说了算了。"

　　金姥姥叹口气道："是非之地，谁知道还会生出什么变故？早早脱身为上。"

　　金翠喜点头道："说得也是啊……还是赶紧回天津吧，这兵荒马乱的……太吓人了。不过，我觉得还是应该和孙美瑶道个别……人家现在……是少将呢。"

　　金姥姥笑着对金小玉说："囡囡啊……还记得姥姥怎么说孙

美瑶的吗？"

金小玉笑着学舌道："雕弓天狼，命不久长。"

"对……咱们可别沾惹那孩子啦……那孩子心眼多，别再中了他的算计。"金姥姥笑着，和蔼地问潘云鹤："潘公子……你还是准备出国留洋？"

潘云鹤合上笔记本点头道："嗯，出去开开眼界嘛。"

金小玉嘟个嘴不服道："被他算计？我才不会。"忽然看到潘云鹤的笔记本，嘲笑道："呦……蜜姬姐姐把笔记本就这样送你啦？"

潘云鹤微笑点头，打开给金小玉看，说："你看，你教她的'三十六计'的笔记，还在这儿呢——"

金小玉抢过来一看，笑着递给姥姥看："看——"笔记本上，有蜜姬·哈恩用汉字歪歪扭扭写着——"三十六计，走为上……"

大家都笑起来，金小玉掏出"卡其那"娃娃，得意地冲潘云鹤说："看……姐姐也送我礼物啦……"

潘云鹤望着窗外的罂粟田，心中一阵感伤，忽然笑道："小玉，我教你唱歌吧……'长亭外，古道边，芳草碧连天'……"

金小玉立刻来了精神，笑道："这个我也会！"

于是，一首《送别》的合唱，又吹响了火车的长鸣，远远离开了苦难深重的临城地界，远天底下的抱犊崮一转眼就看不见了。

尾 声：
乱世涟漪

话说，陈调元上山后，"临城奇案"这出闹剧，也就没了什么热闹了。后面是一地鸡毛，慢慢收拾，谈条件，议军饷，划地盘——鲁南的匪患，暂时算是平息了。

当时国家也暂时安定了——湖南的"反日货"，闹出一场"六一惨案"后，各方都精疲力竭。好在死人不多，事态也逐渐平息了。因此，曹大帅终于腾出手来——认真地收买选票，贿选总统。

就是说，日本人借抱犊崮劫车事件，追求的多国共管山东，其实日本一家独大的阴谋破产了。

借湖南"反日货"，经济断交，而扩大事端的阴谋，也因为北洋政府的软弱，没闹起来。

正当双方蓄力再寻衅斗争的时候——发生了可怕的关东大地震，日本遭受的可怕损失竟然激起了中国民众的一致同情——山河异域，风月同天了……于是，由于中国政府和民间一致的全力救援，使中日关系竟然暂时摒弃前嫌，揭开了崭新的一页……

抱犊崮的美梦很快就惊醒了。孙美瑶当了四个多月少将旅长，十月份被张培荣请到中兴公司赴宴，然后将其和孙美松等同行的土匪一起暗杀。孙美瑶也算是因为背誓——终于死于乱枪之下。

孙桂枝下落不明（历史上孙桂枝是孙家族长，为男性）。

郭琪才等匪众或同时被杀，或逃亡他乡。

蒙山混世魔王刘黑七在孙美瑶死后称霸鲁南绿林道，在各路军阀混战中反复横跳，最后投靠日寇，又在鲁南为祸二十年。直到1943年才被我八路军击毙。

抱犊崮后来成为我八路军根据地的一个重要指挥部。陈毅将军曾在中兴公司伦弗神父的教堂里，给爱国乡绅等进步人士开过大会，宣讲共产党的土地政策。

　　田中玉将军因为临城大劫案引咎辞职后，再没有复起，于1935年在大连病逝。

　　何锋钰将军因此案辞职后，去上海投奔其兄何丰林，由于沉疴苦痛，于次年病逝。

　　吴毓麟在此案结束后第二年也因故隐退，在天津安享了几年"寓公"生活。1944年，日寇侵占大半个中国，逼他出山，他不肯，又无力逃脱。因而死于日寇监视下的困窘之中。

　　其余北洋衮衮诸公，多有从贼做了汉奸者……不足挂齿。

　　主人公潘云鹤，原型人物邵洵美，旅欧游学，结交了文艺界各路俊才。他小有才情，颇有资产——因而成为中国出版界的领头人物。帮助很多艺术家出版了自己的作品。特别是在上海孤岛时期，他和他的女朋友蜜姬·哈恩一起出版了大量宣传抗日的爱国刊物。其中，最有趣的是，是他冒险刊印出版了抗战精神"圣经"——《论持久战》。他和送他毛衣的原配表姐相濡以沫，直到最后。

　　最后，还有一个值得一提的角色——王恩美。这位是集合了王尽美和邓恩铭两位伟大的共产党早期活动家的名字，创造的角色。可惜的是，这两位都未能看到中华人民共和国的成立。王尽美外号真叫"王大耳朵"，他病逝于 1925 年，年仅 27 岁。邓恩铭于 1931 年，因领导工人运动，被反动军阀杀害于济南，年仅 30 岁。在历史上他们并没有和临城劫车案的交集。这真是一件可惜的事情，因此进行了杜撰。虽然是杜撰，当时的中兴公司和临枣铁路上，一定也有同样的活动家在工作，他们默默无闻，却终于改变了历史。

至于，更是杜撰的金氏祖孙和冒险家克里斯蒂安的故事，可以在《鱼藻轩记》和《六国饭店 1931》，这另两部姊妹篇中找到。